EVER

LAUREN PALPHREYMAN

LASTING

Ruf der Unterwelt

LOVE

Aus dem Amerikanischen
von Anna Julia Strüh

FISCHER Taschenbuch

Deutsche Erstausgabe
Erschienen bei FISCHER Kinder- und Jugendtaschenbuch
Frankfurt am Main, Januar 2020

Die Originalausgabe erschien bei Wattpad unter dem Titel »Psyche's Heart«
Copyright © 2019 by Lauren Palphreyman
The author is represented by Wattpad

Für die deutschsprachige Ausgabe:
© 2020 Fischer Kinder- und Jugendbuch Verlag GmbH,
Hedderichstraße 114, D-60596 Frankfurt am Main

Lektorat: Carla Felgentreff
Satz: Dörlemann Satz, Lemförde
Druck und Bindung: CPI books GmbH, Leck
Printed in Germany
ISBN 978-3-7335-0547-9

Teil 1:
Die verschwundene Seele

1. Kapitel

Ich war noch nie in meinem Leben so müde. Meine Lider werden schwer, und alle paar Minuten sinkt mein Kopf auf meine Arme. Ich bin nicht sicher, ob das an Ms Greens monotonem Vortrag über römische Kunst liegt oder daran, dass ich seit dem Valentinstag jede Nacht schreckliche Albträume hatte, jedenfalls kann ich mich kaum wach halten.

»Hey«, flüstert Charlie. Ich zucke so heftig zusammen, dass mein Stuhl über den Boden schrappt, was mir einen bösen Blick von Ms Green einbringt. Charlie beugt sich zu mir, ohne sich daran zu stören, dass ihr stylisher pinkfarbener Overall zerknittert. Ihre dunklen Augen sind von Sorge erfüllt. »Hattest du wieder einen Albtraum?«

Stöhnend reibe ich mir das Gesicht. »War es so offensichtlich, dass ich schlafe?«

»Ach nö, überhaupt nicht. Abgesehen von dem Schnarchen … und dem Sabbern …« Ich verziehe das Gesicht, doch sie hebt beschwichtigend die Hände. »War nur ein Witz! Aber ich dachte, wenn du wach wärst, würdest du aufpassen.«

Ich folge ihrem Blick nach vorne, an Kelly und Chloe vorbei, die sich über den Gang beugen, um hinter vorgehaltener Hand zu tuscheln, und setze mich kerzengerade auf. Am Whiteboard steht in schwarzer Handschrift: *Amor und Psyche.*

Mir stockt der Atem.

Psyche.

Das Mädchen, mit dem Amor, also Cupid, gegen seinen Willen verkuppelt wurde. Das Mädchen, für das Valentine alles aufs Spiel gesetzt hat. Das Mädchen, das er zurückbringen wollte.

»Natürlich begegnet uns der Mythos von Amor und Psyche in vielen verschiedenen Kunstformen.« Ms Green steckt den Deckel auf ihren Edding und beäugt die unruhige Klasse über ihren dicken Brillenrand hinweg. »In der Geschichte wird Amor von seiner Mutter, Venus, aufgetragen, mit einem Pfeil auf Psyche zu schießen, so dass sie sich in eine unvorstellbare Kreatur verliebt. Aus Eifersucht, denn Psyche war nicht nur schön, es ging auch das Gerücht, dass sie die nächste Göttin der Liebe werden würde. Weiß jemand, was daraufhin passierte?«

Etwas Kaltes steigt aus meiner Magengrube auf und flutet durch meine Adern. »Cupid – äh, Amor wurde selbst von einem Pfeil getroffen.«

Ms Greens Augenbrauen schießen in die Höhe – offensichtlich überrascht sie mein plötzliches Interesse an Mythologie. Sie nickt energisch und fährt sich mit der Hand durch ihren ergrauenden Bob. »Ja, Lila«, sagt sie. »Sehr gut. Amor wurde mit einem seiner eigenen Pfeile angeschossen. Die beiden verliebten sich ineinander, und –«

»Das war keine echte Liebe.« Meine Stimme ist unerwartet laut und barsch. Sie klingt überhaupt nicht nach mir. Meine Finger schließen sich fester um meinen Stift.

Ein paar meiner Klassenkameraden richten sich instinktiv auf. Kelly dreht sich um und wirft mir unter ihrem blonden Pony einen verwunderten Blick zu. James, mein Ex, der am anderen Ende des Klassenzimmers sitzt, zieht irritiert die Stirn kraus. Und ich spüre Charlies Blick auf mir.

»Ja … nun … wie dem auch sei …« Ms Green rückt ihren Bleistiftrock zurecht, wirft einen Blick auf die Plastikuhr über der Tür und wendet sich dann wieder an die Klasse. »Der Sage nach hat Psyche Amor versehentlich mit einer Öllampe verbrannt. Er ging, um seine Wunden zu versorgen, und Psyche folgte ihm.«

Mein Adrenalinspiegel steigt jäh an, aber ich habe keine Ahnung, warum. Ich schlucke den dicken Kloß in meinem Hals hinunter und versuche, meine Gefühle unter Kontrolle zu bekommen.

»Auf ihrer Wanderschaft versuchte Psyche, die Gunst der Götter zu erlangen«, fährt Ms Green fort. »Aber niemand war bereit, sich ihr zuliebe gegen Venus zu stellen. Also beschloss sie, der Göttin der Liebe zu dienen.«

Ich atme tief durch, um mich zu beruhigen, und sehe auf meine geballte Faust hinunter. Langsam lockert sich mein Griff – wo kam dieser seltsame Gefühlsausbruch her? Ich sehe kurz zu Charlie, die mich verblüfft anstarrt, dann wende ich mich wieder nach vorne.

»Venus stellte Psyche einige schier unmögliche Aufgaben; sie musste Getreide sortieren, die Wolle eines goldenen Schafes besorgen und Wasser aus einem tödlichen Fluss schöpfen. Ihre letzte Aufgabe war es, eine Pyxis – eine Art uraltes Schmuckkästchen – in die Unterwelt zu bringen und sie mit der Schönheit der Göttin der Unterwelt zu füllen. Doch Psyche wurde von Neugier überwältigt. Sie öffnete das Kästchen und fiel in einen tiefen Schlaf.«

Es klingelt zum Unterrichtsschluss, und alle packen ihre Sachen zusammen – sie interessiert es nicht, wie Ms Greens Geschichte ausgeht. Doch ich bleibe reglos sitzen.

»Jedenfalls – um es kurz zu machen – hat Amor es schließlich geschafft, sie zu wecken«, sagt Ms Green eilig und wird fast vom Poltern zurückgeschobener Stühle übertönt. »Ju-

9

piter, der König der Götter, machte sie unsterblich. Und sie lebten alle auf ewig im Glück. Lest bis zum nächsten Mal Kapitel sieben und beantwortet die –«

»So war es nicht!« Ich stehe auf, die Tischkante fest umklammert, und taxiere Ms Green mit zornigem Blick. Mein Herz hämmert gegen meine Rippen.

Ms Green sieht mich erschüttert an, während meine Klassenkameraden aus dem Raum strömen. »Lila! Was um alles in der Welt ist in dich gefahren?!« Charlie legt mir eine Hand auf den Arm. Das Gefühl lässt nach. Ich blinzele benommen und atme auf. *Gute Frage.*

»Ich … ich weiß es nicht«, stammele ich und greife nach meinem Notizblock. »Tut mir leid, ich …«

Ms Green sieht uns völlig entgeistert nach, als Charlie mich aus dem Klassenzimmer zieht. Wortlos navigiert sie mich durch das Meer pinkschwarzer Forever-Falls-High-Football-Jerseys, die Hand fest um den Ärmel meiner Lederjacke geschlossen. Sie hält vor einem Snackautomaten und dreht mich zu sich um.

»Was sollte das?!«, will sie wissen.

»Ich … ich weiß es wirklich nicht«, stammele ich. »Ich habe keine Ahnung, warum ich das gesagt habe.«

»Du bist doch nicht etwa eifersüchtig auf Cupid und Psyche, oder? Denn das war vorletztes Jahrtausend. Und außerdem – wer immer Psyche war, sie ist nicht mal mehr Teil dieser Welt.«

Ich reibe mir das Gesicht und versuche das eigenartige Gefühl loszuwerden, das mich plötzlich ergriffen hat. »Nein. Natürlich nicht. Es ist nur …« Ich schüttele den Kopf. Wie soll ich dieses Gefühl, diese *Finsternis* beschreiben, die mich überkommen hat?«Ich habe letzte Nacht nicht gut geschlafen. Das ist alles«, sage ich schließlich.

Charlie mustert mich eindringlich. »Vielleicht bist du einfach aufgeregt, weil du morgen Geburtstag hast?«

Ich verdrehe die Augen. Sie liegt mir schon die ganze Woche damit in den Ohren, dass ich eine Party schmeißen soll, aber ich mag Geburtstage nicht sonderlich. Nicht, seit Mom gestorben ist.

»Nein, das ist es nicht«, antworte ich. Ich beiße mir auf die Lippe, unsicher, ob ich ihr von den Albträumen erzählen soll, die mich plagen, seit ich Valentine getötet habe; dass er mich seither wie ein Rachegeist heimsucht.

Charlies Gesicht wird sanfter. »Valentine ist tot«, sagt sie, als hätte sie meine Gedanken gelesen.

»Ich weiß. Ich … ich hab nur ein mieses Gefühl.«

»Du klingst wie Cal«, sagt Charlie und wirft ein paar Münzen in den Snackautomaten. Wenig später reicht sie mir einen Schokoriegel.

Zu meiner eigenen Überraschung muss ich lachen. »Soll ich mich dadurch besser fühlen?«

»Schokolade macht alles besser.« Charlie wirft die Haare über die Schulter – eine stille Herausforderung, ihr zu widersprechen –, dann hakt sie sich bei mir unter, während ich den Schokoriegel zerbreche und ihr die Hälfte anbiete.

Schokolade mampfend gehen wir zu unseren Spinden. Wir kommen an einer Gruppe Zehntklässler vorbei, die sich die neueste Casting-Liste der Theater-AG anschauen, am Cheerleader-Team auf dem Weg zum Training und ein paar Sportlern, die vor dem Büro des Schulleiters eine Strafpredigt zu hören bekommen.

»Siehst du, alles ist ganz normal«, sagt Charlie.

»Abgesehen davon, dass du ein Liebesagent bist, ich mit einem Liebesgott ausgehe und wir vor ein paar Wochen den Weltuntergang verhindert haben.«

»Jepp, abgesehen davon«, pflichtet sie mir grinsend bei.

»Wo wir gerade von Liebesgöttern sprechen – triffst du dich heute Abend mit Cupid?«

Ich schüttelte den Kopf und kämpfe gegen die plötzlich aufwallende Enttäuschung an. »Er meinte, er hätte zu tun. Anscheinend arbeitet er mit Cal an irgendetwas, wovon ich nichts wissen soll. Na ja, ich muss sowieso noch in die Bibliothek. Dad hat einen Anruf gekriegt, dass meine Noten in den Keller gehen, und ich konnte ihm ja leider nicht sagen, dass ich nicht zum Lernen gekommen bin, weil ich geholfen habe, eine Göttin am Wiederauferstehen zu hindern.«

Ich rechne damit, dass Charlie Protest einlegt und mir vorhält, wie öde es ist, an einem Freitagabend zu lernen, aber stattdessen zuckt sie nur die Achseln. »Tut mir echt leid, dass ich nicht mitkommen kann. Mom ... ähm ... kocht heute Abend.« Sie meidet meinen Blick, als sie ihre Bücher in ihre Tasche stopft. Ich runzele argwöhnisch die Stirn, als ich darin einen Pfeil und ein zerknautschtes Kleid erspähe. Offenbar verschweigt sie mir irgendetwas, aber angesichts all der Träume von Valentine, von denen ich ihr nichts erzählt habe, kann ich es ihr wohl kaum verübeln, dass sie auch ihre Geheimnisse hat. »Na dann ... Ich ruf dich nachher an, okay?«

Bei meiner Ankunft ist die Bibliothek wie ausgestorben, und die Deckenlampen flackern, als ich mich an einen Tisch inmitten der Bücherregale setze. Ich atme die muffige Luft

12

tief ein und genieße die Stille. Dann hole ich meine Schulbücher heraus und versuche, mich zu konzentrieren.

Doch das fällt mir schwer. Ungebeten steigen Erinnerungen an Valentine in mir auf. Ich weiß nicht, warum ich immer wieder an ihn denken muss. Warum er mich in meinen Träumen heimsucht. Er erschien mir so real, als ich ihn letzte Nacht an meinem Bett stehen sah.

Vielleicht fühle ich mich einfach schuldig, weil ich ihm den Pfeil in die Brust gestoßen und seinem Leben ein Ende gesetzt habe.

Aber ich glaube, es ist mehr als das. Ich glaube, die Träume sind eine Warnung.

Etwas Schreckliches kommt auf uns zu.

Ich erinnere mich an Cassies Prophezeiung. Nur eine Zeile davon ist noch nicht wahr geworden.

Sie wird wiederauferstehen.

2. Kapitel

Ich schrecke aus dem Schlaf.

Irgendetwas stimmt nicht. *Mit mir* stimmt etwas nicht. In meinem Innern lauert etwas Finsteres; eine Dunkelheit, von der ich mich nicht befreien kann.

Ich blinzele ein paarmal, unsicher, wo ich bin. Langsam hebe ich den Kopf, und ein Stift, der an meiner Wange klebt, fällt klappernd zu Boden. Bei der Bewegung geht die Lampe über mir an und beleuchtet die Bücherregale um mich herum. Ich bin immer noch in der Bibliothek und habe geschlafen, anstatt zu lernen.

Bei einem Blick auf mein Handy fluche ich leise. Es ist schon fast neun. Dad fragt sich bestimmt, wo ich bleibe. Ich stecke meinen mit Kritzeleien bedeckten Notizblock in die Tasche und stehe auf. Als ich mich zur Tür umdrehe, erstarre ich vor Schreck.

Eine Spur aus abgetrennten Rosenköpfen, rot wie Blut, führt auf den Gang hinaus. Die muffige Bibliotheksluft ist vom Duft frischer Myrte durchdrungen. Angespannt hänge ich mir meine Tasche über die Schulter und folge der Spur durch die Tür.

»Wer ist da?«, frage ich leise.

Meine Stimme hallt von den ramponierten blauen Spinden wider. Der erst kürzlich geputzte Boden ist mit Blütenblättern bedeckt. Ich denke an den Köcher voller Pfeile unter meinem Bett und verfluche mich innerlich dafür, dass ich ihn nicht mitgenommen habe.

Bevor die Liebesagenten in mein Leben getreten sind, hätte

ich verstreute Blütenblätter wahrscheinlich für eine kitschige romantische Geste gehalten. Aber jetzt weiß ich, was wirklich dahintersteckt.

Eine Warnung.

Irgendetwas in mir bewegt mich dazu, der Spur zu folgen. Sie windet sich um die Ecke und unter den geschlossenen Türen der Cafeteria hindurch. Ich weiß noch genau, wann ich das letzte Mal nachts hier war – auf dem Ball haben Untote die Türen bewacht. Mein Atem beschleunigt sich, doch ich versuche, die Ruhe zu bewahren.

Valentine ist fort. Er ist tot. Er ist keine Gefahr mehr.

Ich lege die Hand auf die Klinke und halte einen Moment inne. Eine Stimme in meinem Hinterkopf schreit mich an, umzukehren und einfach nach Hause zu gehen. Aber ich muss wissen, was dort drinnen ist. Mit wild klopfendem Herzen gehe ich hinein.

Der Raum ist dunkel, aber ich sehe die hochgewachsene, imposante Gestalt sofort, beleuchtet vom Mondlicht, das durch die Fenster am hinteren Ende der Cafeteria strömt. Er steht mit dem Rücken zu mir. Die Türen schwingen hinter mir zu.

»Du solltest tot sein«, sage ich.

»Und doch bin ich hier.« Seine tiefe Stimme erfüllt den Raum. Langsam dreht er sich zu mir um. Seine Lippen verziehen sich zu einem Grinsen, als er meinem Blick begegnet.

»Hallo, Lila.«

»Hallo, Valentine.«

Ich starre ihn ungläubig an – seine kurzen schwarzen Haare, seine breiten Schultern, das hämische Funkeln in seinen Augen, die selbst im Dunkeln strahlend blau leuchten.

Er trägt dunkle Jeans und ein blaues Hemd, das bis zu den Ellbogen hochgekrempelt ist. Die Sachen, in denen ich ihn getötet habe.

»Wir müssen aufhören, uns so zu treffen«, sagt er.

Ich fühle seinen Blick auf mir – er wandert meinen Körper hinab, über das schwarze Top unter meiner Lederjacke und meine hautengen Jeans. Seine Augen glitzern amüsiert, als kenne nur er allein die Pointe eines Witzes, der noch nicht erzählt wurde.

Alles fühlt sich etwas diffus an, und ich kneife die Augen zusammen, während ich meine Gedanken zu sortieren versuche.

»Ich habe dich getötet«, sage ich.

Sein Grinsen wird breiter, so dass die Grübchen in seinen Wangen zum Vorschein kommen. »Ja, ich erinnere mich. Das war nicht nett. Darüber müssen wir noch reden. Aber nicht jetzt. Jetzt haben wir Wichtigeres zu besprechen.« Er geht zu einem Tisch und lässt sich dahinter nieder. Mit dem Fuß schiebt er den Stuhl gegenüber vor und deutet mit dem Kopf darauf. »Setz dich.«

Ich nehme Platz. Einen kurzen Moment frage ich mich, warum ich einfach so einwillige, mich zu einem psychopathischen, unmenschlichen Killer zu setzen – warum fühle ich mich in seiner Gegenwart so sicher? Aber dann wird mir etwas klar.

»Ich träume«, sage ich. »Ich träume schon wieder. Du bist nicht wirklich hier. Das kann nicht sein.« Frustriert reibe ich mir das Gesicht. »O Mann. Warum träume ich ständig von dir?«

Er beugt sich vor und stützt die Ellbogen auf den Tisch. Ich kann ihn riechen – Schweiß, Salz und Meer.

»Du hast zum Teil recht«, sagt er. »Du schläfst. Das ist ein Traum. Aber ich bin wirklich hier, Lila.«

»Das bezweifle ich.«

»Meine Reise in die Unterwelt hat mich zu einem alten Freund geführt, der das Unterbewusstsein kontrollieren kann. Ich kann in deine Träume eindringen, Lila Black. Das tue ich schon, seit du mich umgebracht hast – aber erst jetzt konnte ich eine richtige Verbindung herstellen.« Sein Grinsen wird noch breiter. »Offenbar hast du an mich gedacht. Das macht es leichter.«

Ich schüttele den Kopf. »Nein. Ich habe nur … ein schlechtes Gewissen, weil ich dich getötet habe. Was ich nicht haben müsste, immerhin warst du das personifizierte Böse.«

Er lacht leise. »Gut. Böse. Das ist alles das Gleiche, wenn man so lange gelebt hat wie ich. Falls du mir nicht glaubst, frag deinen Freund.« Er lehnt sich lässig zurück. »Obwohl ich mich schon gefragt habe, ob mein Tod dir zu schaffen macht. Wir haben kurz vor dem Ende einen unvergesslichen Moment erlebt, nicht wahr?«

»Das ist verrückt.« Ich stehe auf. Traum hin oder her, das kann ich mir nicht länger anhören.

Unerwartet rasch beugt er sich vor, packt meine Handgelenke und hält mich fest. Mir stockt der Atem. Es ist erst wenige Wochen her, dass ich mich ihm stellen musste, aber ich hatte schon fast vergessen, wie schnell er ist. Meine Haut brennt unter seinen rauen Fingern, und ich kann kaum glauben, wie real er sich anfühlt; wie wenig sich das Ganze nach einem Traum anfühlt.

»Du hast versucht, Psyche zurückzubringen«, sage ich leise. »Du meintest, dafür bräuchtest du ihr Herz. Venus hatte versprochen, dir zu verraten, wo es ist, wenn du sie aus der Unterwelt befreist. Hat sie dir gesagt, wo es ist?«

Valentines Gesicht verfinstert sich.»Natürlich nicht. Meiner Mutter kann man nicht trauen.«

Ich reiße mich von ihm los.»Was willst du von mir, Valentine?«

Seine kalten Augen brennen sich in mich hinein.»Ich will, dass du in die Unterwelt kommst und mich zurückholst.«

Ich starre ihn völlig entgeistert an. Dann breche ich in schallendes Gelächter aus.

Valentine wartet, bis ich mich beruhigt habe.»Was ist so lustig?«, fragt er.

»Du willst, dass ich komme und dich rette?«

»Ja.«

»Du willst, dass ich in die Unterwelt reise, mein Leben riskiere und alle, die ich kenne, hintergehe, um dich – einen Mörder – von den Toten zurückzubringen?«

»Ja.«

Während er mich eingehend mustert, sehe ich wieder diesen Ausdruck in seinem Gesicht – er weiß irgendetwas, von dem ich nicht die geringste Ahnung habe. Der Gedanke trübt meine Heiterkeit.

»Und warum zum Teufel sollte ich das tun?«

»Weil ich etwas habe, das du brauchen wirst.«

Langsam dreht er sich um und nimmt eine zylinderförmige Schatulle vom Stuhl hinter sich. Sie hat etwa die Größe einer Urne. Unter der dicken Schicht Staub ist sie azurblau, und eine Frau ist daraufgemalt. Darunter stehen Buchstaben – Griechisch, glaube ich. Der bronzene Deckel ist kunstvoll verziert und mit Spinnweben bedeckt.

Als er die Schatulle auf dem Tisch abstellt, wirbelt Staub auf, der im fahlen Mondlicht schimmert. Der moderige Geruch vergessener Dinge strömt mir in die Nase.

Die Luft um das Kästchen herum fühlt sich an wie elektrisch aufgeladen, und es knistert vor Energie. Mein Herz rast. Es fühlt sich irgendwie ... mächtig an.

»Was ist das?«

Valentine grinst breit. »Komm zu mir, dann verrate ich es dir.«

Ich starre ihn fassungslos an. »Vergiss es.«

Ohne ein weiteres Wort gehe ich zur Tür.

»Seit jener Nacht in der Höhle fühlst du dich anders, oder?«, fragt er in lockerem Plauderton.

Ich bleibe stehen und drehe mich zu ihm um. Er hat den Raum bereits durchquert und steht direkt hinter mir.

»Hol mich zurück«, sagt er. »Dann erzähle ich dir alles, was du wissen musst.« Er hält einen Moment inne, und ein dunkler Schatten legt sich über sein Gesicht. »Es wird Krieg geben, und – ob es dir gefällt oder nicht – wir beide sind ein Teil davon. Ich könnte dich zwingen, mir zu helfen. Aber das werde ich nicht. Denn du wirst ohnehin bald kommen. Du wirst mich zurückholen, weil du es willst.«

Er hält meinen Blick fest, doch ich kneife argwöhnisch die Augen zusammen. »Niemals.«

»Du wirst diese Schatulle brauchen«, sagt er. Er schaut sich in der Cafeteria um, dann tritt er einen Schritt zurück – sein Blick scheint sich auf etwas zu richten, das nicht da ist. »Ich würde gerne noch länger quatschen, aber wie mir scheint, ist Ärger im Anmarsch. Du musst jetzt aufwachen.« Er grinst und winkt mir zum Abschied zu. »Wir sehen uns, Lila.«

»Valentine, warte –«

Meine Augen öffnen sich schlagartig, und ich bin allein in der schwach beleuchteten Bibliothek. Ich warte auf die Woge der Erleichterung, die mich angesichts dessen überkommen sollte, doch sie bleibt aus. Mir ist eisig kalt. Das Gefühl, dass in meinem Innern etwas Dunkles lauert, lässt nicht nach. Ich streiche mir die Haare aus dem Gesicht und merke, dass meine Hände zittern. Es war nur ein Traum, versuche ich mir einzureden – aber so fühlte es sich nicht an. Es fühlte sich real an.

Ist es möglich, dass ich gerade mit Valentine gesprochen habe – dem Mann, den ich vor zwei Wochen getötet habe?

Ein Geräusch draußen im Flur reißt mich aus meinen Gedanken.

Ärger ist im Anmarsch.

Ich greife mir meinen Stift und halte ihn schützend vor mich wie eine Waffe. Im selben Moment fliegt die Tür auf. Im Türrahmen erscheint Cal, seltsam formell gekleidet in einem grauen Smoking und einem blütenweißen Hemd. Seine blonden Haare sind zurückgekämmt, wie sie es zuletzt auf dem Schulball waren. Er wirft einen verwunderten Blick auf den Stift in meiner Hand. »Es gibt Ärger«, sagt er, dreht sich auf dem Absatz um und marschiert zurück durch die Tür. »Wir müssen zu Cupids Haus. *Sofort.*«

3. Kapitel

Cal ist schon auf halbem Weg den Flur hinunter, bis ich mir meine Tasche geschnappt habe und aus der Tür stürme.

»Cal, warte! Cupids Haus? Was für Ärger?!«

»Ärger eben.« Er sieht mich nicht an.

»Okay … So gesprächig wie immer.« Ich laufe schneller, um ihn einzuholen, und sehe, wie er einen Blick auf die Uhr wirft.

»Was machst du hier?«, fragt er in vorwurfsvollem Ton.

»Ich hab nach dir gesucht.«

»Tja, wie sich herausstellt, bleibt nicht viel Zeit für Hausaufgaben, wenn man böse Göttinnen am Wiederauferstehen hindert und gegen untote Liebesagenten kämpft.«

Er sieht mich fassungslos an. »Hausaufgaben? Du hast Hausaufgaben gemacht, bis –«

»Was ist los?«, unterbreche ich ihn.

Er antwortet nicht, sondern beschleunigt seinen Schritt, als wir den Parkplatz erreichen. Er deutet mit seinem Schlüssel auf das einzige Auto weit und breit, und die Türen des roten Lamborghini schwingen auf. »Beeil dich!«

»Cal, du machst mir Angst. Was ist los? Ist alles in Ordnung?«

Er fährt sich mit der Hand durch seine blonden Haare und begegnet meinem Blick. »Ja, keine Sorge, allen geht's gut. Du wirst schon sehen.« Er steigt ein. »Jetzt komm. Beeilung.«

Cal steckt den Schlüssel ins Zündschloss, sobald ich im Auto sitze, doch dann hält er plötzlich inne und wirft mir einen nervösen Blick zu. Er öffnet den Mund, als wolle er etwas sagen, schließt ihn aber gleich wieder.

Ich ziehe eine Augenbraue hoch. »Was ist?«

»Ist ... ähm ... alles okay? Bei dir?«, fragt er.

Ich atme langsam aus und streiche mir durch meine zerzausten Haare. »Mir geht's gut. Ich hatte nur einen ... Albtraum, nichts weiter.«

Er nickt, als würde das seine Vermutung bestätigen, und wirft den Motor an. »Ich wusste, dass du keine Hausaufgaben gemacht hast.«

»Ach, sei doch still!«

Als er auf die Uhr am Armaturenbrett schaut, wird er blass, und seine Finger krampfen sich um das Lenkrad. Dann brettert er so jäh los, dass mein Kopf an die Lehne gedrückt wird. Ich ziehe irritiert die Stirn kraus, als mir ein würziger Zitrusduft in die Nase steigt. Cal trägt normalerweise kein Eau de Cologne.

Auf der Fahrt herrscht unangenehmes Schweigen, und ich frage mich unwillkürlich, was für Ärger es bei Cupid zu Hause geben könnte, mit dem zwei Original-Cupids nicht ohne mich fertig werden. Außerdem schien Charlie etwas vor mir geheim zu halten, und sie hatte ein Kleid in ihrer Tasche.

Ich kneife argwöhnisch die Augen zusammen. »Du bist seltsam schick gekleidet, Cal. Hast du heute Abend noch was vor?«

Seine Wangen laufen hochrot an. »Nein.«

»Du siehst fast aus, als wolltest du zu einer Party gehen.«

Er räuspert sich, den Blick starr geradeaus gerichtet. »Ich mag keine Partys.«

»Ist dir klar, dass morgen mein achtzehnter Geburtstag ist?«

Er errötet noch heftiger. »Oh. Alles Gute! Das wusste ich nicht.«

Ich sehe aus dem Fenster, als wir uns der Kuppe von Juliet Hill nähern. Cupids modernes Würfelhaus steht am Fuß des Hügels. Der Weg, der zu ihm hinunterführt, ist mit Steinstatuen und matt leuchtenden Solarlampen gesäumt. Hinter der Glasfront ist nichts als Dunkelheit zu erkennen.

»Komisch«, sage ich. »Ich dachte, die Matchmaking-Agentur verfügt über die Geburtsdaten jeder einzelnen Person.«

»Ja … nun …« Cal hält auf der Wiese neben Cupids Pool und zieht den Schlüssel aus dem Zündschloss. Einen Moment sitzen wir schweigend da.

»Dann ist dieser Ärger also kein Vorwand, um mich zu einer … ich weiß auch nicht … Überraschungsparty zu locken?«

Er schürzt die Lippen, sagt aber nichts. Dann sprudelt plötzlich eine Flut von derben Flüchen aus seinem Mund.

»Cal!«, rufe ich gespielt entsetzt. »Das werte ich als Ja.«

Er sieht mich niedergeschlagen an, und da fallen mir die dunklen Ringe unter seinen Augen und seine krankhaft blasse Haut auf. Kann er seit dem Valentinstag auch nicht mehr richtig schlafen?

»Kannst du wenigstens überrascht tun?«, bittet er mich.

»Klar.« Ich lasse mich mit einem erleichterten Seufzen zurücksinken. »Wer hat dich dazu angestiftet? Cupid oder Charlie?«

Er macht ein trübseliges Gesicht. »Beide.«

Ich schüttelte fassungslos den Kopf. »Ich hab Charlie doch gesagt, dass ich keine Party will.«

»Na ja, es ist dein achtzehnter Geburtstag. Und in letzter Zeit ist so viel passiert – sie dachte, es würde dir guttun, mal die Sau rauszulassen. Und da stimme ich ihr zu.« Er drückt auf einen Knopf, und die Türen des Lamborghini öffnen sich – unser Gespräch ist beendet.

Ich folge Cal den Hügel hinunter zu Cupids Haus. Aus der Nähe sehe ich, dass sich Schatten durch die Dunkelheit im Innern bewegen.

»Bereit?«, fragt er.

Ich nicke, atme tief durch und gehe hinein.

»Überraschung!« Die Küche erwacht schlagartig zum Leben. Die Lichter gehen an und offenbaren eine seltsame Mischung aus Liebesagenten und Schülern, alle elegant gekleidet in glitzernden Cocktailkleidern und gebügelten Smokings. Musik dröhnt aus den Lautsprechern, als die Leute sich Bier und Chips von der Theke nehmen und anfangen zu tanzen. Die Luft riecht nach Alkohol und Parfüm.

Mir steigt die Hitze ins Gesicht. Cal mustert mich forschend, um zu sehen, ob ich mich freue, dann nickt er zufrieden. Charlie eilt in einem schwarzen Kleid auf mich zu, und ihr süßes Parfüm hüllt mich ein. Sie schlingt die Arme um mich und küsst mich auf die Wange.

»Du bist so was von tot!«, rufe ich scherzhaft.

Sie lacht. »Eigentlich liebst du mich.«

Als sie mich loslässt, fällt mein Blick auf Cupid. Er steht in einem schwarzen Smoking mitten in der Menge und beobachtet mich. Seine dunkelblonden Haare sind zurückgekämmt, aber eine Strähne fällt ihm ins Gesicht. Auf seinem Gesicht breitet sich ein Grinsen aus. »Herzlichen Glückwunsch, Sonnenschein«, sagt er. »Na, bist du überrascht?«

»Ja«, antworte ich zu schnell.

»Lügnerin.« Seine Augen glitzern schelmisch, als er sich Cal zuwendet. »Du hast es ihr gesagt, oder, Bruderherz?«

Cal zuckt die Achseln und zupft die Ärmel seines grauen Jacketts zurecht. »Sie war etwas … schwieriger als gedacht.«

Cupids Grinsen wird noch breiter.

»Wer hätte das gedacht?«, sagt Crystal, die in diesem Moment lächelnd auf mich zukommt. Sie trägt ein dunkelblaues Abendkleid, und ihre blonden Haare sind zu einem langen Zopf geflochten, der ihr über die Schulter hängt. Sie wünscht mir alles Gute zum Geburtstag, doch in ihrer Stimme schwingt Nervosität mit. »Cal, kann ich kurz mit dir reden?«

Ihre Blicke begegnen sich. Irgendetwas scheint zwischen den beiden vorzugehen. Er folgt ihr hastig durch die Menge, und obwohl ich mich sehr über die Party freue, wird mein Herz plötzlich schwer.

Wenn ich tatsächlich mit Valentine gesprochen habe … Er sagte, es würde Ärger geben. Und ich glaube kaum, dass er von der Überraschungsparty wusste. Crystals und Cals offensichtlicher Anspannung nach zu schließen geht noch etwas anderes vor sich.

Doch da durchströmt mich eine vertraute Wärme, und als ich aufblicke, sehe ich Cupids fröhliches Grinsen. Er umfasst mein Gesicht und drückt mir einen zärtlichen Kuss auf die Lippen. Damit vertreibt er einen Großteil der Dunkelheit, die mich den ganzen Tag fest im Griff hatte. Ich schmiege mich an ihn – mein Körper passt perfekt mit seinem zusammen.

»Alles okay?«, erkundigt er sich, löst sich von mir und legt seine Stirn an meine.

»Ja.« Ich deute auf Cal und Crystal. »Was ist mit den beiden los?«

»Keine Ahnung«, antwortet Cupid. »Und das ist mir auch egal.«

Ich trete einen Schritt zurück und verschränke die Arme vor der Brust. »Die Chefin der Matchmaking-Agentur und dein arbeitsbesessener Bruder führen ein sehr ernstes, intensives Gespräch, und dir ist das völlig egal?«

»Ich weiß nicht, ob dir das schon aufgefallen ist, aber mein Bruder neigt zur Dramatik«, erwidert er trocken.

Ich muss lachen. »Ja. Das ist mir tatsächlich schon aufgefallen. Er hat sich aufgeführt, als wäre es das Ende der Welt, mich herzubringen.«

»Dann komm«, sagt Cupid lächelnd. »Das ist deine Party – über meinen Bruder und seine Geheimnisse kannst du dir später noch Gedanken machen. Holen wir uns einen Drink.«

Ich nehme seine Hand und folge ihm zum Kühlschrank, blicke aber noch einmal zu Cal und Crystal zurück. Sie scheinen sich zu streiten. Aufgebracht deutet Crystal auf einen Zettel in der Hand. Cals Gesicht bleibt wie versteinert, doch er antwortet genauso wütend. Crystal, die meinen Blick auf sich gespürt hat, wirft mir ein erzwungenes Lächeln zu, bevor die beiden im Flur verschwinden.

Valentines Worte hallen in mir nach.

Ärger ist im Anmarsch.

4. Kapitel

Zwanzig Minuten später ist die Party in vollem Gange. Die Liebesagenten scheinen die Küche übernommen zu haben, sie stehen mit Bierflaschen in der Hand um die Theke herum und unterhalten sich in ernstem Ton, während die Schüler alle anderen Räume im unteren Stockwerk von Cupids Haus besetzen. Im Wohnzimmer läuft laute Musik, und der Couchtisch wurde zur Seite geschoben, um Platz für eine behelfsmäßige Tanzfläche zu schaffen. Cupid und Charlie, die sich den Schülern der Forever Falls High angeschlossen haben, tanzen ausgelassen mit ein paar Mädchen aus dem Hockey-Team.

Ich beobachte sie einen Moment, dann schleiche ich mich aus dem Wohnzimmer und die schwarze Wendeltreppe hinauf. Crystal und Cal sind bestimmt auch hochgegangen. Oben höre ich ihre aufgebrachten Stimmen aus einem der Gästezimmer. So leise wie möglich schleiche ich zur Tür und lehne mich neben dem Bild einer Sagengestalt an die Wand.

»Wir müssen etwas unternehmen«, sagt Crystal gerade. »Die Furien ... Die Unterwelt ... Das ist übel, Cal.«

Mir stockt der Atem. Dass ich von Valentine träume und dann dieses Gespräch aufschnappe, ist bestimmt kein Zufall.

»Wir haben das, was sie von uns verlangen, nicht«, erwidert Cal. »Da muss ein Irrtum vorliegen.«

»Sie machen keine Fehler. Und sie stoßen auch keine leeren Drohungen aus. Wir stecken in ersthaften Schwierigkeiten. Und ich glaube, das hat etwas mit Valentine zu tun.«

Das Blut gefriert mir in den Adern.

»Jetzt eine Party zu feiern erscheint mir nicht richtig«, sagt

27

Crystal entschieden. »Wir sollten allen von dem Brief erzählen, und wir sollten Lila fragen, was in jener Nacht, als sie Valentine getötet hat, wirklich passiert ist.«

»Sie hat heute Geburtstag«, braust Cal auf. »Verdirb ihr das nicht. Sie hat schon genug durchgemacht.«

Ich lehne mich haltsuchend an die Wand.

Crystal seufzt schwer. »Wir kümmern uns gleich morgen früh darum«, sagt sie. »Jetzt komm. Die anderen fragen sich bestimmt schon, wo wir sind.«

Das Klackern hoher Absätze nähert sich der Tür. Hastig husche ich den Flur hinunter und verstecke mich in Cupids Schlafzimmer, bis die Schritte verhallen. Mein Herz hämmert, während ich fieberhaft zu begreifen versuche, was ich soeben mit angehört habe; die Unterwelt, ein Brief – und starkes Misstrauen, ob ich wirklich die Wahrheit über meine letzte Begegnung mit Valentine gesagt habe.

Ich habe sie nicht angelogen. Aber ich wollte ihnen nicht bis ins kleinste Detail erklären, warum ich gezögert habe, ihn zu töten. Und ich habe ihnen auch nichts von den Träumen erzählt, die ich seither von ihm hatte.

Cupid hat Valentine immer gehasst, und ich will es nicht noch schlimmer für ihn machen, indem ich ihm sage, dass ich Mitleid mit ihm hatte.

»Du brauchtest anscheinend auch eine Pause«, erklingt plötzlich eine tiefe Stimme mit starkem britischem Akzent und lässt mich erschrocken zusammenfahren.

Ich drehe mich um. Mino sitzt lässig auf dem Sessel neben Cupids Bett, ein abgegriffenes Buch im Schoß. Er trägt ein enganliegendes weißes Hemd, unter dem sich seine Muskeln deutlich abzeichnen. Unter einem hochgekrempelten Ärmel lugt ein Teil des Labyrinths hervor, das in seine dunkle Haut eintätowiert ist.

»Liebesagenten sind furchtbar anstrengend, nicht wahr?« Seine Augen funkeln amüsiert. »Aber es überrascht mich, dich hier oben zu sehen, Lila Black. Gefällt dir deine Geburtstagsparty nicht?«

»Ich … äh …«, stammele ich. »Es ist nur ein bisschen laut.«

Er steht auf und kommt auf mich zu, so dass ich den Kopf in den Nacken legen muss, um ihm ins Gesicht zu sehen.

»Dich bedrückt etwas«, stellt er fest.

»Liest du meine Gedanken?«

Er lacht leise. »Das würdest du merken. Der Verstand ist wie ein Labyrinth, Lila. Aber selbst für mich ist es schwer, mir unbemerkt Zutritt zu verschaffen.«

»Oh«, sage ich. »Gut.«

Seine Lippen verziehen sich zu einem Grinsen. »Also, was bedrückt dich?«

Ich seufze. Meine Gedanken schweifen unwillkürlich zu Valentine ab.

»Kann noch irgendjemand in den Verstand anderer Leute eindringen?«, frage ich. »So wie du?«

»Nicht genau wie ich. Aber ich nehme an, andere können es auf ihre Art. Die Sirenen zum Beispiel können Leute manipulieren und hypnotisieren.«

»Aber nicht, ohne dass sie etwas merken?«

»Nein. Sie hinterlassen immer Spuren.«

»Könntest du es erkennen, wenn jemand in den Verstand eines anderen eingedrungen ist?«

»Natürlich. Wenn ich Zugang zu seinem Verstand hätte.« Er grinst und bleckt dabei seine weißen Zähne. »Aber wenn ich eine falsche Abzweigung nehme, etwas durcheinanderbringe, was nicht durcheinandergebracht werden darf, eine Tür öffne, die geschlossen bleiben sollte … nun, das würde nicht gut ausgehen, oder? Soll ich es versuchen?«

»So verlockend das auch klingt … ich verzichte.«

Mino lacht. »Also, Lila, was glaubst du, wer sich in deinem Verstand zu schaffen gemacht hat?«

Ein lautes Klirren wie von zerberstendem Glas und ein erschrockener Schrei halten mich davon ab zu antworten. Die Musik hört abrupt auf, ersetzt von panischen Rufen. Mino und ich wechseln einen raschen Blick. Dann eilen wir aus dem Raum und die Treppe hinunter. Cupid fängt uns im Flur ab. Über seine Schulter hängen mehrere Bogen und Köcher, und er hat einen beunruhigten Ausdruck im Gesicht.

»Ihr könnt nicht von den Göttern stehlen, ohne einen hohen Preis zu bezahlen«, ertönt eine unbekannte Frauenstimme aus der Küche.

Cupid fasst mich am Arm und zieht mich an die Wand neben der Wohnzimmertür, aus der einige sichtlich verwirrte Schüler hervorspähen. Jason, der Quarterback, schimpft laut darüber, dass die Musik aus ist.

»Wir wollen nicht mit dir kämpfen, Meg«, höre ich Crystals Stimme aus der Küche. »Da liegt eindeutig ein Irrtum vor. Was ihr sucht, ist nicht bei uns.«

Ich blicke zu Cupid auf. »Was ist los?«

»Die Furien sind hier«, antwortet er grimmig.

»Die … wer?«

»Mino, wir müssen die Leute hier rausschaffen, bevor es … gewalttätig wird«, sagt Cupid.

Mino nickt. »Bin schon dabei, mein Freund.«

»Die Furien?«, frage ich, während die Leute sich murrend zur Garage begeben. Ich muss an das Gespräch zwischen Cal und Crystal denken und tippe Cupid aufgebracht an. »Ich hab dir doch gesagt, dass irgendwas Ungutes vor sich geht. Ich hab dir gesagt, dass Cal und Crystal etwas darüber wissen.«

Er starrt mich überrascht an. »Du denkst, sie wussten davon?«

Kelly und Chloe mustern Cupid mit bewunderndem Blick, als sie Arm in Arm an uns vorbeikommen. Ich halte inne, bis die beiden außer Hörweite sind – sie laufen Jason nach, der alle zu sich nach Hause eingeladen hat, um dort weiterzufeiern.

»Kommst du, Lila?«, ruft er.

»Vielleicht später.« Ich setze ein Lächeln auf und beschwöre ihn innerlich, schnell von hier zu verschwinden. Dann wende ich mich wieder an Cupid. »Ja, da bin ich mir sicher. Ich habe gehört, wie sie darüber geredet haben. Wer sind die Furien?!«

Er verzieht das Gesicht. »Rachegöttinnen aus der Unterwelt. Sie haben eine ziemlich miese Einstellung. Und sie arbeiten oft für den Gott des Todes.«

»Was haben sie auf meiner Geburtstagsparty verloren?!«

»Keine Ahnung.« Er zieht mich zur Küchentür. Etwa zwanzig Liebesagenten stehen uns im Weg, und dennoch nimmt sein Gesicht einen grimmigen Ausdruck an – anscheinend ist er groß genug, um zu sehen, was mir verborgen bleibt. »Aber sie haben unsere Gastfreundschaft überbeansprucht.« Er reicht mir Bogen und Köcher, die ich dankbar entgegennehme.

»Wir kämpfen gegen sie?«

»*Ich* kämpfe gegen sie. Das ist nur eine Vorsichtsmaßnahme. Geh und such Cal.«

»Aber –«

31

Er deutet mit dem Daumen auf seine Brust. »Original-Cupid, schon vergessen? Ich kann nicht getötet werden. Finde du meinen Bruder.«

Ich stimme widerwillig zu, und Cupid drückt mir einen Kuss auf die Stirn.

»Also, welche dieser Seelen gebt ihr uns als Gegenleistung?«, verlangt eine der Furien zu wissen.

»Ihr könnt mich haben«, sagt Cupid und tritt vor. »Aber dafür müsst ihr mich erst töten.«

Die Agenten in der Tür drehen sich um, und er erstauntes Raunen erhebt sich, während sie eine Gasse für ihn bilden. Drei Frauen stehen vor der Theke. Sie tragen alle schwarzes Leder und sind mit Schwertern und Peitschen bewaffnet, die im gedimmten Licht glänzen.

»Cupid«, sagt die Kleinste von ihnen. Sie hat kurze, feuerrote Haare, trägt eine Lederjacke, und ihre Lippen umspielt ein kaltes Lächeln. »Es wäre uns ein Vergnügen, dich zurück in die Unterwelt mitzunehmen.«

Die Zweite – ein Mädchen mit blondem Pferdeschwanz und schwarzgeschminkten Lippen – sieht mich mit blitzenden Augen an. »Die hier hat etwas Interessantes an sich«, sagt sie. »Kann ich mit ihr spielen?«

Meine Hand krampft sich um den Bogen, als sie nach der Peitsche an ihrem Gürtel greift. Cupid tritt in Kampfhaltung vor mich, seine Schultern straff gespannt.

»Nicht jetzt, Schwester«, sagt die letzte der Furien – eine große Frau mit dunkler Haut und einem langen schwarzen Zopf. »Wir haben etwas zu erledigen. Sollen wir loslegen?«

»Nur zu«, sagt Cupid und zieht einen Pfeil aus seinem Köcher. Die Furien stürzen sich auf ihn.

5. Kapitel

Cupid feuert den ersten Pfeil ab, legt im Bruchteil einer Sekunde einen zweiten ein und schießt erneut, doch die Furien sind zu schnell. Sie weichen aus und stürmen weiter auf uns zu, ein Wirbelwind aus schwarzem Leder und silbernen Klingen. Die Liebesagenten um uns herum stieben auseinander und drücken sich an die Küchenschränke, um den Furien nicht in die Quere zu kommen. Etwas landet mit einem lauten Krachen auf dem Boden.

Cupid zuckt zusammen. »Nicht meine Weingläser! Die sind neu!«

Er greift sich einen weiteren Pfeil und sticht mit aller Kraft zu, als ihn die Erste der Furien, die Rothaarige, erreicht. Sie pariert den Hieb und bricht die Spitze des Pfeils ab, so dass er zu Asche zerfällt. Sofort geht sie zum Gegenangriff über, aber Cupid springt zurück und kann ihrer Klinge gerade noch entgehen.

»Lila! Such Cal!«, ruft er.

Dann verschwimmt der Kampf zu einem wilden Durcheinander aus Leder, Pfeilen und Schwertern. Ich weiche der Peitsche der blonden Furie aus und stoße mit einem großen Kerl namens Curtis zusammen, den ich schon ein paarmal an der Rezeption der Matchmaking-Agentur gesehen habe. Er hilft mir auf, bevor er sich den anderen Liebesagenten anschließt, die sich zurückgezogen haben und den Kampf vom Flur aus beobachten.

Cal und Crystal stehen vor der Glasfront des Hauses, einen undurchschaubaren Ausdruck im Gesicht. Weder sie noch die anderen etwa zwanzig Agenten versuchen auch nur, Cupid zu helfen. Warum unternimmt niemand etwas?!

Ich ziehe einen schwarzen Pfeil aus meinem Köcher, als Cupid die drei Furien mit seinem Bogen gegen die Theke stößt. Klirrend fallen die grünen Flaschen darauf zu Boden und rollen über die weißen Fliesen. Eine der Rachegöttinnen folgt einer von ihnen mit dem Blick bis zu meinem Fuß, dann sieht sie zu mir auf. Sie grinst, als ich den Bogen spanne.

»Lila!«, schreit Cupid und wischt sich das Blut von der Nase. »Nicht!«

Ehe ich zielen kann, schreit die Furie auf – aus ihrer Schulter ragt einer von Cupids Pfeilen. Als sie ihn herauszieht, steigt schwarzer Rauch auf, doch dann schließt sich die Wunde, als wäre sie nie da gewesen.

Ihr feuriger Blick richtet sich auf Cupid, und sie schließt sich wieder den anderen beiden Furien an, die mit wirbelnden Klingen auf ihn losgehen. Das ist die Gelegenheit. Ich bleibe in der Tür vor der zusammengedrängten Menge stehen und spanne erneut meinen Bogen.

»Lila!« Cal erscheint wie aus dem Nichts neben mir. Sein Gesicht ist totenblass. Er legt eine Hand auf meinen Bogen und drückt ihn nach unten. »Lila, tu das nicht.« Er blickt mich eindringlich an.

Doch im selben Moment höre ich ein Poltern, und Cupid schreit vor Schmerz.

»Warum hilft ihm niemand?!«, frage ich.

»Sie sind Rachegöttinnen, Lila«, sagt Cal, als würde er mit einem trotzigen Kind reden.

»Na und?!«

»Sie denken, wir hätten etwas aus der Unterwelt gestohlen.

Und jetzt drohen sie damit, eine Seele dorthin mitzunehmen, bis wir es zurückgegeben haben. Es könnte schlimmer sein.«

»Wir lassen sie Cupid einfach mitnehmen?!«

»Nein. Wir lassen Cupid mit ihrer Rache fertig werden. Wenn er gewinnt, werden sie zurückkommen, um ihn zu bestrafen – nur ihn allein. Aber wenn sich noch mehr von uns einmischen, könnte es Krieg zwischen der Matchmaking-Agentur und der Unterwelt geben.«

Hinter mir ertönt das laute Klirren von Metall auf Metall. Ich drehe mich erschrocken um, als Cupid einen Messerangriff mit einem Barhocker abwehrt. Die Furie mit dem dunklen Zopf versetzt ihm einen harten Tritt, und er sinkt mit einem Stöhnen auf die Knie. Cal versteift sich.

»Und wenn er nicht gewinnt?«, fahre ich ihn an.

Er antwortete nicht. Mit bleichem Gesicht und straffgespannten Schultern beobachtet er, wie zwei der Furien Cupid an den Armen packen und ihn über den Boden schleifen. Er tritt wild um sich, trifft aber nur herumrollende Bierflaschen.

»Er kommt schon klar«, sagt Cal, doch er klingt alles andere als überzeugt. »Warte … warte es einfach ab.«

Irgendwie schafft Cupid es, der blonden Furie einen Pfeil in den Bauch zu rammen. Schwarzer Rauch steigt aus der Wunde auf, aber die Furie gerät nicht mal ins Straucheln.

»Können Furien überhaupt getötet werden?«

»Wenn er besser zielen würde«, murmelt Cal. Als ich ihm einen ärgerlichen Blick zuwerfe, seufzt er schwer. »Wenn er sie mit einem schwarzen Pfeil ins Herz trifft, müssen sie zurück in die Unterwelt, bis sie das Fährgeld bezahlen und über den Fluss der Toten zurückkehren können. Also kann man sie zumindest vorübergehend töten, ja.«

Ich lege einen Pfeil ein, doch Cal hält mich am Handgelenk fest. »Du willst dich nicht mit den Furien anlegen, Lila.«

Ich ziehe die Hand zurück und fahre mir aufgebracht durch die Haare. Die Liebesagenten sehen untätig zu, wie der Kampf sich dem Ende entgegenneigt. Cupid wirkt erschöpft. Er liegt am Boden. Sein Hemd ist zerfetzt, wo die Messer der Furien auf ihn eingestochen haben. Wenn niemand etwas unternimmt, werden sie ihn in die Unterwelt mitnehmen.

Mein Atem geht keuchend. Die Dunkelheit, die ich schon seit Tagen in mir heranwachsen spüre, erreicht einen eisigen Höhepunkt, und ich halte es nicht mehr aus. Cal versucht mich aufzuhalten, aber ich entwinde mich ihm.

»Halt!« Meine Stimme ist kalt und hart.

Die atemlose Spannung in der Luft nimmt noch zu, als die Liebesagenten erkennen, was ich vorhabe. Vor mir gibt es einen Aufruhr, und ich sehe Charlie, die, von drei Liebesagenten umringt, am anderen Ende des Raumes steht. Ich sollte wahrscheinlich Angst haben. Doch das tue ich nicht. Ich bin vollkommen ruhig. Ich werde gewinnen.

»Lila, was tust du da?«, ruft Cupid und reißt sich mit einem kräftigen Ruck von einer der Furien los. »Cal, bring sie hier raus!«

Die Furie grinst. Sie hebt ihren Dolch und setzt dazu an, etwas zu sagen, doch bevor sie auch nur ein Wort herausbringt, zücke ich meinen Bogen, ziele und schieße. Der Pfeil bohrt sich in ihre Brust.

Ihre dunklen Augen werden groß, als sie meinem Blick begegnet. Verwirrung breitet sich auf ihrem schroffen Gesicht aus. Der Pfeil löst sich auf, und schwarzer Rauch strömt aus ihrem Herzen hervor. Er hüllt sie vollständig ein. Dann ist sie fort. In der Küche kehrt Stille ein. Das Einzige, was ich noch höre, ist mein eigener erstaunlich ruhiger Atem.

Dann wirbeln die anderen beiden Furien zu mir herum und rennen los.

Ich hebe erneut meinen Bogen.

Cupid ist urplötzlich wieder auf den Beinen. Er packt das Mädchen mit den kurzen roten Haaren von hinten, zieht sie an seine Brust und stößt ihr einen Pfeil ins Herz.

»Cal!«, höre ich ihn verzweifelt schreien, als die letzte Furie mich erreicht. Blitzschnell zieht Cal einen Pfeil aus meinem Köcher, stürmt vor und rammt ihn ihr ins Herz.

Sie sieht mich direkt an, als uns der schwarze Rauch umfängt. Er blendet uns. Verzehrt uns. Und durch ihn dringt eine kalte Frauenstimme: »*Drei Seelen. Drei Seelen werden wir dieser Welt entreißen. Eine für jede von uns, die ihr verschmäht habt. Jede Nacht. Bis ihr uns zurückgebt, was ihr gestohlen habt.*«

Der Rauch wabert immer noch um mich herum. Mir ist kalt. Ich fühle mich darin verloren. Es kommt mir vor, als würde die Dunkelheit, die sich seit Valentines Tod in mir ausbreitet, aus mir herausströmen und uns alle verschlingen.

Als sich der Rauch endlich auflöst, stehen Cupid, Cal und ich uns inmitten der verwüsteten Küche zwischen umgekippten Stühlen und zerbrochenen Flaschen gegenüber. Die kleinen Lichter unten an den Küchenschränken flackern, und der Boden ist blutbeschmiert. Wir atmen alle keuchend.

Während die anderen Liebesagenten weiter stumm um uns herumstehen, tritt Crystal vor. Ihre Augen blitzen wütend. »Habt ihr auch nur die geringste Ahnung, was ihr getan habt?!« Sie reibt sich die Nasenwurzel und schließt einen Moment die Augen. »Wir fahren zur Matchmaking-Agentur. *Sofort.*«

6. Kapitel

Betreten sitzen Cupid, Cal und ich auf den neonfarbenen Sesseln vor Crystals Schreibtisch. Cupid drückt sich rechts von mir einen Eisbeutel an die Wange, Cal kauert auf der Kante des Sessels links von mir. Mein Köcher lehnt neben meinen Beinen.

Crystal seufzt schwer und beugt sich vor. »Noch einmal: Habt ihr eine Ahnung, was ihr angerichtet habt?«

Cupid reibt sich den Nacken. »Lass mich raten. Wir haben uns den Zorn einer Furie zugezogen, die jetzt höllische Rache an uns, der Matchmaking-Agentur und der ganzen Welt nehmen will?«

Sie setzt zu einer Erwiderung an, doch Cal fällt ihr ins Wort. »Spar dir den Vortrag, Crystal«, blafft er und setzt sich aufrechter hin. »Wir wissen, dass wir in Schwierigkeiten stecken.«

»Das ist die Untertreibung des Jahres«, entgegnet sie. »Cal, was hast du dir nur dabei gedacht?«

Sie taxieren einander mit ärgerlichem Blick.

»Fairerweise muss man aber sagen, dass die Matchmaking-Agentur schon in Schwierigkeiten steckte, bevor mein Bruder sich eingemischt hat«, sagt Cupid. Dass er seinen Bruder verteidigt, überrascht mich genauso sehr wie Cal. »Und das hat er nur getan, weil ich ihn darum gebeten habe.«

»Ehrlich gesagt glaube ich nicht, dass Cal eine Aufforderung braucht, um Lila zu beschützen, Cupid«, erwidert Crystal.

Cal errötet, wendet den Blick aber nicht von ihr ab. »So war es nicht, und das weißt du genau.«

Die beiden starren einander noch einen Moment wütend an, dann seufzt Crystal und schließt kurz die Augen. »Also gut. Wir müssen die Sachen klären und uns nicht gegenseitig an die Gurgel gehen. Wir müssen einen Weg finden, uns mit den Furien zu einigen.«

Einen Moment herrscht unbehagliches Schweigen.

»Sie meinten, sie würden jede Nacht eine Seele in die Unterwelt mitnehmen, bis wir ihnen zurückgeben, was wir gestohlen haben«, murmele ich leise.

»Na, dann gebt es zurück«, sagt Cupid. »Problem gelöst. Ganz einfach. Also … was wurde ihnen gestohlen?«

Crystal wirft ihm einen strengen Blick zu. »Woher soll ich das wissen?« Sie zögert kurz, dann legt sie einen Brief auf den Tisch. »Den habe ich gestern bekommen.«

Cupid nimmt ihn, und sein Gesicht verfinstert sich zunehmend, während er ihn liest. Dann reicht er ihn an mich weiter.

An die Matchmaking-Agentur,
uns ist kürzlich zu Ohren gekommen, dass ein schweres Verbrechen begangen wurde. Eine wertvolle Seele wurde aus der Unterwelt gestohlen. Wir haben Grund zu der Annahme, dass ihr sie habt.
Gebt sie schnellstmöglich zurück.
Oder tragt die Konsequenzen.
Mit rachsüchtigen Grüßen
Die Furien

Mit einem mulmigen Gefühl im Magen lege ich den Brief auf den Tisch zurück. »Sie denken, die Matchmaking-Agentur hätte eine Seele gestohlen?«, frage ich. »Wessen Seele?«

»Ich weiß es nicht!«, ruft Crystal frustriert. Sie stößt ein tiefes Seufzen aus und sinkt förmlich in sich zusammen. »Wir müssen über jene Nacht in der Höhle reden, Lila.«

Ich balle so fest die Fäuste, dass meine Fingernägel sich in meine Haut graben. Ich will nicht über Valentine reden. Ich verstehe es selbst nicht, aber etwas in mir sträubt sich dagegen.

»Ich habe euch doch schon alles erzählt«, sage ich, mein Ton so eisig, dass Cupid und Cal überrascht die Augenbrauen hochziehen.

Doch Crystal lässt sich nicht beirren. »Nicht im Detail«, erwidert sie. »Wenn eine Seele aus der Unterwelt entkommen ist, dann mit Sicherheit während der Schlacht mit den Untoten am Strand von Malibu. Und bestimmt hat das etwas mit Valentine zu tun.«

»Du denkst, unser Bruder ist wieder da?«, fragt Cupid.

Sie seufzt. »Vielleicht. Wenn er in der Lage war, andere Seelen zurückzuholen –«

»Er ist nicht wieder da«, sage ich.

Die drei Liebesagenten sehen mich verblüfft an, und mir wird zu spät klar, dass ich mit einer Überzeugung gesprochen habe, die in ihren Augen verdächtig wirken muss.

»Woher weißt du das?«, fragt Crystal.

»Ich … ich habe von ihm geträumt. Er sagte, er sei in der Unterwelt.«

Cal sieht mich an, als hätte ich den Verstand verloren, während Crystal irritiert die Stirn krauszieht. Cupid tätschelt meinen Arm. »Klingt, als hättest du vor dem Schlafengehen zu viel Käse gegessen, Sonnenschein«, sagt er mit einem schiefen Grinsen.

»Nun, so stichhaltig dieser Beweis auch ist«, sagt Crystal in sarkastischem Ton, »bist du dir sicher, dass du uns nichts weiter über jene Nacht erzählen kannst?«

Kurz kommt mir der Gedanke, dass ich versuchen sollte, sie zu überzeugen, dass ich wirklich mit Valentine geredet habe, aber er weicht schnell einer tiefen Erleichterung, dass sie mir nicht geglaubt haben. Ich will die Träume und ihn für mich behalten. Auch wenn ich nicht erklären kann, warum.

»Ich habe ihn getötet«, sage ich gelassen. »Ich habe ihm den *Finis* ins Herz gestoßen, und er ist gestorben. Genau wie Venus.«

Crystal mustert mich forschend. Was soll ich ihr sonst noch sagen? Dass es zu einfach schien, ihn zu töten? Dass ich es im entscheidenden Moment gar nicht wirklich tun wollte? Dass ich mich seitdem verändert fühle?

Sie sieht nicht überzeugt aus, aber schließlich nickt sie. »Okay«, sagt sie und sieht auf ihren ordentlich aufgeräumten Schreibtisch hinunter. »Okay, dann planen wir unser weiteres Vorgehen in der Annahme, dass ihr drei in Gefahr schwebt.«

Sie listet eine Reihe von Aufgaben auf, die so schnell wie möglich erledigt werden müssen. Cupid beauftragt sie, nach Malibu zu fahren, Charon, den Fährmann der Toten, ausfindig zu machen und herauszufinden, ob er irgendetwas weiß; Cal trägt sie auf, sich Zugriff zum System der Schicksalsgöttinnen zu verschaffen und zu sehen, ob sich dort eine Seele befindet, die nicht dort sein sollte.

»Ich stationiere ein paar meiner Männer vor Lilas Haus, um ihren Vater zu beschützen, falls die Furien auf die Idee kommen sollten, an ihm Rache zu nehmen«, fährt Crystal fort. Mir wird flau im Magen. »Und ich muss ein paar Liebesagenten an der Forever Falls High einschreiben, damit sie mit Charlie zusammenarbeiten können. Jetzt, da Lila auf ihrer schwarzen Liste steht, greifen sie womöglich die Schule an, wenn wir nicht bald einen Weg finden, sie aufzuhalten.«

»Wie kann ich helfen?«, frage ich.

Crystal sieht mich einen Moment schweigend an, dann drückt sie einen Knopf an der Gegensprechanlage. Wenig später öffnet sich die Tür zu ihrem Büro.

»Du hast gerufen, meine Liebe?« Im Türrahmen steht Mino. Er grinst mir zu, bevor er sich wieder Crystal zuwendet.

»Ich möchte, dass Lila den Abend über bei Mino bleibt, bis Cupid zurück ist.« Ihre Augen glitzern, als würde sie ihm wortlos etwas mitteilen. Ich frage mich, ob sie weiß, dass ich ihr etwas verheimliche, und mich deshalb ausgerechnet von Mino überwachen lässt. Denn es ist nicht leicht, etwas vor jemandem geheim zu halten, der Gedanken lesen kann. Ich erschaudere.

Mino nickt, und auf seinem Gesicht breitet sich ein Grinsen aus. »Natürlich.«

Cal versteift sich, und das Missfallen ist ihm deutlich anzusehen. »Lila sollte bei einem von uns bleiben.«

»Nein. Ich vertraue Mino«, erwidert Crystal. »Bei ihm ist Lila sicher.«

Cupid umfasst meinen Arm und drückt ihn sanft. »Ist das okay für dich?«

Ich sehe Crystal an. »Und Dad wird ganz sicher nichts passieren?«

Sie nickt, und ich drehe mich zu Cupid um. Auf seiner Wange prangt ein dunkler Bluterguss, und sein Hemd ist zerrissen. Ich verspüre den Drang, ihm durch die Haare zu streichen und die Strähnen zu glätten, die ihm wild vom Kopf abstehen, aber alle beobachten uns, also setze ich stattdessen ein Lächeln auf. »Ja. Wir sehen uns ganz bald wieder.«

Ich lege meine Hand auf seine und drücke sie zärtlich, dann stehe ich auf.

»Großartig.« Crystal lächelt steif. »Wir treffen uns morgen früh wieder hier. Hoffentlich mit Neuigkeiten, die uns helfen, diesen Schlamassel in Ordnung zu bringen, bevor die Furien zurückkommen und drei Seelen in die Unterwelt schleifen.«

Mino verlässt das Büro, und ich folge ihm. »Na, dann komm, Lila«, sagt er und grinst breit. »Ich wette, du hättest nicht gedacht, dass du deinen Geburtstag mit mir verbringen würdest.«

7. Kapitel

Während wir in Minos Wagen die Autobahn hinunterbrausen, herrscht angespanntes Schweigen.

Ich bin nervös. Auf einmal geht mir auf, dass ich nie Zeit allein mit ihm verbracht habe. Auch wenn Crystal ihm offensichtlich vertraut und er uns im Kampf gegen Venus und Valentine geholfen hat, weiß ich nicht recht, was ich von ihm halten soll. Und Cal scheint ihn *wirklich* nicht zu mögen.

Trotz der unbehaglichen Stille wirkt Mino vollkommen entspannt; seine großen Hände liegen lässig auf dem Lenkrad, und er behält mit gelassenem Blick den Straßenverkehr im Auge.

»Es gibt keinen Grund, nervös zu sein, Lila.« Er wirft mir einen Seitenblick zu und bleckt die Zähne zu einem Grinsen. »Ich beiße nicht.«

Ich wende mich rasch ab und sehe aus dem Fenster, lasse den Blick über die Wolkenkratzer von Los Angeles schweifen, die hoch in den Nachthimmel emporragen. Schließlich nehme ich all meinen Mut zusammen. »Crystal will, dass du in meinen Verstand eindringst, oder?«

»Anscheinend.«

Mein Innerstes zieht sich zusammen. »Sie denkt, ich verheimliche euch etwas.«

Er schweigt einen Moment und lässt die bleischwere Stille zwischen uns hängen.

»Tust du das?«, fragt er schließlich.

Ich sehe kurz zu ihm hinüber, begutachte sein weißes Hemd, unter dem sich seine Muskeln wölben, sein kurzes schwarzes Haar und die blasse Narbe, die sich über seine linke Augenbraue zieht. Sein Blick ist starr auf die Straße vor uns gerichtet, sein Gesicht ausdruckslos.

Valentine besucht mich in meinen Träumen, ich glaube, das könnte real sein, und ein Teil von mir ist erleichtert, dass es ihm gutgeht.

»Wirst … wirst du es tun?«, frage ich, ohne auf seine Frage einzugehen.

Er antwortet nicht gleich. Er leckt sich die Lippen, dann zieht er die Augenbrauen hoch, so dass seine Narbe noch deutlicher zum Vorschein kommt. »Ich finde es nicht gerade höflich, ohne Einladung in den Verstand eines anderen einzudringen«, sagt er. »Darum spare ich mir das für meine Feinde auf. Wir sind keine Feinde, oder, Lila?«

»Nein«, antworte ich hastig. »Nein, das sind wir nicht.«

Auf seinem Gesicht erscheint ein zufriedenes Grinsen. »Gut.«

Ich warte darauf, dass ich ruhiger werde – immerhin hat er gesagt, dass er es nicht tun wird. Aber ich weiß immer noch nicht, ob ich ihm vertrauen kann.

Unsere Fahrt endet in der Tiefgarage einer verlassenen Lagerhalle im Zentrum von Los Angeles. Außer uns ist niemand hier, und meine Nervosität nimmt jäh zu, als Mino den Schlüssel aus dem Zündschloss zieht und den Motor abwürgt.

»Home, sweet home«, sagt er und wirft mir einen flüchtigen Blick zu, bevor er die Tür aufmacht und in die Dunkelheit hinaustritt.

Ich bleibe einen Moment sitzen, dann folge ich ihm. Er deutet mit seinem Schlüssel auf das Auto, und ein lautes Piepsen hallt in der leeren Garage wider. Dann steckt er ihn in die

Gesäßtasche seiner schwarzen Hose und marschiert auf das Gebäude zu. »Kommst du?«

Ich hole ihn kurz vor einer alten Metalltür ein, die zu einer Metalltreppe führt. Als wir oben ankommen, wird die Luft kälter, und ich habe das überwältigende Gefühl, plötzlich unglaublich viel Platz zu haben. Mino geht zur Wand und betätigt einen Schalter. Ein paar Stehlampen und Glühbirnen, die auf verschiedenen Höhen hängen, gehen an. Mir bleibt vor Überraschung der Mund offen stehen.

Die riesige Lagerhalle wurde zu einer Wohnung umfunktioniert. Die Decke erstreckt sich hoch über uns, und in dem gigantischen Raum gibt es überall Metalltreppen, die auf andere Ebenen führen – manche abgetrennt, andere offen, mit Galerien, die auf die untere Etage hinabblicken. Das Ganze erinnert mich an ein umgedrehtes Labyrinth. Was durchaus Sinn ergibt, wenn ich bedenke, was in der *Geschichte des Finis* stand.

Die Bestie hatte schon immer eine besondere Vorliebe für Labyrinthe gehabt.

Auf dieser Ebene befindet sich links von uns eine Küche, und vor den vergitterten Fenstern auf der anderen Seite der riesigen Lagerhalle steht eine Ansammlung schwarzer Ledersofas. Bücherregale säumen die roten Backsteinwände, aber abgesehen davon ist die Halle so gut wie leer.

»Wow, dieser Raum ist riesig«, sage ich, und meine Stimme hallt von der hohen Decke wider.

»Nun, ich war ja auch den größten Teil meines Lebens in einer winzigen Zelle im Kerker der Matchmaking-Agentur eingesperrt«, erwidert er achselzuckend, geht zu der schwarzen Kücheninsel, nimmt eine Karaffe, die mit einer blutroten Flüssigkeit gefüllt ist, und schenkt sich ein Glas ein. »Darum ist es schön, jetzt so viel Platz zu haben.« Er hebt sein Glas. »Wein?«

»Ähm … nein danke.«

»Bist du sicher? Das ist echt guter Wein. Über hundert Jahre alt. Aus Florenz.«

Als ich ablehne, zuckt er erneut die Achseln, trinkt einen Schluck und stellt das Glas ab. »Nun denn, fühl dich ganz wie zu Hause.«

Die Lichter an den Unterseiten seiner schicken schwarzen Küchenschränke strahlen ihn von hinten an, was ihn noch imposanter erscheinen lässt. Während ich mich auf einem der Stühle niederlasse, öffnet er den obersten Knopf seines Hemdes und krempelt die Ärmel hoch, dann wirft er mir einen durchdringenden Blick zu.

Dass er nicht versucht herauszufinden, was ich verheimliche, ist beunruhigender, als wenn er mich mit Fragen löchern würde. Ich werde nicht schlau aus ihm. Ich weiß nicht, was ihn antreibt oder was er will.

»Ich mache dich nervös. Warum?«, fragt er.

»Du meinst, abgesehen davon, dass ich in dem Labyrinth war, das du in der Sim erschaffen hast? Und dass du Valentine – den mächtigsten Cupid, den ich kenne – in Schlaf versetzt hast, indem du ihn einfach nur angeguckt hast?«, entgegne ich, und er lacht. »Außerdem«, fahre ich fort, »ist Cal dir gegenüber sehr misstrauisch.«

Mino grinst breit. »Ja, Cal war noch nie mein größter Fan. Wir beide kennen uns schon lange. Ich war mal im Labyrinth seines Verstandes, wusstest du das?«

»Du hast gesagt, du würdest nur in den Verstand von Feinden eindringen.«

Seine Augen blitzen. »Ja, das habe ich.«

Ich runzele irritiert die Stirn. Ich dachte immer, Cals Abneigung gegen Mino wäre einseitig und käme daher, dass er ihn für gefährlich hält.

»Was habt ihr zwei für ein Problem miteinander?«

Mino schwenkt sein Glas und trinkt noch einen Schluck. »Er hat jemanden getötet, der mir wichtig war. Damals im 19. Jahrhundert.«

»Cal hat jemanden getötet?!«, frage ich zutiefst erschüttert.

»Ja. Also bin ich in seinen Verstand eingedrungen, um herauszufinden, wer ihm mehr bedeutet als alles andere auf der Welt. Damit ich die Schuld begleichen und ihm diese Person nehmen konnte.«

Mich erfasst ein kaltes Grauen. Unwillkürlich muss ich an das Mädchen denken, von dem Cal mir bei unserem Tanz auf dem Schulball erzählt hat. Erst kürzlich hat er mir gesagt, dass er sich auf die Suche nach ihr gemacht hat, sie aber nicht finden konnte. Mir wird schlecht.

»Amena?«, frage ich leise.

Mino blickt mich durchdringend an und lässt die Frage einen Moment zwischen uns hängen. Dann schüttelt er den Kopf. »Nein. Nicht Amena. Sie war ihm früher einmal sehr wichtig, aber seine Gefühle hatten sich verändert.« Er hält kurz inne, ehe er weiterspricht. »Es war jemand anderes.«

»Oh. Und hast du ... diese Person ... getötet?«

Mino taxiert mich mit stechendem Blick. Dann breitet sich ein träges Grinsen auf seinem Gesicht aus. »Nein. Habe ich nicht.«

»Warum nicht?«

»Weil ...« Er sieht einen Moment nachdenklich aus, und

sein Grinsen verblasst. »Weil diese Person es nicht verdient hat zu sterben.«

»Warum hasst Cal dich dann so sehr?«

Seine Augen richten sich wieder auf mich. »Ich glaube, er befürchtet, dass ich meine Meinung eines Tages ändern und sie ihm doch noch nehmen könnte.«

Wir verfallen in Schweigen, und er trinkt noch einen großen Schluck Wein.

»Wer war diese Person, die dir so wichtig war? Die Cal getötet hat?«, frage ich. »Ein Mädchen?«

»Ja. Aber es war nichts Romantisches. Sie steckte in Schwierigkeiten, und sie hatte ein paar schreckliche Dinge getan. Aber ich konnte sie verstehen. Sie hatte etwas Finsteres in sich. Genau wie ich.« Er mustert mich eindringlich. »Und genau wie du, Lila Black.«

»Was? Was soll das heißen?« Die Worte sprudeln förmlich aus mir heraus.

Er lacht leise. »Ich sehe die Dunkelheit in dir, Lila. Sie wächst, breitet sich immer weiter aus. Vielleicht bist du dir dessen selbst noch nicht bewusst, aber sie lauert in dir. Mächtig. Gefühllos. Unkontrollierbar. Ich weiß, wie sich das anfühlt. Ich verstehe es besser, als unsere Liebesagenten-Freunde das je könnten. Seit jener Nacht in der Höhle hat sich etwas in dir verändert.« Er legt eine Pause ein und gönnt sich noch einen Schluck Wein.

»Warum ich dir das erzähle?«, fährt er dann fort. »Du willst wissen, warum ich dir von Cal und dem Mädchen aus meiner Vergangenheit erzählt habe? Weil ich dir klarmachen möchte, dass manche Leute ins Licht gehören – und andere in den Schatten. Und auch wenn Crystal mir sehr viel bedeutet –

meine Loyalität wird immer jenen im Schatten gehören. Wenn du bereit bist, werde ich dich ins Labyrinth deines Verstandes bringen, und wir werden die Quelle der Dunkelheit in dir finden. Aber das wird auf deinen Befehl geschehen, nicht auf Crystals.« Die Aufrichtigkeit in seinen braunen Augen überrascht mich. »Ich mache dich nervös, Lila. Aber du hast nichts von mir zu befürchten.«

Er leert sein Glas in einem Zug und stellt es auf dem Küchenschrank ab. »Du kannst in dem Zimmer oben schlafen.« Er deutet auf die Treppe hinter mir und schenkt mir sein erstes echtes Lächeln. »Das Bett ist frisch bezogen. Ich bin hier unten, wenn du noch irgendwas brauchst«, sagt er und geht zu einem der Sofas. »Ich brauche keinen Schlaf. Ich lese einfach ein bisschen.«

»Ich … äh … danke«, stammele ich mit belegter Stimme.

Ich stehe auf und gehe die Treppe hinauf, die von kleinen Lampen im Boden beleuchtet wird.

»Träum süß, Lila«, ruft Mino, als ich oben ankomme.

Ich starre ihn verblüfft an. Seine Worte verwirren mich, aber irgendwie wirken sie auch seltsam tröstlich.

»Danke«, sage ich erneut, und diesmal zittert meine Stimme kein bisschen.

Er nickt, und ich gehe ins Zimmer und schließe die Tür hinter mir. Der Raum ist klein und spärlich eingerichtet. Über das schmale Bett ist eine schwarze Tagesdecke gebreitet. Daneben steht ein kleiner Nachttisch mit einer Leselampe darauf, und an der Wand hängt ein Spiegel mit einem kunstvoll verzierten bronzenen Rahmen.

Ich ziehe Schuhe und Socken aus und lege mich ins Bett. Mein Kopf versinkt im weichen Kissen.

Ein Blick auf die Uhr bestätigt mir, dass es weit nach Mitternacht ist. Auf dem Display wird eine Nachricht von Dad angezeigt, der mir alles Gute zum Geburtstag und viel Spaß auf der Party wünscht. Charlie muss ihm davon erzählt haben. Ein Glück. In der ganzen Aufregung habe ich ganz vergessen, ihm Bescheid zu geben, dass ich heute Nacht nicht nach Hause komme. Charlie hat mir auch geschrieben, um mich zu informieren, dass Crystal wie versprochen Agenten vor meinem Haus stationiert hat, falls die Furien zurückkommen. Die letzte Nachricht ist von Cupid:

Bin gerade in Malibu angekommen. Noch keine Spur von Charon. Ich wünschte, du wärst bei mir. Du solltest deinen Geburtstag nicht so verbringen müssen. Ich mache es morgen wieder gut, Sonnenschein. X

Ich lächele und schreibe ihm schnell zurück, dann schalte ich die Nachttischlampe aus. Sobald der Raum in Dunkelheit versinkt, überkommt mich eine heftige Unruhe.

Als ich zum letzten Mal geschlafen habe, ist mir Valentine erschienen. Und ein Teil von mir will ihn wiedersehen.

8. Kapitel

Eine Weile liege ich wach und starre auf einen Riss in dem Dachbalken über mir. Bis auf das matte Licht, das unter der Tür hindurchscheint, ist es vollkommen dunkel. In Minos seltsamem Zuhause ist es totenstill, aber in meinem Kopf herrscht ein Höllenlärm. Meine Gedanken überschlagen sich, während ich die Nacht, in der ich Valentine getötet habe, den letzten Traum, den ich von ihm hatte, und seine Warnung immer und immer wieder im Kopf durchspiele.

Schließlich setze ich mich auf und fasse einen Entschluss. Cupid, Cal und Crystal haben mir nicht geglaubt, als ich ihnen von den Träumen erzählt habe, und ein Teil von mir hat sich darüber gefreut. Aber ich muss mit jemandem darüber reden. Mino wird mich verstehen.

Barfuß schleiche ich zur Tür, öffne sie und trete auf die Zwischenetage hinaus. Die Holzdielen knarren unter meinen Füßen. Das Licht, das die Lampen im Boden verströmen, kommt mir matter vor als vorhin; ein fahler Lichtschimmer in der Dunkelheit. Ich spähe über das Geländer und lasse meinen Blick über die Küche und die Bücherregale schweifen.

Irgendetwas stimmt hier nicht.

»Mino?«, rufe ich.

»Nein. Nicht Mino.«

Ein kalter Schauer läuft mir über den Rücken, als eine hochgewachsene Gestalt von einem der Ledersofas vor dem vergitterten Fenster aufsteht. Valentine. Er durchquert die Lagerhalle und baut sich in dem Mondlicht auf, das durch ein Fenster weiter oben fällt. Langsam blickt er zu mir auf.

Mein Herz setzt einen Schlag aus, als sich unsere Blicke begegnen.

»Ich vermute, du hattest einen ziemlich ereignisreichen Abend.« Ein teuflisches Grinsen breitet sich auf Valentines Gesicht aus. »Ich hab gehört, du hast eine Furie getötet. Dazu sind die meisten Liebesagenten nicht imstande, geschweige denn ein Mensch.«

Ich atme tief durch und versuche, meine diffusen Gedanken zu sortieren. Wenn er hier ist, muss das ein Traum sein. Und wenn es nur ein Traum ist, kann er mir nichts anhaben.

Aber er kann mir nützliche Informationen geben.

Meine Finger krampfen sich fester um die Balustrade.

»Was machst du hier?«, frage ich. »Woher weißt du von den Furien?«

»Komm her, dann erzähle ich es dir«, ruft er. »Ich fühle mich wie in *Romeo und Julia*, wenn du da oben stehst.«

»Die Geschichte ist nicht gut ausgegangen.«

Die Heiterkeit verschwindet schlagartig aus seinem Gesicht, und etwas Dunkles flackert in seinen Augen auf. »Nein, ist sie nicht. Komm runter, Lila.«

»Lieber nicht.«

Er zieht eine schwarze Braue hoch, und seine Augen blitzen bedrohlich. »Bring mich nicht dazu, zu dir raufzukommen.«

Ich stoße ein Lachen aus, aber es klingt gezwungen. »Soll mir das Angst machen?«, erwidere ich. »Ich träume. Und du bist tot. Du bist nicht wirklich hier.«

»Nein«, sagt er. »Aber dein Unterbewusstsein denkt, ich wäre da. Ich kann dich trotzdem berühren, Lila. Wir können dennoch etwas fühlen in unserer kleinen Welt.« Er leckt sich die Lippen. »Lust. Schmerz.«

Seine Grübchen kommen wieder zum Vorschein, als er grinst. Er geht zur Treppe und steigt gemächlich hinauf. Ich bleibe wie angewurzelt stehen.

»Ich kenne dich, Lila. Besser, als du dich selbst kennst.«

Alles in mir schreit danach, aufzuwachen, wegzulaufen oder zu kämpfen. *Irgendetwas* zu unternehmen. Aber stattdessen stehe ich da wie erstarrt. Er nähert sich mir wie ein Raubtier, das jeden Moment über seine Beute herfallen wird.

»Du hast mich hierher eingeladen«, sagt er. »Ich hab dir doch gesagt, ich kann keine gute Verbindung zu deinen Träumen aufbauen, wenn du nicht an mich denkst.«

»Du bist verrückt.«

»Vielleicht. Aber du wolltest mich sehen – den Mann, der dein Herz stehlen wollte und den du in den Tod geschickt hast.« Die oberste Stufe knarrt unter seinem Stiefel. »Hier bin ich; mächtig, unsterblich, ein Mörder. Und du läufst nicht weg. Also bist du womöglich auch verrückt, Lila.« Er grinst, als er das Zwischengeschoss betritt. Ich stehe reglos da, wie gelähmt von seiner hypnotisierenden Stimme.

»Warum wolltest du mich sehen?« Seine strahlend blauen Augen funkeln wissend. Ich kann seine Hitze von hier aus spüren – unverkennbar und so real. Um die Gedanken zu vertreiben, blinzele ich angestrengt.

»Das weißt du selbst nicht, oder?«, vermutet er. »Aber das wirst du.«

Als er auf mich zukommt, erwache ich endlich aus meiner Starre. Das Geländer fest umklammert, stemme ich mich hoch und trete ihm mit beiden Füßen gegen die Brust. Er taumelt zurück, und ich drehe mich blitzschnell um. Ohne zu zögern, springe ich über das Geländer und lande auf dem harten Betonboden. Mein Herz hämmert. Panisch haste ich halb rennend, halb stolpernd zur Küche und ziehe ein Messer aus dem Holzblock.

Im nächsten Moment ist er hinter mir.

Ich wirbele herum und lasse das Messer durch die Luft sausen, doch er fängt den Schlag ab und packt mich am Handgelenk. Seine Finger sind rau und warm. Er tritt einen Schritt näher, so dass die scharfe Klinge sich an seine ungeschützte Haut drückt. Entsetzt weiche ich zurück und stoße mit dem Rücken gegen den Küchenschrank.

»Hier sind wir also wieder«, raunt er. »Ich bin dir erneut auf Gedeih und Verderb ausgeliefert.«

Ich drücke ihm das Messer an die Kehle, aber er hält mich auf, ehe ich ihm die Haut aufritze, sein Griff so hart und unnachgiebig wie Stahl.

»Was wirst du jetzt tun, Lila?« Er spricht meinen Namen auf seine übliche, seltsam melodiöse Art aus.

»Ich werde dir ein paar Fragen stellen«, sage ich und kneife argwöhnisch die Augen zusammen. »Und du wirst sie beantworten.«

Er lächelt. »Okay.«

Ich versuche, mir meine Überraschung über seine widerspruchslose Einwilligung nicht anmerken zu lassen. Ich bin sicher, dass er mich überwältigen könnte, wenn er wollte. Er ist mühelos in meinen Verstand eingedrungen. Der Valentinstag ist erst ein paar Wochen her, bestimmt verfügt er immer noch über einen Teil seiner göttlichen Kräfte. Bei dem Gedanken kommt mir die Frage in den Sinn, die mich schon seit der Schlacht plagt: »In jener Nacht in der Höhle ... Du hast zugelassen, dass ich dich töte. Oder?«

Sein Grinsen wird breiter, aber er antwortet nicht. Das reicht mir als Bestätigung. Eine heftige Übelkeit steigt in mir auf. Ich wusste doch, dass es zu leicht war.

»Warum?«, frage ich.

»Willst du reden?« Er wirft einen gelassenen Blick auf das Messer, das wir beide umklammert halten. »Oder mich doch lieber erstechen?«

Ich sehe ihn ärgerlich an und warte, bis er mein Handgelenk loslässt, bevor ich das Messer weglege. Mit einem breiten Grinsen im Gesicht lehnt er sich an die Kücheninsel und fährt sich mit der Hand über die kurzgeschorenen schwarzen Haare, ohne mich aus den Augen zu lassen.

»Weiß dein *Freund*, dass wir miteinander reden?« Er betont das Wort auf eine seltsame, gefühlskalte Art.

Ich wende den Blick ab. »Nein.«

Sein Grinsen wird breiter, so dass die Grübchen in seinen Wangen noch deutlicher hervortreten. »Ah. Weil er dir nicht glaubt, dass ich dich in deinen Träumen besuche? Oder weil du ihm lieber nichts von mir erzählen willst?«

Ich gehe nicht auf die ehrliche Neugier in seinen Augen ein. »Du hast zugelassen, dass ich dich töte. Warum?«

»Ich wollte dir etwas geben.«

»Was?«

»Und ich musste an einen Ort gelangen, zu dem nur Tote oder geladene Gäste Zugang haben. Wie dem auch sei – ich wusste, dass du mich zurückholen würdest.«

»Also erst mal, nein, das werde ich nicht. Aber wovon redest du da? Du hast mir nichts gegeben.«

»Ach nein?«

Ich denke an jenen Moment in der Höhle zurück – wie

ich mit einer Hand den *Finis* in seine Brust stieß und mit der anderen die silberne Kette um seinen Hals umklammerte, an der ein rostiger Schlüssel hing.

»Ich habe mir den Schlüssel zu deiner grusligen Kiste voller Herzen *genommen*, um sie zu zerstören und deine Zombiearmee zurück auf die Fähre der Toten zu schicken. Meinst du das?«

»In gewisser Hinsicht.« Er lacht leise und zuckt die Achseln. »Nun, ist das alles, was du mich fragen wolltest? Kann ich jetzt gehen?«

»Warte«, sage ich. »Die Furien denken, die Matchmaking-Agentur hätte eine Seele aus der Unterwelt gestohlen. Was weißt du darüber?«

Er hält einen Moment inne. »Ich habe einen Verdacht.«

»Und der wäre?«

»Ich glaube, das steht mit unserem ... intimen Moment in der Höhle in Zusammenhang.«

»Wir hatten keinen –«

»Ich könnte Nachforschungen für dich anstellen«, unterbricht er mich, »wenn du möchtest.«

Mir verschlägt es den Atem. »Du meinst ... du wirst mir helfen?«

»Kling nicht so überrascht!«

Ich mustere ihn argwöhnisch. »Nun, bisher warst du nicht sehr hilfreich. Willst du das etwa bestreiten?«

Er blickt betreten zu Boden und reibt sich den Nacken. »Da hast du wohl recht«, gesteht er und schenkt mir ein beinahe verlegenes Lächeln. »Aber ich kann dir helfen.«

»Das nehme ich dir nicht ab.«

Er legt eine Hand auf seine Brust und grinst mich mit

einem schelmischen Funkeln in den Augen an. »Ich schwöre es bei meinem Leben!«

»Das würde deutlich mehr bedeuten, wenn du nicht schon tot wärst.«

Er lacht. »Ich werde dir helfen. Das verspreche ich dir.«

»Warum solltest du das tun? Was hast du davon?«

Er zuckt die Achseln und lässt den Blick durch die gigantische Lagerhalle schweifen. »Du kannst mich nicht aus diesem Drecksloch retten, wenn die Furien dich umbringen, oder?« Er stößt sich von der Kücheninsel ab und tritt näher zu mir. »Mach um die Mittagszeit ein Nickerchen, Lila. Dann habe ich hoffentlich mehr Informationen für dich. Bis dahin« – seine Lippen verziehen sich zu seinem Grinsen – »träum süß.«

Die Szene verschwimmt. Meine Augen öffnen sich schlagartig. Ich liege allein im Bett, in Schweiß gebadet. Den Rest der Nacht träume ich unruhig von einer alles verschlingenden Dunkelheit, einem goldenen Schimmer und einem Schiff mit schwarzen Segeln, das über einen Fluss fährt. Ich wache erst wieder auf, als jemand an die Tür klopft.

»Guten Morgen, Lila!«, ruft Mino.

Ich stöhne. Mein Atem geht keuchend, und mein Herz rast, als ich mich an meinen letzten Traum erinnere, in dem ich in einem Berg von Getreide ertrunken bin. Das Zimmer ist hell erleuchtet, Sonnenlicht flutet durch das schmale, horizontale Fenster an der Decke herein.

»Komm, lass uns frühstücken«, sagt Mino. »Cupid ist zurück. Und er hat einen Freund mitgebracht.«

9. Kapitel

Cupid ist hier. Darüber sollte ich mich freuen. Aber ich kann das Grauen und die Dunkelheit, die in meiner Brust wütet wie ein Tornado, nicht abschütteln. Mein Blick haftet an dem Riss in dem Dachbalken über mir, während ich meinen rasenden Herzschlag zu beruhigen versuche. Bei der Erinnerung an meinen ersten Traum fühle ich mich unrein, als hätte Valentines Hand auf meiner, während wir das Messer zwischen uns hielten, meine Seele verdorben.

»Lila?«, ruft Mino.

Ich hole tief Luft. »Ich komme!«

Mühsam wälze ich mich aus dem Bett und werfe einen Blick in den Spiegel, der an der Wand hängt. Ich sehe genauso mitgenommen aus, wie ich mich fühle. Unter meinen Augen liegen tiefe Schatten, und meine dunklen Haare hängen mir völlig zerzaust über die Schultern. Ich kneife mir in die Wangen, um wieder etwas Farbe ins Gesicht zu bekommen, und binde meine Haare zu einem lockeren Knoten zusammen. Dann ziehe ich meine Socken und Sneakers an und schlurfe aus dem Zimmer.

Cupid sitzt auf einem der Barhocker an der Theke. Er trägt immer noch seinen zerfetzten Smoking, aber die zerknitterten Ärmel sind hochgekrempelt und die drei obersten Hemdknöpfe offen. Als ich auf die knarrenden Dielen oben an der Treppe trete, blickt er zu mir auf.

Ein strahlendes Lächeln erhellt sein Gesicht. Noch bevor ich die ersten Stufen hinuntergelaufen bin, hat er den Raum mit wenigen großen Schritten durchquert, und wir treffen uns auf halber Strecke. Er hebt mich hoch und wirbelt mich herum, während ich die Arme fest um seinen Nacken schlinge.

»Du bist aber froh, mich zu sehen«, sage ich lachend.

Er blickt mit vergnügt glitzernden Augen zu mir auf. »Na ja, uns droht zwar mal wieder das Ende der Welt ... aber es ist immerhin dein Geburtstag!«

»Das Ende der Welt, hm?«

»Aber es ist dein Geburtstag!«, entgegnet er enthusiastisch.

Langsam setzt er mich auf dem Boden ab und tritt einen Schritt zurück. Er öffnet sein Jackett und holt ein kleines, in Papier mit bunten Ballons darauf eingepacktes Geschenk hervor. Sein Gesicht nimmt einen verlegenen Ausdruck an, als er es mir reicht.

»Herzlichen Glückwunsch«, sagt er.

Ich werfe ihm einen erstaunten Blick zu, dann packe ich das Geschenk aus. Es ist eine Schmuckschachtel.

»Das war doch echt nicht nötig«, sage ich.

»Eigentlich wollte ich es dir gestern schon geben. Aber ... na ja ... du weißt schon.«

Ich öffne die Schachtel. Darin befindet sich eine filigrane Kette mit einem silbernen Pfeil-und-Bogen-Anhänger. Cupid tritt nervös von einem Fuß auf den anderen, während ich das Schmuckstück voller Verwunderung anstarre. Mir kommen fast die Tränen. Ich hätte nicht gedacht, dass er mir etwas schenken würde.

»Gefällt er dir?«, erkundigt er sich zaghaft.

»Ich liebe ihn«, antworte ich freudestrahlend. »Danke.«

Ich stelle mich auf die Zehenspitzen und drücke ihm einen Kuss auf die Lippen, dann hole ich die Kette aus der Schachtel und lege sie um. Cupid hilft mir mit dem Verschluss, ein breites Grinsen im Gesicht.

»Also … was meintest du vorhin mit dem Ende der Welt?«, frage ich und werfe einen Blick hinunter in die Küche. Mino, der in einer grauen Jogginghose und einem schwarzen T-Shirt ungewohnt leger gekleidet ist, gießt gerade heißes Wasser in einen Kaffeebereiter und ignoriert unser Geturtel geflissentlich. Der Geruch frisch gemahlener Kaffeebohnen steigt mir in die Nase. »Und kann das warten, bis ich eine Tasse Kaffee getrunken habe?!«

Cupid grinst, nimmt meine Hand und begleitet mich nach unten. »Du bist wirklich kein Morgenmensch, oder, Sonnenschein?«

Eine Bewegung vor den versperrten Fenstern erregt meine Aufmerksamkeit, und plötzlich fällt mir wieder ein, dass Mino gesagt hat, Cupid hätte einen Freund mitgebracht. Neugierig spähe ich zur anderen Seite der Lagerhalle. Ein Mann mit dunkler Haut, Dreadlocks und klugen braunen Augen kommt grinsend auf mich zu. Ich lächele zurück. Als ich ihn das letzte Mal gesehen habe, hat er mir Cals Lebensfaden zurückgebracht und mich gewarnt, ich solle auf mich achtgeben.

»Hi, Charon«, sage ich.

Er bleibt ein Stück vor mir stehen. »Schön, dich wiederzusehen, Lila.«

Er trägt blaue Surfer-Shorts, Flipflops und ein blütenweißes Leinenhemd und sieht viel heiterer aus als bei unserer letzten Begegnung. Auf seinem Gesicht macht sich Verwirrung breit, während er mich durchdringend mustert.

Ich setze dazu an, ihn zu fragen, was los ist, doch in diesem Moment reicht Cupid mir eine dampfend heiße Tasse Kaffee und drückt mir einen Kuss auf die Stirn. Er dreht mich zärtlich herum und stützt die Hände links und rechts von mir auf die Kücheninsel, so dass mich sein muskulöser Körper umhüllt.

Mein Herz schlägt schneller, als ich seine Hitze spüre und mir ein leichter Schweißgeruch, vermischt mit dem sommerlichen Duft seines Weichspülers, in die Nase steigt. Er schmiegt sich an meinen Rücken.

»Also, was für Neuigkeiten hast du für uns, alter Freund?«, fragt Mino, stellt eine weitere Tasse Kaffee auf die Kücheninsel und schiebt sie Charon hin.

Charon setzt sich neben mich. »Alter, du kannst dir nicht vorstellen, was da unten los ist«, sagt er mit einem fassungslosen Kopfschütteln. »Man hört von beunruhigenden Beben in der Unterwelt. Es heißt, Pluto, der Gott des Todes, werde bald wiederauferstehen.«

Das Blut gefriert mir in den Adern. »Das meintest du also mit dem Ende der Welt?«, frage ich Cupid.

»Ja«, antwortet er, seine Lippen dicht an meinem Ohr.

Ich drehe mich zu Charon um. »Wegen der verschwundenen Seele?«

»Ja. Und ich stecke tief in der Scheiße, wenn er zurückkommt, das könnt ihr mir glauben. Er wird mich dafür verantwortlich machen. Ich sollte der Einzige sein, der in der Unterwelt ein und aus gehen kann, wie es ihm passt.«

Ich will ihn gerade fragen, um wessen Seele es sich handelt und wo sie ist, da flüstert Cupid mir zu: »Das weiß er leider auch nicht.« Er klingt resigniert. »Und das heißt, die Furien werden heute Abend zurückkommen und sich die ersten drei Seelen holen.«

»Wann werden sie kommen?«

»Sie haben eine Überfahrt um zehn Uhr gebucht«, sagt Charon und schiebt gedankenverloren seine Tasse über die glänzende Arbeitsfläche. »Die Gerüchte sind direkt nach eurem Kampf gegen Valentine aufgekommen. Ich vermute, die Barriere zwischen Leben und Tod wurde kurzzeitig geschwächt. Zu diesem Zeitpunkt muss eine Seele aus dem Totenreich entkommen sein.«

»Eine Seele, die so wichtig ist, dass ihretwegen einer der alten Götter zurückkehrt«, murmelt Mino nachdenklich. »Könnte es sich dabei um unseren alten Freund Valentine handeln?«

Charon schüttelt den Kopf und trinkt einen Schluck Kaffee. »Nein. Er ist noch dort. Es ist mir nicht gestattet, tiefer in die Unterwelt vorzudringen, aber ich habe mich auf meiner letzten Reise nach ihm erkundigt. Es heißt, er habe Zuflucht bei einem von Nox' Kindern gefunden.«

»Ich hasse es, das auch nur vorzuschlagen, aber würde es helfen, meinen durch und durch bösen Bruder aufzuspüren und herauszufinden, was er weiß?«, fragt Cupid. »Wer immer heute Abend von den Furien in die Unterwelt verschleppt wird – und bei unserem Glück sind das wahrscheinlich wir –, wird vorübergehend als tot gelten, oder? Das heißt, wir hätten Zutritt zu allen Bereichen der Unterwelt und könnten Valentine ausfindig machen.«

Mir stockt der Atem. Betreten blicke ich auf Cupids Hände hinunter. »Das ist vielleicht nicht nötig«, murmele ich.

Charon und Mino sehen mich verwundert an. Cupid verlagert sein Gewicht von einem Fuß auf den anderen. Ich hole tief Luft – ein Teil von mir will die merkwürdigen Gespräche mit Valentine für mich behalten. *Aber warum?*

63

»Ich … ich habe mit ihm geredet«, sage ich hastig, bevor ich es mir anders überlegen kann.

»Was?«, fragt Cupid erschüttert.

»Er … hat mich in meinen Träumen aufgesucht. Valentine. Ich weiß, das glaubst du mir nicht. Ich konnte es ja anfangs selbst nicht glauben.«

»Das ist unmöglich«, sagt Cupid.

»Vielleicht aber auch nicht, mein Freund.« Mino lehnt an der Küchenzeile, einen Arm neben seinem Messerblock aufgestützt. Er wendet sich an den Fährmann der Toten. »Du sagtest, er hat Zuflucht bei einem von Nox' Kindern gefunden?«

Charon nickt, und Mino wirft Cupid einen vielsagenden Blick zu. Irgendetwas scheint zwischen den dreien vorzugehen. Cupid flucht leise. »Morpheus.«

»Wer?«, frage ich irritiert.

»Der Gott der Träume.« Charon schlürft seinen Kaffee. »Ein interessanter Bursche.«

»Wie lange hast du diese Träume schon?«, fragt Cupid in aufgebrachtem Ton. Ich verlagere nervös mein Gewicht – plötzlich fühle ich mich zwischen seinen Armen eingekesselt.

»Also … gestern haben wir uns das erste Mal unterhalten.« Mein Puls rast, und ich wende mich Charon zu, um mich von Cupids deutlich spürbarer Anspannung abzulenken. »Der Gott der Träume? Dann sind sie echt?«

»Gut möglich. Morpheus kann Träume manipulieren«, erklärt Charon. »Wenn Valentine bei ihm ist, könnte Morpheus ihm helfen, sich Zutritt zu deinen Träumen zu verschaffen.«

»Das ist echt Pech, meine Freunde«, sagt Mino, aber seine Augen funkeln vor Neugier.

Cupid tritt einen Schritt zurück, und sofort vermisse ich seine tröstliche Wärme. Er vergräbt das Gesicht in den Händen, während er unruhig auf und ab läuft. Ein frustriertes Stöhnen kommt ihm über die Lippen. »Das gefällt mir nicht. Ich will nicht, dass er sich im Kopf meiner Freundin rumtreibt. Mino, du hast doch Macht über den Verstand anderer Leute. Kannst du etwas dagegen tun?«

»Vielleicht. Wenn ich in Lilas Verstand eindringen würde, könnte ich für mehr Sicherheit sorgen und –«

»Nein«, unterbreche ich ihn.

»Nein?!« In Cupids Augen flackert eine Verletzlichkeit auf, die er nur selten zeigt. »Warum nicht?! Willst du diesen Psycho etwa in deinem Kopf haben?«

»Natürlich nicht!«, brause ich auf. »Aber ich wollte dir gerade sagen, dass er versprochen hat, für mich herauszufinden, wessen Seele aus der Unterwelt verschwunden ist.«

»Warum sollte er das tun?«, erwidert Cupid.

»Weil er will, dass ich ihn aus der Unterwelt befreie.«

Einen Moment ist es still. Dann bricht Cupid in schallendes Gelächter aus. »Nun, das wird ganz sicher nicht passieren.«

»Ich weiß. Aber wir sollten zumindest versuchen, mehr Informationen von ihm zu bekommen. Und da wir, abgesehen von einem Trip in die Unterwelt, nur durch meine Träume mit ihm Kontakt aufnehmen können, sollten wir uns die Möglichkeit besser offenhalten.«

»Ich will nicht, dass er in deinem Kopf rumgeistert«, wiederholt Cupid, seine Wangen vor Zorn gerötet.

»Er kann mir nichts tun«, versichere ich ihm.

Wir können dennoch etwas fühlen in unserer kleinen Welt. Lust. Schmerz. Schnell verdränge ich Valentines Stimme.

»Was haben wir schon für eine Wahl? Wenn wir nicht herausfinden, wessen Seele verschwunden ist, werden wir womöglich schon heute Abend in die Unterwelt verschleppt. Und so wollte ich meinen Geburtstag nun wirklich nicht verbringen.«

Cupid seufzt, und sein Blick wird sanfter, als er mir in die Augen sieht. »Wir benutzen ihn, um an Informationen zu kommen. Und dann brechen wir die Verbindung ab.«

»Abgemacht«, sage ich, obwohl ich mir nicht sicher bin, ob es wirklich so einfach wird, Valentine loszuwerden.

Wir sitzen noch eine Weile zusammen und unterhalten uns, während wir unseren Kaffee austrinken, halten das Gespräch aber bewusst von dem Unheil fern, das uns aller Wahrscheinlichkeit nach bevorsteht. Ich versuche, mich nicht davon beunruhigen zu lassen, dass Cupid ungewöhnlich still ist. Mino erzählt uns in heiterem Ton, wie Cupid und er einmal in einem Londoner Verlies festsaßen, und Charon erzählt uns von seinem festen Freund, den er unbedingt besuchen will, bevor er in die Unterwelt zurückkehrt.

Bevor wir gehen, gibt Mino seine Nummer in mein Handy ein. »Falls du Hilfe dabei brauchst, dich in deinem Labyrinth zurechtzufinden«, sagt er mit einem Augenzwinkern.

An Cupids zufriedenem Grinsen kann ich sehen, dass er denkt, Mino wolle mir helfen, die Verbindung zu Valentine zu trennen. Aber angesichts unseres Gesprächs letzte Nacht bin ich ziemlich sicher, dass er sich auf die Dunkelheit bezieht, die er in mir erkannt hat. Was auch immer das bedeutet.

Ich nicke Mino zu und gehe mit Cupid zur Tür. Als ich sie öffne, dreht Cupid sich noch einmal zu Charon um. »Nimm's mir nicht übel, aber ich hoffe, wir sehen uns nicht so bald wieder.«

»Das verstehe ich nur zu gut«, antwortet Charon grinsend. »Viel Glück euch beiden.«

»Wenn wir die Seele nicht vor heute Abend finden, müssen wir tatsächlich in die Unterwelt, oder?«, frage ich, während wir zum Parkplatz gehen und in Cupids Auto steigen.

Cupid wirft den Motor an und fährt los.

»Sieht ganz danach aus«, sagt er. »Und wenn unsere beste Chance darin besteht, dass mein niederträchtiger großer Bruder uns hilft, habe ich keine große Hoffnung.«

10. Kapitel

Cupid fährt mich nach Hause und parkt das Auto am Straßenrand. Es ist noch früh, und die Vorhänge der kleinen, leicht heruntergekommenen Häuser sind alle noch zugezogen. Das Rattern eines Sprinklers in einem der Vorgärten mischt sich mit dem Zwitschern der Vögel.

Cupid schweigt einen Moment, die Hände am Lenkrad, den Blick starr geradeaus gerichtet. In der Straße stehen zwei Autos, die ich noch nie zuvor gesehen habe – ein ramponierter Ford Focus und ein grüner Ferrari, der nicht wirklich in diese Nachbarschaft passt.

Auf dem Fahrersitz des Ferrari erkenne ich eine schemenhafte Gestalt. Das muss einer von Crystals Agenten sein, die das Haus bewachen.

»Mein böser Bruder sucht also wirklich für uns nach der Seele?«, fragt Cupid.

»Ja.«

»Ich traue ihm nicht.«

»Ich glaube, er kann uns helfen.«

Cupid starrt aus dem Fenster. Das Sonnenlicht lässt die goldenen Strähnen in seinen dunkelblonden Haaren erstrahlen.

Er schluckt schwer. »Warum sucht er dich in deinen Träumen auf? Warum nicht mich oder Cal oder Crystal? Oder irgendjemand anderen?«

»Ich ... ich weiß es nicht.«

Wir haben kurz vor dem Ende einen unvergesslichen Moment erlebt, nicht wahr? Valentines Stimme hallt in meiner Erinnerung nach, und eine heftige Wut steigt in mir auf. Ich bin mir sicher, dass er genau das wollte – mich nerven, dafür sorgen, dass ich immer wieder an ihn denken muss, so dass er mich weiter bedrängen kann, ihn zu retten. Ich darf nicht zulassen, dass er meine Gefühle derart durcheinanderbringt.

»Ich schon«, sagt Cupid.

Mein Herz setzt einen Schlag aus, als Cupid das Lenkrad fester umklammert. »Was meinst du damit?«, frage ich.

»Ich glaube, er will sich an mir rächen.«

»Oh«, sage ich. »Und wofür?«

Er antwortet nicht.

»Wegen der Sache mit Psyche«, seufze ich.

Cupid holt tief Luft und lehnt sich im Sitz zurück.

»Ich sollte bei dir bleiben«, sagt er. »Wenn er in deinem Unterbewusstsein lauert, solltest du nicht allein sein.«

»Wenn er in meinem Unterbewusstsein lauert, kannst du nicht viel tun.« Ich grinse schief. »Geh in die Matchmaking-Agentur. Ich komme schon mit Valentine zurecht.«

Während er mich wortlos mustert, nimmt sein Gesicht auf einmal einen amüsierten Ausdruck an.

»Was ist?«, frage ich.

»Ach, nichts.« Er hält meinen Blick noch einen Moment länger fest. »Nur … na ja … du überraschst mich immer wieder.« Seine Augen leuchten vor Leidenschaft. »Ich würde dich ja küssen, aber …« Er deutet mit einer Kopfbewegung auf mein Haus. »Wir haben Zuschauer.«

Der cremefarbene Vorhang vor unserem Wohnzimmerfenster kräuselt sich, und dahinter erscheint Dads Gesicht. Ich stöhne innerlich.

»Er fragt sich wahrscheinlich, warum vor unserem Haus so viele teure Autos parken.«

»Ich glaube, er will sicherstellen, dass ich die Finger von seiner Tochter lasse.«

Ich lache und öffne die Tür.

»Ich wollte dich heute Abend zu einem Date ausführen«, sagt Cupid unvermittelt. »Zu deinem Geburtstag. Denkst du, das schaffen wir trotzdem irgendwie?«

Ich sinke zurück auf den Beifahrersitz. »Obwohl die Furien hinter uns her sind? Und Valentine meine Träume heimsucht? Und der Gott des Todes womöglich wiederaufersteht?«

Ein schelmisches Grinsen erscheint auf seinem Gesicht. »Mein Bruder und Crystal würden uns wahrscheinlich davon abraten.«

»Sie würden sagen, dass das nicht sehr vernünftig wäre«, pflichte ich ihm bei.

»Aber wir sind nicht sonderlich vernünftig, oder?«

»Nein. Sind wir nicht.«

Sein Grinsen wird noch breiter. »Also abgemacht. Du kümmerst dich um meinen einen Bruder und ich um den anderen. Und heute Nachmittag treffen wir uns, um zu planen, wie wir das Ende der Welt verhindern können, und einen Geburtstagscocktail im Love Shack zu trinken – alkoholfrei natürlich.«

Ich lache – bei ihm klingt das so herrlich einfach –, steige aus und sehe ihm nach, als er zur Matchmaking-Agentur fährt.

»Alles Gute zum Geburtstag, mein Schatz!«, ruft Dad, sobald ich die Tür öffne.

Ich gehe in die Küche, wo er mit einer Tasse Kaffee am Tisch sitzt. Seine dunklen Haare sind noch unordentlicher als sonst, und er hat dunkle Ringe unter den Augen. In der Spüle türmt sich das Geschirr, und er trinkt aus der *Du-kegelst-mich-um-*

Tasse, die Mom ihm vor Jahren zu Weihnachten geschenkt hat. Mein Herz krampft sich zusammen, als er mich anlächelt.

Auch wenn Dad eine neue Freundin hat – die Ärztin, mit der ihn Cupid und Cal nach unserem Kampf gegen Venus gematcht haben –, sind Geburtstage nicht leicht für uns. An solchen besonderen Tagen müssen wir immer an Mom denken.

»Danke, Dad«, sage ich und schenke ihm ein trauriges Lächeln.

Ich gieße mir auch noch eine Tasse Kaffee ein und lehne mich an den Küchenschrank.

»Hattest du eine schöne Party?«, erkundigt sich Dad.

Wir wurden angegriffen, ich habe drei Rachegöttinnen aus der Unterwelt verärgert, und der Gott des Todes wird womöglich wiederauferstehen.

»Sie war ganz okay.«

Er zieht eine Augenbraue hoch, als wisse er genau, dass ich ihm nicht die Wahrheit sage, aber seine Lippen umspielt ein kleines Lächeln. »Mir ist aufgefallen, dass dieser ›Cupid‹ dich hergefahren hat«, sagt er in einem Ton, der mich vermuten lässt, dass er mehr Informationen aus mir herauskitzeln will. »Was ist sein richtiger Name?«

»Cupid ist sein richtiger Name«, erwidere ich, obwohl ich weiß, wie albern das in seinen Ohren klingen muss.

Für eine Geheimorganisation sind die Liebesagenten erstaunlich schlecht darin, unauffällig zu bleiben. Dad mustert mich eine Weile prüfend, dann schüttelt er den Kopf. »Er muss sehr interessante Eltern haben.«

»Ja. Das kann man so sagen.«

»Du kennst sie?«, fragt er überrascht.

»Seine Mom, ja.« Ich erschaudere.

»Aber seinen Dad nicht?«

Ich weiß nicht einmal, wer Cupids Dad ist. Wie kann es sein, dass ich nie mit ihm darüber geredet habe?

Ich trinke einen Schluck Kaffee. »Er hat keinen Kontakt zu seinem Dad«, sage ich. Das ist keine Lüge.

»Wie dem auch sei … Ich habe ein Geburtstagsgeschenk für dich«, verkündet Dad. »Tut mir leid, dass ich es nicht eingepackt habe. Es war ein bisschen zu groß. Aber vielleicht musst du dich jetzt nicht mehr so oft von Liebesgöttern rumkutschieren lassen.«

Er greift in seine Hosentasche und überreicht mir einen Autoschlüssel. Mein Herz macht einen Satz. »Du hast mir ein Auto besorgt?!«

»Freu dich nicht zu sehr«, sagt er und tritt nervös von einem Fuß auf den anderen. »Es ist nur ein Gebrauchtwagen.«

Er geht zur Spüle und deutet auf den ramponierten Ford Focus, den ich vorhin gesehen habe. Ich renne zu ihm und umarme ihn, so fest ich kann. »Danke, Dad!«

Er küsst mich auf den Kopf und wendet sich dann mit einem argwöhnischen Ausdruck im Gesicht wieder der Straße zu. »Bilde ich mir das nur ein, oder beobachtet der Mann in dem grünen Ferrari uns?«

Nachdem ich ein paar Stunden mit Dad ferngesehen und dabei Pfannkuchen gefuttert habe, lege ich mich ins Bett und versuche einzuschlafen, um mich mit Valentine zu treffen. Doch das ist schwieriger als gedacht. Zum einen, weil immer noch Adrenalin durch meine Adern rauscht, und zum anderen, weil ich heute schon drei Tassen Kaffee getrunken habe.

Ich habe geduscht und mir frische Klamotten angezogen – dünne Jeans im Used Look und ein weißes Top –, und dadurch fühle ich mich schon besser. Aber die Erinnerung an Valentines Hand auf meiner und das höhnische Funkeln in seinen Augen lässt mich nicht los.

Ich werfe einen Blick auf die Uhr auf meinem Handy. Darunter blinkt die letzte Nachricht von Cupid, in der er mir einschärft, bloß vorsichtig zu sein. Es ist schon fast Mittag. Wie soll ich schlafen, wenn ich vor Nervosität total hibbelig bin? Ich blinzele angestrengt und starre auf den vertrauten Riss an der Decke.

Schließlich greife ich wieder nach meinem Handy. Sosehr mir die Vorstellung, dass Mino in meinem Verstand herumwandert, auch missfällt, ich habe schon mehrmals miterlebt, wie er Leute in Schlaf versetzt hat. Und eine andere Lösung fällt mir nicht ein. Es klingelt ein paarmal, ehe er rangeht.

»Ich habe mich schon gefragt, wann du anrufst, Lila«, ertönt seine tiefe Stimme. Einen Moment herrscht Schweigen. Dann sagt er ein einziges Wort: »*Schlaf.*«

»Ich ... äh ...« Meine Augen werden groß, dann schließen sie sich.

Ich sinke auf mein Kissen, und das Handy fällt mir aus der Hand, als alles schwarz wird.

11. Kapitel

Dunkelheit.

Es ist stockfinster. Ich halte ein Messer in der Hand. Irgendjemand ist hier in der Dunkelheit; ein Mann. Ich kann ihn riechen – heiß, vertraut. Ich kann seinen schweren Atem hören. Ich glaube, er schläft. Mein Herz rast. Meine Finger schließen sich fester um den Griff des Messers. Ich greife nach einer Öllampe, will die Flamme entzünden …

… und plötzlich bin ich in einem Tempel. Im Osten geht die Sonne auf, und ihr rötlicher Schein beleuchtet die Statue einer Frau. Weiße Blumen schmücken die Steinsäulen, und die Luft riecht süßlich und vertraut.

Myrte …

… Und dann …

Felsen bohren sich in meine Finger, als ich sie packe. Ein starkes Schwindelgefühl erfasst mich. Ich beiße die Zähne zusammen – fest entschlossen – und klammere mich am Rand der Klippe fest …

… Der Boden kommt rasend schnell näher. Ich lande auf etwas Hölzernem. Wasser spritzt mir ins Gesicht, und die Kälte geht mir bis ins Mark. Die Luft riecht nach Meer, gemischt mit irgendetwas anderem; etwas, bei dem sich mir der Magen umdreht. Tod. Meine Hände krampfen sich um zwei kleine, runde Metallobjekte. Münzen …

… dann …

… eine Kiste …

… und …

Ich bin kein Spielzeug der Götter.

... Was ist in der Kiste?

... und ...

... Liebe ...

Sie unterschätzen mich.

... und ...

Liebe.

Ich werde dich bis zu meinem letzten Atemzug lieben.

Und ...

... ein Versprechen nimmt in meinem Verstand Gestalt an ...

Ich werde dich immer lieben.

Ein Versprechen.

Dunkelheit ...

Liebe.

... Dunkelheit.

Ein Versprechen.

Dunkelheit.

Ich werde Dunkelheit über die Welt bringen.

Dunkelheit.

Das ist das Einzige, was ich sehe, als meine Augen sich öffnen. Ich kann sie sogar fühlen. Sie ist fast greifbar; kalt und pechschwarz.

Mein Herz hämmert gegen meine Rippen. Mein Atem geht schwer und zu schnell. Ich muss mich beruhigen. Ich muss mich erinnern.

Angestrengt blinzele ich.

Irgendwie schaffe ich es, dass meine Hände aufhören zu zittern.

Das Bild eines Schiffes taucht aus meinem Gedächtnis auf und der süße Duft von Blumen. Ich erinnere mich an eine heftige Wut, die ich nicht abschütteln konnte. Und dann erinnere ich mich an Minos Stimme am anderen Ende der Leitung.

Schlaf.

Eine tiefe Erleichterung durchströmt mich. Ich schlafe. Ich träume.

Ich hole tief Luft und warte, bis meine Augen sich an die Dunkelheit gewöhnt haben. Der Raum, in dem ich mich befinde, ist in Schatten gehüllt. Hinter mir steht ein Bett. Eine Glastür vor mir führt auf einen Balkon hinaus. Langsam gehe ich darauf zu und trete hinaus.

An der Brüstung steht eine Gestalt mit dem Rücken zu mir, den Blick starr geradeaus gerichtet. Erleichterung und Bedauern wallen zu gleichen Teilen in mir auf, als ich sehe, dass es nicht die Person ist, nach der ich gesucht habe.

»Mino«, sage ich leise.

Er dreht sich nicht um, blickt einfach weiter in die Finsternis hinaus, die uns umgibt. Hier in dieser Traumwelt hat er etwas Bedrohliches an sich. Aber ich habe keine Angst.

Mein Blick schweift über den Balkon. Er ist aus Stein, strahlend weiß vor dem pechschwarzen Hintergrund. Dunkle und helle Blumen winden sich um das Geländer; schwarze Rosen und weiße Myrte. Ihr Duft steigt mir in die Nase – süß und gefährlich. Das sind dieselben Blumen, die Venus in ihrem Büro hatte. Warum sind sie hier?

Mich überkommt das Gefühl, dass wir uns in schwindelerregender Höhe befinden. Langsam nähere ich mich Mino und der Balkonbrüstung. Mein Herz setzt einen Schlag aus, als ich sehe, worauf er die ganze Zeit hinabgeblickt hat.

Ein Grinsen erscheint auf Minos Gesicht. »Willkommen im Labyrinth deines Verstandes, Lila Black.«

Mir stockt der Atem. Unter uns erstreckt sich ein gigantisches Labyrinth. Die Gänge in der Nähe des Balkons sind hell erleuchtet, doch als mein Blick in die Ferne schweift, sehe ich einen dunklen Wirbelsturm im Zentrum. Schatten scheinen sich von ihm auszubreiten und die ineinander verzweigten Gänge nach und nach zu verschlingen.

Das gefällt mir nicht. Es fühlt sich falsch an. Und dennoch muss der Tornado auch zu mir gehören. Ich kann nicht wegsehen.

»Was ist das?«, frage ich.

»Ich weiß es nicht, meine Liebe«, sagt Mino. Die alles verschlingende Finsternis spiegelt sich in seinen Augen. »Du verbirgst die Dunkelheit in dir vor dir selbst. Eines Tages wirst du dich ihr stellen müssen.«

Ich klammere mich am Geländer fest. Mein Atem beschleunigt sich. Einen langen Moment herrscht Schweigen.

»Aber jetzt musst du erst mal jemanden treffen.«

»Muss ich das?« Ich drehe mich zu Mino um, aber er ist fort.

»Ja, das muss ich«, murmele ich, als ich mich plötzlich erinnere. »Valentine. Wo bist du?«

Ich starre noch ein paar Minuten auf das schier grenzenlose Labyrinth hinab, dann drehe ich mich um und gehe wieder hinein. Ich durchquere das dunkle, marmorgeflieste Schlafzimmer und trete durch die nächste Tür.

Hier ist die Dunkelheit so undurchdringlich, dass sie fast solide erscheint. Die Luft ist muffig, und ich muss unwillkürlich an ein Grab denken. Auf der anderen Seite des Korridors ist ein Lichtschein zu erkennen. Vorsichtig gehe ich darauf zu und taste mich an den Wänden entlang, der Stein unter meinen Fingern kalt wie der Tod.

»Valentine?«, rufe ich.

Am Ende des Korridors befindet sich eine Treppe; die eine Hälfte führt ins Licht hinauf, die andere in die Dunkelheit hinab. Ich bin noch nicht bereit, mich der Dunkelheit zu stellen. Also gehe ich die Treppe hinauf und durch die Tür am oberen Ende.

Ich betrete einen Tempel. Oder ist es eine Turnhalle? Meine Umgebung flackert und ändert sich immer wieder. Doch in der Mitte erkenne ich eine schemenhafte Gestalt – die einzige Konstante.

»Du bist spät dran«, sagt Valentine.

Lange Schatten erstrecken sich über den Boden, doch sie passen nicht zu den Bänken oder dem Basketballkorb an der Wand. Die Säulen aus Dunkelheit reichen bis zur Mitte des Raumes. Anstatt des üblichen Turnhallengeruchs nach Käsefüßen und Schweiß rieche ich freie Natur: Zitronenbäume und frisches Gras.

»Der Ort, an dem wir uns getroffen haben«, sagt Valentine hörbar amüsiert. »Du bekommst mich wirklich nicht aus dem Kopf, oder?«

Ich werfe ihm einen ärgerlichen Blick zu. »Mach dir nichts vor. Ich bin gekommen, um Informationen zu beschaffen. Du brauchst gar nicht so zu tun, als wärst du hier erwünscht.«

Er stößt ein Lachen aus – ein tiefes, raues Geräusch, das mir einen eisigen Schauer über den Rücken jagt.

Ich verschränke die Arme vor der Brust. »Was ist so witzig?«

Er betrachtet eingehend seine Fingernägel, bevor er sich mir zuwendet. »Ich glaube, du bist es, die sich etwas vormacht, Lila.«

»Hast du herausgefunden, zu wem die verschwundene Seele gehört, oder nicht? Die Furien kommen heute Abend – die Zeit läuft uns davon.«

Er sieht mich an, und alle Belustigung verschwindet aus seinem Gesicht. Der Ausdruck in seinen Augen ist so intensiv, dass ich die Flucht ergreifen will, aber er hält mich gefangen. Und dann, mit einer einzigen blitzschnellen Bewegung, ist er direkt vor mir. Mir verschlägt es den Atem.

»Warum sind wir hier?«, will ich wissen.

Rötliches Sonnenlicht schimmert zwischen den Säulen hinter ihm hindurch – es taucht sein Gesicht in einen lodernden Schein und lässt seine Augen in einem feurigen Goldton erstrahlen. Eine sanfte Brise umweht uns, und plötzlich verliere ich die Orientierung. Die Turnhalle hat sich vollständig aufgelöst. Wir befinden uns in einem Tempel. Ich erkenne ihn sofort. Hier habe ich mich mit Valentine getroffen, als ich seine Sim betreten habe – dieser Ort stellt seine größte Angst dar.

Ich blicke mich panisch um. »Was machst du?!«

Hinter Valentine steht die Statue von Venus – Schatten breiten sich von ihr aus. Sie scheinen sich eigenständig zu bewegen. Ich brauche eine Waffe. Ich muss hier weg.

»Der Tempel meiner Mutter«, stellt Valentine fest, ohne den Blick von mir abzuwenden. »Warum sagst *du* mir nicht, was wir hier machen? Schließlich ist das dein Traum.«

»Vielleicht habe ich uns unbewusst hergebracht, weil ich weiß, dass du diesen Ort hasst.«

»Vielleicht«, sagt er amüsiert. Er leckt sich die Lippen. Bei der Bewegung senkt sich mein Blick wie von selbst auf seinen Mund. Seine vollen Lippen verziehen sich zu einem Grinsen, und ich sehe hastig weg. »Oder vielleicht wolltest du es endlich *wissen*.«

»Was wissen?«

»Was es mit Psyche auf sich hat.« Etwas schimmert in seinen Augen auf, und mich befällt ein leises Unbehagen. »Hier habe ich dir von ihr erzählt, als du mich in meiner Sim besucht hast. Erinnerst du dich?«

Ich taumele einen Schritt zurück. »Ist Psyches Seele der Unterwelt entkommen?«

Valentine schüttelt den Kopf. »Psyches Seele war niemals in der Unterwelt.«

»Dann bin ich nicht hier, um über deine Ex zu reden«, sage ich. »Ich bin hier, weil ich wissen will, um wessen Seele es sich handelt, Valentine. Hast du herausgefunden, wer aus der Unterwelt entkommen ist, oder nicht?«

Er tritt einen Schritt näher zu mir, und sein vertrauter Meeresgeruch strömt mir in die Nase. Er sieht mich mit ernstem Gesicht an. »Ja. Ich weiß, wer es ist.«

»Sag es mir.«

Er antwortet nicht. Heiße Wut wallt in mir auf; auf ihn, auf seine Worte, auf seine Nähe zu mir, auf sein Schweigen. Wenn wir nicht herausfinden, wessen Seele verschwunden ist, werden viele Leute verletzt werden.

Ich packe ihn am Hemdkragen. »Sag es mir!«

In seinen Augen flackert kalter Hohn auf und dieser Ausdruck, den ich nur zu gut kenne – als wisse er etwas, das mir verborgen bleibt.

»Wie ich schon sagte, es hat mit unserem besonderen Moment in der Höhle zu tun.«

»Was soll das heißen?«

»Du dachtest, ich bräuchte dein Herz und das Herz meines Bruders, um meinen Plan in die Tat umzusetzen. Weißt du noch?«

Ich ziehe die Stirn kraus. »Ja. Und?«

Ein hämisches Grinsen breitet sich auf seinem Gesicht aus, als er sich mir unaufhaltsam nähert. Ich weiche zurück, doch ich komme nicht weit, ehe ich mit dem Rücken gegen eine der Säulen stoße.

»Aber das habe ich nicht gesagt. Ich sagte, ich brauche dein Herz und das Herz deines Matchs.«

»Aber du hast mein Herz nicht bekommen.«

»Ich brauchte dein Herz nicht in seiner physischen Form, Lila.«

»Das … das verstehe ich nicht.«

»Dem Herzen wohnt eine große Macht inne. *Deinem* Herzen wohnt eine große Macht inne. Du hast etwas für mich empfunden.«

»Nein.«

»O doch. Das hast du. Vielleicht nur für einen Moment, aber du hast etwas für mich empfunden. Und diese Gefühle haben die Barriere zwischen Leben und Tod eingerissen.«

Ich schüttele den Kopf.

»In diesem Moment ist etwas passiert, das es einer Seele erlaubt hat, in die Welt der Lebenden zu entkommen. Einer Seele, die mit deiner verbunden ist. Einer Seele, die so wichtig ist, dass Pluto, der Gott des Todes, wiederauferstehen wird, um sie zurückzuholen. Und wenn das geschieht, wird es nicht lange dauern, bis auch die anderen Götter auferstehen.«

»Wessen Seele ist es?«

»Es wird Krieg geben, Lila. Einen Krieg der Götter. Einen

Krieg, der unerbittlich wüten und zerstören und alles niederbrennen wird.«

»Wer ist aus der Unterwelt entkommen?!«

»Und rein zufällig habe ich das Einzige, das den Untergang der Welt noch aufhalten kann.«

Meine Finger graben sich in sein Hemd.

»Also musst du wohl kommen und mich retten.«

»Wessen Seele ist es?! Wer ist entkommen?!

Ein Lächeln breitet sich auf seinem Gesicht aus, doch es erreicht nicht seine Augen.

»Venus.«

Teil 2:
Die Pyxis

12. Kapitel

»Venus?!« Das Blut gefriert mir in den Adern, und ich klammere mich noch fester an Valentine. »Was?! Nein, das kann nicht –«

Schritte hallen auf dem gefliesten Boden des Tempels wider, und wir erstarren beide vor Schreck.

»Nun, das ist wirklich interessant«, ertönt Minos Stimme hinter mir.

Ich stoße Valentine von mir. Gemächlich tritt er ein paar Schritte zurück, und die feurige Intensität, die er gerade noch ausgestrahlt hat, weicht etwas Kälterem.

»Na, wenn das nicht der Minotaurus ist, der mal wieder im Verstand anderer Leute herumschnüffelt.« Seine Worte sind unbekümmert, aber in seiner Stimme schwingt etwas Hartes, Schroffes mit. Er lässt mich nicht aus den Augen.

Ich reiße den Blick von ihm los – mein Herz rast, und meine Gedanken überschlagen sich. Mino lehnt gelassen an einer der Steinsäulen auf der anderen Seite des Tempels. Seine muskulösen Arme sind vor der Brust verschränkt, und unter seinem schwarzen T-Shirt lugt ein Teil seines Labyrinth-Tattoos hervor. Wenn er von Valentines Anwesenheit, meiner Nähe zu ihm oder dem, was er gerade gesagt hat, überrascht ist, lässt er es sich nicht anmerken. Er beobachtet uns einfach mit der unbeteiligten Neugier von jemandem, der eine Serie im Fernsehen schaut.

Ich fühle mich, als wäre ich gerade bei etwas erwischt worden, das ich nicht hätte tun sollen. Mir steigt die Hitze ins Gesicht, als ich Minos Blick begegne und mich mit einem

Mal wieder erinnere, wie ich hergekommen bin und was vor meinem Treffen mit Valentine passiert ist. Ich hatte ganz vergessen, dass Mino hier ist.

»Hallo, alter Freund«, sagt er.

»Du hast ihn hierher eingeladen, Lila?« Valentine wirft mir einen raschen Seitenblick zu. Einen Moment flackert Überraschung in seinen strahlend blauen Augen auf, dann wendet er sich wieder an Mino. »Interessant. Ich hätte nicht gedacht, dass Lila und du so gute Freunde seid.«

Mino erwidert seinen Blick, ohne mit der Wimper zu zucken. »Das geht mir genauso.«

Valentine grinst, und ich spüre, wie ich erneut erröte.

»Du hängst also neuerdings mit Liebesagenten ab, Mino? Ich hatte vergessen, dass du dich so gut mit meinen beiden Brüdern verstehst.«

»Und doch mag ich von euch dreien nicht dich am wenigsten«, erwidert Mino mit undurchdringlicher Miene.

»Gut zu wissen.« Valentine zieht eine Augenbraue hoch. »Cal?«

Minos Lippen verziehen sich zu einem Grinsen. Valentine grinst zurück und neigt leicht den Kopf. Verwirrt blicke ich zwischen den beiden hin und her, doch da erinnere ich mich an Minos Worte.

Meine Loyalität wird immer jenen im Schatten gehören.

Damit meinte er mich. Aber Valentine gehört sicherlich auch in den Schatten.

Mino stößt sich von der Säule ab und schlendert zu uns herüber. »Ist das, was du gerade gesagt hast, wahr? Dass Venus zurück ist?«

»Ja. Jedes Wort.«

86

Mein Herz pocht wild. »Wie kann das sein? Wir würden es doch bestimmt wissen, wenn die Göttin der Liebe in L.A. wäre.«

»Wer sagt denn, dass sie in L.A. ist?«, entgegnet Valentine.

»Wo ist sie dann?«

»Ich nehme an, bei ihren treuesten Anhängern.«

»Den Arrows«, sage ich leise. Dann schüttele ich den Kopf. »Nein. Das kaufe ich dir nicht ab. Du willst mich nur dazu bringen, dich aus der Unterwelt zu retten. Seit der Schlacht am Strand von Malibu haben wir nichts mehr von Venus gehört. Und wenn ich mich recht entsinne, ist sie nicht gerade unauffällig.«

Ich spüre Minos Blick auf mir – er verfolgt unsere Diskussion mit Interesse.

»Ich glaube, der Tod hat sie geschwächt«, sagt Valentine. »Aber wenn sie ihre Macht zurückerlangt …«

»Was glaubst du, wie lange das dauern wird?«, fragt Mino.

Valentine zuckt die Achseln. »Ihre Macht wächst mit jedem Match. Und es gibt eine weltweite Organisation, die täglich Matches für sie arrangiert. Es wird wohl nicht mehr lange dauern. Und wenn es so weit ist …«

»Wird es Krieg geben«, beendet Mino seinen Satz. »Dann wird es so gut wie unmöglich sein, sie in die Unterwelt zurückzuschicken.«

»Es sei denn, ihr befreit mich.« Valentine tritt einen Schritt zur Seite. Die Schatten flackern, und ich bekomme eine Gänsehaut – die Temperatur im Tempel sinkt rapide. Wo die Statue von Venus war, erscheint die azurblaue, zylinderförmige Kiste, die Valentine mir schon einmal gezeigt hat.

Mino beäugt sie neugierig und macht einen Schritt darauf zu. »Ist das die Pyxis, alter Freund?«

»Ja«, antwortet Valentine.

»Die Pyxis?«, frage ich. Das Wort ruft eine Erinnerung an den Geschichtsunterricht gestern wach. »Hat Venus Psyche nicht aufgetragen, die Pyxis aus der Unterwelt zu holen? Sie hat sie geöffnet und wurde in Schlaf versetzt.«

Valentine sieht mich grimmig an. »Ja.«

»Wie sollten wir Venus damit aufhalten?«

»Die Pyxis zu Venus zu bringen war Psyches letzte Aufgabe«, erklärt Valentine. »Und auch wenn Jupiter Mitleid mit ihr hatte und sie unsterblich machte, ist sie an dieser Aufgabe gescheitert, als sie die Pyxis öffnete. Seitdem birgt die Schatulle … Macht. Es heißt, wenn sie dem rechtmäßigen Empfänger überbracht und Psyches Aufgabe somit erfüllt wird, kann man damit einen Gefallen von den Göttern einfordern.«

»Wir könnten von ihnen verlangen, dass sie Venus zurückschicken und den Krieg beenden?«, frage ich zaghaft.

»Ganz genau«, antwortet Valentine grinsend. »Und da ihre Macht mit jedem geschlossenen Match zunimmt und Pluto eine Armee zusammentrommelt, um in die Welt der Lebenden einzufallen, schlage ich vor, ihr macht euch schleunigst an die Arbeit und befreit mich. Ich werde dich und meine Brüder sehr bald wiedersehen.«

»Valentine –«

Er wirft mir eine Kusshand zu. Dann sind er und die reichverzierte Schatulle plötzlich verschwunden. Ich sehe zu Mino, der mit nachdenklichem Gesicht an einer der Säulen lehnt, seine muskulösen Arme vor der Brust verschränkt.

»Glaubst du ihm?«, frage ich.

»Ja. Leider.«

»Ich auch.« Ich seufze tief. »Ich muss den anderen sagen, was wir erfahren haben.«

»Dann ist es Zeit aufzuwachen«, sagt Mino und sieht mich durchdringend an. »Aber in deinem Innern lauert immer noch etwas Dunkles, Lila Black. Es wütet im Zentrum deines Labyrinths und wächst immer weiter. Früher oder später musst du dich ihm stellen.«

Ich denke an den Schatten-Tornado und die seltsame Anziehung, die Valentine auf mich ausgeübt hat. »Ich weiß.«

Mino lächelt mir zu, dann nickt er. »*Wach auf.*«

13. Kapitel

Cupid ist schon unterwegs nach Forever Falls, als ich ihm schreibe, also sage ich ihm, er soll den anderen Bescheid sagen, und mache mich ebenfalls auf den Weg.

Ich parke auf dem Marktplatz neben seinem Aston Martin und stelle überrascht fest, dass Cal fast gleichzeitig ankommt. Er gesellt sich zu mir, während ich abschließe.

»Ähm … hi?«, sage ich. »Wie bist du so schnell hergekommen?«

Er trägt Jeans und einen grauen Rollkragenpullover, und seine Haare sind zerzaust, als hätte er sie gerade gewaschen und mit einem Handtuch trockengerubbelt. Der fruchtige Duft seines Shampoos wogt in der sanften kalifornischen Brise.

»Ich war schon auf dem Weg, als Cupid angerufen hat«, antwortet er.

»Du hast Neuigkeiten?«

»Ja. Und du?«

Mein Magen krampft sich zusammen. Was ich zu sagen habe, wird ihm nicht gefallen. Und Cupid auch nicht. Ich erzähle es lieber beiden zusammen.

»Was hast du für Neuigkeiten?«, frage ich hastig.

Seite an Seite schlendern wir an dem Steinbrunnen in der Mitte des Marktplatzes vorbei – Wasser tröpfelt in das von zwei kleinen dicken Engeln gehaltene Becken.

»Ich war bei den Schicksalsgöttinnen. Crystal wollte, dass ich herausfinde, ob irgendwelche Seelen in ihrem System sind, die nicht dort hingehören.« Sein Gesicht nimmt einen grimmigen Ausdruck an. »Nach allem, was in der ganzen Aufregung wegen des Valentinstages passiert ist, waren sie noch weniger hilfreich als sonst.«

»Du meinst, weil wir Mortas Schere verloren haben?«

»Na ja … Wir haben sie zurückgebracht«, erwidert er in verdrossenem Ton, als könne er beim bestem Willen nicht verstehen, warum es schlecht sein sollte, unzerstörbare Werkzeuge des Todes zu verlieren. Ich verkneife mir ein Lächeln. »Also? Was haben die Schicksalsgöttinnen gesagt?«

Ich glaube, Valentine sagt die Wahrheit, aber ich frage mich, ob die Schicksalsgöttinnen seine Behauptung bestätigen. Er ist nicht gerade vertrauenswürdig. Es wäre dumm von uns, seinen Worten blind zu vertrauen.

»Sie haben gar nichts gesagt. Aber sie haben mir Zugang zu ihrem virtuellen Webstuhl gewährt.« Ich erinnere mich an den seltsamen schmalen Raum, in dem die Lebensfäden jedes Menschen und jedes Unsterblichen hängen. Cal macht ein mürrisches Gesicht. »Ich war die ganze Nacht dort. Ich hatte keine Ahnung, wonach ich suche.«

»Aber du hast gesagt, du hättest Neuigkeiten?«

Er bleibt abrupt stehen, als wir den Floristen an der Ecke der Gasse erreichen, die zum Love Shack führt – der süßliche Duft von Blumen durchdringt die warme Luft. Ich wende mich ihm zu. Er fährt sich mit der Hand durch die Haare und tritt nervös von einem Fuß auf den anderen – sein Blick senkt sich auf seine schicken braunen Schuhe.

»Ich konnte deinen Lebensfaden nicht finden, Lila«, sagt er. »Er hängt nicht mehr am Webstuhl.«

»Aber … aber ich dachte, alle Lebensfäden wären dort?«, stammele ich. Auf einmal habe ich einen dicken Kloß im Hals.

»Ja. Deiner muss auch dort gewesen sein, sonst hättest du nicht mit Cupid gematcht werden können. Das System der Schicksalsgöttinnen ist mit dem der Matchmaking-Agentur verbunden.«

Er geht weiter, und ich haste ihm nach. »Heißt das, dass jemand –«

Wir müssen das Gespräch unterbrechen, als Eric, der Türsteher vom Love Shack, uns herüberwinkt und Stempel auf unsere Handrücken drückt. Cal schnaubt verächtlich, als er die rosafarbene Palme sieht, während ich hastig das Thema wechsele und mit Eric über Dad spreche.

Sobald wir den dunklen Gang betreten, flüstere ich Cal zu: »Hat irgendjemand anders meinen Lebensfaden?«

Er schüttelt den Kopf, sichtlich besorgt. »Ich weiß es nicht. Aber die Schere ist bei den Schicksalsgöttinnen, falls also jemand deinen Lebensfaden gestohlen haben sollte, kann er ihn wenigstens nicht durchschneiden. Mach dir keine Sorgen.«

»Ich soll mir keine Sorgen machen?!«

Cal öffnet die Tür zum Hauptraum und geht hinein. Die Tür fällt mir vor der Nase zur, als er auf direktem Weg zur Bar marschiert, ohne sich noch einmal zu mir umzudrehen. Ich stoße ein frustriertes Schnauben aus. »Vielen Dank auch, Cal.«

Ich eile ihm nach und tauche in das diffuse Stimmengewirr und den fetzigen Sound eines Justin-Bieber-Songs ein. Der Geruch von Limetten und verschütteten Cocktails steigt mir in die Nase, als ich mich in dem blitzenden pinkfarbenen Licht nach Cupid umsehe. Wie fast jeden Samstag ist es total überfüllt; ich sehe das Lacrosse-Team, einige Jungs aus dem Football-Team und James, der mit seinen Kollegen aus dem Diner abhängt.

Cal marschiert geradewegs durch die Menschenmasse hindurch und steuert auf den hohen Tisch in der Ecke zu, wo wir meistens sitzen. Cupid und Charlie warten schon auf uns. Cupid, der ein weißes Sweatshirt und Jeans trägt, springt auf, als er uns sieht, läuft an seinem Bruder vorbei und legt mir die Hände auf die Schultern. Sein Gesicht ist ungewöhnlich ernst, seine türkisblauen Augen sind von Sorge erfüllt.

»Hast du mit ihm geredet?«, erkundigt er sich.

»Ja. Ich muss euch etwas sagen.«

Ich fasse ihn sanft am Arm und ziehe ihn zu unserem Tisch. Charlie, wie immer modisch gekleidet in einem schwarzen Top und einem roten Schottenrock, grinst breit und gratuliert mir zum Geburtstag, als ich mich neben sie setze. Cal beäugt ihren rosa Cocktail argwöhnisch, dann blickt er ruckartig auf.

»Die habe ich noch nie gesehen«, sagt er und deutet auf irgendetwas hinter mir.

Wir drehen uns alle um, und das unverkennbare Glitzern von Pfeilen lenkt meinen Blick auf eine rothaarige Frau in einem schwarzen Hosenanzug und ihre zwei Begleiter, die um die Tanzfläche herum zur Bar gehen.

»Sind sie vielleicht von einer anderen Zweigstelle?«, fragt Charlie.

»Crystal hat gestern eine Mail an die gesamte Agentur verschickt und um Hilfe gebeten«, sagt Cal. »Aber sie hätten sich direkt beim Hauptquartier melden sollen. Ich frage gleich nach. Also, Lila, worum geht es?«

Ich wende mich den anderen zu. Das pinkfarbene Licht fühlt sich plötzlich viel zu warm in meinem Gesicht an.

»Ich habe mit Valentine geredet«, sage ich. »Ich weiß, wessen Seele aus der Unterwelt verschwunden ist.«

»Wer ist es?«, fragt Cal.

Ich hole tief Luft. »Venus.«

Niemand sagt etwas – die Musik und das fröhliche Geplauder um uns herum bilden einen scharfen Kontrast zu dem angespannten Schweigen an unserem Tisch.

»Scheiße«, sagt Charlie schließlich.

Cal schüttelt vehement den Kopf. »Nein. Venus kann nicht zurück sein«, sagt er. »Das wüssten wir.«

Cupid stützt die Ellbogen auf den Tisch und verzieht angewidert das Gesicht, als sein Unterarm in einer nassen Pfütze landet. »Da stimme ich meinem Bruder ausnahmsweise zu«, sagt er. »Vielleicht ist euch das noch nicht aufgefallen, aber unsere Mutter ist nicht gerade subtil.«

Ich erzähle ihnen, dass Valentine meinte, sie verstecke sich wahrscheinlich bei den Arrows, bis sie wieder zu Kräften kommt.

Cupid schüttelt den Kopf. »Ihm ist wahrscheinlich nur langweilig. Darum will er Unruhe stiften.«

»Nein, das tut er nicht«, erwidere ich. »Ich vertraue ihm. Er sagt die Wahrheit.«

Cupids Gesicht verfinstert sich. »Was soll das heißen, du vertraust ihm?«, fragt er mit rauer Stimme.

»Ich … Es ist nur … Er hat mich noch nie angelogen.«

In seinen Augen flackert Verwirrung auf, dann verhärtet sich seine Miene. »Er hat versucht, dich umzubringen, Lila.«

Mir wird flau im Magen, als ich den Sturm sehe, der sich hinter seinen Augen zusammenbraut. Cupid wird nie wütend. Nicht auf mich. Ich setze zu einer Erwiderung an, aber nichts kommt heraus.

»Ich finde, das ergibt Sinn«, sagt Charlie, blickt nervös

zwischen uns hin und her und rührt mit dem Schirmchen in ihrem Cocktail herum. »Überlegt doch mal – welche andere Seele ist so mächtig, dass der Gott des Todes wiederaufersteht, um sie zurückzuholen? Und warum sollten die Furien sonst denken, dass die Matchmaking-Agentur die Seele hat? Venus hat unsere Organisation gegründet. Außerdem hat Valentine versucht, sie zurückzubringen. Wir dachten, wir hätten das verhindert, aber anscheinend haben wir uns geirrt.«

Die Brüder starren sie fassungslos an. Dann reibt Cupid sich die Stirn, und alle Farbe weicht aus Cals Gesicht. Beide fluchen leise. Ich berühre Cupid sanft am Arm und fühle, wie sich seine fest angespannten Muskeln etwas lockern. Er legt seine Hand auf meine und drückt sie sachte.

»Mom ist also wieder da«, sagt er.

»Ich dachte, der *Finis* sollte sie uns für immer vom Hals schaffen«, braust Cal auf und funkelt seinen Bruder wütend an.

»Das dachte ich auch«, sagt Cupid sichtlich niedergeschlagen.

Cal zieht sein Handy aus der Hosentasche und schreibt eine Nachricht. »Crystal muss dafür sorgen, dass keine Matches mehr geschlossen werden«, sagt er und starrt grimmig aufs Display. »Wir dürfen Venus nicht noch mehr Macht verleihen.«

»Und dann?«, fragt Charlie.

Ich beiße mir auf die Lippe. »Ich hab eine Idee«, sage ich an Cupid gewandt. »Aber die wird dir nicht gefallen.«

Ich erzähle den anderen von der Schatulle in Valentines Besitz – der Pyxis – und dass wir sie einsetzen könnten, um einen Gefallen von den Göttern einzufordern, wenn wir sie Venus zurückbringen.

»Wenn wir die Schatulle besorgen, können wir Venus für immer in die Unterwelt zurückschicken.«

Cupid erhebt sich langsam. Ich wende mich ihm zu, aber er weicht meinem Blick aus. »Ich brauche frische Luft«, sagt er.

Ohne ein weiteres Wort marschiert er durch die Menschenmenge auf der Tanzfläche.

Ich stehe auf und will ihm folgen, doch Cal hält mich am Arm zurück. »Lila.«

»Was?!«, fahre ich ihn an.

»Gib ihm einen Moment Zeit«, sagt er mit einem resignierten Ausdruck im Gesicht. »Er muss erst einmal den Kopf freibekommen.«

»Warum?«

»Weil er fürchtet, dass wir das wirklich durchziehen müssen. Und Valentine wird uns die Schatulle nicht einfach so geben.« Ein dunkler Schatten legt sich über sein Gesicht. »Cupid widerstrebt es noch mehr als mir, Valentine aus der Unterwelt zurückzuholen.«

Wir unterhalten uns eine Weile unbehaglich, während wir darauf warten, dass Cupid zurückkommt. Da piepst plötzlich Cals Handy. Als er die Nachricht aufruft, wird er kreidebleich und sieht ruckartig zur anderen Seite der Tanzfläche. Ich folge seinem Blick. Er beobachtet die drei unbekannten Cupids, die uns vorhin aufgefallen sind und die jetzt fröhlich plaudernd am Rand der Tanzfläche stehen.

»Lasst sie nicht aus den Augen«, sagt er und springt auf.

Als hätte sie unsere Blicke auf sich gespürt, dreht die Frau mit den roten Haaren sich plötzlich um. Sie sieht mir direkt in die Augen und grinst spöttisch.

»Was ist los?!« Eine heftige Unruhe erfasst mich, als die

anderen beiden Agenten es ihrer Anführerin gleichtun. Der eine hat einen breiten Mund und rabenschwarze Haare, der andere ist leicht gebräunt und trägt einen Man Bun.

Crystal hat mir gerade geschrieben«, sagt Cal. »Die Arrows sind zurück.«

Und Valentine meinte, Venus verstecke sich aller Wahrscheinlichkeit nach bei den Arrows. Das ist ganz sicher kein Zufall. Die drei Agenten zücken ihre Bogen, und ihre Blicke richten sich genau auf uns.

»Oh, verdammt«, murmelt Charlie.

14. Kapitel

Cal stürmt vor und rempelt beinahe einen Schüler in einem rosaschwarzen Football-Jersey um, während die drei abtrünnigen Liebesagenten Ardor aus ihren Köchern ziehen. Ich rechne fest damit, dass sie auf uns schießen, aber stattdessen zielen sie auf die Tanzfläche. Im nächsten Moment mischt sich das Surren von Pfeilen mit dem Lied von den Backstreet Boys, das aus den Lautsprechern dröhnt. In rascher Folge werden mehrere nichtsahnende Schüler von den rotgoldenen Pfeilen getroffen. *Besessenheitspfeilen.*

Die Wirkung tritt sofort ein – potentielle Matches fallen einander in die Arme, Jungs sinken heulend auf die Knie, Rivalen fangen plötzlich an, sich zu prügeln – all das errichtet eine Mauer der Gewalt zwischen Cal und den drei Neuankömmlingen, die zur Tür rennen und dabei weitere Pfeile verschießen. Cal drängt sich zwischen zwei Jungs aus dem Football-Team hindurch, die ohne Vorwarnung aufeinander losgehen, und weicht Jasons Faust aus, als der auf einmal zuschlägt. Charlie und ich eilen ihm nach.

»Pass doch auf!«, brüllt Charlie, als jemand fast seinen Drink auf ihrem neuen Outfit verschüttet.

Die drei Arrows bleiben in der Tür stehen, und diesmal zielen sie auf Cal, Charlie und mich. Mein Herz setzt einen Schlag aus. Von allen Seiten stürmen Leute auf uns ein. Wir können uns kaum bewegen, kaum denken. Als sie schießen, wirft Charlie sich zur Seite, und Cal duckt sich, wobei er nur knapp dem spitzen Ellbogen einer Cheerleaderin entgeht.

Und plötzlich wird alles ruhig. Ich sehe den rotgoldenen

Ardor wie in Zeitlupe auf mich zufliegen. Eine Gruppe von Mädchen, die wild aufeinander einschlagen, bewegt sich ein Stück zur Seite, so dass mein Herz vollkommen ungeschützt ist. Ich strecke die Hand aus. Kurz bevor der Pfeil mein Herz durchbohrt, greife ich ihn aus der Luft und zerbreche ihn. Asche rieselt zu Boden.

Niemand bekommt etwas davon mit. Trotz des Chaos um mich herum durchströmt mich eine eigenartige Ruhe. Ich fühle mich seltsam – als wäre ich nicht ganz ich selbst.

Und dann geht alles ganz schnell. Charlie und Cal haben sich wieder aufgerappelt. Die drei Agenten sind nach draußen geflohen. Wir wechseln einen raschen Blick, dann folgen wir ihnen durch den Korridor und an Eric vorbei, der ins Love Shack läuft, um zu sehen, was los ist.

Als wir in die warme Mittagsluft hinausstürmen, sinkt Cal plötzlich auf die Knie – aus seiner Brust ragt ein rotgoldener Pfeil, und ein schmerzerfüllter Schrei kommt ihm über die Lippen.

»Cal!«, rufe ich besorgt.

Im nächsten Moment wirft Charlie sich gegen mich, und wir gehen beide zu Boden. Mehrere Ardor schlagen in der Backsteinmauer hinter uns ein. Als ich mich umdrehe, haben die drei Arrows sich von uns abgewandt. Sie zielen mit ihren Bogen in die entgegengesetzte Richtung. Und sie rühren sich nicht von der Stelle.

Ich ziehe irritiert die Stirn kraus. Zwei Frauen versperren den Ausgang der Gasse – die Sonne scheint hell in ihrem Rücken. Einen Moment herrscht Totenstille.

Dann stürmen die beiden Frauen vor und weichen geschickt allen Pfeilen aus, die die Arrows auf sie abfeuern. Crystal entwaffnet ihre rothaarige Anführerin, drückt ihr Gesicht auf den Boden und legt ihr Handschellen an.

Ich sehe zu der Agentin, die Crystal begleitet. Sie ist klein und schnell, und ich habe sie noch nie in der Matchmaking-Agentur gesehen. Gerade rammt sie einem der Arrows den Ellbogen ins Gesicht und hält ihn wie einen Schutzschild vor sich, als der andere auf sie schießt. Der Pfeil bohrt sich in seine Brust, und sie wirft ihn zu Boden.

Ihre langen schwarzen Haare peitschen durch die Luft, als sie herumwirbelt und dem anderen Arrow die Beine wegtritt. Er landet auf dem Rücken, und sie richtet sich gelassen auf, während Crystal ihm ebenfalls Handschellen anlegt.

Es ist seltsam still, und die Luft knistert vor Spannung.

Ich rappele mich auf und ziehe Charlie hoch, ohne den Blick von dem Mädchen abzuwenden, das ich noch nie zuvor gesehen habe. Sie ist einen Kopf kleiner als Crystal und trägt ein weißes Top, das ihre dunkle Haut zur Geltung bringt, und enge schwarze Jeans. Ihre dunklen Augen leuchten, und sie atmet schwer.

Cal kauert wie erstarrt vor ihr. Auch Crystals Schultern sind angespannt, und sie blickt zwischen den beiden hin und her, als warte sie auf irgendetwas.

Charlie und ich wechseln einen verwirrten Blick.

Da taucht plötzlich Cupid am anderen Ende der Gasse auf und rennt auf uns zu. Erleichterung macht sich auf seinem Gesicht breit, als er mich sieht.

»Es tut mir so leid. Ich hätte nicht einfach abhauen dürfen. Crystal, ich hab deine Nachricht gekriegt. Was hab ich verpasst? Ich war –« Sein Blick huscht über die drei Arrows, die mit gefesselten Händen an der Wand stehen, und Crystal, die sich bedrohlich vor ihnen aufgebaut hat. Als er Cal am Boden und das mir unbekannte Mädchen sieht, bleibt er abrupt stehen. Seine Augenbrauen schießen in die Höhe, und sein Körper versteift sich. »Oh.«

Cal starrt das Mädchen unverwandt an. Er schluckt schwer. »Hi, Amena.«

»Hi, Cal«, antwortet sie.

Die Erkenntnis trifft Charlie und mich wie ein Schlag. Wir wechseln einen überraschten Blick. Das ist Amena. Das einzige Mädchen, in das Cal je verliebt war – oder zumindest das einzige, von dem wir wissen. Das Mädchen, das ihm die leicht angeschlagene Tasse in seinem Büro geschenkt hat. Das Mädchen, das er in einen Cupid verwandelt hat. Das Mädchen, das er unbedingt finden wollte.

In der Gasse ist es vollkommen still. Cupid beobachtet seinen Bruder mit nervösem Blick. Crystal steht steif hinter den beiden. Selbst die Arrows scheinen die Anspannung in der Luft zu spüren und bleiben ruhig.

»Wo warst du?«, bringt Cal schließlich heraus. Seine Stimme klingt rau, brüchig.

Amena wendet den Blick nicht von ihm ab, verlagert aber unruhig ihr Gewicht von einem Fuß auf den anderen. »Das ist eine lange Geschichte.«

Es fühlt sich an, als würden wir etwas sehr Intimes mitverfolgen; als wären wir in diesem Moment nicht willkommen. Die Zeit scheint stillzustehen. Jemand muss das Wort ergreifen. Jemand muss diesen zähen, nicht enden wollenden Moment durchbrechen. Aber das tut niemand.

Bis Cupid es nicht mehr aushält. »Also … das ist jetzt echt unangenehm.«

Hinter uns ertönt das laute Krachen von zerberstendem Glas. Wir drehen uns alle erschrocken zum Love Shack um, und Cal richtet sich hastig auf. Die Zeit geht wieder ihren gewohnten Gang.

»Drinnen gibt es einen Aufruhr«, sagt Cal zu Crystal, und seine Wangen nehmen wieder Farbe an.

»Ardor-Pfeile?«

»Ja.«

»Wie viele?«

»Sehr viele.«

Crystal reibt sich den Nasenrücken. »Okay, geht wieder rein, teilt die Leute auf, beruhigt sie und sorgt dafür, dass sie so wenig Schaden wie möglich anrichten«, trägt sie uns auf. »Ich rufe Verstärkung – wir müssen die Leute voneinander fernhalten, bis die Wirkung der Pfeile nachlässt. Ich sage Mino, er soll sie in die Haftzellen auf dem Polizeirevier sperren.« Sie blickt auf die Arrows hinunter. »Die drei müssen wir zur Matchmaking-Agentur bringen. Amena, du hilfst mir dabei. Ich will unser Gespräch noch fortführen.«

Amena reißt ihren Blick von Cal los, packt die beiden Männer am Arm und zieht sie hoch. Die rothaarige Frau steht selbst auf, und ich meine zu sehen, wie sie Amena anlächelt. Alarmglocken schrillen in meinem Kopf, aber ein gedämpfter Schrei aus dem Love Shack lenkt mich ab.

»An die Arbeit, Leute«, sagt Crystal und zieht ihr Handy aus der Hosentasche. »Wir treffen uns in der Matchmaking-Agentur, wenn die Verstärkung da ist.«

Cal und Amena wechseln noch einen kurzen Blick, dann dreht er sich abrupt um und marschiert auf den Eingang des Love Shack zu. Cupid sieht mich an – seinem düsteren Ge-

102

sichtsausdruck nach zu schließen ist er noch nicht ganz über unseren Streit hinweg. Wortlos wendet er sich ab und eilt Cal nach.

»Alles okay, Bruderherz?«, erkundigt er sich leise.

Cal blickt starr geradeaus. »Klar, alles bestens.«

Cupid legt ihm eine Hand auf die Schulter. Cal zuckt zusammen, schüttelt seine Hand aber nicht ab. Charlie und ich schließen zu den beiden auf. Als Cupid die Tür zum Love Shack öffnet und das Chaos sieht, das die Arrows angerichtet haben, stöhnt er so laut, dass ich es trotz der lauten Musik hören kann.

»Als hätten wir nicht schon genug um die Ohren«, murrt er.

Er wendet sich mir zu, und ich spüre seine angespannten Muskeln, als sein Arm meinen streift. Sein Kiefer ist verkrampft, seine Wangen gerötet. Ich nehme an, er ist immer noch wütend, weil ich gesagt habe, dass ich Valentine vertraue. Dabei weiß er das Schlimmste noch nicht einmal – Valentine glaubt, ich hätte etwas für ihn empfunden, und das hätte es Venus ermöglicht, aus der Unterwelt zu entkommen.

Aber das ist nicht wahr. Das kann nicht sein.

»Seid vorsichtig da drinnen«, sagt Cupid und wendet den Blick ab.

Entsetzt starren wir auf die um sich schlagenden Leute, die hochroten Gesichter und die pure Besessenheit, die unter unseren Mitschülern tobt. Cupid zuckt zusammen, als Jason einen alten Sonnenschirm aufhebt und ihn auf einen Jungen aus der Theater-AG schleudert.

Plötzlich erinnere ich mich an etwas, das er hier zu mir gesagt hat, als ich gerade erfahren hatte, dass Venus die Gründerin der Matchmaking-Agentur ist.

»Es gibt nichts Mächtigeres oder Grausameres als die Liebe«, murmele ich.

»Ja«, sagt er. »Da hast du völlig recht.«

Cupid, Cal und ich stoßen alle einen Seufzer aus.

Charlie sieht uns verständnislos an. »Ähm … okay, ihr Spinner, wollen wir dann mal loslegen?«

Cupid und ich brechen beide in Gelächter aus, und sogar Cals Lippen zucken. Dann machen wir uns an die Arbeit.

15. Kapitel

Als Mino etwa eine Viertelstunde später mit mehreren Polizeiwagen auftaucht, können wir uns endlich aus dem Love Shack davonstehlen. Wir sind alle etwas mitgenommen von unseren Bemühungen, die liebestolle Meute zu beruhigen; Charlies Haare stehen wild ab, meine Wange pocht schmerzhaft, nachdem mich eine Cheerleaderin geohrfeigt hat, Cals Gesicht ist zu einer mürrischen Maske erstarrt, und der Ärmel von Cupids weißem Sweatshirt ist zerrissen und von der klebrigen Cocktailpfütze auf dem Tisch rosarot verfärbt.

Als wir durch die kopfsteingepflasterte Gasse zu unseren Autos laufen, hören wir, wie Mino seinen Kollegen sagt, die Drinks wären mit halluzinogenen Drogen versetzt gewesen und sie sollten die Schüler der Forever Falls High in Haftzellen bringen, bis die Wirkung nachlässt.

Wir vereinbaren, uns in der Matchmaking-Agentur zu treffen, dann gehen wir getrennte Wege. Charlie fährt in meinem neuen Ford Focus mit und beschwert sich die ganze Fahrt über, dass eine besessene Cheerleaderin Cola auf ihrem Schottenrock verschüttet hat.

Als wir in der Cafeteria der Matchmaking-Agentur ankommen, zeigt die herzförmige Uhr über der Essensausgabe kurz nach fünf an. Die Luft ist erfüllt von Stimmengewirr und dem Geruch von Kaffee. Cupid und Cal sitzen bereits an einem der runden Tische.

Cupid fläzt auf einem Stuhl, die Hände hinter dem Kopf verschränkt, und starrt zur Decke hoch. Er versucht, lässig zu wirken, aber ich kann die Anspannung in seinen Schultern von hier aus sehen. Cal blickt starr zur Tür, aber er sieht uns nicht, sondern ist mit den Gedanken offenbar ganz woanders. Bei seiner Exfreundin, vermute ich.

»Also, was hältst du von dieser Amena?«, flüstert Charlie mir zu – anscheinend hatte sie den gleichen Gedanken wie ich.

»Ich weiß es nicht«, sage ich. »Ich glaube, ich habe gesehen, wie eine der Arrows sie angelächelt hat.«

Charlie runzelt die Stirn. »Seltsam. Denkst du, die beiden kennen sich?«

»Keine Ahnung. Vielleicht. Wahrscheinlich nicht.« Ich zucke ratlos die Achseln. »Aber … na ja … wo war sie die ganze Zeit? Cal sucht schon eine ganze Weile nach ihr.«

»Ich schätze, wir werden es bald herausfinden.«

Auf dem Weg zu Cupids und Cals Tisch kommen wir an Agenten mit Headsets vorbei, die in ihrer Kaffeepause Karten spielen und sich unterhalten. Cupid senkt die Arme und schenkt mir ein mattes Lächeln, als wir uns ihm und Cal gegenübersetzen. Cal scheint unsere Anwesenheit überhaupt nicht wahrzunehmen, doch im nächsten Moment sieht er ruckartig auf, den Blick auf irgendetwas hinter mir gerichtet.

»Wo hast du gesteckt?«, fragt er in barschem Ton.

»Ich freue mich auch, dich zu sehen, Cal.« Amena lässt sich auf den Stuhl neben mir fallen, während Crystal auf ihrer anderen Seite Platz nimmt. Als sie Cals besorgtem Blick begegnet, seufzt sie. »Das ist eine lange Geschichte. Tut mir leid, dass ich mich so lange nicht gemeldet habe. Ich wollte dich nicht in Gefahr bringen, und das war angesichts der jüngsten Ereignisse echt schwer.«

Mit neugierigem Gesicht wendet sie sich mir zu. Sie wirkt nett, aber irgendetwas an ihr macht mich misstrauisch.

»Du bist Cupids Match«, sagt sie. »Ich habe gehört, du hast eine Göttin getötet.«

Ihre Direktheit überrascht mich so sehr, dass es mir die Sprache verschlägt.

»Wo hast du gesteckt?!«, fragt Cal erneut und lenkt ihre Aufmerksamkeit wieder auf sich.

»Ich habe Cupid-Organisationen infiltriert, die außerhalb der Matchmaking-Agentur existieren.«

Cupid, der gedankenverloren an einem Salzstreuer herumspielt, blickt auf. »Die Arrows?«

»Zuletzt, ja.«

Ich werfe Charlie einen unauffälligen Blick zu, und sie zieht die Augenbrauen hoch. Das könnte zumindest erklären, warum die rothaarige Agentin ihr zugelächelt hat.

»Ist Venus bei ihnen?«

»Ich weiß nicht, wo sie ist«, sagt Amena. »Und ich habe gehört, dass die wenigen, die es wissen, einen Eid auf den Styx schwören mussten, dass sie ihren Aufenthaltsort niemandem verraten.«

»Der Styx ist der Todesfluss«, erklärt Crystal Charlie und mir. »Ein Eid, den man auf ihn schwört, ist bindend. Wenn jemand von seinem Wasser trinkt oder einem Vertrag eine Styx-Klausel hinzugefügt wird, kann das gegebene Versprechen nicht gebrochen werden.«

»Ich habe Grund zu der Annahme, dass die drei Arrows, die ihr gefangen genommen habt, einen solchen Eid abgelegt haben«, fährt Amena fort. »Deshalb bin ich ihnen hierher gefolgt. Ich hatte gehofft, sie führen mich zu ihr.«

»Daher wusste Crystal also, dass sich Arrows im Love Shack befinden«, sagt Cal. »Ihr seid gekommen, um uns zu warnen?«

Crystal nickt. »Anscheinend haben die Arrows Wind davon bekommen, dass die Fähre der Toten für drei Passagiere gebucht wurde. Sie wollen den Furien ihre Seelen anbieten, wenn sie heute Abend kommen. Sie wollen in die Unterwelt.«

»Na ja … Das klingt doch gut«, sagt Cupid achselzuckend. »Sollten wir sie nicht einfach machen lassen?«

»Das würde ich euch nicht raten«, erwidert Amena. »Sie suchen nach etwas sehr Mächtigem. Etwas, das Venus am Aufstieg hindern könnte. Venus will es haben. Sie haben vor, es aus der Unterwelt zu holen und ihr darzubringen.« Sie sieht Cupid an und zieht eine Augenbraue hoch. »Anscheinend hat euer böser Bruder es ergattert.«

»Die Pyxis«, murmele ich, und Cupid versteift sich sichtlich. »Die Schatulle, mit der Psyche ihre letzte Aufgabe erfüllen sollte.«

Amena nickt. Ihr Gesicht nimmt einen überraschten Ausdruck an. »Woher wisst ihr das?«

»Das ist eine lange Geschichte«, antwortet Cal kurz angebunden und wiederholt damit die Worte, mit denen sie ihn vorhin abgefertigt hat.

Auf ihren Lippen erscheint ein kleines Lächeln, und sie zuckt die Achseln.

Crystal seufzt tief. »Wir müssen uns diese Schatulle holen, bevor sie es tun«, sagt sie.

»Ich denke, das wäre das Beste«, stimmt Amena zu.

Crystal reibt sich die Stirn und nickt dann, als würde sie

sich selbst etwas bestätigen. »Wenn es Krieg gibt – einen Krieg der Götter –, könnte er die ganze Welt zerstören. Wir dürfen nicht zulassen, dass die Arrows diese Schatulle in die Finger bekommen. Normalerweise würde ich so etwas niemals vorschlagen. Aber harte Zeiten erfordern harte Maßnahmen. Und wenn uns die Erfahrung etwas gelehrt hat, dann, dass Valentine mit niemandem außer dir verhandelt, Lila.«

»Nein!«, fährt Cupid sie an.

Crystal blickt mich durchdringend an. Etwas in mir scheint sich gleichzeitig zu entspannen und zu verhärten, als mir klarwird, worum sie mich bittet.

»Du willst, dass ich, Cupid und Cal in die Unterwelt reisen«, sage ich. »Du willst, dass wir einen Handel mit Valentine eingehen, um die Schatulle zu bekommen. Heute Nacht.«

Crystal schweigt einen Moment. Dann nickt sie. »Ja.«

Ich sitze an Cupids Küchentheke und sehe zu, wie er barfuß im Zimmer auf und ab tigert, das nach dem Angriff der Furien letzte Nacht wieder auf Vordermann gebracht wurde. Draußen ist es dunkel, und die Lichter an den Schränken scheinen in der Glasfront des Hauses wider – unsere Spiegelbilder verbergen, was auch immer auf dem Gelände lauern mag. Mein Blick huscht immer wieder nervös dorthin. Ich weiß, dass die Furien erst später am Abend auftauchen dürften, aber nach allem, was in den letzten Monaten passiert ist, fällt es mir schwer, nicht auf der Hut zu bleiben.

Die anderen sind noch in der Matchmaking-Agentur. Crystal und Charlie treffen sich mit Mino, der in den Verstand der Arrows eindringen will, um herauszufinden, ob sie irgendetwas über Venus' Aufenthaltsort wissen. Währenddessen durchforsten Cal und Amena das Archiv nach Obolus; Cupid, Cal und ich brauchen je einen, um die Rückfahrt aus der Unterwelt zu bezahlen, wenn wir die Schatulle haben. Ich wollte helfen, aber Cupid meinte, er hätte einen besseren Plan. Wie sich herausstellte, wollte er mit mir zu Abend essen.

»Magst du Spaghetti?«, erkundigt er sich.

Ich wende mich ihm ruckartig zu – sein Kopf ist zur Hälfte im Kühlschrank verschwunden.

»Spaghetti wären super«, antworte ich.

»Gut. Sonst kann ich dir nämlich nur Froot Loops mit verdächtig wirkender Milch anbieten.« Er wirft mir einen entschuldigenden Blick zu. »Ich war schon eine Weile nicht mehr einkaufen.«

Er holt Hackfleisch, eine Paprika und eine Zwiebel heraus, die er einen Moment argwöhnisch mustert, bevor er sie für essbar befindet, und legt alles auf ein Schneidbrett. Dann dreht er sich um, füllt einen Topf mit Wasser und stellt ihn auf den Herd. Anschließend schneidet er die Zwiebel, den Blick starr auf seine Hände gerichtet.

»Ist alles okay?«, frage ich und mustere ihn besorgt.

Langsam blickt er zu mir auf. »Du hast keine Gefühle für ihn, oder?«

Mein Herz schlägt schneller.

Wir haben kurz vor dem Ende einen unvergesslichen Moment erlebt, nicht wahr?

»Für Valentine? Nein, natürlich nicht.« Ich zögere kurz, bevor ich antworte. Ich weiß nicht, warum. Es ist nur ein Augenblick, doch Cupid bemerkt es. Seine Augenbrauen ziehen sich zusammen, und er legt das Messer weg.

»Du hast *wirklich* keine Gefühle für ihn?«, hakt er nach.

110

»Nein«, antworte ich erneut, lauter diesmal.

»Sei ehrlich, Lila«, sagt er leise. »Seit jener Nacht in der Höhle bist du seltsam still. Du hast in deinen Träumen so viel Zeit mit ihm verbracht. Du wolltest die Verbindung zwischen euch nicht trennen.«

Ich atme tief durch. »Ich habe mich ein bisschen … seltsam gefühlt, nachdem ich ihn getötet hatte. Schuldig, nehme ich an. Es war anders, als Venus zu töten. Er wirkte eher wie ein normaler Mensch, verstehst du?«

Cupid antwortet nicht, also gehe ich zu ihm und schlinge die Arme um seine Taille. »Ich habe Gefühle *für dich*.« Ich küsse ihn zärtlich auf die Schulter, atme seinen vertrauten Duft tief ein und fühle, wie er sich langsam entspannt.

»Ich dachte, er wäre für immer fort«, seufzt er. »Ich dachte, der *Finis* würde ihn und unsere Mutter endgültig vernichten.«

»Ich auch.«

»Aber ich nehme an, er ist das Geringere von zwei Übeln«, sagt er grimmig. »Ich habe nur das ungute Gefühl, dass an der Sache mehr dran ist, als er uns verrät.«

»Ich frage mich, ob er die Götter selbst um einen Gefallen bitten will. Um Psyche zurückzubringen. Darum ging es ihm doch von Anfang an, oder?«

»Das dürfen wir nicht zulassen«, sagt Cupid. »Es heißt, sie sei die nächste Inkarnation von Venus – dass sie sogar noch mächtiger werden könnte. Und nach allem, was passiert ist – den Göttern, dem Amore, den Prüfungen –, habe ich Angst, was geschehen würde, wenn sie zurückkommt.«

Plötzlich fällt mir ein, was Valentine gesagt hat, bevor ich ihn getötet habe; dass er sie zurückbringen wollte, damit sie zusammen über die Ruinen der Welt herrschen könnten.

»Geht mir genauso«, sage ich leise. »Wir dürfen ihn nicht gewinnen lassen.«

Wir bleiben noch eine Weile engumschlungen stehen, jeder in seine eigenen Gedanken versunken. Erst als Cupid das Messer wieder zur Hand nimmt und mit den Essensvorbereitungen weitermacht, löse ich mich von ihm und setze mich. Die Stille lastet schwer auf uns. Es wird nicht einfach werden, die Schatulle von Valentine zu bekommen, und das wissen wir beide. Er wird sie uns nicht einfach überlassen; er wird verlangen, dass wir ihn im Gegenzug mitnehmen. Und wer weiß, was er dann tun wird?

»Cal wirkte ziemlich schockiert, Amena wiederzusehen«, sage ich, um das Thema zu wechseln.

»Ja. Sie haben eine lange Vorgeschichte.«

»Kanntest du sie auch?«

Er nickt und schüttet dann die Nudeln ins kochende Wasser, nimmt das Schneidbrett und kippt alles in die Pfanne auf dem Herd. Ein lautes Knistern und der Geruch gebratener Zwiebeln erfüllen den Raum.

»Wie haben Cal und sie sich kennengelernt?«

»Auf einer Matchmaking-Mission. Das ist schon Jahrhunderte her. Er sollte sie mit einem Typen zusammenbringen, der sich als extrem eifersüchtig, besitzergreifend und kontrollsüchtig herausstellte. Ein richtiges Arschloch eben.«

»Dann hat Cal das Match nicht arrangiert?«

Ich sehe zu, wie Cupid eine Dose Tomaten öffnet und zu dem Fleisch schüttet. Er stochert mit einem Holzlöffel in der Pfanne herum, und ein roter Klecks landet auf der Arbeitsfläche.

»Doch, das hat er. Nun, zumindest hat er damit angefangen. Er hatte einen Auftrag, und du weißt ja, wie gerne mein Bruder sich an die Regeln hält.« Cupid lehnt sich an die Küchentheke. »Dann hatte er einen Sinneswandel. Ich weiß keine Einzelheiten – er war bei persönlichen Dingen schon immer ziemlich verschlossen –, aber er ist mit ihr geflohen. Als die Arrows herausgefunden haben, dass er ein Match verhindert hat, das er hätte arrangieren sollen, und dass womöglich Gefühle im Spiel waren, haben sie Jagd auf ihn gemacht. Und so wurde ich in das Ganze hineingezogen.« Seine Augen glitzern amüsiert. »Stell dir das mal vor. Mein ach so tugendhafter Bruder musste ausgerechnet mich um Hilfe bitten.«

Er greift nach einer Schranktür über seinem Kopf, so dass sein Top hochrutscht und seinen unteren Rücken freigibt. Dann streut er etwas Oregano auf die kochende Bolognesesauce.

»Wie hast du ihm geholfen?«, frage ich.

»Ich kannte ein paar Sirenen –«

»Selena?«, frage ich. An Cupids Ex kann ich mich noch gut erinnern.

»Ja, genau. Ich habe sie überzeugt, meinem Bruder zu helfen. Sie haben die Macht ihres Gesangs eingesetzt, um in die Köpfe der Arrows einzudringen, die uns verfolgten, und Amena aus ihrem Gedächtnis zu löschen. Aber das war nicht genug. Weitere Agenten wurden auf sie angesetzt. Und es ging das Gerücht, dass Venus zurückkehren würde, um ihren Sohn dafür zu bestrafen, dass er gegen ihren Willen gehandelt hatte. Letztlich gab es nur eine Möglichkeit, Amena zu retten.«

»Wie?«

Er wirft mir einen grimmigen Blick zu. »Wir mussten sie

in eine von uns verwandeln. Von einem Cupid-Pfeil getroffen zu werden ist eine Art Neuanfang. Man wird aus dem System gelöscht und kann nie wieder mit irgendjemandem gematcht werden.«

»Also konnten die Arrows nicht mehr wütend sein, dass sie nicht mit dem Typen zusammengekommen war, der ihr Match sein sollte? Weil sie sowieso kein Match mehr eingehen durfte?«

»Ja, so in etwa.«

»Und Cal hat es selbst getan?«

Cupid nickt und stochert weiter in der Sauce herum.

Ich beiße mir auf die Lippe und versuche mich zu erinnern, was Cal mir noch über Amena erzählt hat. »Und danach hatte sie keine Gefühle mehr für ihn?«

Er zuckt die Achseln. »Das passiert wohl häufiger. Von einem Cupid-Pfeil getroffen zu werden verändert einen. Das habe ich zumindest gehört. Charlie wollte nichts mehr von dem Typen, mit dem du zusammen warst, nachdem sie verwandelt wurde, oder?«

»James? Nein, ich glaube nicht.«

Er dreht sich wieder um und holt zwei Schüsseln aus einem der glänzend weißen Schränke.

Ich seufze. »Armer Cal.«

»Ja. Aber das zeigt auch, was er für ein Heuchler ist. All die Vorwürfe, die er mir gemacht hat, als ich mich auf die Suche nach dir gemacht habe …«

»Glaubst du, wir können Amena vertrauen?«, frage ich.

»Ja. Warum?«

Ich zucke die Achseln. »Ich hab nur so ein komisches Gefühl.«

Cupid gießt die Nudeln ab und füllt sie in die Schüsseln, ohne darauf zu achten, dass die langen Spaghetti über den Rand hängen und Sauce auf die ansonsten lupenreine Arbeitsfläche tropft.

»Hast du je darüber nachgedacht, mich in einen Cupid zu verwandeln?«, frage ich. »Als du in die Stadt gekommen bist – vor Venus' Rückkehr?«

»Nein«, antwortet er.

»Hast du seitdem je darüber nachgedacht?«

Seine Schultern versteifen sich. Er zögert fast unmerklich. »Nein.«

Die Luft fühlt sich plötzlich drückend an. Ich weiß nicht, ob er die Wahrheit sagt. Dann dreht er sich mit einem breiten Grinsen im Gesicht zu mir um, und die unbehagliche Stimmung verfliegt. »Ich mag dich so, wie du bist.«

»Hast du Angst, ich würde dich nicht mehr lieben, wenn ich ein Cupid wäre?«, frage ich nach.

Mein Handy vibriert, aber ich hole es nicht heraus, den Blick unbeirrt auf ihn gerichtet.

Seine Augenbrauen ziehen sich zusammen. »Denkst du, deine Gefühle würden sich ändern, wenn du ein Cupid wärst?«

Ich sehe ihn einen Moment schweigend an, dann schüttele ich den Kopf. Ein Klopfen durchbricht die Stille. Seufzend steht Cupid auf und geht zur Tür. Ich nutze die Gelegenheit, um einen Blick auf mein Handy zu werfen, und ziehe irritiert die Stirn kraus, als ich eine Nachricht von James auf dem Display sehe. Wir hatten schon ewig keinen Kontakt mehr. Cal kommt herein, ehe ich die Nachricht lesen kann, und ich stecke mein Handy schnell weg. Er trägt eine Bomberjacke in Khaki und eine beigefarbene Hose.

»Was ist los, Bruderherz?«, fragt Cupid, während er ihm zurück in die Küche folgt.

Cal wirft einen Blick auf die beiden Schüsseln und verzieht missbilligend das Gesicht. »Das ist dein toller Plan? Pasta?!«

»Nun, du weißt doch, was man sagt. Reise nie mit leerem Magen in die Unterwelt«, erwidert Cupid, setzt sich und nimmt seine Gabel. »Du kannst dich gern bedienen, wenn du zum Essen bleibst.«

»Nein danke.« Cal wirkt fast beleidigt. »Ich bin hier, um euch etwas Beunruhigendes mitzuteilen.«

»Natürlich.« Cupid schaufelt sich die Spaghetti in den Mund. »Was ist es diesmal?«

»Nicht alle Pfeile, die im Love Shack abgeschossen wurden, waren Ardor, wie wir ursprünglich dachten. Ein paar der Teenager, die Mino eingesperrt hat, zeigen Anzeichen, dass sie … nun, dass sie Cupids sind.«

Cupids Gesicht verfinstert sich. Mir wird flau im Magen. Ich versuche mich angestrengt zu erinnern, wen ich bei dem Angriff im Love Shack gesehen habe.

»Die Arrows rekrutieren wohl«, sagt Cupid. »Sie brauchen wahrscheinlich mehr entbehrliche Leute, die sie auf der Suche nach der Pyxis in die Unterwelt schicken können.« Er zuckt die Achseln. »Wenigstens haben wir sie weggesperrt.«

»Ja, was das angeht … uns ist da ein kleiner Fehler unterlaufen.« Cal tritt unruhig von einem Fuß auf den anderen. »Da die Leute keine Anzeichen von Wahnsinn mehr gezeigt haben, weswegen wir sie ja offiziell eingesperrt hatten, wurde mindestens einer von ihnen entlassen. Crystal konnte ihn vom Überwachungsraum aus ausfindig machen. Er ist auf dem Weg nach Malibu – dem Ort, an dem Charons Fähre anlegen wird.«

Cupid stöhnt, lässt seine Gabel fallen und springt auf. »Wir haben echt nie unsere Ruhe, oder? Ich nehme an, wir sollten ihn – oder wie viele es auch sein mögen – lieber aufhalten, ehe sie uns unseren Platz auf der Fähre wegschnappen. Ich hole den Autoschlüssel.« Er geht zur Tür.

»Das ist noch nicht alles«, sagt Cal und wendet sich mir zu.

Cupid bleibt abrupt stehen und wirft ihm einen fragenden Blick zu. »Was ist los? Spuck's schon aus, Bruderherz.«

»Einer der frisch verwandelten Cupids … ist jemand, den du kennst«, sagt Cal.

»Wer?!«, will ich wissen.

Cal seufzt schwer. »Lila … es ist James. Dein Ex.«

16. Kapitel

»James ist ein Cupid?«, frage ich entsetzt.

Mein Mund ist wie ausgetrocknet. Ich gehe zur Spüle und fülle mir ein Glas Leitungswasser ein. Mein schockiertes Spiegelbild blickt mir aus dem Fenster entgegen, während ich das Glas in einem Zug leere. Mit zitternden Fingern stelle ich es zurück an den Rand der Spüle.

»Nicht nur ein Cupid. Ein Arrow«, sagt Cal.

Ich versuche, diese erschütternde Neuigkeit zu verarbeiten. James – der Junge, den ich seit dem Kindergarten kenne, der meine ganze Schulzeit hindurch neben Charlie mein bester Freund war, der für mich da war, als Mom krank wurde, und mit dem ich zusammengekommen bin, nachdem sie gestorben war. Nach allem, was passiert ist, haben wir zwar kaum noch Kontakt, aber ich wollte nie, dass ihm etwas zustößt.

Warum mussten die Arrows ausgerechnet ihn verwandeln?

Als Charlie zu einem Cupid geworden ist, hat sie sich plötzlich an den Capax erinnert, mit dem sie getroffen worden war. Ich frage mich, ob es bei James genauso ist. Seit letztem Sommer sind viele seltsame Dinge passiert, und das meiste hatte mit mir zu tun. All das hat seine Meinung über mich bestimmt nicht gebessert.

»Das tut mir echt leid, Sonnenschein«, sagt Cupid mit einem mitfühlenden Lächeln und kommt auf mich zu.

»Dafür haben wir keine Zeit«, herrscht Cal uns an. Cupid bleibt abrupt stehen. »Cupid, mach das Auto startklar. Wir müssen nach Malibu und … diese Situation bereinigen, bevor sie außer Kontrolle gerät.«

Cupid hebt wie zur Kapitulation die Hände und wirft mir einen verdrossenen Blick zu. »Da hast du wohl recht. Wenn wir die Fähre verpassen, haben die Arrows einen ganzen Tag Vorsprung. Und so gerne ich auch glauben würde, dass unser böser Bruder Psyches Schatulle nicht an James aushändigen würde …«

»Solange er in die Welt der Lebenden zurückkommt, ist es ihm wahrscheinlich egal, wer ihn dorthin bringt«, vermute ich.

Cupid nickt und schlüpft rasch in seine Schuhe, die im Flur herumliegen. Wir folgen ihm zum Auto.

»Was machst du da?«, fragt Cal mich und wirft mir durch den Rückspiegel einen irritierten Blick zu, als ich mein Handy hervorhole. »Wer ist das?«

»James hat mir vorhin geschrieben. Das kam mir da schon merkwürdig vor.« Mit wild klopfendem Herzen werfe ich einen Blick aufs Display. »Er will sich mit mir treffen. Angeblich will er mit mir reden.«

Cal versteift sich, und Cupid wirft mir über die Schulter einen besorgten Blick zu.

»Wo?«, fragt er.

»In einem Café namens Neptune's Bar«, antworte ich. »Es liegt am El Matador State Beach, direkt an der Klippe.«

Cupid und Cal wechseln einen Blick.

»Eine Falle?«, fragt Cupid.

»Ja. Wahrscheinlich.«

Cupid verzieht das Gesicht. »Tja, es sind ja nur ein paar Cupids. Nichts, womit wir nicht klarkommen.«

»Sei still!«, fährt sein Bruder ihn an. »Willst du das Schicksal herausfordern?!«

Auf der Fahrt reden wir nicht viel. Ich glaube, wir stecken

alle zu tief in unseren eigenen Dramen. Cal plagen widersprüchliche Gefühle wegen Amenas Rückkehr; Cupid sucht verzweifelt nach einem Weg, Valentine nicht zurückbringen zu müssen; und ich zerbreche mir den Kopf darüber, dass mein Ex jetzt ein abtrünniger Liebesagent ist.

Als wir endlich auf dem Parkplatz am Strand von Malibu ankommen, ist es schon dunkel. Wir bleiben einen Moment schweigend sitzen. Bei unserem letzten Besuch hier mussten wir Valentine bekämpfen, um zu verhindern, dass er die ganze Welt zerstört – und jetzt wollen wir uns einen Platz auf der Fähre der Toten sichern, um ihn zurückzuholen.

Ich werfe einen Blick auf die Uhr. »Charon sagt, die Furien kommen um zehn Uhr, oder?«

»Ja«, antwortet Cal. »Das heißt, wir haben noch knapp eine halbe Stunde, um James zu finden und ihn zu beseitigen.«

»Ihn beseitigen?!«, rufe ich erschüttert, als er ohne ein weiteres Wort aussteigt. »Warte! Was?! Wir werden ihm nicht weh tun. Wir werden nur mit ihm reden.« Ich springe aus dem Auto und baue mich vor ihm auf. Das Mondlicht taucht seine blasse Haut und seine hellblonden Haare in einen beinahe ätherischen Schein.

»Ja. Weil er bestimmt sehr vernünftig sein wird«, entgegnet Cal. »Das sind Exfreunde meistens. Vor allem, wenn sie gerade in Cupids verwandelt wurden. Bitten wir ihn doch einfach nett darum, nicht im Auftrag von Venus und den Arrows die Fähre der Toten zu besteigen, okay?«

»Exfreunde – und Freundinnen – sind also unvernünftig, ja?«, erwidert Cupid, der lässig an der anderen Seite des Autos lehnt, mit einem schiefen Grinsen. »Hast du mit Amena geredet?«

»Was? Was soll das heißen?!« Cals Augen blitzen zornig, als er den Reißverschluss seiner Bomberjacke zuzieht. Er schüttelt heftig den Kopf. »Halt die Klappe.«

Wutschnaubend marschiert er zum Kofferraum, öffnet ihn und verschwindet einen Moment dahinter. Ich suche Cupids Blick, und Cupid zuckt leicht die Achseln.

Seine Lippen umspielt ein Grinsen. »Keine Sorge«, sagt er. »Wir werden James nicht weh tun. Jedenfalls nicht sehr.«

»Überhaupt nicht«, entgegne ich entschieden und verschränke die Arme vor der Brust. »Es ist nicht seine Schuld, dass die Arrows ihn in einen Cupid verwandelt haben.«

Er zuckt die Achseln. »Crystal und Mino werden hoffentlich bald hier sein. Sie bringen ihn und seine neuen Cupid-Freunde zurück zur Matchmaking-Agentur. Aber bis dahin wird er versuchen, sich unseren Platz auf der Fähre der Toten zu schnappen, um Valentine zu befreien. Und das dürfen wir nicht zulassen. Richtig?«

Ich seufze. »Ja ... Ich schätze schon.«

Cupid mustert mich einen Moment schweigend, dann geht er zum Auto, um unsere Waffen zu holen. Ich drehe mich um und blicke über den Rand der Klippen auf den dunklen Strand und die Wellen hinab, die ans Ufer spülen. Erst vor ein paar Wochen war der Sand mit Leichen übersät, und ich habe Valentine den *Finis* ins Herz gestoßen. Der unverkennbare Geruch des Meeres strömt mir in die Nase, und mir wird flau im Magen. Er erinnert mich an *ihn*.

»Sonnenschein?« Cupids Stimme reißt mich aus meinen düsteren Gedanken. »Komm. Hier gibt's Waffen!«

Ich setze ein Lächeln auf und gehe zu ihm. Cupid reicht mir Bogen und Köcher.

»Jetzt ist wahrscheinlich auch ein guter Zeitpunkt, um euch die zu geben«, sagt Cal und holt vier Obolus aus seiner Hosentasche. »Verliert sie nicht.«

Er reicht mir und Cupid je einen. Cupid blickt mit grimmigem Gesicht auf die zwei, die übrig bleiben.

»Wir brauchen jeder nur einen, Bruderherz«, sagt er, als Cal die beiden Münzen zurück in seine Hosentasche steckt. »Als Plutos Gefangene müssen wir auf dem Hinweg keinen Wegezoll bezahlen. Wir brauchen nur das Fährgeld für die Rückfahrt.«

»Das ist nur eine Vorsichtsmaßnahme«, erwidert Cal.

»Wir bringen ihn *nicht* zurück.« Cupids Augen blitzen zornig, als er Cals kühlem Blick begegnet.

»Wir brauchen diese Schatulle«, sagt Cal – so leicht lässt er sich nicht einschüchtern. »Und dafür müssen wir ihn überzeugen, dass wir bereit sind zu verhandeln.« Cupid setzt zu einer Erwiderung an, aber Cal dreht sich auf dem Absatz um. »Um Valentine kümmern wir uns, wenn wir da sind. Ein mythologisches Problem nach dem anderen.«

Cupid seufzt tief. »Also gut.«

»Irgendwas fühlt sich nicht richtig an«, sagt Cal, als wir ihm zum Strand folgen.

»Fühlt sich für dich je irgendwas richtig an?«, murmelt Cupid.

Ich stimme Cal im Stillen zu. Aber ich bin auf dem Weg zu meinem Cupid-Ex, um ihn davon abzuhalten, in die Unterwelt zu fahren. Und ich bin mir nicht sicher, wie sich das anfühlen sollte.

Ich sehe das Café, sobald wir das Ende des Parkplatzes erreichen; ein kleiner Schuppen, etwa zwanzig Meter vor uns, aus dem Licht auf die stille Straße scheint. Cupid wirkt gelassen, als wir darauf zugehen, aber Cals Schultern sind straff gespannt. *Neptune's Bar* steht in abblätternder blauer Schrift über dem Eingang.

Durch das verdreckte Fenster erspähe ich James – er sitzt an der Bar, einen Köcher voller Pfeile zu seinen Füßen an den Tresen gelehnt. Seine hellbraunen Haare sind verwuschelt, als hätte er sie sich aufgebracht gerauft. Eine Kette glitzert um seinen Hals und verschwindet unter seinem schmutzigen blauen Kapuzenpullover.

Mir stockt der Atem. »Das ist seltsam …«

Ich wechsele einen Blick mit den anderen und öffne hastig die Tür. Als das Glöckchen über der Tür klingelt, sieht James auf und begegnet meinem Blick. Seine Miene ist finster, und seine schmalen Schultern straffen sich.

»Lila«, sagt er leise.

Er zupft an einer Serviette herum, reißt kleine Stückchen ab und lässt sie auf den lackierten Tisch rieseln.

»Hi, James.« Ich sehe zu den fünf freien Tischen, dem bärtigen Barkeeper, der hinter dem Tresen Gläser poliert, und dann zurück zu meinem Ex. Es ist zu still.

»Du willst reden«, sage ich. »Und das werden wir. Aber zuerst: Mit wem bist du hier? Wo sind die ande–«

»Ich erinnere mich genau«, unterbricht er mich – seine Augen funkeln vor Wut. »Wie ich auf seiner Party von einem Pfeil getroffen wurde, bevor ich Charlie geküsst habe. Du hast mir deswegen so viele Vorwürfe gemacht. Dabei warst du die ganze Zeit mit *ihm* … und du wusstest, was …«

»Ganz ruhig, Kumpel«, sagt Cupid, der plötzlich neben mir auftaucht, und greift demonstrativ nach seinem Bogen.

»Sie haben ihn bestimmt nicht allein hergeschickt«, flüstert Cal ihm zu.

»Dann bist du also Cupids Match, ja?«, fährt James fort.

»So nennen sie dich. Was auch immer das heißt.«

Ich gehe einen zögerlichen Schritt auf ihn zu. »James, wir müssen reden. Und das werden wir. Ich kann mir nicht einmal vorstellen, wie verwirrt du sein musst. Aber die Leute, die dich heute mit dem Pfeil getroffen haben ... die dir aufgetragen haben, die Fähre zu nehmen ... das sind nicht die Guten. Bitte, komm mit uns ...«

Er wirft einen Blick auf die zerrissene Serviette in seiner Hand. Seine Brust hebt und senkt sich stoßweise, als tobe in seinem Innern ein Sturm, den er nur mit Mühe unter Kontrolle halten kann. Er schluckt schwer. »Das kann ich nicht.«

»James.«

»Lila, ich –« Er unterbricht sich abrupt. Sein Gesicht verhärtet sich. Er klopft ganz leicht mit dem Fuß auf den Boden, genau wie er es früher, als wir noch zusammen waren, immer getan hat, wenn er dachte, er hätte etwas falsch gemacht.

Mir wird mulmig. »James? Was hast du getan?«

Cal gibt ein ungeduldiges Knurren von sich. Hinter mir bewegt sich etwas, und kurz darauf spüre ich einen kühlen Luftzug auf der Wange. Im nächsten Moment bohrt sich ein rosa-silberner Capax in James' Brust. Er schreit auf, und seine Augen weiten sich vor Schreck, als der Wahrheitspfeil auf seinem Kapuzenpulli zu Asche zerfällt.

»Dafür haben wir keine Zeit«, sagt Cal. »Wo sind die anderen Cupids, mit denen du hergekommen bist?«

James zuckt zusammen, und seine Wangen laufen hochrot an. »Ich ... bin allein hergekommen.«

»Wo sind die Arrows?«

»Am … Strand. Sie warten auf die Fähre.« Ein triumphierendes Glitzern blitzt in seinen Augen auf.

Mein Blick richtet sich auf die Uhr über der Bar. Es ist schon fast zehn. Die Furien werden jeden Moment hier sein. Wir müssen die Fähre erreichen, bevor die Arrows es tun.

Cal flucht leise und eilt zur Tür. »Er sollte nie auf die Fähre! Er dient nur als Ablenkungsmanöver!«

»Komm«, ruft Cupid. »Wir haben nicht viel Zeit.« Das Glöckchen bimmelt, als die beiden den Laden verlassen.

»James.« Ich trete hastig einen Schritt zurück. »Ich muss los. Aber jemand kommt her, um dich abzuholen. Sie kann dir helfen. Sie bringt dich zur Matchmaking-Agentur.«

»Mir helfen?! Du bist es, die Hilfe braucht, Lila.«

Er sieht auf den Köcher zu seinen Füßen hinunter. »Wusstest du, dass Menschen, die von einem dieser schwarzen Pfeile getroffen werden, sich in Cupids verwandeln?«

»Ich weiß, James. Ich kann mir nicht mal vorstellen, wie sich das anfühlt, aber ich muss jetzt wirklich los.«

Er stößt ein bitteres Lachen aus. »Du wirst es dir nicht mehr lange vorstellen müssen. Und er musste es auch nicht.« Sein Blick huscht zur Bar. »Ich habe ihn verwandelt, als ich angekommen bin.«

Mir bleibt die Luft weg. Der bärtige Mann hinter dem Tresen hält einen Bogen in der Hand und zielt mit einem schwarzen Cupid-Pfeil auf mich.

Ohne den Blick auch nur eine Sekunde von mir abzuwenden, lässt er ihn von der Sehne schnellen.

17. Kapitel

Es geschieht wie in Zeitlupe.

Der Pfeil durchschneidet die düstere, nach Schmierfett stinkende Luft. Die Spitze blitzt im matten Licht auf. Und etwas Kaltes, Dunkles bäumt sich in mir auf. Durch meine Adern fließen Schatten. Ich fühle mich nicht mehr wie ich selbst und versuche nicht einmal, dem Pfeil auszuweichen. Ich warte auf das Unvermeidbare. Darauf, ein Cupid zu werden – unsterblich und unendlich mächtig. Ich sehne mich danach.

Ich werde Dunkelheit über die Welt bringen.

Ich hole tief Luft; ein langer, eisiger Atemzug.

Meine Sinne erwachen wieder.

Ich hebe die Hand und fange den Pfeil wenige Millimeter vor meinem Gesicht. Um mich herum ist alles still. Ich höre nur meinen eigenen Atem und meinen kräftigen, merkwürdig ruhigen Herzschlag.

Dann geht alles ganz schnell.

Ich lasse den Pfeil fallen und sehe zu, wie er zu Asche wird. Meine Hände zittern, meine Augen sind weit aufgerissen. Das war schon das zweite Mal, dass ich einen Pfeil aus der Luft gefangen habe – wie ist das möglich?!

»Lila … Was zum …« James ist aufgesprungen und hat in seiner Hast seine Kaffeetasse umgeworfen. An der Bar nehme ich eine Bewegung wahr und drehe mich zu dem bärtigen Mann um. »Dafür habe ich keine Zeit«, sage ich.

Der Barkeeper starrt mich zögerlich an, als sehe er etwas in meinen Augen, das ihm Angst macht – er senkt seinen Bogen und weicht einen Schritt zurück. Durch das verdreckte Fenster scheint ein unheimliches weißes Licht herein. Das gleiche Licht, in das der Strand getaucht war, als wir gegen Valentine gekämpft haben.

Die Fähre der Toten ist hier.

»Lila, es tut mir lei–«, setzt James an.

»Bleib, wo du bist«, sage ich. »Jemand wird dich abholen.«

Damit drehe ich mich um und haste aus dem Café. Vor mir höre ich aufgebrachte Rufe. Mein Herz schlägt schneller, als ich noch einen Zahn zulege. Auf dem Weg über den Parkplatz zur Klippe versuche ich mich einzig und allein auf das zu konzentrieren, was vor uns liegt: die Pfeile, die Furien, den Kampf, der uns aller Voraussicht nach bevorsteht. Das muss ich. Ich darf nicht zu intensiv darüber nachdenken, was gerade passiert ist. Dass ich fast von einem Cupid-Pfeil getroffen worden wäre. Dass ich ihn im Flug gefangen habe. Dass ich einen Augenblick bereit – sogar *gewillt* – war, mich treffen zu lassen.

Was ist nur mit mir los?!

Schwer atmend erreiche ich die Treppe, die zum Strand hinunterführt. Das riesige, geisterhafte Schiff taucht die rollenden Wellen in einen silbrigen Schein. Die schwarzen Segel blähen sich unheilvoll im Wind.

Ein Schimmern lenkt meine Aufmerksamkeit auf Cupid und Cal, die hinter einem großen Felsen kauern, während ein Pfeil nach dem anderen gegen ihre Deckung prallt. Im Sand liegen zwei Gestalten mit dem Gesicht nach unten. Aber der dritte Arrow, ein großer Mann, steht noch seelenruhig in der rauschenden Brandung.

Ich zücke meinen Bogen, lege einen schwarzen Cupid-Pfeil ein und spähe in die Dunkelheit. Die Federn kitzeln mich an der Wange. Heute Abend weht ein kräftiger, stürmischer Wind, und ich richte den Bogen danach aus, ehe ich schieße.

Mein Pfeil saust durch die Luft und bohrt sich in die Brust des Arrows, so dass er rückwärts ins Wasser fällt und von den reißenden Fluten verschluckt wird. Ich atme erleichtert auf. Cupids Gesicht ist halb im Schatten verborgen, aber er hebt ruckartig den Kopf und begegnet meinem Blick – seine Augen glänzen im Licht des Totenschiffes.

Zwischen uns geht etwas vor, das das Eis in meinen Venen dahinschmelzen lässt.

Dann sieht er abrupt zu Cal, der ihm etwas zuruft, und anschließend zum Meer. Drei in schwarzes Leder gekleidete Frauen waten an Land.

Halb rennend, halb stolpernd haste ich die Holzstufen hinunter, während Cupid und Cal aus den Schatten unter den natürlichen Torbogen treten, der sich aus dem gigantischen Felsen am Strand gebildet hat. Die Furien gehen auf sie zu und sagen irgendetwas, woraufhin Cupid und Cal vor ihnen niederknien, die Hände heben und sich von der Frau mit dem dunklen Zopf fesseln lassen.

»Lila! Ich kann nicht zulassen, dass du dieses Schiff erreichst!«, brüllt James hinter mir.

Auf halbem Weg die Klippe hinunter bleibe ich wie angewurzelt stehen und werfe einen Blick über die Schulter. Bevor ich reagieren kann, packt er mich an den Armen, und wir stürzen beide die Treppe hinunter. Wir fallen übereinander, überschlagen uns wieder und wieder.

»Lila!«, höre ich Cupid schreien, während ich gegen Holz und Stein krache und die Welt sich wild um mich dreht.

Sand scheuert mir die Haut auf, und ein scharfer Schmerz

durchzuckt meinen Körper, als ich hart auf dem Rücken lande. Ich bleibe einen Moment reglos liegen und ringe nach Luft – vor meinen Augen tanzen grelle Lichtpunkte. Dann drehe ich stöhnend den Kopf.

James liegt ein kleines Stück von mir entfernt auf der Seite. Aus seinem Mundwinkel rinnt Blut. Hinter ihm – gut hundert Meter entfernt – versuchen Cupid und Cal sich aufzurichten, werden aber von zwei der Furien zu Boden gedrückt. Die dritte marschiert auf James und mich zu. Der Sand knirscht unter ihren schweren Biker-Stiefeln.

Ich stemme mich hoch, als James sich taumelnd aufrappelt und auf mich zustrauchelt. Ich begegne seinem Blick. Sein Gesicht macht mir Angst. Das Glitzern in seinen Augen und der harte Zug um seinen Mund zeugen von einer kaum verhohlenen Mordlust.

Ich greife mir einen Pfeil, der im Sand liegt, und richte mich mühsam auf. Meine Hand zittert leicht, als ich ihn schützend vor mich halte. Mir tut alles weh. Etwas Warmes, Flüssiges sickert unter meiner zerrissenen Lederjacke über meinen Arm.

»James ... was ... tust du da?« Meine Stimme ist heiser.

»Ich will dich nicht umbringen, Lila«, sagt er. Eine Träne läuft ihm über die Wange und mischt sich mit dem Blut, das ihm aus dem Mundwinkel rinnt.

»Ich will dir auch nicht weh tun.« Ich taumele zurück.

»Aber ich muss es tun.«

Mein Puls rast, und ein Teil von mir will nicht glauben, dass ich mich wirklich in dieser Situation befinde. Dass ich wirklich in Lebensgefahr schwebe. Wegen James. Dem Jungen, mit dem ich meinen ersten Kuss erlebt habe, der mir Surfen beigebracht hat, mit dem ich im Unterricht so viel getuschelt habe, dass wir beide ständig Ärger bekamen. Er hat mich zu meinem siebzehnten Geburtstag in einen Freizeitpark eingeladen, weil er weiß, wie sehr ich Achterbahnen liebe. Er war für mich da, als Mom krank wurde, und kam zu ihrer Beerdigung, als sie starb. Er ist mein erster fester Freund und mein Ex und ein Klassenkamerad und ein *Freund*. Er ist schon seit meiner Kindheit ein Teil meines Lebens.

Und jetzt ist er ein Cupid. Und will mich umbringen.

»Warum, James? Warum tust du das?«

»Du bist gefährlich. Sie haben mir alles erzählt. Ich darf nicht zulassen, dass du dieses Schiff erreichst.«

Hinter ihm kommt die dritte Furie immer näher. Cupid und Cal kämpfen gegen die anderen beiden und versuchen verzweifelt, zu mir zu gelangen.

»Was sie – die Arrows – dir erzählt haben, ist nicht wahr.«

»Doch, das ist es. Du darfst die Pyxis nicht in die Finger bekommen.«

»Charlie musste das Gleiche durchmachen wie du. Wir können dir helfen. Es wird alles wieder gut.«

James schluckt schwer. »Wenn ich dich nicht aufhalten kann, muss ich … muss ich dich umbringen.«

In seiner Hand blitzt etwas Metallenes auf, als er ein Messer aus dem Gürtel zieht. Dann stürzt er sich auf mich. Ich packe sein Handgelenk, als er mit voller Wucht gegen mich prallt, und kämpfe gegen seine rohe Kraft an. Ich rieche sein Eau de Cologne, das jedoch den Angstschweiß, der seine gerötete Haut überströmt, kaum überdecken kann.

»Hör auf! HÖR AUF!«, schreie ich ihn an.

Und plötzlich sackt er in sich zusammen. Sein schraubstockartiger Griff löst sich von meinem Arm. Völlig entgeistert taumele ich zurück, als er auf die Knie sinkt. Seine Augen suchen meinen Blick, weit aufgerissen vor Schreck und furchtbarer Angst. Dann fällt er zu Boden. Aus seinem Rücken ragt ein schwarzer Pfeil. Die Asche wird vom Wind fortgetragen.

Amena steht mit gezücktem Bogen am Rand der Klippe, ihre dunklen Haare peitschen ihr ums Gesicht. Crystal und Mino sind bei ihr.

Ich höre nichts als meinen eigenen Herzschlag, der mir in den Ohren dröhnt. Eine eisige Kälte durchströmt meinen Körper. Die Zeit scheint stillzustehen. Langsam sehe ich zu James, der mit dem Gesicht nach unten im Sand liegt. Ich falle auf die Knie und packe sein Handgelenk, um seinen Puls zu fühlen.

»James?«, flüstere ich.

Keine Antwort. Einen Moment fühle ich mich wie betäubt, ausgehöhlt. Dann wird die Leere in mir von Kummer ausgefüllt. Er ist tot. Er ist wirklich tot.

»Nein.« Das Wort bleibt mir fast im Hals stecken. »*Nein.*«

Tränen schießen mir in die Augen, als sich ein Schatten über uns legt. Die blonde Furie ragt über mir und James auf. Hinter ihr liegen Cupid und Cal bewusstlos im Sand – das Wasser umspült ihre Beine. Das kann nicht wahr sein. Das kann einfach nicht … Das ist zu viel auf einmal.

Die Furie grinst hämisch, und ihre weißen Zähne blitzen im geisterhaften Licht der Fähre der Toten auf, als sie meinem Blick zu dem leblosen Körper im Sand folgt.

»Du wirst dir noch wünschen, er hätte dich getötet«, sagt sie. »An den Ort, zu dem wir unterwegs sind, nehmen wir für gewöhnlich keine Menschen mit. Aber ich bin froh, dass wir in diesem Fall eine Ausnahme machen. Deine Seele hat etwas

Interessantes an sich. Ich freue mich schon darauf, etwas Zeit mit dir und deinen Freunden in der Unterwelt zu verbringen und herauszufinden, was es ist.«

Sie hebt die Hand, und ich spüre einen heftigen Schmerz, als sie mir ins Gesicht schlägt. Benommen sinke ich zu Boden und sehe James' reglose Gestalt noch ein letztes Mal vor mir, ehe alles in Dunkelheit versinkt.

18. Kapitel

Alles verschwimmt vor meinen Augen. Mein Kopf tut höllisch weh, und die Kälte geht mir bis ins Mark. Ich fühle mich leer, als wäre ein Teil von mir mit Gewalt herausgekratzt worden. Der Boden unter mir schwankt, und ich schmecke Salz auf den Lippen. Kalte Gischt spritzt mir ins Gesicht.

James.

Mein Blick fokussiert sich auf schwarze, mit Gold verzierte Segel, die über mir im Wind flattern. Dann kneife ich die Augen wieder zu und versuche, alles auszublenden.

James ist tot.

»Hey, Kleine.« Eine Weile später beugt sich jemand über mich.

»Charon?«, frage ich heiser.

»Der einzig Wahre.«

Ich schließe die Augen und kämpfe gegen die Woge von Übelkeit an. »Cupid und Cal?«

»Den beiden geht's gut. Sie sind an die Takelage gefesselt.«

»Und die Furien?«

»Unter Deck. Hör mal, halt die Ohren steif, Kleine. Solche Reisen sind für Sterbliche nicht leicht zu verkraften, aber wir haben die Barriere fast erreicht. Ich muss den Wegzoll von den anderen Passagieren einsammeln, bevor wir die Grenze überqueren. Ich bin bald wieder da.«

»Hm?«, murmele ich verständnislos.

Er verschwindet, während ich mich wieder zusammenrolle, die Beine anziehe und das nasse Deck der Fähre der Toten an der Wange spüre. Ich glaube, ich schlafe ein. Vor meinem inneren Auge blitzen steile Klippen, schwarze Flüsse und goldene Tempel auf.

»Du siehst nicht gut aus, Bruderherz.« Cupids raue Stimme durchdringt meine Träume.

»Ich mag keine Schiffe«, stöhnt Cal.

Das Schiff bricht durch die Wellen, und ich habe das Gefühl, als würde mein Magen jäh absinken. Ich blinzele angestrengt und stemme mich auf die Ellbogen hoch. Die beiden Brüder sind Seite an Seite an den Mast gefesselt. Auf Cupids Wange prangt ein dunkler Bluterguss, Cals Bomberjacke ist zerrissen und sein Gesicht totenbleich.

»Sonnenschein?« Der Wind trägt Cupids besorgte Stimme zu mir herüber. »Alles okay bei dir?«

»James …« Sein Name kommt mir mit tränenerstickter Stimme über die Lippen und wird vom Wind davongeweht. »Sie hat ihn getötet. Amena. Sie hätte ihn nicht töten müssen.«

Cupids Augen weiten sich vor Entsetzen – offenbar hat er das Ende des Kampfes nicht mehr mitbekommen.

Cal versteift sich. »Sie hat Lila beschützt.«

»Nicht jetzt, Bruderherz«, sagt Cupid leise. »Lila, es tut mir so leid.«

Ich schließe die Augen und kämpfe gegen die Tränen an, die überzuquellen drohen. Erst als ich donnernde Schritte direkt vor mir höre, öffne ich sie wieder. Charon marschiert an mir vorbei, und ich folge ihm mit dem Blick zum Bug, an dem ein Totenkopf prangt. Zum ersten Mal, seit ich aufgewacht bin, nehme ich meine Umgebung richtig wahr – das schwarze Deck, die goldene Takelage, und eine Tür weiter unten, die in die Kajüte des Kapitäns führt. Dieses Schiff hat etwas Vertrautes an sich, auch wenn ich noch nie hier war.

Charon bleibt am Steuerrad stehen. Vor ihm erstreckt sich eine schwarze, wabernde Rauchwolke über den gesamten Horizont. Pure, alles verschlingende Dunkelheit. Sie wütet und windet sich in der Luft, als wäre sie lebendig. Und sie kommt unfassbar schnell auf uns zu.

»Die Barriere zwischen Leben und Tod«, ruft Charon. »Nur Gefangene der Unterwelt und Passagiere, die den Wegzoll entrichten können, kommen dort hindurch.«

Jeder Muskel in meinem Körper spannt sich an, als die Dunkelheit wie Wasser über den Totenkopf am Bug des Schiffes strömt und sich über das Deck zu unseren Füßen ausbreitet. Sie schwillt an und tost über das Schiff wie ein Tornado. Das Schiff erbebt, von gigantischen Wellen angehoben und wieder in die Tiefe gestürzt.

Und dann werden wir von der Finsternis verschlungen. Alles ist schwarz. Es kommt mir vor, als würde es nie wieder hell werden. Die Dunkelheit steigt mir in die Nase, in den Mund, ich kann sie schmecken – das vollkommene Nichts. Sie ist trist und leer. Sie schmeckt nach Ewigkeit. Aber der Geschmack ist nicht unangenehm. Irgendwie friedlich.

»Charon … Alter, was geht ab?!« Cupids Stimme ist weit weg. »Das gefällt mir nicht!«

Die Kälte schlingt sich um mein Herz und meine Seele, und etwas in mir reagiert darauf. Ich schließe die Augen. Ich gebe mich ihr hin. Sie speist die Dunkelheit, die im Labyrinth meines Verstandes heranwächst.

Was tust du da?, ruft eine raue, tiefe Stimme mit irischem Akzent. Ich weiß nicht, wo sie herkommt – ob sie von innerhalb oder außerhalb meines Geistes ertönt. Aber sie zieht mich vom Rand des Abgrunds fort. *Kämpf dagegen an.*

Die Dunkelheit lässt mich los – langsam zieht sie sich aus meiner Nase und meinem Mund zurück und sickert meine Arme hinunter. Bis ich endlich wieder sehen kann. Durch die dunkle, rauchähnliche Substanz begegne ich Cupids besorgtem Blick. Er macht ein gequältes Gesicht, während sich Cal neben ihm heftig übergibt.

Dann klart der Himmel auf. Der Sturm legt sich. Schwer atmend rappele ich mich auf. Meine Augen werden groß.

»Willkommen auf dem Styx, Leute«, sagt Charon.

Der endlose Ozean ist nirgends in Sicht. Stattdessen treiben wir auf einem breiten Fluss, der sich in der Ferne durch eine verlassene Stadt schlängelt. Von weitem sieht sie fast aus wie die Außenbezirke von Forever Falls. Aber irgendetwas ist nicht so, wie es sein sollte. Die Luft ist drückend, und weißer Nebel wabert um die Segel unseres Schiffes. Das Rauschen des Wassers um uns herum klingt seltsam verzerrt.

Charon steuert die Fähre zu einem weißen, knochenartigen Pier, der ins schwarze Wasser ragt. An seinem anderen Ende erhebt sich ein unheilvoller Betonbau mit vergitterten Fenstern. Auf einem pink leuchtenden Schild über der Tür steht: *Der Gerichtshof.*

»Sind wir in der Unterwelt?«, frage ich – meine Stimme klingt eigenartig, wie sie durch die schwere Stille schneidet.

»Ganz genau, Kleine«, antwortet Charon. Seine Surfer-Shorts wogen im Wind. »Genauer gesagt befinden wir uns beim Gerichtshof der Unterwelt. Die Furien haben mir aufgetragen, hier anzulegen, damit sie euch einsperren und über eure Seelen richten können.«

»Aber du bringst uns nicht wirklich dorthin, oder?«, frage ich. »Ich dachte, du hilfst –«

Ich verstumme abrupt, als sich hinter mir eine Tür öffnet und Schritte über das Deck donnern. Langsam drehe ich mich um und sehe die Furien aus der Kapitänskajüte auftauchen. Die Frau mit dem schwarzen Zopf lacht hämisch.

»Hast du das gehört, Tis?« Sie wendet sich an die Furie mit dem blonden Pferdeschwanz. »Sie glaubt, unser lieber Charon würde ihr helfen.«

Ihre schwarzgeschminkten Lippen verziehen sich zu einem höhnischen Grinsen. Tis lacht. Die Rothaarige auf ihrer anderen Seite lächelt kühl. Mir gefriert das Blut in den Adern.

»Niemand wird euch helfen«, sagt sie. »Eure Seelen gehören jetzt uns und dem Gott der Toten.«

Teil 3:
Die Unterwelt

19. Kapitel

Die Furien führen uns über den Knochenpier zum Gerichtshof. Der nasskalte Eingangsbereich sieht aus wie in einer x-beliebigen Behörde in der normalen Welt – nur sind die Plastikstühle und mit Seilen abgetrennten Bereiche, in denen man sich anstellt, alle leer, und an den Schaltern sitzt auch niemand.

Die drei Furien unterhalten sich leise, während sie uns voraus zu einer Treppe gehen, die ins untere Stockwerk führt. Ich sehe ängstlich zu meinen beiden Begleitern. Cal reibt sich die Handgelenke, wo die Fesseln rote Striemen hinterlassen haben. Aber Cupid bemerkt meinen Blick und eilt zu mir. »Alles okay?«, erkundigt er sich.

Ich schmiege mich einen Moment an ihn, um seine starken Muskeln und das tröstliche Auf und Ab seiner Brust zu spüren. Mir ist kalt, und ich lasse seine Wärme durch mich hindurchströmen – doch sie reicht nicht aus, um die eisige Angst zu vertreiben, die mich ergriffen hat.

»Geht weiter!«, blafft Tis, die Furie mit dem blonden Pferdeschwanz, und wirft uns über die Schulter einen zornigen Blick zu. Cupid stupst mich sanft an, um mich zum Weitergehen zu ermutigen.

»Ich dachte, Charon sollte uns helfen«, flüstere ich aufgebracht.

»Das wird er.«

»Aber die Furien haben gesagt –«

»Er tut, wofür er bezahlt wird. Mach dir keine Sorgen. Wir haben mit ihm geredet, während du ohnmächtig warst«, raunt mir Cupid hastig zu. »Wir haben ihm gesagt, dass wir die Obolus haben.«

»Warum hilft er uns dann nicht gleich?!«

»Er meinte, er müsse erst noch etwas in der Unterwelt erledigen. Aber er wird zurückkommen.«

Die Luft riecht alt und muffig wie ein vergessenes Mausoleum, aber der vertraute Duft von Cupids Deodorant und der Geruch von Bolognesesauce, der ihm immer noch anhaftet, trösten mich ein klein wenig.

»Das hoffe ich jedenfalls«, murmelt er.

»Die Treppe runter«, herrscht Tis uns an und bleibt auf der obersten Stufe stehen. Sie dreht sich um und zerrt mich zu sich.

»Fass mich nicht an!«, fauche ich, halte mich am Geländer fest und blicke wütend in ihre kalten braunen Augen.

Sie lacht, die Finger in meine Lederjacke gegraben, und mustert mich forschend. »Du bist faszinierend.«

»Pass auf, was du sagst, Tis«, knurrt Cupid warnend.

»Hast du das gehört, Ali?«, sagt sie zu der Rothaarigen. Ihre Augen funkeln amüsiert. »Der Liebesgott denkt, ich sollte mich in Acht nehmen!«

Ali lacht. »Hast du das gehört, Meg?«, ruft sie.

»Ich erzittere«, erklingt eine Stimme von unten.

Tis dreht mich unsanft um und schiebt mich weiter. Ich stolpere ein paar Stufen hinunter, und sie bleibt dicht hinter mir.

»Du hast etwas sehr Interessantes an dir«, flüstert sie ganz nahe an meinem Ohr. »Deiner Seele wohnt eine starke Wut inne. Ich kann sie fühlen. Die Gier nach Rache. Ich will sie –«

»Lass sie in Ruhe, Tis!«, ruft Cupid und eilt uns nach.

Tis zuckt lachend die Achseln und greift nach dem Dolch an ihrem Gürtel. »Ich werde schon bald mehr über deine Seele erfahren, Lila Black.«

Cupid und Cal flankieren mich schützend, und sie läuft vor zu ihren Schwestern. Die Treppe mündet in einen steril weißen, von Glastüren gesäumten Korridor. Die Furien warten am anderen Ende auf uns und stoßen uns in eine kleine Zelle mit gepolsterten Wänden und einem Metalltisch in der Mitte.

»Was habt ihr mit uns vor?«, frage ich und versuche, mir meine Angst nicht anmerken zu lassen.

»Nun, zuerst müssen wir uns um ein paar andere Seelen kümmern«, antwortet Meg und streicht ihren schwarzen Zopf glatt. »Aber dann kommen wir zurück, um herauszufinden, was ihr mit der verschwundenen Seele gemacht habt. Und ja, wir werden euch foltern. Also bleibt brav hier.«

Mit einem hämischen Grinsen schlägt sie die Glastür hinter sich zu. Ihre Augen richten sich direkt auf mich, als sie auf die Gegensprechanlage an der Wand drückt.

»Oh. Und wir fangen mit dir an.« Mein Magen krampft sich zusammen, als ich die Vorfreude in ihrer Stimme höre. »Wir sind schon sehr gespannt, was du uns zu sagen hast.«

Als sie endlich weg sind, lehne ich mich haltsuchend an die Wand der Zelle, in der wir auf unbestimmte Zeit festsitzen. Mein Herz hämmert – ob aus Angst oder aus irgendeinem anderen Grund, kann ich nicht sagen. Tis hat mir jetzt schon zweimal gesagt, dass meine Seele etwas Ungewöhnliches an sich hat, und vorhin meinte Cal, mein Lebensfaden sei vom Webstuhl der Schicksalsgöttinnen verschwunden.

Ein Teil von mir *will*, dass die Furien herausfinden, was

an meiner Seele derart interessant ist. Denn das will ich auch wissen.

Aber ich will nicht dafür gefoltert werden ...

Cal steht stocksteif an der gepolsterten Wand und klopft mit den Fingern unruhig auf seine beige Hose. Er sieht flüchtig zu mir, doch ich spüre, wie Cupid mich beobachtet. Ich wende mich ihm zu, und unsere Blicke treffen sich.

In seinen Augen lodert etwas Heißes, Wildes, Gefährliches – etwas, das mein Innerstes trotz der Kälte, die sich in mir festgesetzt hat, wärmt. Seine Brust hebt und senkt sich stoßweise.

Im Bruchteil einer Sekunde hat er die Zelle durchquert und bleibt dicht vor mir stehen. Er umfasst mein Gesicht und zieht mich an sich. Ich muss mich an seinem Top festhalten, um nicht das Gleichgewicht zu verlieren, als er mich stürmisch küsst.

Ich ziehe scharf die Luft ein, vollkommen überwältigt; seine Zunge erobert meinen Mund, und seine Lippen drücken sich begierig auf meine.

Und dann erwidere ich seinen Kuss. Sein Geschmack durchflutet meinen Mund. Sein Geruch übermannt mich.

Die Leidenschaft reißt uns fort und vertreibt alles andere – die Angst, die Wut, die Furien, unsere Auseinandersetzung. Es gibt nur noch ihn und mich. Und seinen heißen Mund auf meinem. Mein Puls rast.

Doch da gibt Cal ein missbilligendes Geräusch von sich.

Und ich bin schlagartig zurück in der Zelle, völlig außer Atem. Cupid zieht sich ein kleines Stück zurück und legt seine Stirn an meine.

»Es tut mir so leid«, sagt er leise. »Es tut mir so leid, Lila.

Ich habe dich in Gefahr gebracht. Wir hätten dich nicht herbringen dürfen.«

»Ich musste mitkommen«, erwidere ich. »Es ging nicht anders. Valentine …«

»Ja.« Ein dunkler Schatten legt sich über sein Gesicht, und sein Blick verdüstert sich. Er tritt einen Schritt nach hinten und nimmt seine tröstliche Wärme mit sich fort. »Ja. Mein lieber Bruder wird nur mit dir reden. Du bist die Einzige, die einen Tauschhandel mit ihm schließen und die Schatulle bekommen kann. Ich weiß.«

Er lehnt sich an den Metalltisch in der Mitte der Zelle und reibt sich mit beiden Händen das Gesicht. Ich seufze tief. Es macht ihm wirklich schwer zu schaffen, dass Valentine und ich eine Verbindung haben. Bei ihrer Vorgeschichte mit Psyche kann ich das gut nachvollziehen.

Aber was haben wir schon für eine Wahl? Wir brauchen diese Schatulle.

Unsere Blicke begegnen sich. Er wirft mir ein gequältes Lächeln zu, seine Lippen von unserem stürmischen Kuss gerötet. Ich glaube, mit diesem Lächeln will er mir sagen, dass er mich auch versteht.

»Bist du sicher, dass Charon uns befreien wird?«, frage ich.

»Charon wird zurückkommen«, sagt Cal und sieht kurz zu mir, bevor er sich Cupid zuwendet. »Aber ich weiß nicht, wie lange das dauern wird. Und wir werden *nicht* zulassen, dass die Furien Lila foltern.«

»Wie schön, dass wir uns da einig sind, Bruderherz. Ich schlage vor, wir warten, bis sie zurückkommen, um Lila zu holen, kämpfen gegen sie, gewinnen und fliehen durch die offene Tür – das ist immer ein guter Plan. Seid ihr dabei?«

145

Cal nickt und lehnt sich mit verschränkten Armen an die Wand. Mit grimmigem Gesicht starrt er auf irgendetwas draußen vor der Tür. Ich setze mich in die Ecke auf der anderen Seite der Zelle.

In Gefangenschaft vergeht die Zeit unendlich langsam. Cal steht stocksteif an der Wand, Cupid lehnt sich auf dem Tisch zurück, die Arme demonstrativ lässig hinter dem Kopf verschränkt, und ich kauere tief in Gedanken versunken in der Ecke.

Wir müssen hier weg. Wir müssen Valentine ausfindig machen. Wir müssen uns die Pyxis holen, bevor Venus' Agenten sie in die Finger bekommen.

Ein leises Zischen reißt mich aus meinen Gedanken. Cupid setzt sich ruckartig auf. Cal blickt erschrocken zur hinteren Ecke der Zelle, und alle Farbe weicht aus seinem Gesicht. Aus einer kleinen Öffnung in der Wand strömt Gas.

»Das sieht nicht gut aus«, murmelt Cupid.

»Nicht einatmen!«, ruft Cal und hält sich die Hände vor den Mund, als die Gaswolke sich auf ihn zu bewegt.

»Leichter gesagt als getan, Bruderherz.«

Ich drücke mich noch weiter in die Ecke und sehe ängstlich zu Cupid, der sich den Ellbogen vor das Gesicht hält, aufspringt und zu mir eilt, als sich die Wolke über ihn senkt.

Doch plötzlich bleibt er stehen, und seine Augen werden glasig. Er blinzelt heftig und lässt den Arm sinken.

»Cupid?«, frage ich besorgt.

Er starrt mich völlig entgeistert an. Cal wirbelt herum, sein Gesicht von dem dichten Nebel verschleiert, als die Wolke ihn ebenfalls einhüllt. Mit finsterer Miene wendet er sich mir zu. Als er Cupid sieht, wird sein Blick hart wie Stahl.

»*Du*«, sagt er.

Cupid dreht sich überrascht um. Ein Lächeln erscheint auf seinem Gesicht. »Bruder? Es ist schon eine Weile her!«

Ich ziehe irritiert die Stirn kraus, als Cal mit großen Schritten den Raum durchquert, Cupid am Hemdkragen packt und ihn gegen die Wand drückt.

»Was tust du da?«, rufe ich entsetzt.

Sie beachten mich nicht.

»Du solltest im Exil sein«, faucht Cal.

»Was?!« Was zur Hölle geht hier vor?!

Cupid lacht leise. Der Nebel kommt immer näher. Ich presse mir die Hand auf den Mund und halte die Luft an, doch das wird nicht lange helfen. Was immer mit Cupid und Cal passiert, wird auch mit mir passieren.

Plötzlich ertönt ein Summen. Die Tür öffnet sich, jemand packt mich und zerrt mich auf den Gang hinaus. Keuchend sinke ich zu Boden. Hinter mir schließt die Tür sich wieder – und sperrt Cupid und Cal in dem seltsamen Nebel ein. Mit tränenden Augen blicke ich auf.

Tis, die blonde Furie, steht mit einem höhnischen Grinsen im Gesicht über mir.

»Was habt ihr mit ihnen gemacht?!«, fahre ich sie an. »Was ist das?!«

»Nur ein bisschen Dampf«, antwortet sie gelassen. Ihr Grinsen wird noch breiter, als sie sieht, wie Cupid und Cal in der Zelle aufeinander losgehen.

»Das ist kein Dampf«, fauche ich.

»Nun ja, er stammt aus dem Fluss Lethe, daher hat er ganz spezielle Eigenschaften.« Sie zieht mich am Kragen hoch und zwingt mich, in die Zelle zu sehen, wo der Nebel sich langsam lichtet. Cal drückt Cupid immer noch an die Wand, und Cupid lacht, sein Gesicht zu einer spöttischen Maske verzerrt. Als Tis auf den Knopf an der Gegensprechanlage drückt, drehen sie sich beide ruckartig zu uns um.

»Hi, Jungs«, sagt sie. »Verratet mir, wer das ist« – sie zieht mich direkt vor die durchsichtige Tür –, »dann lasse ich euch gehen.«

Sie starren mich beide ratlos an.

»Ich hab sie noch nie gesehen«, sagt Cupid.

Mein Herz wird bleischwer.

»Nun gut«, sagt Tis. »Dann will ich euch nicht länger stören.«

Cal holt zum Schlag aus, doch Cupid blockt ihn mühelos ab und lacht seinem Bruder ins Gesicht.

»Die beiden haben sich echt nicht gut verstanden, bevor sie dich kennengelernt haben, oder?« Tis dreht sich mit hämisch glitzernden Augen zu mir um, während ich zusehe, wie die beiden Brüder gegeneinander kämpfen. »Das Wasser der Lethe lässt die Leute vergessen. Sie haben keine Ahnung mehr, wer du bist. Also werden sie uns auch nicht stören. Und ich möchte so gerne etwas Zeit mit dir allein verbringen. Ich möchte mir deine Seele ansehen.«

20. Kapitel

Ich blicke panisch über die Schulter zurück, als Tis mich den weißen Korridor hinunterschleift. Obwohl sich ihre Fingernägel in den zerrissenen Ärmel meiner Lederjacke bohren, spüre ich ihren schraubstockartigen Griff kaum. Mein Körper fühlt sich an wie betäubt. Ich kann nicht glauben, dass das wirklich geschieht. Cupid und Cal wissen nicht mehr, wer ich bin.

Tis schiebt mich durch eine offene Tür am Ende des Gangs, und ich gerate ins Stolpern. Fast pralle ich gegen den länglichen Stuhl, der mitten im Raum steht. Instinktiv halte ich mich daran fest, um nicht hinzufallen, und eine heftige Übelkeit steigt in mir auf. Im ersten Moment muss ich an einen Zahnarztstuhl denken, aber an den Armen und Beinen sind Lederriemen angebracht, um jemanden festzubinden.

Ich schaue erschrocken auf, und mein Blick fällt auf mein Spiegelbild an der gegenüberliegenden Wand, das genauso mitgenommen aussieht, wie ich mich fühle.

»Ist die Wirkung des Nebels dauerhaft?«, frage ich, obwohl ich Angst vor der Antwort habe.

Tis streicht über ihren blonden Zopf und zieht eine Augenbraue hoch. »Warum setzt du dich nicht erst mal?«

»Ist … die Wirkung … dauerhaft?!«

Ein Lächeln schleicht sich auf ihr Gesicht. »Ja.«

Das Wort trifft mich mit voller Wucht, und ich taumele benommen gegen den Stuhl. *Nein.* Eine eisige Kälte durchströmt mich. *Wie ist das möglich? Sie können mich nicht vergessen haben. Das ist nicht real. Nein, das kann nicht wahr sein.*

»Bitte setz dich«, sagt Tis.

Ich schüttele den Kopf. »Nein.«

Sie hält meinen Blick noch einen Moment fest, dann geht sie zu einem weißen Schreibtisch auf der anderen Seite des Raums. Darauf befinden sich eine Sammlung kleiner, verschiedenfarbiger Phiolen, ein Computer und ein Kontrollpult mit allerlei Schaltern und Knöpfen.

Sie nimmt sich eine der Phiolen – eine durchsichtige.

»Wasser aus der Lethe«, sagt sie. »Schon ein paar Tropfen lassen einen alle jüngsten Ereignisse vergessen. Aber die ganze Flasche« – sie kippt sie um, so dass die durchsichtige Flüssigkeit gegen den Korken schwappt – »lässt einen vollständig vergessen, wer man ist. Die Person wird zu einer leeren Hülle, für immer verloren.« Sie sieht mich mit durchdringendem Blick an. »Willst du das für deine Jungs?«

Ich starre sie zornig an, sage jedoch nichts.

Ihre Lippen verziehen sich zu einem hämischen Lächeln. »Das dachte ich mir. Obwohl ich nicht verstehe, warum. Sie sind doch nur Männer. Und ich war nie ein großer Fan von Männern.« Sie deutet mit einer Kopfbewegung auf den Stuhl. »Jetzt setz dich.«

Heiße Wut steigt in mir auf. Doch ich befolge ihren Befehl. Ich lasse mich auf dem Stuhl nieder und versuche, meine Gedanken zu sortieren. Aber ich komme immer wieder zum gleichen Ergebnis: *Ich sitze mit einer irren Furie in der Unterwelt fest, die mich aus dem Gedächtnis meines Freundes und seines Bruders gelöscht hat.* Als sie mir den Rücken zuwendet, sehe ich mich rasch um, lasse meinen Blick über die verschlossene Tür, die weißen Wände, den Spiegel und die Fläschchen auf dem Tisch schweifen. Waffen kann ich nicht entdecken – na ja, bis auf den Dolch an Tis' Gürtel.

Als sie auf mich zukommt, stürze ich vor, packe sie an der Kehle und schmettere sie an die Wand, während ich mit der anderen Hand nach ihrem Messer greife. Sie grinst und ergreift mein Handgelenk.

Dann schleudert sie mich quer durch den Raum.

Ich rolle über den Tisch und schlage hart auf dem Boden auf. Bevor ich mich wieder aufrappeln kann, hechtet sie zu mir, packt mich am Kragen und wirft mich auf den Stuhl.

Ich schlage nach ihrem Gesicht, aber sie setzt sich rittlings auf mich, fängt meine Faust ab und drückt sie nach unten. Als ich mich aufzusetzen versuche, fesselt sie meinen Arm mit dem Lederriemen, doch mit der anderen Hand bekomme ich ihre Haare zu fassen und ziehe, so fest ich kann. Sie versetzt mir eine harte Kopfnuss, und ich sinke mit einem schmerzerfüllten Schrei zurück auf den Stuhl, trete und schlage aber weiter um mich.

Im nächsten Moment kann ich mich nicht mehr regen. Schwer atmend liege ich auf dem grauenhaften Zahnarztstuhl, meine Arme und Beine festgebunden. Tis, die immer noch auf mir sitzt, mustert mich voller Verwunderung.

»Runter von mir!«, schreie ich sie an.

Sie sieht mich spöttisch an. »Für einen Menschen bist du ganz schön wild. Das gefällt mir.« Ihre Lederstiefel donnern auf den Boden, als sie aufspringt und zu ihrem Computer läuft. »Wenn du denn wirklich ein Mensch bist.« Sie wirft einen Blick über die Schulter. »Bist du das?«

Fieberhaft an meinen Fesseln zerrend, erwidere ich ihren Blick, sage aber nichts.

Sie zuckt die Achseln. »Du wirst mir deine Geheimnisse schon noch verraten.«

»Ich weiß nicht, wo Venus ist. Du verhörst die Falsche«, stoße ich zwischen zusammengebissenen Zähnen hervor.

»So gerne meine Schwestern auch Venus' Aufenthaltsort und mehr über die bevorstehende Wiederauferstehung des Gottes des Todes in Erfahrung bringen würden, mir ist das gleichgültig«, sagt sie in lockerem Plauderton. »Ich interessiere mich viel mehr für deine anderen Geheimnisse. Deshalb wollte ich auch etwas Zeit allein mit dir verbringen, bevor sie herkommen.«

»Welche Geheimnisse?!«

Sie dreht sich wieder zu ihrem Computer um, und ich höre das Klackern ihrer langen Fingernägel auf der Tastatur.

»Es wundert mich, dass deine Seele nicht im System ist.« Ich ziehe nachdenklich die Stirn kraus, als sie sich zu mir umdreht. Cal meinte auch, er habe meinen Lebensfaden nicht finden können. »Ich habe gleich gespürt, dass du irgendetwas Seltsames an dir hast. Deshalb habe ich nach deiner Seele gesucht. Sie ist spurlos verschwunden.«

Tis kommt auf mich zu. »Aber das weißt du bereits«, sagt sie. »Du weißt, dass deine Seele – dein Lebensfaden – sich nicht mehr auf dem Webstuhl befindet. Denn du trägst sie in dir. Du hast sie dir geholt. Das fand ich so seltsam an dir, als ich dir das erste Mal begegnet bin.« Als sie sich nähert, sehe ich, dass sie eine andere Phiole in der Hand hält. »Deine Seele … sie strahlt von dir aus.«

Sie bleibt direkt vor mir stehen und taxiert mich mit bohrendem Blick.

»Ich … ich weiß nicht, wovon du da redest«, erwidere ich, doch es ist kaum mehr als ein heiseres Flüstern. Meine Gedanken überschlagen sich.

»Es ist höchst ungewöhnlich, dass ein Mensch seinen eigenen Lebensfaden absorbiert. Von so etwas habe ich noch nie gehört. Die Götter und einige der Unsterblichen haben ihre Lebensfäden schon lange vom Webstuhl der Schicksalsgöttinnen entfernt, um sie sicher aufzubewahren. Aber keine Sterblichen. Ich wusste nicht einmal, dass das möglich ist. Deswegen will ich wissen …« Sie streichelt meine Wange, doch ich bewege den Kopf ruckartig weg. »Wie hast du das angestellt?«

»Ich weiß es nicht.«

Verzweifelt kämpfe ich gegen meine Fesseln an, als sie ihre Hand wegzieht und die Flasche entkorkt.

»Du willst es mir also nicht sagen?« Ein grausames Lächeln breitet sich auf ihrem Gesicht aus. »In Ordnung. Ich hatte gehofft, dass wir das auf die spaßige Art machen.«

»Es gibt nichts zu sagen.« Ich winde mich hin und her, ohne darauf zu achten, dass mir die Lederriemen in die Hand- und Fußgelenke schneiden. Als mein Blick auf dem Fläschchen in ihrer Hand verharrt, ergreift mich blanke Panik. »Und wie willst du mich zum Reden bringen, wenn du mein Gedächtnis löschst?!«

»Das ist kein Wasser aus der Lethe, Süße. Dieses Wasser stammt aus einem anderen Fluss der Unterwelt – dem Acheron. Man nennt ihn auch den Fluss des Leids oder den Fluss des Schmerzes. Es hat ganz andere Eigenschaften.«

Sie packt mich am Kinn und zwingt mich, zur Decke hochzusehen. Ich beiße die Zähne zusammen und versuche, mein Gesicht von ihr wegzudrehen. Aus dem Augenwinkel sehe ich, wie sich die Tür öffnet, und einen kurzen Moment gebe ich mich der Hoffnung hin, dass Cupid und Cal sich doch an mich erinnert haben und hergekommen sind, um mich zu retten.

Doch dann erscheinen die Gesichter zweier Frauen über mir.

153

»Du hast schon angefangen?«, fragt Meg und mustert mich mit teilnahmslosem Blick. »Gut. Wollen wir doch mal sehen, was sie uns sagen kann.«

Tis lächelt mich an. »Das wird weh tun.«

Ich wehre mich mit aller Kraft, als sie gewaltsam meinen Mund öffnet. Ich versuche sie zu beißen, aber sie drückt mein Gesicht weg und gießt mir das Wasser in den Mund. Ein paar Tropfen landen auf meiner Zunge – schal und widerwärtig.

»Ganz schön wild, die Kleine, was?«, sagt Ali und beobachtet neugierig, wie ich mich auf dem Stuhl hin und her werfe.

Ich huste und versuche, das Wasser auszuspucken, aber Tis presst mir eine Hand auf den Mund, und es strömt meine Kehle hinab.

Und plötzlich nehme ich nichts anderes mehr wahr als den Schmerz. Er ist unerträglich. Meine Muskeln verkrampfen sich, und ich habe das Gefühl, als würden meine Eingeweide in Flammen stehen. Mein Herz schlägt zu schnell. Ich kann nicht denken. Ich halte das nicht aus. Ich glaube, ich schreie. Ich fühle mich, als würde ich bei lebendigem Leibe verbrennen, als würden Stromschläge durch meinen Körper jagen. Vor meinen Augen tanzen Lichtpunkte.

Ich kann dem Schmerz nicht entkommen, aber das muss ich. Ich ertrage das nicht länger.

Dann sehe ich nur noch Dunkelheit.

Ich werde Dunkelheit über die Welt bringen, höre ich eine Stimme, die nicht meine eigene ist.

Meine Augen öffnen sich schlagartig. Der Schmerz ist verschwunden. Ich muss ohnmächtig geworden sein, denn Ali und Meg stehen am Schreibtisch. Nur Tis bewacht mich noch.

»Hast du uns jetzt etwas zu sagen?«, fragt sie.

»Nein.«

Eine panische Angst erfasst mich, als sie lächelt.

»Okay«, sagt sie. »Dann versuchen wir es noch mal.«

Es ist ein endloser Kreislauf.

Ich wache kurz auf und werde wieder ohnmächtig. Mir werden Fragen gestellt. Mein Mund wird gewaltsam geöffnet. Widerwärtiges Wasser tropft mir auf die Zunge. Und anschließend: nichts als Schmerz.

Wenn ich bewusstlos werde, versinke ich in Erinnerungen – eine Zuflucht vor den endlosen Qualen.

Ein Strandausflug mit meinen Eltern.

Charlie, James und ich in James' Whirlpool.

Meine erste Begegnung mit Cupid.

Niemand wird mich retten.

Valentine sieht mich eindringlich an.

Kämpf dagegen an.

Meine Augen öffnen sich schlagartig.

Mehr Fragen. Mehr Wasser. Mehr Schmerz.

Ich stehe mit Cupid und Cal vor dem Webstuhl der Schicksalsgöttinnen und starre staunend auf die silbernen Fäden, die ein geisterhaftes weißes Licht verströmen.

Dann blicke ich plötzlich wieder in Valentines Augen.

Du hast zugelassen, dass ich dich töte, sage ich. *Warum?*

Ich wollte dir etwas geben.

Das Bild verblasst, und ich bin zurück in der Höhle am Strand von Malibu. Doch diesmal beobachte ich das Ganze nur – ich schaue zu, wie sich meine eigenen Erinnerungen vor meinem inneren Auge abspielen. Ich sehe mich selbst im flackernden Fackelschein stehen, einen Pfeil an Valentines Brust gedrückt. Seine raue Hand liegt an meiner Wange, sein Gesicht ist ernst, sein durchdringender Blick bohrt sich in mich hinein. Wir reden, aber unsere Stimmen sind gedämpft.

Meine Hand krampft sich um etwas an seinem Hals. Es verströmt ein fahles Licht, das seinen harten Kiefer weicher erscheinen lässt. Der Schlüssel. Der Schlüssel, mit dem ich die Kiste voller Herzen geöffnet habe. Ich brauchte ihn, damit wir die Herzen zerstören und Valentine so die Kontrolle über seine Zombie-Armee entreißen konnten.

Doch diesmal gilt meine Aufmerksamkeit nicht dem Schlüssel.

Mein Atem beschleunigt sich, als ich einen Schritt näher herangehe.

Der Valentine aus meiner Erinnerung wendet sich um und blickt mir direkt in die Augen. Er wirft mir ein trauriges Lächeln zu. Ich erwidere seinen Blick mit wild pochendem Herzen, denn ich weiß, was als Nächstes kommt.

Plötzlich stößt mein Erinnerungs-Ich ihm den Pfeil in die Brust. Ich schirme meine Augen vor dem grellweißen Licht ab, als sich Valentine in nichts auflöst und mein Erinnerungs-Ich gegen die Mauer der Höhle geschleudert wird – ohnmächtig, die Finger immer noch um den silbrigen Faden geschlossen.

Einen Lebensfaden.

Ich sehe zu, wie er sich um mein Handgelenk windet, mir in die Handfläche schneidet und sich meinen Arm hinaufschlängelt – die Quelle des blendenden Lichts. Mein Körper erbebt von innen heraus. Meine Haut leuchtet. Ein kaltes Grauen erfasst mich. Ich höre Schreie.

Und alles wird schwarz.

Meine Augen öffnen sich. Vor mir erscheinen drei verschwommene Gesichter. Meine Haut ist klamm, und mein Puls rast. Alles ist unscharf und verzerrt. Ich versuche, mich an meinen Erinnerungen festzuklammern. Ich versuche, mich am Bewusstsein festzuklammern.

»Und, hast du uns jetzt was zu sagen?«, fragt Meg. Ihre Stimme ist weit weg.

»Ich glaube fast, wir haben es zu weit getrieben«, sagt eine der anderen.

Meine Augen fallen wieder zu. Ich kann mich nicht konzentrieren.

»Sie schafft das schon. Mach weiter. Ich werde –«

Die Tür kracht auf und lässt sie jäh innehalten. Dann ertönt ein ohrenbetäubendes Scheppern. Jemand schreit, und ein Mann stößt ein leises Ächzen aus. Ich blinzele angestrengt, kann den dunklen Schemen, der an mir vorbeieilt, aber nicht erkennen. Kurz darauf höre ich ein Poltern und aufgebrachte Stimmen.

Meine Augen schließen sich wieder. Jeder Muskel in meinem Körper schmerzt.

Ein Übelkeit erregendes Krachen zerreißt die Luft, und etwas schlägt neben mir auf dem Boden auf. Dann herrscht Stille.

Die Schnallen um meine Hand- und Fußgelenke springen auf. Wärme durchflutet mich, als sich jemand über mich beugt. Ich rieche etwas Vertrautes. Das Meer.

»Ich dachte, *du* würdest *mich* retten«, erklingt eine schroffe Stimme mit leichtem irischem Akzent.

Ich versuche, meinen Blick zu fokussieren. »Valentine?!«

»Jetzt komm. Lass uns von hier verschwinden.«

Valentine hebt mich hoch. Mein Kopf sinkt an seine Brust, als er mich durch die Tür trägt.

21. Kapitel

Mir tut nicht mehr alles weh. Ich liege auf etwas Weichem. Meine Augen öffnen sich langsam.

Die schwarzen Pfosten eines Himmelbettes rücken allmählich in den Fokus und versperren mir die Sicht auf die hohe Decke. Ich atme ein paarmal tief durch und kämpfe gegen die Übelkeit an, die in mir aufsteigt. Zwar habe ich keine Schmerzen mehr, aber gut fühle ich mich auch nicht. Mir ist schwindlig, und ich habe Mühe, auch nur einen klaren Gedanken zu fassen. Angestrengt versuche ich zu begreifen, was hier vor sich geht. Wo bin ich?

Wir sind in die Unterwelt gereist. Die Furien haben mich gefoltert. Und dann …

Neben mir regt sich etwas.

Valentine.

Mein Herz setzt einen Schlag aus, und ich wälze mich so hastig aus dem Bett, dass meine Beine sich in der karmesinroten Decke verheddern und ich beinahe kopfüber auf dem schwarzweiß karierten Boden lande. Bei der Bewegung steigt erneut eine heftige Übelkeit in mir auf, und ich krümme mich zusammen.

Valentine liegt mit überkreuzten Beinen auf der Bettdecke, die Hände hinter dem Kopf verschränkt, die schmutzigen Stiefel auf dem sauberen Laken abgelegt. Auf seinem Gesicht breitet sich ein verschmitztes Grinsen aus, so dass die unerhört charmanten Grübchen in seinen Wangen zum Vorschein kommen.

»Dann mal raus aus den Federn«, sagt er.

»Du. Was machst du hi–« Ich halte abrupt inne, und meine Augen weiten sich vor Schreck. Dann erbreche ich mich auf den Boden – eine durchsichtige, wässrige Flüssigkeit, die sich in einem Schwall über die blitzblanken Fliesen ergießt.

O Gott.

Ich halte mir eine Hand vor den Mund und sehe verlegen zu Valentine auf. Hitze steigt mir ins Gesicht. Er beobachtet mich mit gelassenem Blick – seine strahlend blauen Augen glitzern amüsiert.

»Tut mir leid. Ich–« Ich beiße mir auf die Zunge. »Moment. Ich muss mich nicht bei dir entschuldigen. O … nein …« Wieder überkommt mich eine Welle von Übelkeit.

Valentine zieht lässig eine Hand hinter dem Kopf hervor und zeigt auf die Tür zu meiner Linken. Ich haste am Bett vorbei – kaum imstande, mir meine Umgebung anzusehen und mich zu fragen, wohin er mich gebracht hat – und stürme durch die Tür. Vor der Toilette lasse ich mich auf die Knie fallen und übergebe mich erneut.

Ich atme schwer, meine Bauchmuskeln zittern vor Anstrengung. Meine Kehle fühlt sich an, als stünde sie in Flammen. Ich übergebe mich noch einmal.

»Ich weiß nicht, wie ich das verstehen soll, Lila«, ertönt Valentines schroffe Stimme irgendwo hinter mir. »Dass du bei meinem Anblick kotzt.«

»Lass mich … in Ruhe.«

Er lacht leise. »Du solltest echt kein Wasser aus dem Fluss trinken. Davon kann man alle möglichen Krankheiten kriegen.«

Ich hebe mühsam den Kopf und werfe ihm einen bitterbösen Blick zu. Valentine lehnt am Türrahmen, die Arme vor der Brust verschränkt, und beobachtet mich mit seinen stechenden Augen. Sein blassblaues Hemd ist bis zu den Ellbogen hochgekrempelt. Ein kleines Lächeln umspielt seine Lippen.

»Ach, wirklich? Danke für diese Perle der Weisheit.« Der Raum verschwimmt vor meinen Augen. »Aber es ist nicht so, als hätte ich eine Wahl gehabt.« Ich drehe mich hastig wieder zur Toilettenschüssel um, als ich erneut würgen muss.

Ich habe das Gefühl, als würde es nie aufhören; die Schmerzen, die klamme Haut, das Pochen in meinem Kopf, der bittere Geschmack auf meiner Zunge. Und es tut weh. Nicht so sehr, wie das Wasser des Acheron zu schlucken, aber in den Krämpfen, die meinen Körper schütteln, ist definitiv ein Echo jener Qualen zu spüren, und meine Muskeln ziehen sich viel heftiger zusammen als je zuvor, wenn ich krank war.

Als ich mich stöhnend zusammenkrümme, nehme ich hinter mir eine Bewegung wahr. Kurz darauf werden mir die Haare aus dem Gesicht gestrichen, und eine große Hand legt sich sachte auf meinen Rücken.

»Ganz ruhig.« Valentines Ton ist auf einmal viel sanfter.

»Was … tust du da?« Meine Stimme ist heiser, schwach, ohne die geringste Überzeugung.

Er reibt mir zärtlich den Rücken und hält mit der anderen Hand meine Haare hoch, so dass sie nicht in die Schusslinie geraten.

»Ich habe fast den gesamten Februar auf einem Schiff voller Toter verbracht. Glaub mir, ich habe schon viel Schlimmeres gesehen.« Offenbar hat er nicht verstanden, worauf ich mit meiner Frage hinauswollte.

Endlich hört es auf. Ich lasse erschöpft den Kopf sinken und spüre den angenehm kühlen Rand der Toilette an meiner Wange.

»Warum bist du so nett zu mir?«, wiederhole ich meine Frage in anderen Worten. Sie kommen als raues, verwirrtes Flüstern heraus. »Wir sind Feinde.«

»Das sehe ich anders.«

Er beugt sich vor, so dass sein Körper sich von hinten an mich drückt. Ich versteife mich.

»Was tust du −«

Doch dann greift er über meinen Kopf nach der Klospülung.

»Ich hab das starke Gefühl, dass ich dich nervös mache, Lila.«

»Du hast mir monatelang gruslige Nachrichten geschickt, Tote wiederauferstehen lassen und mir gedroht, du würdest mir das Herz herausreißen.«

»Gutes Argument.« Ich höre das Lächeln in seiner Stimme.

Er betätigt die Spülung, und ich atme erleichtert auf.

»In der Unterwelt gibt es funktionierende Toiletten?«, murmele ich, einen Moment von dem wirbelnden Wasser unter mir abgelenkt.

Valentine zieht sich ein Stück zurück und setzt sich mit dem Rücken an die Wand. »Ich glaube, das landet alles im Acheron.«

Kaum habe ich mich einigermaßen erholt, da wird mir wieder speiübel. »Was?!«

Als wäre es nicht schlimm genug gewesen, dieses Zeug trinken zu müssen − jetzt erfahre ich auch noch, dass Unterwelt-Exkremente darin herumschwimmen?!

Valentines leises Lachen hallt in dem kleinen Zimmer wider. »Das war nur ein Witz. Und nein. Nicht überall in der Unterwelt gibt es funktionierende Toiletten. Einen solchen

Luxus können sich nur sehr mächtige und sehr einflussreiche Personen leisten.«

Ich setze mich auf und lehne mich an die Wand, achte aber darauf, genügend Abstand zwischen Valentine und mir zu lassen. Er sitzt neben mir, die Ellbogen auf seine angezogenen Knie gestützt.

»Und du bist eine davon, nehme ich an?«, frage ich und werfe ihm einen neugierigen Blick zu. Er sieht mich an, grinst breit, und ich wende mich hastig wieder ab.

Zum ersten Mal sehe ich mir meine Umgebung etwas genauer an. Ich befinde mich in einem kleinen, viktorianischen Badezimmer mit schwarzweiß gefliestem Boden, einer Badewanne mit goldenen Klauenfüßen und einem winzigen Waschbecken.

»Was klingst du so überrascht, Lila?« Er spricht meinen Namen wieder auf diese irritierende Art aus. Als wolle er mich verspotten. »Ich bin mir ziemlich sicher, dass ich dich gerade vor ewiger Folter gerettet habe. Was muss ein Mann denn noch tun, um etwas Dankbarkeit von dir zu bekommen?«

»Oh, ich weiß auch nicht« Ich lehne den Kopf an die kühlen Fliesen und blicke zur Decke hoch. »Vielleicht solltest du mal versuchen, kein psychopathisches, mordendes, Zombies erschaffendes, böses Arschloch zu sein.«

»Ein böses Arschloch, hm?«

Ich drehe mich zu ihm um, und unsere Blicke treffen sich. Seine Mundwinkel zucken. Ärgerlicherweise stiehlt sich auch auf meine Lippen ein kleines Lächeln. Hastig wende ich das Gesicht ab. Ich darf nicht nett zu diesem Kerl sein. Auch wenn er mich gerettet hat.

Ich seufze tief. »Danke.«

»Nun, das ist zumindest ein Anfang.«

»Du hast mich nur gerettet, um dich selbst zu retten.«

Ein Grinsen breitet sich auf seinem Gesicht aus. »Ich profitiere von deinem Wohlbefinden, das stimmt.«

»Ja, richtig …« Ich schließe einen Moment die Augen. Die Übelkeit hat nachgelassen, aber mir tut immer noch alles weh. Ich schlucke schwer – meine Kehle fühlt sich rau und wund an, und ich habe einen widerlichen Geschmack im Mund.

Plötzlich schießt mir ein Gedanke mit der Wucht eines Pfeils in den Kopf, und mich ergreift Panik. »Cupid und Cal! Wo sind sie?«

Er zuckt die Achseln, den Blick starr geradeaus gerichtet. Sein Arm streift meinen, als er eine wegwerfende Handbewegung macht. »Meine Brüder kommen schon klar.«

»Du meinst, du hast sie nicht befreit?!«, fauche ich.

Er runzelt die Stirn. »Das hatte keine Priorität.«

»Wie konntest du sie einfach zurücklassen?!«

Er dreht langsam den Kopf und wirft mir einen verblüfften Blick zu. »Glaubst du etwa, meine Brüder und ich wären gute Freunde, Lila?«

»Nein … aber …«

»Ich nehme an, sie haben Charon bestochen, damit er ihnen hilft. Ich hatte schon oft mit ihm zu tun, und er hält sein Wort.« Er wendet den Blick ab. »Ich bin sicher, dass die beiden schon sehr bald zu uns stoßen werden«, sagt er, und in seiner Stimme schwingt ein Hauch Bitterkeit mit.

Meine Gedanken überschlagen sich, während ich wortlos auf die gefliese Wand starre. Ich weiß nicht, ob ich ihm sagen soll, dass Cupid und Cal nicht nach uns suchen werden. Sie erinnern sich ja nicht einmal, wer ich bin.

»Du wirkst beunruhigt, Lila«, sagt er. »Was ist los?«

Ich beiße mir auf die Lippe. »Ach, nichts. Du hast recht. Sie werden schon bald bei uns sein.«

Valentine mag mich gerettet haben. Er mag seltsam freundlich zu mir sein. Aber er ist trotzdem ein Mörder. Es ist wahrscheinlich besser, wenn er denkt, ich wäre nicht völlig allein in der Unterwelt. Ich fühle, wie er mich beobachtet, weiche seinem Blick aber aus, weil ich Angst habe, er könnte mich durchschauen. Ich brauche Zeit zum Nachdenken.

»Woher wusstest du eigentlich, dass ich von den Furien gefoltert wurde?«

»Nun, unser Gastgeber hatte etwas damit zu tun.«

»Unser Gastgeber?«

»Ja. Ich wusste, dass ich nicht ewig in der Unterwelt bleiben würde. Darum wohne ich bei einem alten Freund.«

»Ja, klar … als hättest du einen *Freund*.«

Er lacht. »Ich weiß. Das ist eine Überraschung. Aber du bist auch meine Freundin, oder, Lila?«

Ich ziehe die Beine an und schlinge die Arme um meine Knie. »Ich bin nicht deine Freundin, Valentine.«

»Wenn du dir das einreden willst …« Er steht auf und geht zur Tür, dreht sich dann jedoch noch einmal um. »Mach dich frisch«, sagt er und deutet aufs Waschbecken. »Du kannst meine Zahnbürste benutzen. Wenn du fertig bist, bringe ich dich zu ihm.«

»Charon hat gesagt, du wärst bei Morpheus untergekommen.«

»Ja. Dem Gott der Träume.« Er mustert mich mit durchdringendem Blick. »Und du hast mal wieder von mir geträumt. Du kriegst mich einfach nicht aus dem Kopf, was?«

22. Kapitel

»Von dir geträumt?!«, rufe ich ärgerlich aus. »Das hättest du wohl gerne!«

Meine Stimme hallt im leeren Badezimmer wider. Ich erhalte keine Antwort. Valentine ist schon weg.

Ich reibe mir mein schweißbedecktes Gesicht. Meine Muskeln schmerzen, mein Hals fühlt sich an, als hätte ich Glas verschluckt, und ich habe einen säuerlichen, schalen Geschmack im Mund.

Valentines anzügliche Bemerkung gefällt mir ganz und gar nicht. Wenn er mir nicht aus dem Kopf geht, dann nur, weil er monatelang Komplotte gegen mich und die Liebesagenten geschmiedet hat. Und weil er mit Hilfe seines Freundes irgendwie meine Träume manipuliert hat.

Warum sollte ich sonst ständig an ihn denken?

Ich atme tief durch, dann rappele ich mich auf. Mit zittrigen Beinen gehe ich zum Waschbecken, halte mich am kühlen Porzellanrand fest und betrachte mich in dem kleinen, goldumrandeten Spiegel darüber. Meine Augen sind gerötet, und meine Haut ist kränklich blass. Meine nassgeschwitzten Haare hängen mir ins Gesicht.

Plötzlich spüre ich wieder Valentines Hand auf meinem Rücken, seine unerwartet zärtliche Berührung … Dann spritze ich mir kaltes Wasser ins Gesicht und versuche, mich von dem Gefühl zu befreien.

Zaghaft – meine letzte Erfahrung mit Wasser aus der Unterwelt hat mich misstrauisch gemacht – halte ich die Hände unter den laufenden Wasserhahn und trinke einen Schluck.

Das kühle Nass lindert das Brennen in meinem Hals, also stürze ich gierig noch ein paar Schlucke hinunter.

Ich versuche, mich an die Folter zu erinnern, die ich durchlitten habe. Die meiste Zeit über war ich ohnmächtig. Hatte ich Träume, als ich bewusstlos war? Ich glaube, ich erinnere mich an eine Höhle. Und etwas leuchtend Weißes in der Dunkelheit. Ich versuche, die verschwommenen Bilder zu fassen zu bekommen, doch sie entgleiten mir.

Dann tauchen plötzlich Valentines strahlend blaue Augen vor mir auf. Aber war das ein Traum? Oder der Moment, in dem er mich gerettet hat? Ich erinnere mich, wie mein Kopf an Valentines Brust ruhte. Ich fühlte mich sicher und geborgen, als er mich in die Arme nahm und sein Geruch meine Sinne erfüllte.

Ich spritze mir noch einen Schwall kaltes Wasser ins Gesicht, bevor ich einen zweiten Blick in den Spiegel wage und in meine geschwollenen Augen starre.

Ich will gar nicht daran denken. Ich will nicht dankbar sein für etwas, das er ganz sicher aus reinem Eigennutz getan hat. Ich muss meine vernebelten, diffusen Gedanken sortieren und mir überlegen, wie ich Cupids und Cals Gedächtnis wiederherstellen kann.

Mein Blick fällt auf die blaue Zahnbürste, die auf dem Waschbeckenrand liegt. Valentine hat gesagt, ich könnte sie mir leihen. Was total eklig ist. Aber der Geschmack in meinem Mund ist mindestens genauso eklig. Also nehme ich die Zahnbürste, halte sie unter den laufenden Wasserhahn und schrubbe hastig meinen Mund aus, ehe ich es mir anders überlegen kann. Und siehe da, danach fühle ich mich tatsächlich etwas frischer.

Es wird wohl Zeit, den Mann kennenzulernen, der Valentine geholfen hat, mich in meinen Träumen aufzusuchen.

Ich verlasse das Badezimmer und betrete einen riesigen Raum, in dessen Mitte ein übergroßes Himmelbett steht. Der Geruch von Erbrochenem steigt mir in die Nase, und mein Magen krampft sich erneut zusammen.

Valentine fläzt auf einem thronartigen Sessel in der Ecke, einen Stiefel lässig auf das andere Knie gelegt, das Gesicht von Schatten verhüllt. Als er mich sieht, nimmt er den Fuß herunter und beugt sich vor.

»Endlich«, sagt er lächelnd. »Ich hatte schon Angst, du würdest da drin Intrigen gegen mich schmieden. Jetzt komm.« Er richtet sich auf und geht zur Tür. »Morpheus langweilt sich schnell. Wir sollten ihn lieber nicht warten lassen.«

Ich vermeide es tunlichst, ihn anzusehen, als ich neben ihm den Korridor entlanglaufe, und lasse den Blick stattdessen schweifen. Es kommt mir fast vor, als wären wir in einer Kunstgalerie – der Boden ist mit Mosaiken verziert, die Decke unfassbar hoch, und an den Wänden hängen farbenfrohe, surrealistische Bilder, die mich an Picasso erinnern.

»Du bist wütend auf mich, Lila«, sagt Valentine unvermittelt.

»Ja, natürlich bin ich wütend. Du hast mich dazu gezwungen, in die Unterwelt zu kommen, um dich zu retten, deswegen wurde ich von den Furien gefoltert, und jetzt sitze ich hier mit dir fest.«

»Ich hab dich zu überhaupt nichts gezwungen – du bist freiwillig hergekommen. Und ich glaube, meine Gesellschaft stört dich gar nicht so sehr, wie du behauptest. Ich glaube sogar, du genießt sie.«

»Tue ich nicht!«, brause ich auf.

»Aber ich gebe zu, das mit der Folter ist bedauerlich.«

»Soll das eine Entschuldigung sein?«

Er sagt nichts, als wir auf einen Balkon hinaustreten, der einen gigantischen, fensterlosen Saal überblickt. Unsere schweren Schritte hallen um uns herum wider. Ein mattes Licht lässt Schatten durch die Dunkelheit tanzen, und als ich aufblicke, sehe ich einen riesigen Kronleuchter über uns. Weißes Wachs träufelt von den unzähligen Kerzen und formt sich zu knochenartigen Stalaktiten.

Valentine bleibt oben an der Treppe stehen. »Ich will dich nicht anlügen, Lila. Also nein, das ist keine Entschuldigung. Denn es tut mir nicht leid. Ich bin froh, dass du hier bist.«

Sein Gesicht ist ernst, und ich starre ihn verblüfft an – einen Moment verschlägt es mir die Sprache.

Dann stemme ich die Hände in die Hüften. »Was soll das alles, Valentine? Erst bringst du mich dazu, dich zu töten, dann entkommt Venus aus der Unterwelt und du bist ganz zufällig im Besitz einer Schatulle, die sie aufhalten kann, du rettest mich vor den Furien, quartierst dich beim Gott der Träume ein, und jetzt sagst du mir, du bist froh, dass ich hier bin?!«

Ein schelmisches Grinsen breitet sich auf seinem Gesicht aus. »Ich hab gesagt, ich will dich nicht anlügen. Das heißt nicht, dass ich keine Geheimnisse habe.«

Er wendet sich ab und will die Treppe hinuntergehen, doch ich halte ihn am Arm zurück. Mit einem überraschten Keuchen stoppt er in der Bewegung und dreht sich zu mir um. Er steht ein paar Stufen unter mir, so dass wir etwa auf Augenhöhe sind. Seine Finger verharren einen Moment auf meiner Hand, mit der ich seinen Arm festhalte, dann blickt er auf und zieht verwundert eine Augenbraue hoch.

»Versuchst du immer noch, sie zurückzuholen?«, frage ich. Schatten flackern über sein Gesicht, und seine Miene verfinstert sich. Ich sehe ihm fest in die Augen.

»Von wem redest du da?« Er versucht, gelassen zu klingen, doch ich höre den barschen Unterton in seiner Stimme.

»Du weißt, von wem ich rede.«

Er schweigt beharrlich und durchbohrt mich mit wütendem Blick.

»Du hast mir erzählt, dass du das alles einzig und allein für Psyche getan hast«, sage ich und packe seinen Arm noch fester, als ich fühle, wie sich seine Muskeln anspannen. »Du meintest, du wolltest Venus wiedererwecken, um Psyche zurückzuholen. Dass du es kaum erwarten könntest, sie wiederzusehen. Und dennoch hast du sie in den zwei Wochen, die du mich nun schon in meinen Träumen besuchst, kaum erwähnt. Du hast gesagt, Venus hätte dir ihr Herz nicht gegeben. Und sie ist nicht hier, oder? Also, was ist los? Hast du einfach aufgegeben?«

Er wendet den Blick nicht von mir ab. Alle Belustigung ist aus seinen Augen verschwunden, und dahinter tobt ein Sturm. Er schluckt schwer. »Nein.«

»Das dachte ich mir. Die Schatulle – die Pyxis – hat etwas damit zu tun, nicht wahr? Du willst Psyches Aufgabe erfüllen, damit du einen Gefallen von den Göttern einfordern und sie zurückbringen kannst, oder?«

Er leckt sich die Lippen, ohne mich aus den Augen zu lassen. »So in etwa«, sagt er schließlich.

»Wie soll ich dir dann vertrauen?«

»Ich schwöre dir, unsere Interessen stimmen überein.«

»Wo ist die Pyxis dann?«, will ich wissen.

Er lacht leise. »Vielleicht kannst du mir vertrauen, Lila. Aber ich weiß nicht recht, ob ich dir vertrauen kann. Ich werde dir die Pyxis zeigen, wenn ich mir sicher sein kann, dass du nicht versuchen wirst, sie zu stehlen.«

Ich lasse ihn los. Zu meiner Überraschung bleibt er direkt vor mir stehen und taxiert mich mit stechendem Blick. Der harte Zug um seinen Mund und die undurchdringliche Dunkelheit in seinen Augen erinnern mich daran, dass er, auch wenn er mich gerettet hat, gefährlich ist.

Mein Herz schlägt schneller, als ein spöttischer Ausdruck über sein Gesicht huscht. Seine Augen glitzern listig, bevor er sich umdreht und die Treppe hinunterläuft.

»Komm«, sagt er, und die Arroganz schleicht sich zurück in seine schroffe Stimme. »Es ist unhöflich, unseren Gastgeber warten zu lassen. Wer weiß, womit er sich die Zeit vertreibt.«

Ich stoße den Atem aus. Dann folge ich ihm.

»Du hättest sie nicht zurücklassen sollen«, sage ich, als ich unten ankomme.

»Meine Brüder? Das hab ich dir doch schon erklärt, Lila. Ihre Rettung war nicht mein Ziel.«

»Das hätte sie aber sein sollen. Ist dir klar, dass ich keinen Obolus habe, um dich in die Welt der Lebenden zurückzubringen? Den hat Cal.«

Er sieht über die Schulter zu mir zurück und grinst. »Es gibt Schlimmeres, als ein bisschen Zeit mit dir allein zu verbringen, bevor sie herkommen. Findest du nicht auch?«

Ich beiße die Zähne zusammen und wende den Blick ab, als wir den schattigen Saal durchqueren. In der Luft hängt Staub, und es riecht wie in einem Mausoleum. Valentine führt mich durch einen gewölbten Türdurchgang in einen fensterlosen Korridor.

»Hör zu«, sagt er. »Wenn meine lästigen Brüder in ein paar Tagen noch nicht da sind und du immer noch willst, dass ich sie rette, dann werde ich es tun. Zufrieden?«

»In ein paar Tagen?!«

»Ich habe es nicht eilig.«

»Aber der Gott des Todes …«

Er zuckt die Achseln.

Ich seufze resigniert. »Also gut.«

Ich werde ihn in dem Glauben lassen, dass das der Plan ist. Ich habe immer noch einen Obolus für den Fährmann in der Tasche. Wenn ich es irgendwie schaffe, ihm die Pyxis abzuluchsen und zum Pier zu gelangen, kann ich zurück zu Crystal und den anderen. Sie wird wissen, was zu tun ist. Doch zuerst muss ich ihn dazu bringen, mir die Schatulle zu zeigen.

Wir betreten ein kleines, von Kerzen beleuchtetes Arbeitszimmer, und Valentine führt mich an einem großen Schreibtisch vorbei zu einem Bücherregal, hinter dem sich eine Geheimtür verbirgt. Als er sie öffnet, kommt eine Treppe zum Vorschein, und live gespielte Swingmusik dringt von unten zu uns herauf. Valentine wirft mir über die Schulter ein verschmitztes Grinsen zu. »Der Gott der Träume wartet dort unten auf dich«, sagt er.

»Ähm … okay.« Ich starre argwöhnisch in die ominöse, von Musik erfüllte Dunkelheit. »Ich bin direkt hinter dir.«

Valentines Grinsen wird noch breiter, und die Grübchen in seinen Wangen vertiefen sich. »Ladys first.«

Ich mache ein wütendes Gesicht und deute auf die Treppe. »Alter vor Schönheit.«

Er lacht leise. »Du hast doch keine Angst, oder, Lila?«

Ich verdrehe die Augen und gehe an ihm vorbei. Natürlich habe ich Angst – ich bin in der Unterwelt und treffe gleich einen Gott, obwohl mein letztes Treffen mit einer Gottheit alles andere als gut verlaufen ist.

Aber in erster Linie bin ich neugierig. Ich möchte wissen, was das für ein Kerl ist, der mit Valentine befreundet ist. Ich möchte wissen, wer der Mann ist, der Zugang zu meinem Unterbewusstsein hat.

Und angesichts der Dunkelheit, die im Zentrum des Labyrinths meines Verstandes wütet, möchte ich wissen, was der Gott der Träume in meinem Verstand gesehen hat.

23. Kapitel

Am Fuß der Treppe mündet der Korridor in einen Raum, der an eine altmodische Flüsterkneipe aus der Zeit der Prohibition erinnert. An der gegenüberliegenden Wand befindet sich eine Bühne, auf der eine Swing-Band vor einem riesigen glitzernden Traumfänger spielt. Frauen in farbenprächtigen Kleidern und junge Männer in Anzügen mit Hosenträgern tanzen unter dem funkelnden Kronleuchter und schlängeln sich zwischen den runden Tischen hindurch. Die Luft ist erfüllt von Gelächter und dem Geruch von Alkohol und Zigarrenrauch.

Mein Blick richtet sich wie von selbst auf einen Mann, der auf der karmesinroten Couch am anderen Ende des Raumes sitzt. Seine Arme sind auf der Rückenlehne ausgestreckt – mit einer Hand drückt er eine Frau in einem silbernen Kleid an sich, mit der anderen einen blonden Mann. Beide küssen seinen Hals.

Doch seine Aufmerksamkeit gilt allein Valentine. Ein Lächeln breitet sich auf seinem Gesicht aus.

»Wie ich schon sagte, er langweilt sich schnell.« Ich zucke zusammen, als Valentines warmer Atem mein Ohr streift.

»Das ist Morpheus?«, frage ich leise, obwohl ich die Antwort bereits kenne.

Ich betrachte den Gott der Träume. Dunkle Haut, schlanke Statur. Er trägt einen langen, dunkelblauen Mantel, und sein Hemd ist fast bis zum Bauch aufgeknöpft. Seine schwarzen Haare sind kurzgeschnitten, seine Augen funkeln schelmisch, als sie meinem Blick begegnen.

Mein Herz hämmert, so eindringlich starrt er mich an. Eine

machtvolle Aura geht von ihm aus und trifft mich selbst aus der Entfernung mit voller Wucht. Er beordert mich mit einer Kopfbewegung zu sich.

Langsam gehe ich durch die Menschenmenge auf ihn zu und nehme viele Einzelheiten wahr, die mir vorhin entgangen sind: eine Bar vor einer mit Uhren behängten Wand, an der verschiedenfarbige Getränke angeboten werden, eine Decke, so schwarz wie die Nacht, und eine riesige Sanduhr neben der Bühne. Der Raum hat einen wilden Puls, der mich erbeben lässt und seltsamerweise den Wunsch in mir weckt, zu tanzen.

Als wir Morpheus' Tisch erreichen, grinst er uns mit strahlend weißen Zähnen an. »Valentine!«, ruft er. »Und Valentines *Freundin*.«

Mit einer schwungvollen Geste winkt er den Mann und die Frau, die immer noch seinen Hals küssen, fort. Seine Manschetten glitzern im Kerzenlicht. Ich sehe zu, wie die beiden aufstehen und sich mürrisch auf die Tanzfläche zurückziehen.

»Wir alle sind der Stoff, aus dem Träume gemacht sind«, erklingt Morpheus' seidenglatte Stimme. Ich wende mich wieder ihm zu, und sein Lächeln wird noch breiter. Mit schlanken Fingern deutet er auf den Tisch vor sich. »Bitte, setzt euch doch. Gesellt euch zu mir.«

Valentine lässt sich auf den Stuhl fallen, der ihm am nächsten steht, die Beine ausgebreitet, den Oberkörper zurückgelehnt, sofort viel entspannter. Ich halte noch einen Moment Blickkontakt mit Morpheus, dann setze ich mich zögerlich auf den Stuhl ihm gegenüber.

Dieser Ort mag eine unwiderstehliche Anziehungskraft auf mich ausüben, aber dieser Mann, dieser *Gott* ist mir suspekt.

Morpheus schnalzt mit den Fingern, und eine Frau in einem weißen Kleid kommt mit einem Silbertablett auf uns zu. Sie stellt eine Karaffe, gefüllt mit einer braunen Flüssigkeit – Bourbon, nehme ich an –, und drei Kristallgläser vor uns ab, bevor sie wieder in der Menge verschwindet.

»Ich habe mich so darauf gefreut, dich kennenzulernen«, sagt Morpheus, beugt sich vor und schenkt jedem von uns ein Glas ein. Er trinkt einen großen Schluck, lässt mich dabei aber nicht aus den Augen. Dann legt er Valentine demonstrativ eine Hand auf den Oberschenkel. »Wer das Interesse meines Freundes weckt, muss wirklich faszinierend sein.«

Valentines Blick senkt sich auf Morpheus' Hand, dann sieht er mit hochgezogenen Augenbrauen zu ihm auf. Morpheus versteht den Wink mit dem Zaunpfahl sofort, zieht seine Hand zurück und lässt sich auf die Couch zurücksinken. Seine Lippen verziehen sich zu einem schelmischen Grinsen. »Ich versuche schon seit Jahren, ihn ins Bett zu kriegen«, sagt er. »Aber leider ist er jemand anderem verfallen.« Morpheus drückt gespielt verletzt eine Hand auf sein Herz, doch seine Augen funkeln amüsiert. »Kannst du dir das vorstellen? Ein Original-Cupid. Ich nehme an, er ist ein begnadeter Liebhaber. Was denkst du, Lila?« Er beugt sich vor und senkt die Stimme zu einem verschwörerischen Flüstern. »Du hast doch sicher schon mal daran gedacht?«

»Nein«, fauche ich. Am liebsten würde ich im Erdboden versinken – oder dem Gott der Träume eine schallende Ohrfeige verpassen.

Morpheus lacht; ein tiefes, melodisches Geräusch, das sich unter die Swingmusik mischt. »Im Unterbewusstsein verbergen sich viele Wahrheiten – viele Wünsche und Perversionen, die wir tief im Innern wegsperren, wenn wir aufwachen. Aber vergiss nicht: Ich habe deine Träume gesehen, Lila Black.«

Mir steigt die Hitze ins Gesicht. Ich kann Valentines Blick auf mir spüren.

»Ich weiß, wonach du dich sehnst«, fährt Morpheus fort.

»Das reicht«, sagt Valentine in einem Ton, der keine Widerrede duldet.

Überrascht blicke ich zu ihm auf, doch er hat sich wieder dem Gott der Träume zugewandt.

Morpheus seufzt theatralisch und lässt sich auf das Sofa zurücksinken. »Also gut, mein Freund. Ich wollte nur ein wenig spielen.«

»Spiel mit jemand anderem«, fährt Valentine ihn an.

»Du willst dein Spielzeug also nicht mit mir teilen. Verstehe. Du kannst dich amüsieren, aber ich nicht. Na schön.« Morpheus' Gesicht nimmt einen missmutigen Ausdruck an. »Manchmal bist du wirklich eine Spaßbremse.«

»Ich bin niemandes Spielzeug!«, sage ich, als ich endlich aus meiner sprachlosen Benommenheit erwache. Die beiden drehen sich verblüfft zu mir um. »Niemand wird mit irgendjemandem spielen.«

»Die ganze Welt ist eine Bühne, und alle Männer und Frauen sind bloß Spieler«, sagt Morpheus auf eine Art, dass ich nicht sicher bin, ob er mit mir oder mit sich selbst redet. Er starrt ins Leere, mit den Gedanken plötzlich ganz woanders.

Valentine sieht mich an und verdreht die Augen, ein angedeutetes Lächeln auf den Lippen. Er nimmt sein Glas, prostet mir zu und trinkt. Mit einem Achselzucken folge ich seinem Beispiel und gönne mir ebenfalls einen Schluck. Der Drink ist warm und hat einen erdigen Geschmack. Und er ist definitiv alkoholisch.

Ich huste und verziehe das Gesicht, als ich das Glas auf den Tisch zurückstelle. Die Bewegung erregt Morpheus' Aufmerksamkeit. Er grinst mich an – offenbar ist sein Missmut schon verflogen.

»Wo waren wir?«, fragt er.

Den Rest des Abends verbringe ich mit Valentine und Morpheus. Sie erzählen mir von den Träumen der Menschen und Unsterblichen, in denen sich Morpheus gerne herumtreibt. Anscheinend sucht er sich diejenigen heraus, die er als besonders interessant erachtet – zu denen über die Jahre so bekannte Persönlichkeiten wie Jane Austen, Shakespeare und auch Valentine gehörten. So haben sich die beiden kennengelernt.

Sich mit Valentine zu unterhalten ist erstaunlich angenehm – auch wenn er sich immer noch weigert, mir zu verraten, wo die Pyxis ist. Als ich ein paar Stunden später allein in dem Zimmer liege, in das er mich bei unserer Ankunft gebracht hat – das Erbrochene auf dem Boden wurde zum Glück inzwischen von Morpheus' Bediensteten weggeputzt –, muss ich mir in Erinnerung rufen, dass er kein netter Kerl ist.

Am nächsten Tag sehe ich ihn kaum und verbringe die meiste Zeit damit, Morpheus' Palast zu erkunden und nach der mysteriösen Schatulle zu suchen, mit der ich Cupid und Cal hoffentlich retten kann. Doch das Schloss ist riesig, voller grusliger, von flackerndem Kerzenschein beleuchteter Korridore, großer, leerer Badezimmer und mit Staub bedeckter Schlafzimmer.

Als ich über die Galerie in der Eingangshalle schleiche, höre ich, wie Valentine und Morpheus sich in gedämpftem Ton unterhalten. Ich kann nicht verstehen, was sie sagen, aber ein paar Wörter schnappe ich auf: *Armee der Toten, Ablenkung* und *Krieg.*

Ein paarmal an diesem Tag fühle ich den Boden erzittern, und eine kalte Angst erfasst mich, als mir klarwird, dass das die Beben sein müssen, von denen Charon gesprochen hat. Ich frage mich, wie viel Zeit uns noch bleibt, bevor der Gott des Todes aufersteht.

Am Abend geselle ich mich wieder zu Valentine und Morpheus an die Bar, um endlich herauszufinden, wo Valentine die Pyxis versteckt hat.

»Wie war dein Tag, Lila?«, fragt Morpheus mit einem Drink in der Hand, noch bevor ich mich neben Valentine an einen der kleinen, runden Tische gesetzt habe. »Hast du die Vorzüge meines Schlosses genossen? Dich deinen wildesten Träumen hingegeben? Hast du den Pfad der Selbstfindung be–«

Er wird von der Frau in dem weißen Kleid unterbrochen, die uns letzte Nacht unsere Drinks gebracht hat. Sie beugt sich zu ihm und flüstert ihm etwas ins Ohr. Seine Brauen schießen in die Höhe, und seine Augen funkeln arglistig. Als sie geht, nimmt er sein Glas, schwenkt es nachdenklich und trinkt einen Schluck, bevor er sich Valentine zuwendet.

»Anscheinend gab es einen Einbruch«, sagt er. »Von deinen Leuten. Liebesagenten. Sie haben es auf deine schicke Schatulle abgesehen. Ich dachte, das solltest du wissen.«

Valentine zieht irritiert die Stirn kraus und wirft einen Blick auf die Uhr über der Bar. »Jetzt schon? Die Fähre mit den nächsten drei Gefangenen soll doch erst um Mitternacht ankommen.«

Mein Herz setzt einen Schlag aus, und ich springe auf. Valentine muss wohl zum gleichen Schluss kommen, denn sein Gesicht verfinstert sich. Cupid und Cal sind hier!

Er neigt leicht den Kopf und erhebt sich. »Nun, es scheint, wir haben etwas zu erledigen.«

»Ihr habt wirklich den ganzen Spaß«, murrt Morpheus.

»Du kannst gerne mitkommen, mein Freund.«

»Und kämpfen? Nein«, erwidert Morpheus und wedelt abfällig mit der Hand. Sein Blick schweift über die Tanzfläche. »Hier kann ich viel schöneren Spaß haben.«

Valentine grinst, dann wendet er sich mir zu. Zusammen verlassen wir die seltsame Unterwelt-Flüsterkneipe, und Hoffnung keimt in mir auf.

Wenn Cupid und Cal hier sind, heißt das, dass sie sich wieder an mich erinnern?

24. Kapitel

»Du wirkst nervös, Lila«, sagt Valentine.

Wir laufen in zügigem Tempo durch die düsteren, an ein Verlies erinnernden Gänge und prunkvollen, mit Gold verzierten Korridore. Unsere Schritte hallen von der hohen Decke wider, bevor sie von der Dunkelheit verschlungen werden.

Ich *bin* nervös. Ich habe Angst davor, was passieren wird, wenn ich Cupid und Cal wiedersehe. Ich weiß nicht, wie sie reagieren werden. Ich weiß nicht, ob sie sich an mich erinnern.

»Du auch«, entgegne ich.

Sein Gesicht ist finster, und seine Brust hebt und senkt sich stoßweise unter seinem hellblauen Hemd. Als sein Arm unbeabsichtigt meinen streift, spüre ich seine straff gespannten Muskeln.

Er wirft mir einen flüchtigen Blick zu. »Natürlich bin ich nervös, Lila. Ich darf die Schatulle nicht verlieren. Aber das erklärt nicht, warum du nervös bist. Ich nehme an, du denkst, dass meine lästigen Brüder gekommen sind, um dich zu retten?«

»Ja, ich denke, Cupid und Cal sind hier.«

Er blickt starr geradeaus, aber ein kleines Lächeln umspielt seine Lippen. »Dann willst du wohl nicht, dass sie dich aus meinen Fängen befreien«, sagt er. »Interessant.«

»Ich brauche niemanden, der mich rettet.«

»Nein, brauchst du nicht«, pflichtet er mir bei. »Sie unterschätzen dich.«

Seine Worte überraschen mich. Und noch mehr überrascht

es mich, dass sie ein Echo in mir finden – dass sie etwas Kaltes erwärmen, das sich tief in meinem Innern verbirgt.

Seit Cupid in mein Leben getreten ist, wurde ich wie eine nutzlose, machtlose Sterbliche behandelt. Ich habe hart trainiert, ich habe mich angepasst, und ich habe das ganze Chaos durchgestanden. Doch es schien nie genug zu sein.

Ich sehe ihn an und schlucke schwer – in seinen Augen kann ich die Worte erkennen, die er nicht ausspricht.

Sie unterschätzen mich. Aber er nicht.

Hastig wende ich den Blick ab. »Wo ist die Schatulle?«

Er deutet mit dem Kopf zur Tür. »Dort.«

Als wir sie erreichen, hält er einen Moment inne und legt einen Finger an die Lippen. Im Gang ist es vollkommen still.

»Sie sind noch nicht da«, sagt er, geht in die Hocke und schiebt eine Platte in der Wand beiseite. »Entweder das, oder sie sind in meine Falle getappt.«

»Falle?! Was für eine Falle?«

»Du dachtest doch nicht, ich würde die Pyxis ungeschützt lassen, oder? Ist dir die Sanduhr in Morpheus' Bar aufgefallen? Der Sand hat eine besondere Eigenschaft. Er versetzt Leute in Schlaf.« Ein Grinsen breitet sich auf seinem Gesicht aus.

Er holt ein paar Köcher aus dem Geheimfach in der Wand. Mir fällt ein goldener Schimmer ins Auge.

»Ist das der *Finis*?!«, frage ich erschüttert.

»Ich weiß, was du denkst, Lila.« Er hält einen eleganten schwarzen Bogen hoch. »Aber selbst der *Finis* ist nutzlos gegen Pluto und seine Armee der Toten. Außerdem hat er nicht richtig funktioniert, als du ihn benutzt hast. Venus ist der Unterwelt entflohen, und das werde ich bald auch. Nimm den Bogen.«

»Ich glaube kaum, dass wir uns bewaffnen müssen«, sage ich, nehme ihn aber entgegen und hänge mir einen Köcher über die Schulter. »Die schwarzen Pfeile haben keine Wirkung auf Cupids, schon vergessen?«

»Die Spitzen sind mit Schlafsand eingerieben«, erwidert er. »Sie werden wirken.«

Ich starre ihn fassungslos an. »Du weißt schon, dass ich nicht an deiner Seite kämpfen werde, wenn du dich mit Cupid und Cal anlegst, oder?«

»Das werden wir ja sehen.«

»Na schön … versorg deine Feinde mit Waffen, wenn du unbedingt sterben willst«, sage ich achselzuckend.

Er lacht. »Ich bin doch schon tot, Lila.«

Ich verdrehe die Augen, dann öffne ich vorsichtig die Tür, den Bogen fest in der Hand. Valentine folgt mir.

Der Raum ist leer, und unsere Schritte hallen laut in der Stille wider. Die hohe, pyramidenförmige Decke erinnert mich an den Louvre in Paris, doch statt des freien Himmels kann ich durch das Glas nur Dunkelheit erkennen.

In der Mitte des Raums, mit rotem Seil abgesperrt, steht die reichverzierte Schatulle, die Valentine mir in meinen Träumen gezeigt hat. Mein Herz zieht sich zusammen. Die Luft um sie herum pulsiert vor unfassbarer Macht, und ich bekomme eine Gänsehaut. Das Blut rauscht mir in den Ohren.

Ich werde Dunkelheit über die Welt bringen.

Mir stockt der Atem.

Ich spüre Valentines Blick auf mir. Doch meine Aufmerksamkeit gilt allein der Pyxis.

Da höre ich plötzlich ein Surren.

Erschrocken drehe ich mich um.

Ein schwarzer Pfeil saust durch die Dunkelheit direkt auf mich zu.

Ich spüre, wie Valentine sich ebenfalls umdreht – wie er mich ansieht, nicht die Waffe –, aber keine Anstalten macht, mich aus der Flugbahn zu stoßen. Im selben Moment wird mein Herz von etwas Kaltem, Dunklem ergriffen.

Und mit einem tiefen Atemzug greife ich mir den Pfeil aus der Luft. Ich breche ihn entzwei und sehe zu, wie die Asche zu Boden rieselt.

Als ich aufsehe und dem Blick meines Angreifers begegne, stockt mir der Atem. Es ist weder Cupid noch Cal. Natürlich nicht. Sie würden mich nie angreifen, selbst wenn sie nicht mehr wissen, wer ich bin.

Mein Herz krampft sich schmerzhaft zusammen, als mir klarwird, wer die anderen Passagiere auf der Fähre der Toten waren und um welche Angelegenheit Charon sich kümmern musste, bevor er uns befreien konnte.

Im Türrahmen stehen die beiden vage bekannten Arrows, die Cupid und Cal am Strand getötet haben; der eine groß und schlank mit pechschwarzen Haaren, der andere kleiner mit einer stämmigen Statur. Und zwischen ihnen – den Bogen immer noch schussbereit erhoben, die braunen Augen hasserfüllt – steht jemand, den ich schon seit meiner Kindheit kenne.

»James.«

»Hey, Lila.« Er zieht einen Pfeil aus seinem Köcher. »Wir sind hier, um die Schatulle zu holen.«

Unter seinen Augen zeichnen sich dunkle Ringe ab. Er sieht nicht gut aus. Seine für gewöhnlich verwuschelten hellbraunen Haare kleben an seiner klammen Haut, und die Ärmel seines blauen Kapuzenpullovers sind zerfetzt.

»Wie bist du hergekommen, James?«, frage ich.

»Der Mann, der uns verwandelt hat, hat uns Münzen für den Fährmann gegeben. Wir brauchen die Schatulle.«

Er zielt auf mich, doch sein Arm zittert leicht. Die beiden Arrows rechts und links von ihm bleiben stumm. Ich frage mich, ob sie aufgrund unserer Vorgeschichte erwarten, dass ich mich auf Verhandlungen mit James einlassen werde.

»Ich kann sie dir nicht geben«, sage ich leise.

Ein Wirbelsturm der Gefühle tobt in meiner Brust. Ich dachte, ich hätte James für immer verloren. Er sollte nicht hier sein. Doch ein Teil von mir ist erleichtert, ihn zu sehen, auch wenn er tot ist.

»Ich brauche sie.« Einen kurzen Moment flackert Panik in seinen Augen auf, doch dann versteinert seine Miene.

»Das alles tut mir so unendlich leid.« Meine Stimme zittert.

»Gib uns die Schatulle, und wir werden dir nichts tun«, sagt James.

Mir fehlen die Worte. Ich sehe ihn einfach nur an, wie erstarrt.

Da fängt Valentine an zu lachen. Das tiefe, raue Geräusch schallt durch den riesigen Raum, wird von der pyramidenförmigen Decke zurückgeworfen und erschüttert mich bis ins Mark. James zuckt zusammen, als würde ihm jetzt erst klarwerden, dass ich nicht die Einzige bin, an der er vorbeimuss, um an die Pyxis zu kommen. Sein Blick huscht zu Valentine, und alle Farbe weicht aus seinem Gesicht.

»Du kennst diesen Jungen?«, fragt Valentine.

»Ja«, sage ich leise.

»Dein Ex, nehme ich an? Erst er, dann Cupid. Du hast wirklich einen schlechten Männergeschmack, Lila.«

Ich sehe argwöhnisch zu Valentine – was hat er vor? Sein Blick ist auf James gerichtet. Etwas Bedrohliches blitzt in seinen Augen auf, und er hat ein hämisches Grinsen im Gesicht. Er erinnert mich an eine Katze, die mit einer Maus spielt.

Er tritt einen Schritt vor. »Drei frisch verwandelte, ungeschulte Cupids«, sagt er, seine Stimme kaum mehr als ein animalisches Knurren. »Was sollen wir nur tun, Lila?« Er legt die Hand ans Kinn und macht ein nachdenkliches Gesicht. »Wisst ihr, ich bin fast beleidigt, dass meine Mutter euch geschickt hat und nicht jemanden, der ein bisschen länger durchhält. Vielleicht wollte sie euch einfach nur loswerden. Ihr wisst doch sicher, wer ich bin?«

Die drei Jungs an der Tür weichen ängstlich ein Stück zurück und umklammern ihre Bogen mit zittrigen Fingern. Valentine tritt noch einen Schritt vor – das Geräusch hallt in der Stille unheilvoll wider.

»Valentine«, sage ich warnend.

Er wendet sich mir zu und zieht eine Augenbraue hoch.

Einer der Arrows ergreift die Gelegenheit. Er spannt seinen Bogen und zielt auf Valentine.

Aber mich überrumpelt er nicht. Blitzschnell feuere ich einen Pfeil auf ihn ab, der ihn in die Brust trifft und gegen die Wand schleudert. Bewusstlos sinkt er zu Boden. Der Pfeil zerfällt auf seiner Brust zu Asche.

Mein Blick huscht zu Valentine. Er sieht mich unbeirrt an, als wäre überhaupt nichts passiert.

»Tu ihm nicht weh«, sage ich. Mein Herz hämmert wild.

Er schweigt einen Moment, ein amüsiertes Grinsen im Gesicht. Dann neigt er den Kopf.

»Wie du willst.« Er zieht sich einen Schritt zurück und

macht eine unauffällige Handbewegung. »Erledigen wir das auf deine Art.« Er wendet sich wieder an James und den anderen Arrow. »Lauft. Holt euch die Schatulle. Ich werde euch nicht aufhalten.«

Ich drehe mich zu James um, der mich hasserfüllt anstarrt. Schwer atmend zieht er einen weiteren Pfeil aus seinem Köcher, um uns zu drohen.

Der andere Arrow beäugt erst Valentine, dann die Schatulle in der Mitte des Raums argwöhnisch. Plötzlich stürzt er vor. Ich greife mir einen Pfeil, ziele und schieße. Er fällt auf die Knie, bevor er bewusstlos zu Boden sinkt.

James stößt einen Schrei aus und feuert auf mich, doch ich kann gerade noch ausweichen – der Pfeil fliegt so dicht an mir vorbei, dass ich einen kühlen Luftzug spüre und die Federn am Schaft über meine Wange streichen. Dann stürmt James auf mich zu. Ich ziehe einen weiteren Pfeil aus meinem Köcher und stoße zu, als er in vollem Lauf gegen mich prallt.

Ich fühle, wie sich der Pfeil durch seinen Bauch in seine Brust bohrt. Seine Augen weiten sich vor Entsetzen. Sein Körper ist eiskalt, als ich die Arme um seinen Rücken schlinge – eine eigenartige, tödliche Umarmung. Dann schließen sich seine Augen, und ich lasse ihn bewusstlos zu Boden sinken, während sich der Pfeil zwischen uns auflöst.

Ich beobachte ihn einen Moment, völlig außer Atem. Dann werfe ich Valentine einen vorwurfsvollen Blick zu. »Danke für die Hilfe …«

Er zuckt die Achseln. »Du hast mir gesagt, ich soll ihm nicht weh tun«, sagt er grinsend. »Das hätte ich aber getan, wenn ich in den Kampf eingegriffen hätte.«

Ich drehe mich um, und mein Blick richtet sich wie von

selbst auf die seltsame Schatulle in der Mitte des Raums. Sie scheint mir zuzuflüstern. Ich mache einen Schritt darauf zu, bleibe jedoch vor dem roten Seil stehen, das sie umschließt.

»Ist da irgendwas drin?«, frage ich.

»Das wollte Psyche auch wissen«, sagt Valentine. »Und das war ihr Verderben.«

Das uralte, mit Staub bedeckte Gefäß zieht meinen Blick magisch an. Ich gehe noch einen Schritt darauf zu – an dem Seil vorbei –, und plötzlich steht Valentine direkt hinter mir. Seine Hand schließt sich sanft um mein Handgelenk, als ich nach der Pyxis greife. Ich schnappe nach Luft, unfähig, mich zu bewegen, und spüre, wie sich seine Brust an meinen Rücken drückt.

»Tu das nicht«, sagt er. »Du bist nicht bereit.«

Hitze durchströmt meinen Körper, und ich rede mir ein, es wäre Wut. Ich will wissen, was er vor mir verheimlicht. Ich reiße mich von ihm los, und er gibt mich bereitwillig frei.

»Was ist da drin?«, frage ich und wirbele zu ihm herum.

»Ein Schlaftrank«, antwortet er. »Wenn du die Schatulle öffnest, kann ich dich vielleicht nicht wieder aufwecken.«

Mein Blick schweift erneut zu der Pyxis. Valentine deutet zur Tür. »Sollen wir –«

Er verstummt abrupt, als der Boden unter uns erbebt – heftiger als vorher. Die Schatulle rappelt auf ihrem Podest, und die Glaspyramide hoch über uns erzittert. Valentine sieht hoch, während ich den Blick fieberhaft schweifen lasse.

Das Beben hört genauso plötzlich wieder auf, wie es begonnen hat.

»Der Gott des Todes ist nicht glücklich«, sagt Valentine.

»Er ist wiederauferstanden?!«

»Nein, noch nicht. Aber das wird er, wenn wir Venus nicht bald in die Unterwelt zurückschicken.«

»Lass mich die Schatulle mitnehmen, Valentine«, bitte ich ihn eindringlich. »Kannst du nicht ein Mal das Richtige tun?! Sind wir dir völlig egal?«

Sein Gesicht ist ernst, und er sieht aus, als ließe er sich meine Worte tatsächlich durch den Kopf gehen. »Nein. Aber der Krieg ist mir egal. Nachdem ich sowohl von der Liebe als auch vom Tod verschmäht wurde, kann ich es kaum erwarten zuzusehen, wie die Götter sich gegenseitig in Stücke reißen. Ich hoffe, sie vernichten einander.«

»Und was ist damit, dass der Krieg die Welt zerstören würde? Das willst du doch, oder?«

Er sieht mich durchdringend an. »Alles muss irgendwann enden.«

»Wie kannst du von uns erwarten, dass wir dich in die Welt der Lebenden zurückbringen, wenn es das ist, was du willst?!«

Er schenkt mir ein trauriges Lächeln. »Ich versichere dir, trotz allem bin ich auf eurer Seite. Aber ich werde dir die Schatulle nicht geben, bis ich meinen Obolus habe. Und wenn Charon Cupid und Cal befreit, werde ich ihn bekommen. Jetzt aber genug davon. Die sinnlichen Freuden von Morpheus' Bar erwarten uns«, sagt er. »Wollen wir uns ein bisschen amüsieren, während wir darauf warten, dass dein Freund uns endlich mit seiner Anwesenheit beehrt?«

Ich öffne den Mund, um seinen Vorschlag abzulehnen.

»Ich erzähle dir ein paar Geschichten von Cupid«, sagt er mit einem schelmischen Glitzern in den Augen.

Ich stemme die Hände in die Hüften. »Also gut.«

25. Kapitel

»Wirst du genauso eklig aussehen wie deine Zombie-Armee, wenn du aus der Unterwelt zurückkommst?«

Ich schlürfe meinen Drink durch einen Strohhalm und beobachte ihn über den Rand des Kristallglases hinweg, während mir die warme Flüssigkeit die Kehle hinunterrinnt. Meine Beine baumeln von dem hohen Barhocker, und mein Arm ruht auf dem Tresen.

Valentine sieht mich amüsiert an – im flackernden Kerzenschein wirken seine Augen eine Nuance dunkler. »Heißt das etwa, du findest mich im Moment nicht eklig, Lila?!«

Ich stelle mein leeres Glas ab. Valentine hat das Getränk einen altmodischen Drink genannt. Das war schon mein dritter. Mir ist ein bisschen schwummrig – die hypnotisch langsamen Bewegungen auf der Tanzfläche verschwimmen hinter dem ärgerlicherweise überhaupt nicht ekligen Cupid vor mir.

»Lenk nicht ab«, sage ich. »Wirst du wie ein Zombie aussehen?«

»Ich glaube, nicht. Ich schätze, der *Finis* hat nicht richtig funktioniert. Sonst wäre meine Mutter endgültig vernichtet, nicht in die Unterwelt geschickt worden. Ich bin nicht mehr am Leben. Aber ich glaube, ich bin auch nicht tot.«

Die blonde Frau hinter der Bar kommt auf uns zu. »Noch einen?«

Ich blicke zu ihr auf. Die Sorgen, die mir vorhin noch so wichtig erschienen – Cupid, James, Venus, der Gott des Todes, dass ich in der Unterwelt festsitze, das Ende der Welt –, sind durch den Alkohol gedämpft. Und ich will, dass sie gedämpft

189

bleiben. Ich will mich frei und unbeschwert fühlen, ausnahmsweise mal nicht von drohendem Unheil niedergedrückt.

»Klar«, antworte ich lächelnd.

Sie schüttet mir eine großzügige Menge Bourbon in mein Glas und schiebt es mir wieder zu. Ich nehme einen Schluck, den Blick starr auf die Uhren hinter der Bar gerichtet.

Doch ich spüre Valentines Blick auf mir. Unsere Stühle stehen dicht beieinander, und auch wenn wir uns nicht berühren, umschließen seine leicht gespreizten Beine meine.

Blinzelnd schaue ich auf seine Knie hinunter. Dann wandert mein Blick über seine Hand, in der er lässig seinen Drink hält, sein blassblaues Hemd, seine vollen Lippen, die der Anflug eines Lächelns umspielt, und schließlich sehe ich ihm direkt in die Augen.

Ich pikse ihn mit dem Finger in die Brust. »Du hast ... du hast eine Menge schreckliche Dinge getan.«

Er blickt grinsend auf meine Hand hinunter, und ich ziehe sie hastig zurück. Sicherheitshalber umfasse ich sie mit meiner anderen Hand, um ihn nicht noch mal zu berühren. Er schwenkt seinen Drink, trinkt einen Schluck und stellt das Glas auf dem Tresen ab. »Das ist wahr«, sagt er. »Aber es gibt keinen Unsterblichen, der nicht schon schlimme Dinge getan hat. Was ist noch gut oder böse, wenn man so lange gelebt hat wie ich? Wir sind alle die Helden unserer eigenen Geschichte, oder, Lila?«

Ich verdrehe die Augen. »Ja, du bist der totale Held. Du hast zahllose Liebesagenten ermordet, um deine Armee zu erschaffen. Und du denkst, das wäre nicht böse? Hast du wirklich überhaupt kein schlechtes Gewissen nach allem, was du getan hast?«

Er beobachtet mich aufmerksam. Seine Haltung ist aufrecht, aber entspannt. »Ich mag die Matchmaking-Agentur nicht. Das ist kein Geheimnis. Aber ich habe nie jemandem weh getan, der es nicht verdient hatte.«

»Du hast Cal gefoltert. Am Strand.«

Seine Lippen verziehen sich zu einem Lächeln. »Wie ich schon sagte – ich habe nie jemandem weh getan, der es nicht verdient hatte.«

Ich verschränke die Arme vor der Brust.

»Lila!«, ruft er aus und drückt gespielt verletzt eine Hand auf sein Herz. »Sieh mich nicht so an! Ich habe eine Frage an dich: Was denkst du, wie viele Jahrtausende war meine Mutter aus der Welt der Menschen verschwunden? Und wie viele Jahrtausende haben die Liebesagenten – und unser kleiner Cal – trotzdem weiter die Drecksarbeit für sie verrichtet?«

»Matches arrangiert, meinst du?«, erwidere ich lachend. »Geholfen, dass sich Menschen verlieben? Wie unglaublich boshaft von ihnen ...« Ich nehme mein Glas und trinke noch einen großen Schluck, ohne den Blick von ihm abzuwenden. Er dreht sein Glas zwischen den Fingern, doch ansonsten zeigt er keine Reaktion.

»Ja, sie arrangieren Matches«, sagt er und zieht die Augenbrauen hoch. »Und sie nehmen einigen auserwählten Menschen die Sterblichkeit, verbannen alle, die sich ihnen widersetzen, sperren alle weg, die Venus als Bedrohung erachtet –«

»Das ist nicht –«

»Ich war nicht dabei, als Cupid und du sie zurückgebracht habt, aber ich weiß, was passiert ist. Sag mir doch noch mal,

Lila: Haben die Liebesagenten an eurer Seite gekämpft? Oder haben sie sich sofort gegen dich und meine Brüder gewandt, als sie wieder da war?«

»Ich –« Ich verstumme, als ich mich an den Angriff auf Cupids Haus erinnere.

Ich erinnere mich, dass die Liebesagenten den Gerichtssaal bewacht haben, in dem wir an Pfähle gefesselt und für etwas angeklagt wurden, das kein Verbrechen sein sollte.

»Und wie viele Jahre waren die Sagengestalten in ihrem Kerker gefangen?«

»Sie … sie waren gefährlich …«

»Vielleicht. Aber wurden sie nicht freigelassen, sobald sie der Matchmaking-Agentur nützlich waren? Findest du das nicht befremdlich, Lila?«

Ich weiß nicht, was ich sagen soll. Hat er recht? Oder denke ich das nur, weil mir der Alkohol zu Kopf steigt?

»Wir haben alle Dreck am Stecken, Lila«, sagt Valentine leise. »Cal, die Matchmaking-Agentur …«

»Okay, schon klar!«, fahre ich ihn an. »Du hasst die Matchmaking-Agentur! Das heißt nicht, dass du ein guter Mensch … Cupid … was auch immer bist!« Ich fuchtele so wild in der Luft herum, dass ich beinahe mein Glas vom Tisch fege, doch Valentine ergreift mein Handgelenk und kann das Missgeschick gerade noch verhindern. Mir stockt der Atem. Dann werfe ich ihm einen ärgerlichen Blick zu und ziehe die Hand weg. »Und was ist mit Cupid? Er gehört nicht zur Matchmaking-Agentur.«

Valentine zuckt die Achseln. »Mein Bruder hat viele Fehler, aber eins muss ich ihm lassen: Er hat sich nie ihren Vorschriften unterworfen, und er hat zumindest *versucht*, unsere Mutter zu töten. Vielleicht hätten wir die Matchmaking-Agentur in einem anderen Leben gemeinsam zerschlagen.«

»Ich glaube kaum, dass Cupid je mit dir zusammenarbeiten würde.«

»Oh, ich schon«, erwidert er grinsend. »Wahrscheinlich hat er dir nichts davon erzählt, aber früher waren Cupid und ich unzertrennlich.«

Ich starre ihn fassungslos an. »Ihr habt euch mal gut verstanden?!«

Er lächelt, und sein Blick schweift einen Moment in weite Ferne. »Wir betranken uns mit Wein, den wir den Göttern gestohlen hatten, trafen uns heimlich mit Mädchen und kreuzten uneingeladen auf Feiern mächtiger Herrscher auf. Und natürlich arrangierten wir Matches im Namen unserer Mutter. Auch wenn wir sie oft mit einer kleinen Überraschung aufgepeppt haben.«

Er zuckt die Achseln, als ich ihn verblüfft anstarre. Ich dachte, die beiden hätten sich schon immer gehasst.

»Es war ein albernes Spiel«, fährt er fort. »Aber es hat Spaß gemacht, ständig zu versuchen, uns gegenseitig zu übertrumpfen, ohne dass unsere Mutter etwas davon mitbekommt und uns die Hölle heiß macht.« Er lacht leise. »Ich glaube, ich habe gewonnen, als ich aus Versehen einen Krieg angezettelt habe«, sagt er und hebt sein Glas an die Lippen. »In Troja, glaube ich.«

»Du meinst den Trojanischen Krieg? Du hast den Trojanischen Krieg angezettelt?!«

Er zuckt die Achseln und stellt das Glas ab. Hinter ihm spielt die Band ein flotteres Lied, und die Leute tanzen ausgelassen. Doch zwischen uns herrscht gespannte Stille. Ich beuge mich vor – ob ich befürchte, ihn sonst nicht mehr richtig zu verstehen, oder mich irgendwie von ihm angezogen fühle, kann ich selbst nicht sagen.

Der Hauch eines Lächelns umspielt seine Lippen, doch in seinen Augen lauert eine tiefe Dunkelheit.

»Echt erbärmlich, oder? Zwei Männer, die wegen ihrer Liebe zu einer Frau einen Krieg anfangen. Andererseits – wenn die Liebe es nicht wert ist, für sie zu kämpfen, was dann?«

Er wirft mir ein beinahe verlegenes Lächeln zu, dann wendet er sich plötzlich ab. Ich folge seinem Blick – und merke erst da, dass wir nicht allein sind.

Morpheus, wieder in seinem blauen Mantel, das Hemd noch ein bisschen weiter aufgeknöpft als beim letzten Mal, grinst uns vergnügt an. »Ach, seid ihr zwei nicht süüüß?!«, lallt er, offenbar noch betrunkener als ich. »Kommt, tanzt mit mir! Ihr seid so ernst, dabei könnten wir sooo viel Spaß haben!«

Er breitet schwungvoll die Arme aus und schlägt der Kellnerin, die in diesem Moment an ihm vorbeikommt, fast das Tablett aus der Hand. Aus irgendeinem Grund bringt mich das zum Lachen – die Dunkelheit, die sich über Valentine und mich gesenkt hat, lichtet sich.

»Ihr wisst schon, dass es noch mehr auf der Welt gibt als … als …« Morpheus zieht die Stirn kraus – seine Augen folgen einem sehr attraktiven blonden Mann auf dem Weg zur Bar. »Was habe ich gerade gesagt? Ah, genau, lasst uns tanzen!« Er streckt uns die Hände entgegen. Ich grinse breit und lasse mich von ihm hochziehen. Seine dunklen Augen funkeln vor Freude. Auch Valentine steht auf, legt seinem Freund einen Arm um die Schultern und stützt ihn, als er ins Schwanken gerät.

»Woooaaah«, ruft Morpheus und blickt erschrocken zu ihm auf. »Der Boden bebt wieder! Spürst du das, mein Freund?«

Valentine wirft mir über seinen Kopf hinweg einen amüsierten Blick zu. Auch ich muss lächeln, als er sich wieder Morpheus zuwendet. »Vielleicht solltest du den Song lieber auslassen, Kumpel.«

»Aber die werte Dame wünscht ... zu tanzen!« Morpheus breitet die Arme aus und schlägt Valentine und mir beinahe ins Gesicht.

Lachend sehe ich zu, wie Valentine ihn zu einem leeren Stuhl bugsiert. Seine Aufmerksamkeit wird sofort wieder von einem blonden Mann abgelenkt, der ein Stück entfernt an der Bar sitzt, und er scheint völlig zu vergessen, dass wir da sind. Valentine grinst mir zu und zuckt leicht die Achseln.

»Schnell gelangweilt?«, frage ich mit Blick auf Morpheus.

»Schnell gelangweilt«, bestätigt Valentine.

In der von Zigarrenrauch verhangenen Luft liegt plötzlich eine unbehagliche Spannung.

Da reicht Valentine mir die Hand. »Nun? Möchte die werte Dame tanzen?«

26. Kapitel

Die Musik ist ohrenbetäubend. Ich kann spüren, wie sie durch meinen Körper pulsiert und mein gesamtes Wesen einnimmt. Laute, fetzige Swingmusik, zu der die Leute ausgelassen über den klebrigen Boden tanzen. Alles verschwimmt um mich herum – die rauschenden Röcke, Männer in Anzügen und Schnapsflaschen.

Die Luft ist heiß und riecht nach Schweiß und Alkohol. Sie ist von guter Laune erfüllt. Und diese gute Laune ist ansteckend.

Ich lache, als ich mich unter Valentines Arm hindurchdrehe. Unsere Finger fest ineinander verschränkt, pralle ich gegen seine Brust, dann löse ich mich von ihm und lasse mich erneut von ihm herumwirbeln. Auch er lacht. Irgendwie lässt ihn das jünger erscheinen; seine schockierend blauen Augen leuchten, sein Gesicht ist frei von Sorge, und seine breiten Schultern entspannen sich.

Er zieht mich wieder an sich, die Hand an meinem Rücken, und wir tanzen und wirbeln wild umher. Die ganze Zeit lässt er mich nicht aus den Augen, ein breites Grinsen im Gesicht.

Wir tanzen weiter, selbst als mir die Füße weh tun und ich völlig außer Atem bin – in meiner zerfetzten Lederjacke ist mir viel zu warm. Ich muss schrecklich aussehen. Meine Haare sind zerzaust. Mein Gesicht ist schweißbedeckt. Aber das ist mir egal.

So seltsam das auch klingen mag, wenn man bedenkt, dass ich in der Unterwelt und von Toten umgeben bin – ich fühle mich *lebendig*. Ich fühle mich frei. Die diffusen Gedanken sind aus meinem Kopf verschwunden. Ich nehme nichts anderes wahr als das Gelächter und die Musik, die durch mich hindurchrauscht.

Die Sanduhr an der Bühne, auf der die Band spielt, dreht sich, und die Uhren hinter der Bar zeigen völlig unsinnige Zeiten an. Ich habe jegliches Zeitgefühl verloren. Mein Kopf pocht in einem anderen Rhythmus, dem Stampfen von Füßen und dem Takt der Musik.

Morpheus und der blonde Kerl gesellen sich eine Weile zu uns. Der Gott der Träume hebt mich hoch und wirbelt mich durch die Luft. Ich werfe lachend den Kopf zurück, und mein Blick fällt auf Valentine, der mit einer rothaarigen Frau tanzt. Er grinst mir zu, bevor er sie mit einer eleganten Drehung an ihren ursprünglichen Tanzpartner weiterreicht.

Schließlich – als die Schmerzen in meinen Füßen nicht mehr auszuhalten sind und meine Bewegungen erlahmen – nimmt Valentine meine Hand und zieht mich durch die Menge, die keine Anstalten macht aufzuhören. Ich leiste keinen Widerstand. Mein Mund öffnet sich zu einem ausgiebigen Gähnen.

Valentine führt mich an der Bar vorbei zum Ausgang, und wir gehen schweigend die Treppe zum Hauptbereich von Morpheus' Schloss hoch. Der Alkohol ist aus meiner Blutbahn verdampft, aber meine Müdigkeit lässt alles etwas diffus erscheinen, als wir uns einen Weg durch die Korridore bahnen.

Vor der Tür zum Schlafzimmer bleibt Valentine stehen und wendet sich mir zu. Seine Hände ruhen sachte auf meinen Armen. Mein Atem beschleunigt sich. Er ist mir so nah. Zu nah. Die Hitze seines Körpers brennt sich förmlich in mich hinein. Er sieht mir tief in die Augen.

Aber wir bringen beide kein Wort heraus.

Die Stille ist ohrenbetäubend. Und darin schwingt etwas mit – etwas, das gebrochen werden muss. Er umfasst meine Wange, seine Hand rau und warm. Ich senke den Blick. Ich kann ihm nicht in die Augen sehen. Wenn ich das tue, wird er versuchen, mich zu küssen.

Cupid.

»Nicht«, stoße ich leise hervor.

Ich schließe die Augen und versuche, ihn auszublenden. Einen Moment steht er reglos vor mir.

»Okay.« Seine Stimme ist kaum mehr als ein heiseres Flüstern.

Ich blicke langsam zu ihm auf, und er schenkt mir ein verlegenes Lächeln, bei dem sich die Grübchen in seinen Wangen vertiefen.

»Gute Nacht, Lila«, sagt er mit seinem irischen Akzent. »Ich bin ein Stück den Flur hinunter, wenn du mich brauchst.«

Dann wendet er sich ab. Ich hole tief Luft, während ich zusehe, wie er den Flur hinuntergeht und durch eine Tür am anderen Ende des Flurs verschwindet.

O Gott, was zur Hölle war das?!

Mit einem Ruck schrecke ich aus dem Schlaf hoch, die Decke um meine Beine verheddert. Durch die Zimmertür dringt fürchterlicher Lärm. Ein Krachen. Das Klirren aufeinandertreffender Waffen. Der Boden erzittert. Ich weiß nicht, wie viel Zeit vergangen ist. Aber ich habe das Gefühl, als hätte ich nicht lange geschlafen.

Mein Herz hämmert, als ich mich aus dem Bett schwinge und hastig meine Sneakers anziehe. Halb rennend, halb stolpernd eile ich zur Tür. Als ich nach der Klinke greife, schwingt sie plötzlich auf. Valentine erscheint im Türrahmen. Über seiner Schulter hängt ein Bogen, und er hält einen zweiten in der Hand. Unsere Blicke treffen sich. Etwas tief in meinem Innern zieht sich zusammen, als ich mich an letzte Nacht erinnere.

Ich konzentriere mich auf das Hier und Jetzt. »Was ist los?«, frage ich.

»Anscheinend werden wir angegriffen, Lila.«

Er wirft mir einen Bogen zu, und ich fange ihn aus der Luft, nehme den Köcher, den er mir hinhält, und schlinge ihn über die Schulter.

»Das hätte ich selbst erraten.« Wir eilen auf den Flur hinaus. »Venus?«

»Ja. Als dein Ex gescheitert ist, hat sie wohl eine Massenopferung organisiert. Eine ganze Armee ist ins Schloss eingefallen.«

»Oh …« Ich umfasse den Bogen fester. »Das ist nicht gut.«

»Nein, ist es nicht.«

Valentine schreitet zügig aus, sein Kiefer verkrampft, seine Hände zu Fäusten geballt. Als wir vorhin auf James und die beiden Arrows getroffen sind, war er überhaupt nicht besorgt. Aber jetzt schon.

Auf dem Weg den staubigen Gang hinunter wird der Lärm immer lauter. In dem Moment, in dem wir das Zwischengeschoss mit Blick auf einen der prunkvollen Säle erreichen, durch die wir vorhin gekommen sind, erbebt der Boden erneut. Ich gerate ins Straucheln und halte mich an der Brüstung fest.

Mein Blick wandert über den Rand, und meine Augen weiten sich vor Entsetzen. Unter uns kämpft eine ganze Flut von

Liebesagenten gegen ein paar betrunkene Partygänger aus Morpheus' Bar.

»Wir müssen die Schatulle holen«, sagt Valentine und legt mir eine Hand auf die Schulter. »Der Sand ist nicht stark genug, um sie alle in Schlaf zu versetzen.«

Ich nicke und eile hinter ihm die Treppe hinunter. Wir drängen uns durch das Kampfgetümmel – als sich uns ein toter, dunkelhaariger Agent in den Weg stellt, bricht Valentine ihm kurzerhand das Genick. Ein Mädchen in Cheerleader-Uniform, das mir vage bekannt vorkommt, schlägt nach mir. Ich greife mir einen mit Sand bestrichenen Pfeil und stoße ihn ihr in die Brust, bleibe aber nicht lange genug, um zuzusehen, wie sie schlafend zu Boden sinkt.

In dem Gang, der zur Pyxis führt, hole ich Valentine ein.

Er bleibt an der Tür stehen, lauscht einen Moment und wendet sich mir zu, den Bogen angriffsbereit in der Hand.

»Da drin sind Liebesagenten«, flüstert er in eindringlichem Ton. »Sie dürfen die Schatulle nicht bekommen, Lila. Kämpfst du an meiner Seite?«

Ich schlucke schwer und ziehe ebenfalls einen Pfeil aus meinem Köcher. »Ja. Ich halte dir den Rücken frei.«

Er hält meinen Blick noch einen Moment fest, dann nickt er und öffnet die Tür.

In einer fließenden Bewegung zielen wir auf die drei Gestalten vor der Pyxis.

Mein Herz setzt einen Schlag aus, als sie sich zu uns umdrehen.

Als Erstes sehe ich Crystal – ihre sonst so ordentlich frisierten blonden Haare hängen wirr über ihre braune Lederjacke. Rechts und links von ihr stehen Cupid und Cal.

Als Cupid Valentine sieht, verziehen sich seine Lippen zu einem verächtlichen Grinsen. »Hallo, Bruder. Lange nicht gesehen.« Seine meergrünen Augen richten sich auf mich. »Und wer ist das? Hast du etwa endlich eine Freundin?«

27. Kapitel

Cupids Worte treffen mich mit solcher Wucht, dass ich beinahe zurücktaumele. Der Ausdruck in seinen Augen – listig und schelmisch, aber ohne eine Spur von Wiedererkennen – löst eine heftige Übelkeit in mir aus. Sein Blick verharrt auf mir, während er sich den Bogen über die Schulter hängt. Er reibt sich den Nacken, ein angedeutetes Lächeln auf den Lippen.

Er sieht nicht verletzt, aber ein bisschen mitgenommen aus. Seine Haare stehen in alle Richtungen ab, und die Haut unter seinem einen Auge ist rötlich verfärbt, als hätte er einen Faustschlag abbekommen. Wahrscheinlich Cals Faust.

Ich wende mich Cal zu, der stocksteif neben Crystal steht. Sein Gesicht wirkt noch kantiger, so finster schaut er drein. Er beäugt mich argwöhnisch, wirft Cupid einen verächtlichen Blick zu und wendet sich schließlich wieder an Valentine, einen Pfeil auf seine Brust gerichtet.

Crystal, die zwischen den beiden steht, wirft mir ein mitfühlendes Lächeln zu. Ihre Anteilnahme bringt mich fast zum Weinen. Ich weiß nicht, warum Crystal hier ist. Aber ich bin froh, sie zu sehen. Sie weiß wenigstens, wer ich bin.

Valentine lässt seinen Bogen langsam sinken. Er starrt Cupid an, als wäre er verrückt, und zieht irritiert die Stirn kraus. »Was?« In seiner Stimme liegt eine für ihn höchst ungewöhnliche Verwirrung.

»Du hast mich gehört, Bruder«, sagt Cupid. »Willst du uns deiner neuen Freundin denn nicht vorstellen?«

»Halt die Klappe, Cupid«, fährt Crystal ihn an.

Valentine wendet sich zu mir um und zieht fragend die Augenbrauen hoch. Dann dreht er sich wieder zu Cupid und reibt sich das Kinn. Als er die Hand sinken lässt, kommt ihm ein Lachen über die Lippen, das in dem gigantischen, museumsartigen Raum widerhallt.

»Interessant«, sagt er. »Wie es scheint, hast du eine Kleinigkeit vor mir geheim gehalten, Lila.«

Etwas Hartes, Kaltes setzt sich in meiner Magengrube fest. Ich bin wütend auf Valentine. Ich bin wütend auf mich selbst, weil ich ihn so nahe an mich herangelassen habe. Ich bin wütend auf Cupid und Cal, weil sie mich vergessen haben, auch wenn es nicht ihre Schuld ist.

Und ich bin wütend, dass ich Cupid vergessen habe, wenn auch nur für einen Moment, während ich mit unserem Feind tanzte – und das, obwohl mein Gedächtnis nicht gelöscht wurde.

Valentine blickt Cupid höhnisch an. »Das Wasser der Lethe, nehme ich an? Du solltest hier unten wirklich vorsichtig sein, was du trinkst.«

»Nun, du kennst mich doch, Bruder. Ich muss immer was Neues ausprobieren.« Sein Blick richtet sich wieder auf mich, und in seinen Augen leuchtet eine schelmische Neugier auf.

Ich atme tief durch und versuche mich zu beruhigen. »Was … was machst du hier, Crystal?«, frage ich.

Sie wirft einen misstrauischen Blick auf Valentine, dann seufzt sie und hängt ihren Bogen ebenfalls wieder über die Schulter. Sie sieht erschöpft aus; ihre sonst so strahlend blauen Augen sind matt, ihre Wangen vor Anstrengung gerötet.

»Als wir von der Massenopferung gehört haben, dachten wir, ihr könntet Hilfe gebrauchen. Ich bin mit Mino und

Amena zum Tatort gefahren und habe mit der nächsten Fähre in die Unterwelt übergesetzt.« Ihr Gesicht verfinstert sich, als sie einen Blick über meine Schulter wirft. »Es ist ein schlechtes Zeichen, dass die anderen Liebesagenten hier sind – aber wenigstens haben sie für genügend Ablenkung gesorgt, dass wir den Furien unbemerkt entkommen konnten.«

Sie seufzt tief und blickt zu Cupid und Cal. »Und was die beiden angeht: Charon hat mich zu ihnen geführt. Sie saßen in einer Zelle und hatten keine Ahnung, wo sie waren. Tut mir leid, ich hatte noch keine Gelegenheit, mit ihnen über dich zu reden – wir mussten uns beeilen.«

»Sind ihre Erinnerungen für immer verloren?«, frage ich, obwohl ich Angst vor der Antwort habe.

»Ich weiß es nicht«, sagt Crystal grimmig. »Aber wenn irgendjemand ihr Gedächtnis wiederherstellen kann, dann Mino.«

Warme Hoffnung durchströmt mich und vertreibt die Kälte, die sich in mir festgesetzt hat. »Indem er in ihren Verstand eindringt.«

Crystal nickt. »Es könnte etwas dauern, aber wenn er die Tür findet, hinter der die Erinnerungen eingesperrt sind, sollte es ihm möglich sein, sie freizulassen. Sobald wir zurück sind –«

»Wer ist dieses Mädchen?«, fällt Cal ihr ins Wort. »Verbünden wir uns jetzt einfach mit jedem? Meinen beiden verbannten Brüdern? Dem Minotaurus? Valentines Freundinnen?!«

»Ich bin nicht seine Freundin!«, entgegne ich heftig.

Valentine presst eine Hand auf sein Herz. »Du verletzt mich, Lila. Dabei dachte ich, wir würden uns endlich näherkommen.«

Meine Wangen laufen hochrot an, und Crystal wirft mir einen verwunderten Blick zu.

»Sei … sei still«, stammele ich. »Also, was ist der Plan, Crystal?«

»Wir holen die Pyxis –«

»Na, das ist doch ganz einfach«, sagt Cupid.

»Warte!«, rufen Cal und ich gleichzeitig.

Doch es ist schon zu spät. Cupid hebt die Pyxis hoch. Sobald er sie vom Podest nimmt, schießt glitzernder Sand daraus empor und hüllt sein Gesicht ein. Augenblicklich bricht er bewusstlos zusammen, die Pyxis immer noch in den Händen.

»Er denkt nie irgendwas zu Ende«, sagen Cal und Valentine gleichzeitig – Cal in resigniertem Ton, Valentine hörbar amüsiert. Ihre Blicke begegnen sich, und Valentine zieht eine Augenbraue hoch.

»Herrgott nochmal«, stöhnt Crystal. Sie reibt sich frustriert die Stirn, dann geht sie zu Cupid und der Pyxis.

Valentine spannt seinen Bogen und zielt auf ihren Rücken.

»Das würde ich an deiner Stelle lieber nicht tun«, sagt Cal.

Crystal hält inne, und im Bruchteil einer Sekunde legt Cal einen Ardor ein und lässt ihn von der Sehne schnellen. Er bohrt sich in Valentines Brust, und ein schmerzerfülltes Stöhnen kommt ihm über die Lippen.

Ich ziehe irritiert die Stirn kraus. Als er das letzte Mal mit einem Folterpfeil getroffen wurde, hatte er keine Wirkung auf ihn – aber anscheinend haben seine Kräfte nach dem Valentinstag nachgelassen. Cal legt blitzschnell einen zweiten Pfeil ein, und Valentine zielt auf ihn.

»Hört auf!«, rufe ich. Valentine wirft mir einen verwunderten Blick zu. Dann lässt er den Bogen langsam sinken. »Können wir bitte einfach darüber reden?!«

»Von mir aus gern«, sagt Crystal. »Aber wir können nicht hierbleiben, während im Schloss ein Kampf –«

»Schon erledigt«, ertönt eine tiefe Stimme mit starkem britischem Akzent, und im nächsten Moment betritt Mino den Raum. Hinter ihm erscheint Morpheus. »Unser Freund Morpheus hier hat draußen ein echtes Wunder vollbracht.«

»Sterben, schlafen – vielleicht auch träumen«, sagt Morpheus und grinst mich verschmitzt an. »Alle schlafen tief und fest.« Seine amüsiert funkelnden Augen richten sich auf Mino. »Außer dir. Wie grausam, dich mir zu widersetzen. Oh, wie gerne würde ich sehen, was sich in deinem Unterbewusstsein verbirgt.«

»Das geht mir genauso, alter Freund«, erwidert Mino schmunzelnd.

Morpheus lacht und verschränkt seine feingliedrigen Hände ineinander. »Nun, dieses Wiedersehen ist ja sehr nett, aber etwas fehlt.« Er zieht die Augenbrauen hoch. »Drinks! Kommt, lasst uns in die Bar gehen und reden! Ich kann euren schlafenden Freund aufwecken.«

Er marschiert zu Cupid.

»Wir müssen zurück«, sagt Crystal. »Charon hat uns versprochen, uns morgen Mittag mit der Fähre in die Welt der Lebenden zurückzubringen. Wir sollten so schnell wie möglich zum Pier und dort warten.«

»Er hat versprochen, uns *alle* zurückzubringen?«, fragt Valentine.

Crystal zögert nur einen kurzen Moment. »Ja.«

Valentine lacht leise. »Ich weiß nicht, ob ich dir glaube, Crystal. Aber wie dem auch sei, es ist ohnehin sicherer, bis zum Mittag hier zu bleiben, wo die Furien uns nicht zu fassen bekommen«, erwidert er. »Also lasst uns erst mal in die Bar gehen und reden. Ich glaube, mein guter Freund Morpheus hat noch etwas Wasser aus dem Styx hinter dem Tresen stehen. Wenn wir da sind, kannst du einen Eid darauf schwören, dass du mich nicht verraten wirst.«

Crystal kommt auf uns zu. »Das kannst du dir abschminken. Aber okay, lasst uns in diese Bar gehen, um die Sache zu klären.« Sie umfasst meinen Arm und zieht mich hinaus auf den Gang. »Alles in Ordnung, Lila?«

Ich passe mich ihrem zügigen Tempo an. »Ja … ja, ich glaube schon.«

Mir bleibt die Luft weg, als wir die Eingangshalle betreten, wo unzählige Liebesagenten und Morpheus' Gäste schlafend auf dem Boden liegen. Die Luft ist erfüllt von schweren Atemzügen und hier und da einem leisen Schnarchen. Mein Magen krampft sich zusammen, als ich Jason, den breitschultrigen Quarterback der Forever-Falls-Football-Mannschaft bei der Treppe liegen sehe. Auch er ist meinetwegen in der Unterwelt gelandet.

Crystal wendet sich mir zu und zieht erwartungsvoll eine Augenbraue hoch. Ich seufze. »Ähm, also … Cupid und Cal haben mich vergessen. Ich wurde von den Furien gefoltert. Meine Klassenkameraden wurden zu Handlangern von Venus gemacht. Und ich sitze hier mit Valentine fest … also …«

»Du und Valentine scheint euch erstaunlich gut zu verstehen«, sagt Crystal und hebt auch noch die andere Augenbraue.

Ich wende den Blick ab und versuche gegen die Hitze anzukämpfen, die mir ins Gesicht steigt. »Ich … nein.«

Mein Herz wird schwer, als wir über ein paar schlafende Mädchen hinwegsteigen, die ich aus der Theater-AG kenne, doch ich schlucke den Kummer hinunter und folge Crystal die Treppe hinauf. Ihre Absätze klackern über die Marmorstufen.

»Ich nehme an, du wirst mir sagen, dass ich vorsichtig sein soll.«

»Nein, das hatte ich nicht vor«, erwidert sie. »Diese Freundschaft – so ungewöhnlich sie auch sein mag – könnte sich als nützlich erweisen. Hast du noch irgendetwas über die Pyxis herausgefunden?«

»Nichts Neues.«

»Nun, ich schon«, sagt Crystal mit einem tiefen Seufzen. »Ich habe ein paar meiner Agenten damit beauftragt, das Archiv zu durchsuchen. Curtis – der neue Rezeptionist – hat einen alten Bericht von einem der Arrows gefunden. Er stammt aus der späten Römerzeit, als die Götter gerade anfingen, die Welt der Menschen zu verlassen. Anscheinend hat dieser Agent die Pyxis gefunden und zu Venus gebracht, aber das hat ihm nicht die Gunst der Götter eingebracht – es ist überhaupt nichts passiert. Venus hat versucht, sie zu zerstören, aber es ist ihr nicht gelungen. Also hat sie den Arrows befohlen, die Schatulle in die Unterwelt zu bringen, wo niemand sie finden würde, während Venus schlief.«

Ich starre sie fassungslos an. »Dann hat sie gar keine Macht? Das alles war völlig umsonst?!«

Crystal macht ein nachdenkliches Gesicht, während wir in den Gang einbiegen, der zu Morpheus' Bar führt. »Wenn sie wirklich keine Macht hätte, warum hätte Venus sie dann verstecken sollen? Warum sollte sie so begierig darauf sein, sie wiederzubekommen? Ich glaube, sie hat Macht. Aber ich denke, diese Macht – diese Aufgabe, die Venus Psyche gestellt hat – erfordert mehr, als ihr nur die Pyxis zu bringen. Ich denke, dass uns irgendetwas entgeht. Valentine war dabei, als Psyche vor all den Jahren an der Aufgabe gescheitert ist. Ich glaube, nur er allein kennt die Wahrheit.«

»Und du willst, dass ich herausfinde, was er weiß?«

»Wie Valentine dich angesehen hat, wie er den Bogen gesenkt hat, als du es ihm gesagt hast …« Crystal hält einen Moment inne, während ich das ledergebundene Buch aus dem Regal in Morpheus' Arbeitszimmer ziehe und somit die Geheimtür öffne. »Ich schwöre keinen Eid auf den Styx, um die Pyxis zu kriegen, bis ich weiß, dass sie diesen Krieg wirklich verhindern kann. Und ich glaube, du bist die Einzige, die Valentine dazu bringen kann, uns die Wahrheit zu sagen.«

28. Kapitel

Da Crystal sich weigert, Valentines Eid zu schwören, kommen wir bei unserem Gespräch in der Bar nicht weiter. Ich sitze auf einem Barhocker und blicke mich gedankenverloren um – wie soll ich Valentine bloß zum Reden bringen, wenn er uns die ganze Zeit einen Schritt voraus ist? Mein Magen zieht sich zusammen, als ich mich an diesen seltsamen Moment vor meiner Schlafzimmertür erinnere, als er mich fast geküsst hätte. Es gefällt mir nicht, wie nahe er mir gekommen ist. Ich habe das Gefühl, als würde ich Cupid dadurch betrügen, auch wenn er sich nicht an mich erinnern kann.

Der schwach beleuchtete Raum ist so viel stiller als vorhin – alle Leute, die hier waren, liegen jetzt bewusstlos in der Eingangshalle, und es gibt nur noch unsere merkwürdige Gang, die auf mehrere Tische verteilt ist. Leise Stimmen mischen sich mit der Klaviermusik, die von der Bühne zu mir herüberdringt – manche von ihnen aufgebracht, andere amüsiert.

Crystal redet mit Mino. Er hat eine Hand auf ihren Arm gelegt und lässt sie keine Sekunde aus den Augen, doch ihr Blick schweift immer wieder zu Cal, der sich in gedämpftem Ton mit Amena unterhält. Die beiden sitzen nahe beieinander, aber mir fällt auf, dass auch er immer wieder zu Crystal hinübersieht. Doch ihre Blicke begegnen sich nie.

An dem antiken schwarzen Klavier steht Morpheus mit Cupid, und ich frage mich, ob er sein Glück bei allen drei Original-Cupids versucht. Cupid grinst jungenhaft und schüttelt den Kopf, bevor er geht.

Valentine fläzt auf einem Stuhl bei der Sanduhr, die Beine

lässig vor sich ausgestreckt, ein selbstgefälliges Grinsen im Gesicht. Die Pyxis steht auf dem Tisch vor ihm. Die Kerze daneben wirft tanzende Schatten auf ihre glänzende Oberfläche, so dass es aussieht, als würde sich das Bild bewegen. Er stellt die Schatulle zur Schau. Und erinnert so alle daran, dass er am längeren Hebel sitzt.

»Hey.« Cupid setzt sich auf den Stuhl neben mir.

»Hey«, erwidere ich. »Wie fühlst du dich?«

»Okay. Ein bisschen komisch.« Er fährt sich durch seine ohnehin schon verwuschelten Haare und stützt die Ellbogen auf den Tresen, sein Körper mir zugewandt. »Wie ich höre, haben wir eine gemeinsame Vorgeschichte«, sagt er mit einem verlegenen Lächeln.

Ich atme tief durch. »Ja. Das könnte man so sagen.«

»Tut mir leid, dass ich mich nicht daran erinnere.« Seine blaugrünen Augen glitzern fröhlich. »Anscheinend wird Mino mein Gedächtnis wiederherstellen, wenn wir wieder in der richtigen Welt sind. Ich freue mich schon darauf, mich wieder an dich zu erinnern.«

Er mustert mich von Kopf bis Fuß, und irgendetwas an seinem Verhalten erinnert mich an den arroganten Liebesgott, als den ich ihn kennengelernt habe.

»Kann er das nicht gleich machen?«, frage ich.

Er zuckt die Achseln. »Er hat irgendwas davon gefaselt, dass der Verstand ein Labyrinth ist und man verrückt wird, wenn man sich darin verirrt. Deshalb will er damit lieber warten, bis wir zurück sind. Aber was soll's. Du kannst mir doch einfach erzählen, was ich vergessen habe. Anscheinend haben wir genug Zeit – dafür hat meine Nervensäge von Bruder gesorgt.« Ein Grinsen breitet sich auf seinem Gesicht aus, und er legt mir eine Hand auf den Arm. Normalerweise fühlt sich diese Geste angenehm vertraut an. Aber jetzt wirkt sie gezwungen. Er sieht über meine Schulter, und ich folge seinem Blick zu Valentine, der uns mit finsterem Gesicht beobachtet.

Wut wallt in mir auf. Und eine tiefe Trauer. Cupid denkt, Valentine würde auf mich stehen. Nur deshalb redet er mit mir. Um seinen Bruder zu ärgern.

Ich mache mich von ihm los. »Lass das. Ich bin nicht eure Spielfigur.«

Ich stehe auf und will gerade gehen, da hält er mich am Arm zurück. »Lila«, sagt er eindringlich. »Du hast recht. Es tut mir leid. Bitte bleib.« In seinen Augen flackert etwas unerwartet Verletzliches auf. »Ich hasse das. Mich nicht zu erinnern, was zur Hölle hier los ist. Mich nicht *an dich* zu erinnern. Bitte bleib. Rede mit mir.«

Ich setze mich nicht wieder hin. Aber ich gehe auch nicht. »Willst du wirklich mit mir reden, Cupid? Oder versuchst du nur, Valentine zu ärgern?«

Er reibt sich den Nacken, dann seufzt er. »Okay. Hör zu. Valentine und ich … wir haben eine lange Vorgeschichte. Als wir klein waren, haben wir immer versucht, uns mit unseren Streichen gegenseitig zu übertrumpfen. Und dann hat er mir mit einer List weisgemacht, ich wäre verliebt – in ein Mädchen namens –«

»Psyche«, beende ich seinen Satz.

»Ja«, sagt er. »Davon hat er dir erzählt?«

Ich seufze. »Das habt ihr beide.«

Er blinzelt mich überrascht an, dann schenkt er mir erneut ein verlegenes Lächeln. »Okay, ich geb's zu: Als ich dich mit deinem Bogen neben Valentine stehen sah, nun, da dachte ich, dass du verdammt heiß bist, und ich dachte, es würde ihn ärgern, wenn ich dich … du weißt schon … ein bisschen besser kennenlerne.«

»Du reitest dich nur noch tiefer rein, Cupid.« Ich taxiere ihn mit strengem Blick, aber mein Mundwinkel zuckt.

»Ich bin noch nicht fertig«, sagt er. »Also ja, ich hatte vor, Valentine eins auszuwischen. Aber Crystal hat mir von dir erzählt – von *uns*. Und jetzt bin ich wirklich interessiert. Warum auch nicht?« Er wirft mir ein Lächeln zu, das er offenbar für sehr charmant hält. »Wenn ich Valentine damit ärgere, ist das nur ein Bonus.«

Ich verdrehe die Augen. »Cupid …«

»Bitte bleib«, sagt er erneut. »Rede mit mir.«

»Wenn ich bleibe, hörst du dann auf, so … komisch zu sein?«

Er lacht. »Ich werde es versuchen.«

Ein kleines Lächeln schleicht sich auf meine Lippen. Langsam setze ich mich wieder hin, verschränke aber die Arme vor der Brust, damit er nicht auf falsche Gedanken kommt. »Also gut.«

Sein Grinsen wird noch breiter. »Also, erzähl mir von dir, Lila Black.«

Cupid und ich unterhalten uns eine Weile – ich erzähle ihm von unserem Match und wie wir uns in Ms Greens Geschichtsunterricht kennengelernt haben. Ich erzähle ihm von den Arrows, den Zombie-Agenten, von unserem ersten Kuss im strömenden Regen. Und er erzählt mir von seiner Vergangenheit; dass er schon jeden Kontinent bereist hat, dass Cal nach seiner Verbannung einige Liebesagenten daran gehindert hat, ihn zu finden, obwohl er so tut, als würde er ihn hassen, und dass sein Lieblingsessen Peperoni-Pizza ist.

Mit ihm zu reden muntert mich etwas auf, und als mein Blick auf die Uhren hinter der Bar fällt, wird mir klar, dass schon eine Stunde vergangen ist.

»Cupid.« Crystal kommt zu uns herüber und fasst ihn am Arm. »Wir müssen einen Plan machen.«

»Aber –«, setzt er an.

»Sofort.«

Sie wirft mir einen vielsagenden Blick zu und zieht Cupid trotz aller Proteste quer durch den Raum zu Mino, der am Klavier steht. Ich sehe den beiden nach, und mein Blick verharrt einen Moment auf Valentine. Als hätte er meine Aufmerksamkeit gespürt, wendet er sich plötzlich zu mir um, steht auf und kommt auf mich zu, die azurblaue, reichverzierte Schatulle in der Hand.

Jeder Muskel in meinem Körper spannt sich an, als er zur anderen Seite der Bar geht und die Pyxis zwischen uns abstellt. Mein Blick huscht über ihre Oberfläche, und ein heftiges Verlangen, sie zu berühren – den Staub wegzuwischen, mit dem das Bild der Frau bedeckt ist –, überkommt mich. Da wird mir auf einmal klar, dass die Frau etwas in der Hand hält.

»Wir vergeuden unsere Zeit«, sagt Valentine und lenkt meine Aufmerksamkeit wieder auf sich. »Und je mehr Zeit wir hier verschwenden, desto mehr Zeit hat meine Mutter, um ihre Macht auszubauen. Die Armee der Toten wird schon bald in der Welt der Lebenden einfallen.«

»Crystal hat dafür gesorgt, dass keine Matches mehr geschlossen werden. Venus erlangt keine Macht mehr.«

»Crystal ist hier, am anderen Ende dieses Raums, und beobachtet meinen Bruder mit traurigem Hundeblick.« Valentines Lippen verziehen sich zu einem spöttischen Grinsen. Ich folge seinem Blick und sehe Crystal wütend zu Cal und Amena hinüberstarren, während Mino sich mit Cupid unterhält.

»Das ist wohl kaum ein trauriger Hundeblick«, sage ich. »Aber worauf willst du hinaus?«

»Venus hat die Matchmaking-Agentur gegründet. Wie lange hat es nach ihrer letzten Auferstehung gedauert, bis sie wieder das Kommando hatte?« Valentine mustert mich mit wissendem Blick, als mich ein kaltes Grauen erfasst. »Wie lange wird dieses Matchmaking-Verbot also bestehen bleiben, wenn Crystal nicht da ist?«

Ich fluche leise. »Du bist es, der unsere Zeit vergeudet«, sage ich. »Wenn du Crystal einfach glauben würdest, dass wir dich auf der Fähre mitnehmen, könnten wir jetzt sofort aufbrechen.«

Valentine stößt ein raues Lachen aus. »Die Sache ist die, Lila: Es ist mir egal, was mit der Erde passiert. Das habe ich dir schon gesagt. Sollen die Götter doch auferstehen und sich gegenseitig vernichten. Für mich zählt nur, dass ich aus der Unterwelt herauskomme. Und du weißt genauso gut wie ich, dass Crystal mich nicht mitnehmen wird.«

»Aber sie wird auch deinen Eid nicht ablegen«, sage ich. »Also was machen wir jetzt? Sollen wir einfach hier unten bleiben, bis die Welt untergeht?«

»So dramatisch, Lila.« Er greift unter die Bar und holt eine mit einer durchsichtigen Flüssigkeit gefüllte Flasche und ein kleines Kristallglas hervor. »Aber ich habe eine andere Idee«, sagt er und beugt sich näher zu mir. »Ich brauche Crystals Eid nicht. Ich hätte lieber deinen.«

Ich beäuge die Flasche argwöhnisch. »Wasser aus dem Styx?«

»Ja.« Er entkorkt die Flasche, füllt das Glas und schiebt es mir hin.

»Ja, klar …«, murmele ich kopfschüttelnd.

»Komm schon, Lila. Du hast es selbst gesagt. Wir können nicht einfach hierbleiben und zusehen, wie die Welt vor die Hunde geht, oder? Schwör mir, dass wir zusammen in die Welt der Lebenden zurückkehren, und ich schwöre, dass ich dir die Pyxis geben werde, damit du Venus verbannen kannst. Das ist fair.«

Ich werfe einen Blick auf die Schatulle und sehe dann wieder zu Valentine auf. »Du verschweigst mir irgendwas.«

»Ja.«

»Was?«

»Das sage ich dir, wenn ich die Gewissheit habe, dass du mich nicht verraten wirst.« Er deutet mit einer Kopfbewegung auf das Glas, das neben seiner geballten Faust auf dem Tresen steht. »Trink.«

»Du gibst mir die Pyxis, wenn ich es tue?«

Er nickt.

»Wie kann ich mir sicher sein, dass sie Venus wirklich vernichten wird?« Ich schiebe ihm das Glas hin. »Du zuerst. Schwör es mir, Valentine.«

Er sieht mich einen Moment schweigend an, dann nimmt er das Glas und hebt es an die Lippen. »Ich schwöre beim Styx, dass diese Schatulle dazu verwendet werden kann, einen Gefallen von den Göttern einzufordern. Und ich schwöre, dass ich, wenn ihr mich auf der Fähre der Toten mitnehmt, dir – und niemandem sonst – die Pyxis geben werde, damit du sie Venus bringen kannst.«

Ich sehe zu, wie er einen kräftigen Schluck nimmt. Mit einem Knall stellt er das Glas zurück auf den Tresen und schiebt es mir hin. Ich atme tief durch, dann nehme ich es.

»Lila, schwörst du auf den Styx, dass du mit mir in die Welt der Lebenden zurückreisen wirst?«

Er mustert mich mit stechendem Blick, und mein Herz schlägt schneller. Zögerlich sehe ich zu Crystal, die sich zu Cal an den Tisch gesetzt hat. Das wird ihr nicht gefallen – aber was habe ich schon für eine Wahl? Valentine hat geschworen, dass wir Venus mit der Pyxis vernichten können, und wir können nicht ewig hierbleiben.

»Ja«, sage ich. »Ich schwöre es.« Ich trinke das Wasser, das leicht süßlich schmeckt, und Valentine grinst.

»Dann ist der Eid geleistet.« Er nimmt die Pyxis und steht auf. »Ruh dich aus. Morgen wird ein anstrengender Tag.«

Damit dreht er sich um und geht, und ich nehme all meinen Mut zusammen, bevor ich den anderen sage, was ich gerade getan habe.

29. Kapitel

Wie erwartet ist Crystal nicht gerade erfreut über den Schwur, den ich geleistet habe, aber wenigstens ist sie erleichtert zu hören, dass wir Venus mit der Pyxis tatsächlich vernichten können. Nachdem ich ihr alles erzählt habe, folge ich Valentines Rat und ziehe mich in mein Zimmer zurück, um mich auszuruhen.

Ich weiß nicht, wie viel Zeit vergangen ist, als ich aus dem Schlaf aufschrecke, die nassgeschwitzten Laken um meine Beine verheddert. Mein Herz hämmert. Irgendetwas stimmt nicht. Mein Blick huscht auf der Suche nach dem Grund für meine plötzliche Angst fieberhaft hin und her. Doch ich kann nichts finden.

Da erinnere ich mich mit einem Mal an den Traum, den ich hatte. Den gleichen habe ich geträumt, als ich von den Furien gefoltert wurde. Ich war in der Höhle, in der ich Valentine den *Finis* ins Herz gestoßen habe. Ich griff nach der weißen Kette um seinen Hals, und sie schlang sich um meine Hand und drang in mein Innerstes ein, während Valentine sich in nichts auflöste.

Ich denke daran, dass Cal mir gesagt hat, meine Seele sei vom Webstuhl der Schicksalsgöttinnen verschwunden. Ich denke daran, dass Tis meinte, ich hätte sie gestohlen. Ich denke an Valentines Behauptung, er hätte mir in der Höhle etwas gegeben.

Die Erkenntnis trifft mich wie ein Schlag.

Valentine hat mir meinen Lebensfaden gegeben.

Ich erschaudere, obwohl ich schweißgebadet bin. Nichts

davon ergibt einen Sinn. Warum sollte Valentine so viel riskieren, um meine Seele zu stehlen und sie mir zu geben? Und warum sollte er das vor mir geheim halten?

Das Einzige, was ich sicher weiß, ist, dass Valentine mit mir spielt. Und ich bin überzeugt, dass das irgendetwas mit der Pyxis zu tun hat.

Ich wälze mich so hastig aus dem Bett, dass ich mich fast in den weißen Vorhängen zwischen den Bettpfosten verfange. Ich fluche leise. Dann eile ich durch das Zimmer. Die Fliesen sind kalt unter meinen nackten Füßen. Mein Köcher voller Pfeile, die alle mit Morpheus' Schlafsand eingerieben sind, lehnt am Sessel in der Ecke. Ich werfe ihn mir über die Schulter, ziehe meine Sneakers an und verlasse das Gästezimmer.

Alles ist vollkommen still, als ich durch die leeren Gänge haste. Vor lauter Wut nehme ich kaum wahr, dass die Kunstwerke an den Wänden sich in der Dunkelheit zu bewegen scheinen. Als ich Valentines Zimmer erreiche, atme ich tief durch und unterdrücke das zornige Zittern, das meinen gesamten Körper durchläuft.

Dann drücke ich vorsichtig die Klinke hinunter. Die Tür öffnet sich mit einem leisen Klicken, und ich schlüpfe hinein. Meine Hand schließt sich wie von selbst um einen Pfeil. Das Erste, was ich wahrnehme, sind tiefe, regelmäßige Atemzüge. Dann sehe ich die dunkle Gestalt auf dem großen Himmelbett vor mir.

Beruhigt lasse ich die Hand sinken.

Valentine schläft.

So leise wie möglich schließe ich die Tür hinter mir und durchsuche die Schatten. Das Zimmer ist ein Ebenbild von meinem. Der Boden ist gefliest, in einer Ecke steht ein Sessel, und auf der anderen Seite des Bettes befindet sich eine Tür, die wahrscheinlich in ein Badezimmer führt. Über dem Bett hängt ein surrealistisches Bild von geschmolzenen Uhren. Eine Kerze auf dem Nachttisch, die zu einem Stummel heruntergebrannt ist, wirft flackernde Schatten darauf, so dass es aussieht, als würde es sich bewegen.

Doch ich interessiere mich nur für das Objekt auf der anderen Seite des Bettes. Die Pyxis.

Das Herz schlägt mir bis zum Hals, als ich durch das Zimmer schleiche und vor der Schatulle in die Hocke gehe. Valentines Hand hängt vom Bett und berührt fast ihren kunstvoll verzierten, bronzefarbenen Deckel. Er gibt ein tiefes Grollen von sich, und ich blicke erschrocken auf. Doch dann schnarcht er leise weiter.

Die weiße Bettdecke reicht ihm nur bis an die Hüfte, und er trägt kein Hemd. Seine Brust hebt und senkt sich mit jedem Atemzug, und mein Blick wandert wie von selbst über seinen nackten Oberkörper zu dem Wort, das auf Griechisch über seinem Herzen eintätowiert ist.

Vorsichtig lege ich den Köcher neben dem Bett ab. Dann wende ich mich wieder der Schatulle zu. Mit zittrigen Fingern streiche ich über ihre Oberfläche, fühle die Furchen in der Keramik und lege die griechische Schrift unter der dicken Staubschicht frei. Ich höre ein leises Pochen, doch ich bin mir nicht sicher, ob das mein eigener Herzschlag ist oder ob das Geräusch aus dem Innern der Pyxis kommt. Meine Hand schließt sich um den bronzenen Deckel.

Raue Finger umfassen mein Handgelenk. Ich sehe auf und begegne Valentines Blick.

»Wie schön. Ein nächtlicher Besuch«, sagt er mit schläfriger Stimme. »Womit habe ich das verdient?« Sein Blick bohrt sich in mich hinein – kalt und gefährlich.

»Du hast mir meinen Lebensfaden gegeben, oder?«, will ich wissen.

»Ja.«

»Warum?«

Er antwortet nicht.

»Ich werde die Schatulle öffnen, Valentine.«

»Das kann ich nicht zulassen.« In seiner Stimme schwingt etwas Finsteres, Bedrohliches mit. »Noch nicht.«

Ich sehe ihm fest in die Augen und versuche, meinen rasenden Herzschlag zu beruhigen.

»Ach nein? Was willst du dagegen tun?«

Er stützt sich auf die Ellbogen. »Ich werde dich aufhalten.«

Stille senkt sich über uns. Ich rühre mich nicht von der Stelle. Und er auch nicht.

»Du bist nicht bereit zu sehen, was da drin ist«, sagt er, mein Handgelenk immer noch fest umklammert. Ich bin sicher, dass er fühlen kann, wie mein Puls rast. »Komm schon, Lila, du glaubst nicht ernsthaft, dass du mich im Kampf besiegen kannst, oder?«

Einen Moment starren wir einander wortlos an. Die Luft zwischen uns knistert vor Spannung.

Schließlich seufze ich. »Nein«, antworte ich.

Er mustert mich skeptisch. »Nein? Dann haben wir eine Abmachung?«

Ich drehe mich um, so dass ich ihm noch näher bin. Valentine beobachtet mich mit neugierigem Blick.

»Ja«, flüstere ich.

Sein Gesicht nimmt einen verwirrten Ausdruck an, aber er lässt mich los.

Ich blicke einen Moment auf meine Hand hinunter und strecke die Finger, bis das Blut in sie zurückfließt. Dann umfasse ich zärtlich Valentines Gesicht. Unsicherheit flackert in seinen Augen auf, als ich mich langsam vorbeuge, bis mein Gesicht nur noch wenige Millimeter von seinem entfernt ist.

Sein warmer Atem prickelt auf meiner Haut. Seine Brust hebt und senkt sich immer schneller.

Sachte lasse ich meine Finger über seine Wange gleiten und senke den Blick auf seine vollen Lippen.

Meine andere Hand greift nach unten.

Und mit einer blitzschnellen Bewegung ziehe ich einen Pfeil aus meinem Köcher und ramme ihn in seine nackte Brust.

Valentine begreift eine Sekunde zu spät, was ich vorhabe, reagiert aber erschreckend schnell. Im fieberhaften Bemühen, den Angriff abzuwehren, stürzt er sich vom Bett und landet mit voller Wucht auf mir. Mein Kopf donnert gegen den Bettpfosten, und mein Ellbogen kracht auf den harten Boden, als der Pfeil sich in seine Brust bohrt.

Einen Moment bleibe ich benommen liegen – mein Herz hämmert so wild, dass ich Angst habe, es könnte mir aus der Brust springen und sich in seine graben. Dann richte ich mich auf die Knie auf und rolle seinen bewusstlosen Körper von mir herunter. Ich starre ihn an, wie er ausgestreckt auf dem Boden liegt, die Augen geschlossen, die Beine in seinem Bettlaken verheddert. Dann wende ich mich der kleinen, elegant verzierten Schatulle zu.

Doch genau in diesem Moment öffnet sich die Tür. Ich erstarre.

»Na, was haben wir denn da?«, ertönt Minos tiefe Stimme. Auf seinen Lippen zeigt sich der Anflug eines Lächelns, als er den Raum betritt und die Tür leise hinter sich schließt. »Ihr macht ja einen ganz schönen Tumult.«

»Valentine verheimlicht uns irgendwas. Er hat mir meinen Lebensfaden gegeben. Ich will wissen, was in der Schatulle ist«, sage ich und taxiere Mino mit herausforderndem Blick – soll er doch versuchen, mich aufzuhalten.

Ein Grinsen breitet sich auf seinem Gesicht aus. »Genau wie ich, meine Liebe.« Sein Blick richtet sich wieder auf die Pyxis. »Nur zu. Mach sie auf.«

Meine Finger schließen sich um den Deckel der antiken Schatulle und heben ihn langsam an.

Ich öffne die Pyxis.

30. Kapitel

Dunkelheit ...

Schmerz ...

... Wut.

*Ich lasse nicht zu, dass mich die Götter
gegen meinen Willen mitnehmen.*
Ich werde verschwinden ...

Und du, mein Liebster ...
... wirst mich finden.
... und dann ...
Dunkelheit.
Das verspreche ich dir.
Ich werde Dunkelheit über die Welt bringen.

Dunkelheit. Sie ist das Einzige, was ich noch sehe.

Ich reibe mir die Augen, versuche, die Schatten zu vertreiben. Alles ist verschwommen, und ich habe keine Ahnung, wo ich bin. Langsam gehe ich zum Rand des unbeleuchteten Balkons, umfasse das kühle, verschlungene Metallgeländer und zerdrücke eine schwarze Rose, die sich darüberrankt. Vor mir erstreckt sich ein gigantisches Labyrinth. Ich war schon einmal hier.

Mein Blick wandert zum Zentrum des Labyrinths. Dort wütet ein Tornado aus purer Dunkelheit, der die schattigen Gänge und die Mauern aus Stahl und Stein langsam, aber sicher verschlingt. Seine zerstörerische Gewalt lässt das Labyrinth bis in die Grundfesten erzittern, und fernes Donnergrollen erfüllt die Luft.

»Nun, das ist interessant«, ertönt eine tiefe Stimme hinter mir. Ich höre Schritte und wirbele herum, nur um mich auf Augenhöhe mit Minos breiter Brust wiederzufinden.

»Wir schlafen?«, frage ich.

»Du schon«, sagt er. »Anscheinend ist der Zauber, der Psyche vor all den Jahren in Schlaf versetzt hat, als sie die Pyxis öffnete, immer noch aktiv. Du hast die volle Ladung abbekommen. Kurz darauf bin ich in deinen Verstand eingedrungen, um zu versuchen, dich zu wecken.«

»Was war noch in der Schatulle?«

Er tritt neben mich und beugt sich über die Brüstung, lässt den Blick über die verzweigten Pfade schweifen, die tiefer in die Dunkelheit führen. »Nichts.«

Mein Kiefer verkrampft sich. »Dann hat er gelogen? Das Ganze war nur ein Trick, um uns dazu zu bringen, ihn in die Welt der Lebenden mitzunehmen?«

»Vielleicht. Aber vielleicht auch nicht. Vielleicht werden wir hier Antworten finden.«

Ich blicke auf das Labyrinth hinab, das sich bis zum Horizont erstreckt.

»Weck mich auf, Mino. Valentine plant irgendwas. Wir haben keine Zeit dafür.«

»Tut mir leid, meine Liebe. Es gibt nur eine Möglichkeit, dich von hier fortzubringen.« Er deutet auf den Tornado, der unaufhaltsam wütet und alles in seinem Weg zunichtemacht.

»Kommst du mit?«, frage ich zaghaft.

»Leider kann ich das nicht.«

Ich atme langsam aus. »Natürlich. Ich muss alleine gehen.«

Mino nickt. »Es ist Zeit, dass du das Labyrinth deines Geistes betrittst. Es ist Zeit, dass du dich der Dunkelheit stellst.«

»Aber –«

»Komm nicht vom Weg ab, Lila Black«, sagt er. »Das ist dein Geist. Bring bloß nichts durcheinander. Du willst nicht für immer hier gefangen sein.« Damit tritt er in den Schatten des steinernen Gebäudes hinter ihm und verschwindet. Mein Blick richtet sich wieder auf das gigantische Labyrinth – wie soll ich nur ins Zentrum gelangen? Jedenfalls kann ich nicht ewig hier herumstehen und mir den Kopf zerbrechen. Entschlossenen Schrittes gehe ich zu der Wendeltreppe und steige in die Dunkelheit hinab. Meine Hand streicht über das Geländer, das mit weißen Myrten geschmückt ist.

Als ich unten ankomme, ändert sich alles.

Ich bin in einem Schulflur, doch er ist dunkel und verlassen und fühlt sich irgendwie falsch an. Die Spinde stehen offen, und die Plakate, die den nächsten Schulball ankündigen und zum Vorsprechen in der Theater-AG einladen, hängen zerfetzt von den Wänden. Ich werfe einen ängstlichen Blick über die Schulter. Die Treppe ist verschwunden.

Ich laufe los.

Unterwegs spähe ich in die Klassenräume. Und erblicke mich selbst, wie ich mit Charlie und James im Erdkundeunterricht heimlich Nachrichten austausche. Im nächsten sehe ich Cupid, wie er mich mit einem schelmischen Funkeln in den Augen angrinst, während Ms Green heftig errötet.

Mit wild pochendem Herzen gehe ich weiter und biege am Ende des Gangs nach rechts ab – irgendwie weiß ich, dass das der richtige Weg ist. Ich finde mich in einem leeren Krankenhauskorridor wieder, in dem nichts zu hören ist außer dem leisen Piepsen eines Herzmonitors. Ich gehe an einer leeren Trage vorbei, die achtlos neben ein paar Plastikstühlen an der

Wand abgeworfen wurde, und nähere mich einem der Zimmer. Vorsichtig spähe ich durch das Fenster in der Tür. Mir stockt der Atem, und mein Herz macht einen Satz, als ich sehe, wer dort drinnen auf mich wartet. Ich greife nach der Klinke.

»Nicht!« Ich erstarre, als die blonde Frau auf dem Bett zur Tür eilt und sie zudrückt. Sie begegnet meinem Blick durch das Glas. »Mach die Tür nicht auf, Süße. Du kannst nicht reinkommen.«

»Mom?«

»Ja, mein Schatz. Ich bin hier.«

Sie lächelt traurig, und in ihren grünen Augen zeigt sich eine unerschütterliche Entschlossenheit. Eine Träne kullert mir über die Wange.

»Ich komme zu dir«, sage ich.

»Nein. Das darfst du nicht.« Ich höre ein leises Klicken und weiß sofort, was es damit auf sich hat – sie hat die Tür abgeschlossen. »Du darfst nichts durcheinanderbringen. Sonst treibst du dich selbst in den Wahnsinn.«

»Aber … aber ich will dich umarmen.«

»Das will ich auch. Ich wünsche mir nichts mehr, mein Schatz. Doch das geht leider nicht.«

Eine unsichtbare Last drückt mich nieder, so schwer, dass ich beinahe unter ihrem Gewicht zusammenbreche. Meine Sicht verschwimmt – durch den Tränenschleier vor meinen Augen kann ich das herzförmige Gesicht meiner Mutter kaum noch erkennen.

»Ich vermisse dich so sehr«, flüstere ich mit brüchiger Stimme.

»Ich vermisse dich auch. Und ich bin so unendlich stolz auf dich.«

»Ich weiß nicht, was ich tun soll«, gestehe ich ihr. »So viel ist passiert, seit du gestorben bist. Ich weiß nicht ... ich weiß nicht mehr, wer ich bin. Ich fühle mich so verloren.«

»Ich weiß. Und eines Tages wirst du eine Wahl treffen müssen. Du wirst dich entscheiden müssen, wer du bist. Wer du sein willst. Entscheidungen haben große Macht, Lila. Und diese Macht gehört allein dir. Sie gehörte schon immer dir.«

»Ich verstehe das nicht.«

»Ich weiß. Aber das wirst du. Versprich mir nur eins.«

»Natürlich. Was immer du willst.«

»Vergiss nicht, wer du bist.«

Plötzlich ertönt rechts von mir ein lautes Krachen. Ich drehe mich erschrocken um, sehe jedoch nichts außer der Trage und einem ramponierten Getränkeautomaten. Als ich mich wieder zur Tür umwende, ist das Zimmer leer.

»Mom?!«, rufe ich. Das Bettlaken ist immer noch zerknittert, wo sie saß. »MOM?!«

Ich taumele gegen die Wand und lasse mich zu Boden sinken. Mein Gesicht ist tränennass. Angestrengt versuche ich, mich zu beruhigen, mich zusammenzureißen. Aber das kann ich nicht. Ich habe gerade meine Mom gesehen. Ich will sie noch einmal sehen. Ich will sie berühren, sie umarmen und den herrlichen Geruch von gekochtem Essen und Lavendel, der immer an ihren Kleidern haftete, tief einatmen. Ich will ihr alles erzählen, was passiert ist.

Ich dachte, die Wunde, die ihr Tod hinterlassen hat, wäre mittlerweile verheilt – eine Narbe, die zwar hin und wieder noch weh tut, mir aber keine endlosen Schmerzen mehr bereitet. Doch jetzt klafft sie wieder weit auf. Ich kann nicht weitergehen.

Ich habe ihr nicht einmal gesagt, dass ich sie liebe.

Ich weiß nicht, wie lange ich in dem schattigen Korridor sitze, der nach Desinfektionsmittel und Blumen riecht. Doch ein weiteres Krachen am Ende des Gangs bringt mich wieder zur Besinnung. Es steht zu viel auf dem Spiel, als dass ich einfach in Erinnerungen versunken hier sitzen bleiben könnte. Endlich schaffe ich es, meinen zittrigen Atem zu beruhigen.

Ich muss raus aus diesem Labyrinth. Ich muss weiter.

Mühsam richte ich mich auf. An der nächsten Gabelung wende ich mich nach links und finde mich in einem Korridor der Matchmaking-Agentur wieder – die Schatten färben den gefliesten Boden trist grau. An den Wänden hängen gerahmte Bilder, die ich noch nie zuvor gesehen habe; ein riesiger Haufen Getreide, ein goldenes Schaf, die Fähre der Toten, ein silbern schimmernder Pfeil.

Vor mir befindet sich der Hof, in dem die Statue von Venus steht. Ich gehe darauf zu und blicke in ihr steinernes Gesicht. Die Luft riecht widerlich süß – wie Blumen, die den Gestank des Todes überdecken sollen. Plötzlich legt die Statue den Kopf zur Seite. Ich taumele zurück, als sie von ihrem Sockel steigt.

Böses kleines Match. Sie spricht nicht, und doch höre ich ihre schrille Stimme überall um mich herum. Ich weiche hastig zurück, als sie auf mich zukommt. *Du wirst nie eine Göttin sein. Du wirst nie …*

Ich trete ihr in den Bauch – und der Stein zerbricht. Hastig richte ich mich wieder auf und eile auf das Becken in der Mitte des Hofes zu. Ich springe ins Wasser. Es zieht mich in die Tiefe.

Alles ist kalt und finster. Meine Muskeln sind gelähmt. Mit

schrecklicher Klarheit erkenne ich, dass ich ertrinke. Ich versuche nicht einmal, zurück an die Oberfläche zu schwimmen.

Als sich meine Lungen anfühlen, als würden sie jeden Moment zerbersten, verschwindet das Wasser plötzlich, und ich werde durch die Luft geschleudert. Endlich schaltet sich mein Überlebensinstinkt wieder ein. Ich versuche, mich irgendwo festzuhalten, und meine Hand trifft auf etwas Hartes, Schroffes. Mein freier Fall endet abrupt. Ich hänge am Rand einer Klippe, meine Beine baumeln über dem Abgrund. Unter mir höre ich das Rauschen eines reißenden Flusses. Ich ringe nach Luft und lasse sie durch meine brennenden Lungen strömen.

»Ich habe einen Weg gefunden, Liebster«, erklingt eine Frauenstimme. Ich blicke nach unten.

Zwei schemenhafte Gestalten stehen am Wasser. Sie sind zu weit weg, als dass ich ihre Gesichter erkennen könnte.

»... müssen sie büßen«, sagt sie. »Sie alle. Die Götter. Die Menschheit.«

»Ich weiß«, sagt ihr Gefährte. »Aber wir können den Schicksalsgöttinnen nicht trauen.«

Meine Muskeln schreien vor Schmerz; die Anstrengung ist zu viel für sie. Ich rutsche ab. Meine Finger bluten, so fest umklammere ich den Rand der Klippe. Meine Füße suchen fieberhaft nach einem Halt – und finden eine Kuhle in der Felswand. Ich blicke auf und beginne zu klettern.

»Haben wir denn eine Wahl, Liebster?«, erwidert sie. »Die Götter verlassen diese Welt. Sie sagen, ich könnte eine Göttin werden, und deshalb gestattet Jupiter es mir nicht zu bleiben. Er wird mich mitnehmen. An einen Ort, von dem ich nie zurückkommen werde.«

»Du kannst den Göttern nicht entkommen. Sie werden dich finden.«

»Ich werde meinen Körper, mein Herz und meine Seele trennen.«

Mit letzter Kraft ziehe ich mich auf den Felsvorsprung, drehe mich um und spähe hinunter in die Schatten.

»Die Götter werden meinen Körper mitnehmen, und er wird verwesen«, sagt das Mädchen. »Aber die Schicksalsgöttinnen werden meine Seele aufbewahren – und wenn die Zeit gekommen ist, werden sie sie wieder am Webstuhl anbringen.«

»Und dein Herz?«

»Mein Herz? Musst du das wirklich fragen? Mein Herz gehört dir, Liebster. Und damit auch meine Erinnerungen, meine Liebe, meine Unsterblichkeit, meine Macht.«

Gebannt starre ich auf die beiden schemenhaften Gestalten hinunter, und etwas Kaltes, Dunkles sickert durch meine Adern. Ich sollte meine Reise zum Zentrum des Labyrinths fortsetzen. Ich muss hier weg. Aber ich bin wie gelähmt.

»Und wenn ich zurückkomme«, sagt sie, »werde ich sie alle vernichten.«

Der Mann packt sie am Arm. »Wie?«

Sie tritt einen Schritt zurück und holt eine kleine, reichverzierte Schatulle aus ihrem Umhang. »Erinnerst du dich daran, Liebster?«

»Die Pyxis. Du solltest sie meiner Mutter bringen.«

»Ja. Wenn du mich findest, werde ich mich nicht mehr erinnern; ich werde nicht wissen, wozu ich bestimmt bin. Du musst mich leiten. Du musst mir helfen, meine letzte Aufgabe zu erfüllen. Ich werde den König der Götter beschwören. Das ist meine Bestimmung. Niemand sonst ist dazu imstande.«

Die Schatten verschlingen die Szene unter mir. Ich richte mich mühsam auf und schleppe mich zu einer Öffnung in der Felswand. Als ich hindurchtrete, finde ich mich in einem langen Korridor mit weißen Wänden wieder – sie sind von schwarzen Rosen und weißer Myrte überwuchert. Der Boden ist mit Mosaiken verziert und erbebt unter meinen Füßen. Ich werfe einen Blick durch eins der hohen Fenster. Draußen tost und wütet die Dunkelheit. Ich habe das Zentrum des Labyrinths fast erreicht.

In diesem Gang befindet sich nur eine einzige Tür – ganz am anderen Ende. Ein Herz pocht laut, aber ich weiß nicht, ob das Geräusch aus meinem Innern kommt oder ob es mich umgibt. Ich will sehen, was hinter dieser Tür ist. Aber mir graut auch davor. Ich weiß nicht, ob ich bereit bin, mich meiner schlimmsten Angst zu stellen.

Doch das ist der einzige Ausweg.

Ich atme tief durch. Dann mache ich die Tür auf und gehe hindurch.

Ich bin in einem Tempel – demselben Tempel, in dem ich mich in der Sim mit Valentine getroffen habe. Der Mond wirft ein geisterhaftes Licht auf die griechische Stadt unten am Hügel. Vor mir, anstelle der Statue von Venus, befindet sich ein steinernes Podium. Etwas Kleines, Schwarzes schwebt darüber und dreht sich langsam in der Luft.

Vorsichtig gehe ich darauf zu, durch die langen Schatten der Tempelsäulen. Das Pochen wird mit jedem Schritt lauter – es pulsiert durch meinen Körper. Ich ziehe scharf die Luft ein, als ich nahe genug bin, um zu erkennen, worum es sich bei dem Objekt handelt.

Ein schlagendes Herz. Es scheint aus Dunkelheit zu bestehen, und dünne Rauchschwaden steigen von der entsetz-lichen schwarzen Masse auf. Sie bewegen sich durch die Luft auf mich zu. Der Wind frischt auf und wirbelt die weißen Blütenblätter auf, die auf dem Boden verstreut liegen.

Aus irgendeinem Grund, den ich mir selbst nicht erklären kann, strecke ich einen Finger aus, und die Rauchschwaden winden sich langsam darum.

Und dann: Dunkelheit. Sie flutet von dem Podium, steigt mir in den Mund, die Nase, träufelt meine Kehle hinunter. Ich bekomme keine Luft. Ich stolpere vorwärts, versuche, der Finsternis irgendwie zu entkommen.

Einst war ich dein König.

Ich höre Stimmen, kann sie aber kaum verstehen.

Und du warst meine Königin.

Ich höre ein Herz schlagen.

Erinnerst du dich?

Vor meinem inneren Auge blitzen Bilder auf – Bilder, die keinen Sinn ergeben. Ich sehe mich, wie ich einen riesigen Haufen Getreide sortiere und wie ich vor einer Herde golde-ner Schafe weglaufe. Ich sehe mich und Charon auf der Fähre der Toten; ich trage ein weißes Kleid, und ich habe Angst. Ich sehe Valentine. Ich sehe Cupid. Aber auch sie sind seltsam gekleidet – in weißen Togen, die um ihre muskulösen Körper drapiert sind.

»Raus aus meinem Kopf!«, schreie ich in den Sturm. »RAUS AUS MEINEM KOPF!«

Ich kneife die Augen zu und presse mir die Ellbogen auf die Ohren, um das Tosen des Sturms auszublenden. Ich muss hier weg. Ich muss fliehen. Das ist nicht real. Das kann nicht sein.

Plötzlich ist es vorbei. Das Einzige, was ich noch höre, ist mein eigener Herzschlag. Als ich die Augen öffne, sind der Tempel und das schwarze Herz verschwunden.

Valentine steht in der Mitte eines Schlafzimmers, von Öllampen beleuchtet. Schatten huschen über sein ungewohnt ernstes Gesicht. Ich sehe langsam zu ihm auf. Niemand sagt etwas. Seine Brust hebt und senkt sich stoßweise, und er wendet den Blick keine Sekunde von mir ab.

Ich bin noch ich selbst. Aber ich habe Erinnerungen, die nicht meine eigenen sind. Sie verschmelzen miteinander, bis ich sie kaum noch auseinanderhalten kann; sie sind schwer zu fassen, wie Träume. Sie erscheinen mir nicht real. Und mein Kopf fühlt sich an, als würde er jeden Moment zerbersten. Das ergibt doch keinen Sinn. Nichts davon ergibt einen Sinn.

»Du«, sage ich schließlich.

»Ich.«

Schatten flackern über sein Gesicht, und eine bleierne Stille senkt sich über uns. Ich schlucke schwer, als er mich mit durchdringendem Blick mustert.

»Ich erinnere mich«, sage ich.

Seine Lippen verziehen sich zu einem Grinsen. »Hallo, Psyche.«

Teil 4:
Psyches Herz

31. Kapitel

Die Öllampen flackern und werfen tanzende Schatten auf den Boden. Die weißen Vorhänge am Bett wogen wie in einer sanften Brise, obwohl kein Wind weht. Ein Leuchtschild über der Tür, das an diesem Ort völlig fehl am Platz wirkt, kennzeichnet einen Ausgang zurück zum Labyrinth.

Mein Kopf dröhnt. Gedanken, Gefühle und Träume schwirren darin herum – genauso wild wie die Dunkelheit, die im Zentrum des Labyrinths tobt. Ich werde nicht schlau daraus.

Valentine mustert mich schweigend, vollkommen reglos. Etwas Feuriges, Überwältigendes durchzuckt meinen Körper, als könne er sich nicht entscheiden, ob er den Mann vor mir töten will – oder etwas ganz anderes.

Hallo, Psyche.

Die Stille hält an.

Seine Augen verdunkeln sich, während er mein Gesicht studiert und beobachtet, wie sich meine Brust unter meinem weißen T-Shirt hebt und senkt. Er hält beschwichtigend die Hände hoch. »Lass uns darüber reden, bevor es … zu Handgreiflichkeiten kommt, Liebste.«

Ich werfe ihm einen wütenden Blick zu. »Nenn mich nicht so.«

In Sekundenschnelle habe ich das Zimmer durchquert, packe ihn am Kragen seines weißen Leinenhemdes und schmettere ihn gegen die Wand. Valentine entfährt ein leises Ächzen, und seine schockierend blauen Augen weiten sich fast unmerklich.

»Was ist hier los?!«, fahre ich ihn an.

Er lacht, aber die Belustigung erreicht nicht seine Augen. »Immer so gewalttätig.«

»Sag es mir!«

Ich fühle seine harte Brust unter meinen Fingerknöcheln – er atmet tief und unregelmäßig, als habe er Mühe, etwas in seinem Innern unter Kontrolle zu halten.

»Hast du dir das noch nicht zusammengereimt?«, fragt er.

Einen langen Moment starren wir einander wortlos an. Doch schließlich trete ich einen Schritt zurück und gebe ihn frei. »Erklär es mir.«

Er reibt sich das Kinn und seufzt tief. Dann streicht er sein Hemd glatt, schiebt sich an mir vorbei und setzt sich auf die Bettkante. Alle Heiterkeit ist aus seinem Gesicht verschwunden. Ich setze mich neben ihn, nah genug, dass ich seine Körperwärme spüre, aber nicht so nah, dass wir uns berühren. Hinter uns ist das leise Surren des Leuchtschilds über der Tür zu hören, doch wir blicken beide starr geradeaus. Seine Schultern sacken nach vorn.

»Ich wollte nicht, dass es so kommt. Du warst noch nicht bereit.« Seine Stimme ist rau, brüchig.

»Du hast mich Psyche genannt.«

»Du bist Psyche.«

»Ich bin Lila.«

»Du bist beides«, sagt er.

»Das musst du mir erklären.«

Er fährt sich durch die Haare und blickt auf das halb im Schatten verborgene Mosaik zwischen seinen Stiefeln hinunter. »Als Psyche die Pyxis geöffnet hat, fiel sie in einen tiefen Schlaf und konnte ihre letzte Aufgabe nicht erfüllen. Doch der König der Götter hatte Mitleid mit ihr. Er machte sie unsterblich und befahl meiner Mutter, sie in Ruhe zu lassen. Dieser Gefallen hatte seinen Preis. Wenn die Götter diese Welt verließen, sollte sie mit ihnen kommen, denn Jupiter sah in ihr eine werdende Göttin und war der Ansicht, dass sie nicht in diese Welt gehöre. Psyche war wütend. Sie war es leid, als Spielfigur missbraucht zu werden. Sie wollte diese Welt nicht verlassen, ohne sich zu rächen – an Venus, an den Liebesagenten, an der Menschheit, von der sie sich verschmäht fühlte. Also überließ sie ihren Lebensfaden den Schicksalsgöttinnen, auf dass sie ihn eines Tages wieder an ihrem Webstuhl anbringen würden. Somit würde sie ins Leben zurückkehren.«

»Und das haben sie getan?«

»Ja.«

Eine heftige Übelkeit überkommt mich, und ich muss tief Luft holen, um sie zu unterdrücken. »Das hast du mir in der Höhle gegeben. Psyches Lebensfaden.«

»Nein. Ich habe dir *deinen* Lebensfaden gegeben. Dein Lebensfaden ist ihr Lebensfaden.«

»Das verstehe ich nicht.«

Er sieht mich mitfühlend an. »Ich weiß. Das ist schwer zu begreifen. Ich wollte nicht, dass du es so herausfindest«, sagt er. »Manche Lebensfäden können wiederverwertet werden.« Er hält einen Moment inne. »Seelen können ... wiedergeboren werden.«

»Ich ... was ... wie?! Woher weißt du überhaupt, dass wir denselben Lebensfaden haben?«

»Psyche sollte immer mit einem Original-Cupid gematcht werden. Sie war kurz davor, selbst eine Liebesgöttin zu werden – mit wem sonst hätte sie gematcht werden sollen? So habe ich dich gefunden.«

Plötzlich verstehe ich – obwohl ich nicht sicher bin, ob ich das überhaupt will.

»Indem du Cupid ins System eingeschleust hast«, sage ich leise. »Deswegen hast du es getan? Du wusstest, dass Cupid dich zu mir führen würde.«

Seine Lippen pressen sich zu einer harten Linie zusammen, und er nickt. Ich reibe mir die Schläfen – was soll ich dazu sagen? Mein Mund ist wie ausgetrocknet. Mir schwirrt der Kopf.

»Seit du mir den Lebensfaden gegeben hast, fange ich Pfeile aus der Luft«, sage ich. »Ich habe eine Furie getötet. Ich habe merkwürdige Dinge geträumt.« Verlegen starre ich zu Boden. »Und diese … Gefühle …«

»Deine Seele gehört einer werdenden Göttin, Lila. Sie erwacht.«

»Du meinst, ich war einmal Psyche? Ich … habe das alles geplant? Sie will … ich meine, ich wollte … sie wollte die Welt vernichten.«

Sein Gesicht verdüstert sich. »Ja.«

Ich fahre mir mit zittrigen Fingern über das Gesicht und spüre den Schweiß, der meine Haut bedeckt. »Ich kann mich nicht erinnern.«

»Ich weiß. Aber das wirst du. Ihre Erinnerungen und ein Großteil ihrer Macht befinden sich in ihrem Herzen.«

Ihr Herz … Psyches Herz … Kaltes Grauen erfasst mich, als ich an die Dunkelheit denke, die ich im Tempel gesehen habe, und wie sie meinen Körper durchflutete. »Das war Psyches Herz?«

Er nickt.

Fassungslos starre ich ihn an. »Aber du hast gesagt, Venus hätte dir nicht verraten, wo ihr Herz ist.«

»Das hat sie auch nicht. Aber als sie herausfand, dass ich danach suche, hat sie ihre Agenten ausgeschickt, um sicherzustellen, dass es noch in seinem Versteck ist – wie ich es vorausgesehen habe. Als du mich getötet hast, konnte ich ihnen in die Tiefen der Unterwelt folgen und es holen.«

»Es war in der Pyxis.«

»Ja. Morpheus hat ihr geholfen, es in einem Traum aufzubewahren, und der Schlafzauber sollte es schützen. Das Herz gibt Psyche ihre Macht. Nur sie kann die Aufgabe erfüllen und Jupiter beschwören, um einen Gefallen von ihm einzufordern. Und du musstest ihr Herz empfangen und dich erinnern, wer du wirklich bist, um wieder zu Psyche zu werden.«

Ich versuche angestrengt zu verstehen, was er da sagt. »Ich habe gesehen, wie du dich mit Psyche unterhalten hast … eine Erinnerung. Ihr wart am Fluss. Sie sagte, ihr Herz gehöre dir.« Ich mustere ihn forschend. »Aber du hast am Valentinstag einen Krieg angefangen, um es zu finden. Hast du es verloren?«

Sein Gesicht wird noch finsterer. »Vor dem Ende … haben wir uns gestritten. Ich war eifersüchtig, weil sie so viel Zeit mit Cupid verbracht hatte. Und als der Moment kam, in dem sie diese Welt verlassen musste, habe ich mich in einem Anfall von Wut geweigert, es zu nehmen. Ich habe mein ganzes Leben danach gesucht, um diesen schrecklichen Fehler wiedergutzumachen.«

Er starrt bekümmert zu Boden, seine Schultern gebeugt, als laste ein unsichtbares Gewicht darauf.

Mir ist übel. »Was passiert jetzt mit mir?«

»Deine Erinnerungen an dein früheres Leben werden zurückkommen. Und deine Macht wird weiter zunehmen.«

»Ich werde wieder die Welt zerstören wollen, oder?«

Valentine sieht mich eindringlich an, sagt aber nichts.

Und da wird mir mit einem Schlag alles klar. Valentine versucht, jemand anderen aus mir zu machen; das tut er schon die ganze Zeit. Denn ich bin *nicht* Psyche. Ich bin Lila. Eine kalte Hand legt sich um mein Herz und drückt fest zu.

Blitzschnell springe ich auf, greife mir die Lampe vom Nachttisch und schlage damit nach seinem Kopf. Er packt mein Handgelenk und kann den Hieb gerade noch abfangen. Brennendes Öl schwappt aus dem Gefäß und landet mit einem Zischen auf seinem Arm und seiner Wange. Die Lampe fällt zu Boden und zerbricht in tausend Stücke. Und im nächsten Moment sind wir auf der anderen Seite des Zimmers – ich stehe mit dem Rücken zur Wand, und Valentine nagelt mich mit den Armen fest. Sein Körper übermannt meinen.

Wir atmen beide keuchend, als ich mit zornigem Blick zu ihm aufsehe. Eine feuerrote Brandwunde zieht sich über seine Wange, wo ich ihn mit dem heißen Öl verbrannt habe.

»Verdammt, Valentine«, rufe ich frustriert. »Du hast mich dazu gebracht, dir zu vertrauen!«

Ich schlage nach seinem Gesicht, aber er hält mein Handgelenk fest und wirft mich gegen die Wand. Sofort stürze ich mich wieder auf ihn, erneut stößt er mich zurück.

»Hör auf!«, ächzt er. »Hör einfach auf.«

Ich versuche, zu Atem zu kommen. Keiner von uns rührt sich von der Stelle.

Ich fixiere ihn mit stechendem Blick. »Ich bin nicht sie, Valentine.«

»GLAUBST DU, DAS WEISS ICH NICHT?!«

Er fasst mich nicht an, aber die gewaltige Wucht seiner Worte lässt mich zusammenfahren. Ich habe ihn noch nie die

Kontrolle verlieren sehen. Nicht, als er eine Armee befehligt hat. Nicht, als er gegen Cupid kämpfte. Nicht, als ich ihm den *Finis* in die Brust stieß.

»Nichts ist so, wie ich es mir vorgestellt habe!«, schreit er.

Sein Gesicht ist gerötet. Seine Brust hebt und senkt sich mit jedem mühsamen Atemzug, der sich seiner Kehle entringt. Er erinnert mich an ein verletztes Tier. Und das Beängstigendste daran ist, dass ein Teil von mir zu ihm gehen und ihn trösten will. Aber ich weiß nicht, ob dieser Teil zu mir gehört oder zu *ihr*.

Er hebt langsam den Kopf und blickt zu mir auf. »Ich weiß, dass du nicht sie bist«, sagt er, sein Ton mit einem Mal viel sanfter.

Das Leuchtschild über seiner Schulter taucht den altmodischen Raum in ein modernes rosafarbenes Licht. Mein Kopf dröhnt. Irgendwo in den tiefsten Tiefen meines Unterbewusstseins weiß ich, wie es ist, Valentines Lippen auf meinen zu spüren. Ich weiß, wie sie schmecken.

Ich erschaudere. Wenn es sich schon so anfühlt, von meiner Verbindung zu Psyche zu erfahren, wie wird es dann erst werden, wenn ihre Erinnerungen zurückkommen?

Ich schließe die Augen und versuche, den Gedanken zu verdrängen.

»Du denkst, wenn ich Venus die Pyxis bringe, werde ich die Welt genau wie Psyche zerstören wollen, oder? In der Nacht, in der ich dich getötet habe, meintest du, ihr würdet über die Asche all jener herrschen, die euch unrecht getan haben. Und in Morpheus' Schloss hast du gesagt, du willst, dass sich die Götter gegenseitig vernichten. Du denkst, das wird der Gefallen sein, um den ich bitte?«

Als ich die Augen wieder öffne, taxiere ich ihn mit stechendem Blick. Er antwortet mir nicht. Ich schüttele den Kopf, als ich mich an Cals Worte erinnere: *ein mythologisches Problem nach dem anderen.*

»Dann werde ich es nicht tun. Ich werde Venus die Pyxis nicht bringen. Ich werde einen Weg finden, diese Erinnerungen loszuwerden.«

»Wenn du nichts unternimmst, wird die Welt auf jeden Fall untergehen. Pluto schickt seine Armeen bei Tagesanbruch in die Welt der Lebenden.« Sein Blick bohrt sich in mich hinein. »Es wird Krieg geben.«

»Das ist es doch, was du die ganze Zeit wolltest?«

»Ich wollte nur, dass sie glücklich wird.«

»Aber wenn ich sie bin, dann macht sie das nicht glücklich, Valentine.«

Er weicht einen Schritt zurück, wendet den Blick von mir ab und starrt mit lodernden Augen hoch zur Decke. Ich ringe aufgewühlt die Hände und versuche, mich zu beruhigen. Das Ganze ist so verrückt.

»Die Welt darf nicht untergehen, Valentine«, sage ich. »Das muss ich um jeden Preis verhindern.«

»Ich weiß nur einen Weg«, erwidert er. »Der Krieg beginnt bereits. Bring Venus die Schatulle und ruf Jupiter herbei.«

»Wie lange wird es noch dauern, bis Psyche die Kontrolle übernimmt?«

Er schüttelt den Kopf. »Ich weiß es nicht. Du hast die Pyxis geöffnet, bevor du bereit warst zu akzeptieren, was sich darin befand. Ich weiß nicht, wie lange es dauern wird, bis alle Erinnerungen aus deinem früheren Leben zurückkommen. Stunden. Tage. Vielleicht auch Wochen.«

Ich laufe rastlos auf und ab – meine Gedanken überschlagen sich. *Ein Problem nach dem anderen.*

»Dann muss ich mich beeilen und Venus die Pyxis bringen, bevor ich zur Apokalypse-Fanatikerin werde. Und danach werde ich einen Weg finden, Psyches Erinnerungen aus meinem Gedächtnis zu löschen.«

»Lila …«

Ich hebe die Hand, um ihn zum Schweigen zu bringen. »Hör zu. Ich –« Ich seufze. »Ich muss gehen.« An der Tür drehe ich mich noch einmal zu ihm um. »Ich muss diesen Krieg verhindern. Wirst du mir dabei helfen oder nicht?«

Einen Moment bleibt er reglos stehen. Dann schließt er sich mir an.

»Ich werde dir helfen, wie ich es Psyche versprochen habe«, sagt er und blickt mir fest in die Augen. Als ich die Tür öffne, seufzt er. »Aber mein Plan wird dir nicht gefallen.«

32. Kapitel

Ich blinzele.

Meine Wange liegt flach auf dem Boden. Die Fliesen fühlen sich an meinen pochenden Schläfen angenehm kühl und tröstlich an.

... Ich habe einen Weg gefunden, Liebster.

Sie müssen büßen. Sie alle. Die Götter. Die Menschheit.

Ich werde Dunkelheit über die Welt bringen.

Ich werde Dunkelheit über die Welt bringen.

Stöhnend hebe ich die Arme vor mein Gesicht und versuche, die Gedanken auszublenden. Neben mir stößt jemand ein leises Ächzen aus. Mit äußerster Anstrengung schaffe ich es, mich auf die Ellbogen aufzurichten. Ich bin zurück in Valentines Schlafzimmer – die Pyxis steht vor mir. Ich strecke die Finger danach aus. Zu meiner Linken wacht Valentine allmählich auf, die Laken um seinen muskulösen Körper geschlungen.

»Willkommen zurück«, sagt Mino. Er liegt auf Valentines Bett, die Arme hinter dem Kopf verschränkt.

»Mach's dir gemütlich«, stöhnt Valentine.

»Das tue ich doch immer, mein Freund.« Mino sieht zu, wie Valentine sich aufrappelt, dann greift er nach etwas neben dem Bett. Wenig später wirft er Valentine sein blassblaues Hemd zu. Valentine fängt es auf und wirft es über.

»Ich nehme an, du warst im Zentrum des Labyrinths?«, fragt Mino.

»Ja«, antworte ich.

»Und?«

Ich seufze schwer. »Anscheinend bin ich die wiedergeborene Psyche.«

»Das ist echt Pech.« Mino richtet sich auf und schwingt die Beine aus dem Bett. »Aber das habe ich schon geahnt.«

Als ich aufstehe, überkommt mich eine heftige Übelkeit, aber ich kämpfe dagegen an und wende meine Aufmerksamkeit Valentine zu. Er knöpft sein Hemd langsam zu, ohne mich aus den Augen zu lassen.

»Was ist das für ein Plan, der mir nicht gefallen wird?«, will ich wissen.

»Crystal mag euch für morgen Mittag eine Überfahrt zurück in die Welt der Lebenden gesichert haben. Aber die nächste Fähre legt bei Tagesanbruch ab – mit Plutos Armee der Toten an Bord.«

»Bist du dir da sicher, alter Freund?«, fragt Mino.

Valentine nickt, und ich erinnere mich an sein Gespräch mit Morpheus, das ich in der Eingangshalle mit angehört habe.

»Wir nehmen diese Fähre«, fährt Valentine fort. »Meine Mutter wird die Kontrolle über die Matchmaking-Agentur übernommen haben, wenn wir zurückkommen. Die Armee der Toten wird unseren Angriff auf die Matchmaking-Agentur anführen. Das sollte für genug Ablenkung sorgen, dass wir mit der Pyxis zu Venus gelangen können.«

»Du willst die Matchmaking-Agentur angreifen?«, frage ich fassungslos.

Valentine lässt die oberen Knöpfe seines Hemdes offen und krempelt die Ärmel hoch. Ein Lächeln breitet sich auf seinem Gesicht aus. »Ja.«

Er kommt einen Schritt auf mich zu, und sein vertrauter Geruch nach Meer und Schweiß strömt mir in die Nase. Ich glaube, früher einmal roch er nach Zitrusfrüchten – nach Sommer und Zitronen –, als eine jüngere Sonne zwischen den Tempelsäulen hindurchschien und sein Hemd in der warmen Brise flatterte.

Ich schüttele den Kopf. »Crystal …«

»Crystal ist jetzt, da die Gründerin zurück ist, nicht mehr die Chefin der Matchmaking-Agentur.«

»Wie dem auch sei«, sagt Mino. »Diesem Plan wird sie nie zustimmen. Sie will Venus in die Unterwelt zurückschicken, nicht eine Armee der Toten in die Welt der Lebenden bringen. Das wird einen Krieg auslösen. Und ein Krieg von einem derart gewaltigen Ausmaß könnte mehr als nur den Gott des Todes erwecken.«

»Deshalb brechen wir jetzt sofort auf«, sagt Valentine. »Ohne Crystal und die anderen.«

»Ohne sie kommst du nicht auf die Fähre«, erwidere ich. »Cal hat deinen Obolus.«

Valentine greift in seine Hosentasche und hält mir seine Hand hin. Darauf liegt eine kleine bronzene Münze. »Die verdanke ich deinem Ex«, sagt er mit einem höhnischen Glitzern in den Augen. »Ich hab sie ihm abgenommen, als er geschlafen hat. Ich brauchte keinen Obolus, ich brauchte dein Wort. Du hast einen Eid geschworen, mich zu begleiten, schon vergessen?«

Ich atme scharf ein. Valentine grinst und geht zur Tür. »Mino?«

Mino mustert ihn einen Moment prüfend, dann zuckt er die Achseln und steht auf. »Ich hatte nie viel für die Matchmaking-Agentur übrig.«

Valentine grinst breit. »Ausgezeichnet. Lila, kommst du?«

»Ich habe keine Wahl, oder?«

»Doch, die hast du. Du könntest meinen Brüdern sagen, was wir vorhaben. Du könntest es Crystal sagen. Aber das wirst du nicht, weil du weißt, dass dies unsere beste Chance ist zu gewinnen. Und meine Brüder und Crystal würden sich nie darauf einlassen.« Valentine blickt mich eindringlich an, und etwas in mir erstarrt in Erwartung seiner nächsten Worte. »Willst du nicht mächtig sein? Willst du nicht die Leute bekämpfen, die dich eingesperrt haben, als du mit Cupid gematcht wurdest? Willst du nicht gegen Venus antreten und dir sicher sein, dass du gewinnen wirst?«

Ich atme langsam aus. Dann hänge ich mir meinen Köcher über die Schulter und nehme die Pyxis – Adrenalin rauscht durch meine Adern, als ich ihre raue Oberfläche berühre. Vielleicht bilde ich mir das nur ein, aber sie scheint unter meinen Fingerspitzen zu erzittern.

Ich werde Dunkelheit über die Welt bringen.

»Doch«, sage ich.

Valentines Grinsen wird noch breiter. »Gute Wahl. Jetzt kommt. Wir haben eine Fähre zu erreichen.«

Wir folgen ihm durch die schattigen Korridore zur Eingangshalle, wo immer noch unzählige in Cupids verwandelte Schüler liegen. Auf dem Weg zu der schwarzen Flügeltür steigt Valentine über eine schlafende Cheerleaderin hinweg.

Er zieht an der Tür, und sie öffnet sich mit einem lauten Poltern. Schnell schlüpft er hindurch. Mino zieht die Augenbrauen hoch, dann folgt er ihm.

Ich werfe einen letzten Blick auf die Treppe, die zur Galerie hinaufführt. Schuldgefühle ballen sich in meiner Magengrube zusammen. Cupid, Cal und die anderen sind irgendwo dort oben. Aber die beiden wissen nicht einmal mehr, wer ich bin. Und Crystal würde unserem Plan nie zustimmen.

Ich muss das heimlich erledigen, bevor Psyches Erinnerungen zurückkommen. Ich habe Angst, was aus mir wird, wenn ich es nicht rechtzeitig schaffe. Mir bleibt keine Zeit, darüber zu debattieren. Die Pyxis fest an mich gedrückt, schlüpfe ich durch die Tür.

Draußen ist es stockfinster; der Mantel der Dunkelheit hat sich über den Vorhof des Palasts gebreitet. Valentine und Mino warten bei zwei Toren, die aussehen, als wären sie aus Elfenbein. Als ich mich ihnen nähere, höre ich irgendwo in der Nähe Wasser rauschen.

»Der Fluss Lethe«, erklärt Mino, als ich ihm durch eins der gelblich weißen Tore zu dem reißenden Strom folge. Valentine tritt durch das andere Tor und wartet bei einem Ruderboot, das an einen Pfosten am Ufer gebunden ist.

»Der Fluss des Vergessens?«, frage ich.

»Ja«, antwortet Mino.

Mein Herz schlägt schneller, als mir plötzlich ein Gedanke kommt. Mino grinst mir zu, dann geht er zu Valentine und verwickelt ihn in ein Gespräch. Ein paar Minuten später schließe ich mich den beiden an.

»Wir können über den Fluss zum Styx fahren, wo Charon am Pier vor dem Gerichtshof wartet«, sagt Valentine.

Er reicht mir die Hand, und ich lasse mir von ihm in das kleine Boot helfen, das heftig schwankt, als ich einsteige und mich auf der feuchten Bank niederlasse. Unter Minos Gewicht sinkt es ein Stück tiefer ein, so dass ein Schwall Wasser über den Rand schwappt. Zuletzt steigt Valentine ein, macht das Seil los und stößt das Boot mit einem langen schwarzen Ru-

der von den Felsen ab, während er sich mir und Mino gegen-
übersetzt – seine langen Beine berühren meine fast. Als wir
losfahren, lächelt Valentine mich strahlend an.

»Worüber freust du dich so?«, frage ich und fröstele in meiner dünnen Lederjacke.

»Ich bin einfach froh, dass du auf meiner Seite bist, Lila«,
sagt er.

Ich sehe ihn grimmig an. »Vorerst.«

Er neigt den Kopf, und etwas Finsteres huscht über sein
Gesicht. »Vorerst.«

Auf unserer Fahrt zum Styx herrscht Schweigen. Wir begegnen niemandem, während wir durch die karge Unter-
weltlandschaft rudern, wo Gebäude zu Ruinen zerfallen und
die Wände mit erschreckenden Graffiti beschmiert sind, die
den Lebenden den Kampf ansagen.

Doch als wir am Pier stehen und zu den flatternden Segeln
der Fähre der Toten aufblicken, hören wir hinter uns Schritte.
Ich drücke die Pyxis fest an meine Brust.

In meinem Innern toben so viele verschiedene Gefühle,
dass ich sie nur als kalten Adrenalinrausch ausmachen kann.
Ich glaube, in der Masse von Emotionen verbirgt sich auch
Reue. Ich sollte nicht mit Valentine hier sein. Ich hätte Cupid
sagen sollen, wohin ich gehe. Auch wenn er versucht hätte,
mich aufzuhalten. Vielleicht muss ich aufgehalten werden.

Mino, der neben mir steht, hat einen gelangweilten Ausdruck im Gesicht. Ich frage mich, ob er Cupid, Cal und Crystal von hier aus erreichen könnte. Könnte er aus dieser Entfernung in ihren Verstand eindringen?

»Valentine«, erklingt eine kalte Frauenstimme. Die drei

Furien marschieren direkt auf uns zu – ihre Kampfstiefel donnern über den knochenweißen Pier. »Nach unserem letzten Treffen würde ich dir am liebsten bei lebendigem Leib die Haut abziehen. Ich würde gerne mit deinen Innereien spielen.«

»So spaßig das auch klingt, Megaira, ich glaube, dein Chef hätte was dagegen. Ich bin hier, um zu helfen.«

»Das habe ich schon gehört«, sagt Meg. »Morpheus hat uns benachrichtigt, während ihr geschlafen habt.«

Valentine neigt den Kopf, und die tiefen Grübchen in seinen Wangen unterstreichen sein Lächeln. »Anscheinend kämpfen wir ausnahmsweise auf derselben Seite.«

»Ja, anscheinend.« Mit mürrischem Gesicht wendet sich Meg uns zu. Ihr Blick schweift über die Pyxis und verharrt auf mir. »Psyche.«

»Ich wusste, dass an ihrer Seele irgendetwas anders ist«, sagt Tis und stupst ihre Schwester grinsend an. »Hab ich's dir nicht gesagt?«

»Ich bin nicht Psyche«, entgegne ich grimmig.

Die Furien lachen, und Valentines Gesicht verfinstert sich.

»Genug jetzt! Wo ist die Armee?«, blafft er.

Tis verschränkt schmollend die Arme vor der Brust. »Spielverderber.«

»Sie sind im Gerichtsgebäude«, sagt Ali und fährt sich mit ihren lackierten Fingernägeln durch ihre kurzen roten Haare. »Sie bereiten sich auf die Abreise vor. Wir können –«

Ein lautes Surren unterbricht sie, als die schwarze Rampe der Fähre der Toten auf den Pier ausgefahren wird. Charon steht in seinen gemusterten blauen Surfer-Shorts am anderen Ende. Seine dunklen Augen richten sich auf Valentine, und die Muskeln in seinen drahtigen Armen spannen sich an, bevor er sich mir zuwendet.

»Hey, Kleine«, sagt er und klopft auf den kleinen Beutel an seiner Hüfte. »Habt ihr alle eure Obolus? Ich kann niemanden mitnehmen, der das Wegegeld nicht bezahlen kann.«

»Ja, haben wir.«

»Dann los, komm an Bord, bevor die anderen … ähm … Passagiere eintreffen.« Er blickt zu Mino und lächelt. »Du auch, mein Guter. Und euer neuer *Freund* ebenfalls.«

Valentines leises Lachen erfüllt die Luft, als wir die Fähre der Toten betreten. »Du bist doch nicht immer noch wütend wegen diesem kleinen Zwischenfall am Valentinstag, oder, Charon?«

Die beiden stehen sich Auge in Auge gegenüber – Charon ein kleines Stück kleiner und schmaler als der Original-Cupid.

»Dem kleinen Zwischenfall am Valentinstag?!«, erwidert Charon aufgebracht. »Du hast mich monatelang gefangen gehalten! Auf meinem eigenen Schiff.«

»Ein bedauerliches, aber notwendiges Mittel zum Zweck«, sagt Valentine.

»Von wegen notwendig«, murrt Charon kopfschüttelnd und wendet sich ab.

Das Donnern schwerer Schritte übertönt die wüsten Beschimpfungen, die Charon vor sich hin murmelt, als er davonstapft. Ich werfe einen Blick über die Reling.

Die Armee der Toten ist hier. Hunderte von Soldaten strömen aus dem Gerichtsgebäude und marschieren in Reih und Glied auf uns zu. Sie tragen silberschwarze römische Helme, die bis über die Nase reichen, und enge schwarze Rüstungen.

Ich beobachte, wie der große, drahtige Mann an der Spitze

der Kolonne die Rampe hinaufsteigt. Seine Haut ist straff gespannt, so dass ich die bleichen Knochen darunter sehen kann. Als er an Bord kommt und sich zu mir umdreht, begegne ich seinem kalten, leeren Blick und erschaudere.

Helfe ich wirklich dabei, diese Monster in meine Welt zu bringen?

Valentine gesellt sich zu mir, während immer mehr Soldaten auf das Schiff strömen. Das Deck erbebt unter ihren schweren Stiefeln.

»Ein bedauerliches, aber notwendiges Mittel zum Zweck«, sagt er erneut, so leise, dass nur ich ihn hören kann. »Die Liebesagenten haben den Befehl, dich auf der Stelle zu erschießen, wenn sie dich sehen. So kommen wir an ihnen vorbei. Das verspreche ich dir.« Er sieht mich fragend an. »Du überlegst es dir doch nicht anders, oder?«

Ich umklammere die Pyxis mit zitternden Fingern und schüttele den Kopf. »Nein.«

Sein Lächeln bringt die Grübchen in seinen Wangen zum Vorschein. »Hervorragend.«

33. Kapitel

»Komm, Kleine«, ruft Charon, als die Fähre der Toten ablegt. »Ich bringe dich zu einer Kajüte. Du siehst schlimm aus.«

Ich drehe mich zu ihm um und versuche, die Legionen toter Krieger, die ordentlich aufgereiht an Deck stehen, nicht weiter zu beachten.

»Oh, danke«, sage ich. »Was für ein schönes Kompliment.«

Er bleckt die Zähne zu einem breiten Grinsen. »Jederzeit gerne.«

Ich spüre die kalten Blicke der Toten auf mir, als ich an ihnen vorbeigehe und Charon durch eine Tür unter einem der schwarzen Segel in einen schmalen, nasskalten Korridor folge. Er deutet auf eine Kajüte links von mir.

»Wusstest du, dass wir uns schon mal begegnet sind?«, fragt Charon, als ich den kleinen Raum betrete. Er ist unerwartet gemütlich, mit einer hübschen roten Decke über dem Bett, einem bestickten Kissen auf dem Sessel in der Ecke und einer Kerze, die von ihrem Platz auf einem kleinen Tisch in der Mitte des Raums flackerndes Licht verströmt.

Ich stelle die Pyxis aufs Bett und setze mich auf die harte Matratze – Körper, Geist und Seele tun mir gleichermaßen weh.

»Ja«, antworte ich. »Am Strand nach unserem Kampf gegen Valentine, als du mir Cals Lebensfaden gegeben hast, vor ein paar Tagen bei Mino zu Hause und –«

»Nein. Ich meine vorher.« Er lehnt am Türrahmen und beobachtet mich mit durchdringendem Blick. »Du hast mir zwei Obolus bezahlt – einen, damit ich dich in die Unterwelt bringe, und einen, damit ich dich wieder zurückbringe. Ich glaube, du warst die Erste, die das getan hat. Du warst ein gutes Mädchen. Ich mochte dich.«

»Das war ich nicht«, stoße ich zwischen zusammengebissenen Zähnen hervor.

»Wenn du es sagst.« Er beißt sich auf die Lippe. »Er manipuliert dich. Das ist dir doch klar, oder?«

»Valentine?« Ich reibe mir die Schläfe. »Ja. Das dachte ich mir.«

»Warum machst du dann dabei mit?«

Mein Kopf hört urplötzlich auf zu dröhnen, als ein Gedanke all die anderen durchdringt. Leise, aber deutlich hervorstechend setzt er sich inmitten des Lärms fest. Ich schaue auf. Charon weicht einen Schritt zurück, als ich seinem Blick begegne, und zieht irritiert die Stirn kraus.

»Weil ich will, dass sie für ihre Taten büßen.«

Als ich aufwache, ist es stockfinster – die Kerze ist erloschen. Das Zimmer schwankt. Die wenigen Möbel rutschen über den Boden. Wellen donnern von allen Seiten gegen das Schiff, und durch die Wände dringt eine eisige Kälte – ob sie der Armee der Toten, dem Wetter oder der späten Stunde zuzuschreiben ist, kann ich nicht sagen.

Ich glaube, ich habe geträumt.

Ich träumte, die Leute würden mir huldigen, obwohl ich nie darum gebeten habe. Ich träumte von Schwestern, die mich beneideten, und einer Familie, die mich hasste. Ich träumte von Tempeln, von Pfeilen und tödlichen Prüfungen. Ich träumte, mir wäre übel mitgespielt worden. Ich träumte von den Göttern. Ich träumte von Venus.

Und dann veränderte sich der Traum.

Ich träumte von Forever Falls. Ich träumte von meergrünen Augen, die meinem Blick durch den Klassenraum begegneten. Ich träumte von einem Gerichtssaal, von Geheimnissen und Verrat. Ich träumte, mir wäre übel mitgespielt worden. Ich träumte von den Göttern. Ich träumte von Venus.

Ich träumte, ich wäre wütend. Und jetzt *bin* ich wütend.

Ich bin kein Spielzeug der Götter.

Ich stehe auf, durchquere den Raum und gehe an Deck, während sich das Schiff durch die tosenden Fluten kämpft. Es ist leer, die Armee der Toten muss sich nach unten zurückgezogen haben, und am Himmel sind keine Sterne zu sehen. Langsam gehe ich weiter und spüre, wie mir die kalte Gischt ins Gesicht spritzt. Ich atme die salzige Luft tief ein und rieche Seetang, das Meer und den Tod.

Ich laufe an den wild flatternden vergoldeten Segeln vorbei und bleibe erst stehen, als ich den Bug des Schiffes erreiche. Ein silberner Totenkopf blickt der dunklen, bedrohlich wabernden Barriere vor uns entgegen. Ich lege beide Hände darauf und stemme mich gegen den Wind, der mir die Haare ins Gesicht peitscht.

Wir haben die Mauer aus Dunkelheit beinahe erreicht – sie ragt über uns auf, als die Fähre der Toten mit unnatürlicher Geschwindigkeit durch die Wellen pflügt. Ihre Ausläufer stehlen sich auf das Schiff. Und im nächsten Moment werden wir von ihr verschlungen.

Ihre kalten Finger schließen sich um meine Arme, meine Beine. Ich kann sie schmecken, süß und teerartig, als sie mir in den Mund steigt und in meine Nase dringt.

Ich kann nichts mehr sehen.

Doch da, vor dem Hintergrund der alles verschlingenden Dunkelheit, höre ich Venus' kindliches Lachen.

Ich sehe Cupid mir gegenüber im Love Shack sitzen, wie er mir von seinem Plan erzählt, seine Mutter wieder zum Leben zu erwecken. Ich erinnere mich an den Arrow, der mich töten wollte, nachdem er Charlie in eine von ihnen verwandelt hatte. Ich denke an den Gerichtssaal, an das wilde Stampfen der Zuschauer und wie ich von den Liebesagenten, die sich gegen mich gewandt hatten, an einen Pfahl gefesselt wurde. Ich erinnere mich an den Scharfrichter mit seinem eleganten schwarzen Bogen, wie er auf mein Herz zielte, während Venus die Anschuldigungen gegen mich verlas.

Eine eisige Kälte sickert durch meine Lederjacke und setzt sich in meinen Knochen fest. Alles ist schwarz. Ich bin im endlosen Nichts verloren. Bis ich mich plötzlich erinnere, wie es sich angefühlt hat, Venus den *Finis* ins Herz zu stoßen. Die Erinnerung erfüllt mich mit Wärme und vertreibt die eisige Kälte der Dunkelheit überall um mich herum. Sie jagt durch meine Venen und lässt den unerträglichen Lärm in meinem Kopf verstummen.

Der Sturm lässt nach. Die Dunkelheit verblasst zu einem hellen Grau. In der Ferne tauchen blinkende Lichter auf – die Küste. Am Himmel funkeln Sterne.

Wir haben es geschafft.

Hinter mir ertönen Schritte, und Valentine bleibt neben mir stehen – so nahe, dass ich seine Körperwärme spüren kann. An meiner anderen Seite erscheint Mino.

Wir schauen aufs Meer hinaus, den Blick auf den Horizont gerichtet.

Hinter uns tobt die Dunkelheit weiter – ich kann es fühlen –, und unzählige schwarze Ranken bleiben hinter der Fähre der Toten zurück, als die Barriere all jene aufzuhalten versucht, die auf die andere Seite gehören.

Doch wir sind still und ruhig.

Die Armee der Toten unter Deck gibt nicht das geringste Geräusch von sich, als wir sie in die Welt der Lebenden bringen. Ich frage mich, ob Cupid, Cal und Crystal schon gemerkt haben, dass wir fort sind. Ich frage mich, ob die Matchmaking-Agentur weiß, dass ihr ein Angriff bevorsteht. Ich frage mich, ob Valentine weiß, dass ich mich nicht manipulieren lassen werde – dass wir das Ganze auf meine Art machen werden. Ich frage mich, ob Venus auf mich vorbereitet ist.

Aber letztlich spielt das keine Rolle.

Ich werde Dunkelheit über die Welt bringen.

34. Kapitel

Ein paar Stunden später erleuchtet das rötliche Licht der Morgendämmerung die schwarzen Zelte, die in Windeseile an der Lost Coast errichtet wurden, wo Charon uns abgesetzt hat. Ich eile mit der Pyxis in den Händen zwischen ihnen hindurch. Im Vorbeigehen erhasche ich einen Blick auf geisterhafte Männer und Frauen, die in den Zelten ihre Schwerter schärfen. Das metallische Schaben mischt sich mit dem Rauschen der Wellen, die ans Ufer spülen.

Schließlich erreiche ich Minos Zelt am Rand der Klippen, das ein bisschen größer ist als die anderen, und gehe hinein, ohne mich vorher anzukündigen.

Der Boden ist mit üppigen, karmesinroten Teppichen bedeckt, und Mino hat eine ganze Sammlung von Möbeln und anderen Gegenständen von der Fähre der Toten eingeheimst – darunter ein kleiner Tisch, ein Feldbett, auf dem sich Kissen türmen, und eine Karaffe, die verdächtig danach aussieht, als sei sie aus Knochen gefertigt.

Meine Aufmerksamkeit wird jedoch von Mino selbst abgelenkt. Er sitzt auf einem thronartigen Stuhl, die Beine lässig vor sich ausgestreckt. Sein Kopf ruht auf der Lehne, und er hat die Augen geschlossen – seine Lider flattern, als würde er träumen. Plötzlich, als würde er meine Gegenwart spüren, öffnen sich seine Augen und begegnen meinem Blick. »Lila! Was für eine schöne Überraschung. Ich dachte, du schmiedest Pläne mit deinem Freund Valentine.«

»Was machst du da?«, frage ich.

»Ich ruhe meine Augen aus«, antwortet er grinsend und

setzt sich auf. Er nimmt die Karaffe und gießt etwas von der blutroten Flüssigkeit in das Kristallglas daneben. »Wie komme ich zu dem Vergnügen?«

»Charon meinte, ein paar Kilometer die Küste rauf gebe es ein Café, und ich glaube, ohne eine Tasse Kaffee kann ich nicht weitermachen.«

Er lacht leise und wirft einen Blick auf die staubige Schatulle in meinen Armen. »Du willst, dass ich auf die Pyxis aufpasse.«

Eigentlich würde ich sie am liebsten gar nicht aus den Augen lassen, aber sie ist nicht gerade unauffällig. Die Leute im Café würden mich wahrscheinlich für verrückt halten, wenn sie mich damit sehen, und außerdem kann ich nicht ausschließen, dass sich hier irgendwo Liebesagenten herumtreiben. Mino ist die mächtigste Person, die ich kenne. Und ich vertraue ihm – mehr oder weniger.

»Ich glaube, die Leute würden mich schief angucken, wenn ich sie mitnehme«, sage ich.

Sein Grinsen wird noch breiter. »In der Tat.«

Er neigt den Kopf und deutet in eine Ecke des Zeltes. Vorsichtig stelle ich die Pyxis dort ab, doch sobald ich sie loslasse, erfasst mich eine heftige Unruhe. Ich will sie gerade wieder an mich nehmen, als Mino wie beiläufig fragt: »Ist Charon schon in die Unterwelt zurückgefahren, um deine Liebesagenten-Freunde abzuholen?«

Ich ziehe die Hand zurück und drehe mich zu ihm um. »Ja«, antworte ich, und mein Herz krampft sich schmerzhaft zusammen.

»Nun, es wird sicher interessant, wenn sie kommen … Genieß deinen Kaffee, meine Liebe«, sagt Mino mit einem amüsierten Glitzern in den Augen.

Ich nicke, dann mache ich mich auf den Weg. Rasch schlängele ich mich zwischen den Zelten hindurch und laufe den schmalen Pfad an der Klippe hinauf – hoffentlich ist Valentine zu beschäftigt mit der Armee und den Furien, um zu merken, dass ich mich davonschleiche.

Obwohl ich mich tatsächlich nach einer Tasse Kaffee sehne, ist das nicht der einzige Grund, weshalb ich in die Zivilisation zurückwill. Mein Handy ist seit unserem Trip in die Unterwelt tot. Ich muss es aufladen. Ich muss Charlie schreiben und sie irgendwie von der Matchmaking-Agentur weglocken, bevor die Armee der Toten angreift. Und ich muss mich vergewissern, dass bei Dad alles in Ordnung ist.

Ich glaube nicht, dass ich das durchziehen kann, ohne zu wissen, dass die beiden in Sicherheit sind.

Oben auf der Klippe angekommen, folge ich der einzigen Straße, die von der Küste wegführt. Die Sonne ist gerade erst aufgegangen, und es ist weit und breit kein Auto zu sehen. Die Welt ist vollkommen still – ganz im Gegensatz zu dem Wirbelsturm in meinem Kopf. Ich habe mich mit Valentines Plan einverstanden erklärt, weil ich so am schnellsten ans Ziel komme, aber ich vertraue ihm nicht. Obwohl ich mich immer noch wie ich selbst fühle, stammen einige meiner Gedanken bestimmt von Psyche, und Valentine hofft sicher, dass ich vollständig zu ihr werde.

Aber das werde ich nicht zulassen. Ich werde Valentine beseitigen, genau wie ich auch Venus beseitigen werde. Meine Finger legen sich wie von selbst um einen der Pfeile in meinem Köcher. Ich weiß, wie ich Psyche aufhalten kann, wenn sie die Kontrolle übernimmt.

Etwa zwanzig Minuten später erreiche ich das Café am

Straßenrand – rosa Farbe blättert von den dreckigen Fenstern ab, und über der blauen Tür hängt ein Schild mit der Aufschrift *Seaside Diner*. Ein Glöckchen bimmelt, als ich hineingehe, und ruft einen jungen Surfer-Typen mit blondem Pferdeschwanz und einem breiten Mund herbei.

»Unsere erste Kundin des Tages! Guten Morgen. Hier entlang bitte«, sagt er und führt mich zu drei schäbigen Sitznischen am Fenster. Der Tisch ist mit einem Plastik-Tischtuch bedeckt, das an meinen Unterarmen kleben bleibt, als ich mich daraufstütze. »Was kann ich dir bringen?«

Aus der Küche strömt der intensive Geruch von Spiegeleiern, Speck und süßem Gebäck, und mein Magen rumort. Ich bestelle und frage den Surfer-Typen, ob er mir sein Netzkabel leihen kann – wozu er sich netterweise sofort bereit erklärt. Ein paar Minuten später träufle ich Sirup auf meine Pfannkuchen, während mein Handy lädt.

Ich bin so damit beschäftigt, mir den Bauch vollzuschlagen, dass ich das Glöckchen über der Tür überhöre, als es einen weiteren Kunden ankündigt. Dann fällt ein Schatten auf mich, und jemand nimmt mir gegenüber Platz. Erschrocken sehe ich auf und begegne Valentines stechendem Blick.

»Du verletzt mich, Lila. Du lädst mich nicht zum Frühstück ein, obwohl du weißt, wie lange ich in der Unterwelt festsaß? Ich bin am Verhungern.«

Ich seufze. »Hallo, Valentine.«

Ein Grinsen breitet sich auf seinem Gesicht aus. Er nimmt sich eine Gabel aus dem Besteckkorb neben dem Ketchup, spießt einen meiner Pfannkuchen auf und steckt ihn sich in den Mund, ohne den Blick auch nur eine Sekunde von mir abzuwenden.

»Dich einfach so wegzuschleichen – da muss man es einem Mann schon nachsehen, wenn er denkt, dass du nichts Gutes im Schilde führst.« Er leckt sich die Lippen und lehnt sich zurück.

»Mir zwei Kilometer eine Klippe hinauf zu folgen, wenn ich mir eine Tasse Kaffee holen will – da muss man es einer Frau schon nachsehen, wenn sie denkt, du wärst paranoid.«

Sein Blick huscht zu meinem Handy, das noch ausgeschaltet ist, und zurück zu meinem Gesicht. »Ach ja?«

»Ja«, antworte ich, ohne mit der Wimper zu zucken.

Er dreht die Gabel gedankenverloren in der Hand, so dass sich das Sonnenlicht, das durch das dreckige Fenster hereinfällt, in dem Silber bricht.

»Valentine?«

Er zieht die Augenbrauen hoch. »Ja?«

»Klau nicht noch mal mein Essen, sonst muss ich dir weh tun.«

Er lacht leise, während ich mich wieder meinen Pfannkuchen widme, und winkt den Kellner herüber. »Ich hätte gerne etwas Großes, Gebratenes mit extra Speck«, sagt er. »Und bringen Sie meiner hungrigen Freundin hier bitte noch einen Stapel Pfannkuchen, da ich fälschlicherweise angenommen habe, sie könnte einen Happen für ihren Komplizen erübrigen.«

Ich werfe ihm einen bösen Blick zu, protestiere aber nicht, als der Surfer-Typ wieder in der Küche verschwindet. Wenig später essen wir beide schweigend. Ich bin zuerst fertig, schiebe den Teller von mir und schlürfe meinen Kaffee.

Mein Blick schweift zu Valentine, der noch mit seinem Berg Rührei, Speck und Toast beschäftigt ist. Seine Schultern sind angespannt, und auf seiner Stirn zeigt sich eine tiefe Sor-

genfalte, wenn er denkt, ich würde nicht hinsehen. Es wäre
töricht von mir zu glauben, dass er nicht fürchtet, ich könnte
mich gegen ihn wenden.

Ich schalte mein Handy ein, und auf dem Display erscheint
eine Nachricht nach der anderen von Charlie. Schnell lese ich
die neueste, auch wenn Valentine mich dabei nicht aus den
Augen lässt.

Bei Charlies Worten durchflutet mich eine Mischung aus
Angst und Wut.

»Was ist los?« Valentines schroffe Stimme holt mich zurück
in die Gegenwart.

Er taxiert mich mit bohrendem Blick. Es hat keinen Sinn,
ihn anzulügen – wir stehen auf derselben Seite, bis ich ihn
früher oder später hintergehen werde.

»Du hattest recht«, antworte ich. »Venus ist zurück in der
Matchmaking-Agentur.«

»Gut.« Er löffelt etwas Zucker in seinen Kaffee und sieht
mich fragend an. »Ich war im letzten Jahrhundert nur ein
paarmal in der Agentur. Kennst du dich dort aus?«

»Ja. Ziemlich gut sogar.«

»Dann sollten wir zurück zum Zeltlager und unseren Angriff planen. Ich will so bald wie möglich loslegen. Du nicht?«

Ich stehe auf. »Ich muss noch schnell auf die Toilette, bevor wir gehen.«

Doch bevor ich von der Bank rutschen kann, packt er mich
am Handgelenk. »Lila«, knurrt er warnend.

Ich beuge mich näher zu ihm, die Hände auf die klebrige
Tischdecke gestützt. »Dir macht es vielleicht nichts aus, in
den Sand oder ins Meer oder sonst wohin zu pinkeln«, sage
ich, »aber ich gehe auf die Toilette.«

Ich reiße mich von ihm los, und er zuckt nur die Achseln, ein Grinsen im Gesicht. »Also gut. Aber wenn du eigentlich nur zur Toilette willst, um dein Handy zu benutzen, solltest du dir das gut überlegen.« Sein Gesicht verfinstert sich. »Venus weiß noch nicht, dass wir kommen. Es wäre unklug, sie zu alarmieren.«

»Ach wirklich? Verdammt, ich wollte gerade auf Twitter posten, dass ich mit der Armee der Toten aus der Unterwelt zurück bin und Venus angreifen werde. Aber das lasse ich wohl lieber. Gott sei Dank warst du hier, um mich davon abzuhalten.« Ich verdrehe die Augen, und Valentine lacht, während ich schnurstracks zur Toilette gehe.

Als ich den düsteren Raum erreiche und hinter mir abschließe, atme ich erleichtert auf. Die Hände flach aufs Waschbecken gestützt, werfe ich einen Blick in den mit Wassertropfen vollgespritzten Spiegel. Meine Haare sind zerzaust und hängen mir wild über die Schultern, und mein Gesicht ist mit einem dünnen Schweißfilm bedeckt. Ich sehe aus wie der Tod höchstpersönlich – was wohl nicht verwunderlich ist, wenn man bedenkt, dass ich gerade aus der Unterwelt zurückgekommen bin.

Mein Handy brennt ein Loch in meine Hosentasche, und mein Schädel dröhnt – wilde Gedankenströme fluten meinen Kopf, und mein Körper wird von Adrenalin angetrieben. Valentine hat recht. Irgendjemanden zu kontaktieren wäre riskant. Aber ich muss wissen, ob es ihnen gutgeht. Sonst kann ich das nicht tun.

Sonst *werde* ich das nicht tun.

Meine Gedanken klären sich. Ich spritze mir Wasser ins Gesicht, dann ziehe ich mein Handy aus der Tasche und treffe eine Entscheidung. Ich tippe auf ihren Namen in der Liste meiner Kontakte und drücke das Handy ans Ohr.

»Lila!« Charlie geht schon nach dem ersten Klingeln ran. »Alles okay bei dir? Du warst das ganze Wochenende weg. Ich hab mir solche Sorgen gemacht.«

»Charlie! Wo bist du?«

»In der Schule. Die Liebesagenten denken, ich würde einen Auftrag für die Matchmaking-Agentur erledigen.«

»Was ist los?«

»O mein Gott, seit du verschwunden bist, geht alles drunter und drüber. Venus hat wieder die Kontrolle über die Agentur übernommen. Sie hat Crystals Befehl, keine Matches mehr zu arrangieren, rückgängig gemacht. Jetzt arbeiten Liebesagenten überall auf der Welt rund um die Uhr daran, möglichst viele Matches zusammenzubringen – sie setzen Pfeile ein, um die Sache zu beschleunigen. Durch jedes Match gewinnt sie mehr Macht. Sie ist wieder ganz sie selbst. Und sie verwandelt immer mehr Menschen in Cupids, um ihre Armee weiter auszubauen.«

»Du solltest aus der Stadt fliehen, Charlie. Es … es wird noch schlimmer werden.«

»Es ist schon verdammt schlimm! Liebesagenten haben das Sozialkomitee in der Schule infiltriert. Sie haben für heute Abend einen Ball geplant, um noch mehr Matches zu arrangieren. Ein Schulball an einem Dienstag! Das ist doch der reinste Wahnsinn!«

»Glaub mir, es kommt noch schlimmer.«

»Was soll das heißen? Wo bist du?« Sie hält einen Moment inne. »Was ist los? Du klingst … anders.«

»Mir geht's gut. Hör zu. Mein Dad –«

»Er ist in Sicherheit. Ich hab mir einen tückischen Plan einfallen lassen, um ihn aus der Stadt zu schleusen. Ich dachte, wenn du auf Venus' Radar auftauchst, macht sie womöglich Jagd auf ihn, darum habe ich ihn und Sarah über das System der Matchmaking-Agentur zu einer medizinischen Konferenz in New York eingeladen. Er denkt, du wohnst solange bei mir.«

Mich durchflutet eine Woge der Erleichterung. »Hab ich dir schon gesagt, dass du die beste Freundin bist, die man sich vorstellen kann?«

»In letzter Zeit nicht. Aber du kannst mich ja mit Geschenken überschütten, wenn das alles vorbei ist. Du könntest mir so eine Tasse besorgen – *die beste Freundin der Welt*. Wie die von Cal. Wo wir gerade beim Thema sind – wie geht es Cupid und Cal? Habt ihr Valentine zurückgebracht? Und was hat es mit dieser Schatulle auf sich?«

Ich werfe einen nervösen Blick zur Tür. Valentine hat recht. Ich darf nicht zu viel verraten.

»Charlie, ich muss los. Halt dich von der Matchmaking-Agentur fern, okay?«

»Li–«

Ich lege auf, bevor sie fertigprotestieren kann, und stecke das Handy wieder in meine Hosentasche. Dann gehe ich zurück ins Diner.

Valentine steht auf, als ich mich nähere. »Ich nehme an, du bezahlst für das Essen?«

Ich starre ihn fassungslos an. »Warum solltest du das annehmen?!«

»Ich hab kein Menschengeld.«

»Wenn du kein Geld hast, hättest du nicht so viel bestellen sollen.«

Er grinst, als ich in meine Taschen greife und fluchend feststelle, dass ich auch nichts dabeihabe. Ich hab meinen Geldbeutel nicht in die Unterwelt mitgenommen. Warum auch? Dass sie dort Souvenirs verkaufen, erschien mir eher unwahrscheinlich.

»Ich hab auch kein Geld«, murmele ich.

Sein Mundwinkel zuckt. »Dann klauen wir jetzt also Essen? Interessant. Du bist seit neuestem echt eine richtige Draufgängerin.«

»Halt die Klappe. Ich überweise ihnen was, wenn das alles vorbei ist.« Ich funkele ihn wütend an. »Jetzt komm.«

Valentine lacht leise, und das Glöckchen über der Tür bimmelt, als wir in die kalte Morgenluft hinaustreten. Da stehen wir plötzlich Mino gegenüber.

»Wolltest du mit uns frühstücken? Wir sind leider schon fertig«, sagt Valentine.

»Nein, ich wollte euch warnen.«

Ich spanne mich an – wenn ich doch nur eine Waffe dabeihätte. »Wovor?«

»Uns«, erklingt eine vertraute Männerstimme, und alles in mir zieht sich zusammen.

Ich sehe an Mino vorbei. Auf der anderen Straßenseite stehen Cupid, Cal und Crystal mit schussbereit gespannten Bogen. Die Spitzen ihrer Pfeile glitzern im Sonnenlicht.

Cupid begegnet meinem Blick – selbst aus der Entfernung sehe ich den Kummer und die Wut und den Schmerz der Erinnerung in seinen Augen.

»Hallo, Sonnenschein«, sagt er in eisigem Ton. Sein Blick schweift kurz zu Valentine und richtet sich dann wieder auf mich. »Wir waren gerade am Strand. Offenbar hast du eine Menge neue Freunde.«

35. Kapitel

Mino dreht sich langsam um, die Pyxis im Arm. Valentine tritt einen Schritt vor, so dass er direkt neben mir steht. Auf der anderen Straßenseite lässt Cupid mich keine Sekunde aus den Augen.

»Du hast dich also entschieden, meinem Bruder zu helfen, die Welt zu zerstören, ja, Sonnenschein?«, sagt er. »Ich muss schon sagen, damit hatte ich nicht gerechnet.«

Cal und Crystal stehen sichtlich angespannt rechts und links von ihm, ihre Bogen angriffsbereit erhoben. Die zerklüfteten Berge hinter ihnen tauchen sie in Schatten.

»Du hast deine Erinnerungen zurück«, sage ich.

»Ja. Ehrlich gesagt vermisse ich es irgendwie, keine zu haben.« Cupids Gesicht wird noch finsterer, als er erneut zwischen Valentine und mir hin- und herblickt. »Wie sich herausstellt, sind sie ziemlich schwer zu verdauen.«

Er wirft seinem Bruder einen raschen Seitenblick zu. Cals Haare sind unordentlich, was ihm ganz und gar nicht ähnlich sieht, und seine Bomberjacke ist völlig verdreckt. Unter seinen silbrigen Augen zeichnen sich dunkle Ringe ab.

»Bist du genauso angewidert wie ich, Bruderherz?«, fragt Cupid.

Cals Kiefer verkrampft sich. Er sieht mich nicht an, zielt nur weiter mit einem Ardor auf Valentine.

»Wie habt ihr eure Erinnerungen zurück–« Ich verstumme abrupt, als mir einfällt, wie Mino vorhin zurückgelehnt auf seinem Stuhl saß und seine Lider flatterten, als würde er träumen. »Du bist in ihren Verstand eingedrungen«, sage ich leise.

Aus dem Augenwinkel nehme ich eine Bewegung wahr, als Cal schießt. Ein jäher Adrenalinschub lässt mich die Hand ausstrecken. In letzter Sekunde fange ich den Pfeil ab. Valentine grinst, als ich ihn zu Asche zerdrücke.

Plötzlich umfasst Mino mit beiden Händen mein Gesicht und zwingt mich, ihm in die Augen zu sehen.

»Was machst du –«

An meiner Seite fällt Valentine auf die Knie, und ein schmerzerfüllter Schrei entringt sich seiner Kehle, als sich mehrere Folterpfeile in seine Brust bohren. Ich packe Minos Hand und versuche, sie wegzuzerren.

»*Schlaf*«, sagt er.

Panik und Dunkelheit wallen in mir auf. »Nein!«

»*Schlaf.*«

Meine Knie geben unter mir nach.

Dann wird alles schwarz.

Als ich wieder zu mir komme, fühle ich etwas Weiches an meiner Wange. Einen Moment ist alles verschwommen, dann klärt sich mein Blick – ein Kamin, ein zerkratzter Holztisch, Bücherregale an den Wänden, ein Samtvorhang, der das grelle Sonnenlicht abhält.

Ich bin in Cupids Wohnzimmer.

Der vertraute Geruch von Büchern, Eau de Cologne und Kaffeebohnen strömt mir in die Nase – wundervoll friedlich. Doch im nächsten Moment stürzen die Erinnerungen auf mich ein.

Ich richte mich ruckartig auf und begegne dem durchdringenden Blick silbriger Augen. Cal. Er sitzt auf der Kante von Cupids Sessel.

Ich weiß nicht, wie lange ich geschlafen habe, aber auf jeden Fall lange genug, dass er duschen und sich umziehen konnte. Seine nassen Haare sind zurückgekämmt, und er trägt eine graue Jogginghose und ein weißes T-Shirt, das ihm viel zu groß ist. Ich kann sein fruchtiges Shampoo von hier aus riechen. Er beobachtet mich argwöhnisch.

»Du bist wach«, stellt er fest.

»Wo sind die anderen?«, frage ich.

»Ich weiß nicht, ob ich dir das sagen sollte.«

Ich stehe auf. »Na toll. So hilfreich wie immer, Cal.«

»Setz dich, Lila.« Etwas lodert in seinen Augen auf. Als ich seiner Aufforderung nicht nachkomme, seufzt er tief. »Crystal ist mit Mino in der Küche«, sagt er grimmig. »Sie besprechen, wie wir Venus dorthin zurückschicken können, wo sie hingehört, ohne einen Krieg auszulösen. Amena sieht in der Matchmaking-Agentur nach dem Rechten. Und Valentine ... er ist geflohen.«

»Die Pyxis ...«

»Die haben wir.«

»Und Cupid?«

»Er will im Moment nicht in deiner Nähe sein.«

»Und du?«

Cal betrachtet mich aufmerksam, als würde er mich zum ersten Mal sehen. Dann verfinstert sich sein Gesicht. »Du hast uns in der Unterwelt zurückgelassen.«

»Ihr wusstet nicht mehr, wer ich war«, erwidere ich.

Er springt auf. »Das war wohl kaum meine Schuld!«

»Das habe ich auch nicht gesagt. Aber ich war auf mich allein gestellt. Was hätte ich denn tun sollen?!«

Er tritt einen Schritt auf mich zu. Er ist nicht so groß wie seine Brüder, und ich muss den Kopf nicht ganz so weit zurücklegen, um in seine zornig funkelnden Augen zu sehen.

»Ich weiß es nicht, Lila«, ruft er aufgebracht. »Aber dass du dich mit Valentine verbündest, stand nicht auf meiner Liste von Erwartungen.«

»Ich habe mich nicht mit ihm verbündet! Ich glaube nur, dass sein Plan aufgehen wird, und ich musste schnellstmöglich eine Entscheidung treffen! Ich dachte, ihr würdet mich aufhalten!«

Wir starren einander wütend an, bis Cal schließlich den Blick abwendet. Frustriert reibt er sich das Gesicht. »Es ist nicht deine Schuld«, murmelt er. »Es ist Psyche –«

»Mino hat es dir gesagt?« Kaltes Grauen erfasst mich.

»Ja.«

»Hör zu, Cal, ich muss Venus die Pyxis bringen. Ich bin die Einzige, die dazu fähig ist.«

»Dieser Überzeugung bist nicht du, Lila. Sondern Psyche.« Er schüttelt den Kopf. »Und genau das wollte Valentine. Er plant das schon seit Jahrhunderten. Wir können ihn nicht besiegen, wenn wir bei seinem Vorhaben mitspielen. Wir brauchen einen neuen Plan. Wir müssen deine Verbindung zu ihm und deinem früheren Leben kappen.«

»Aber dieser Plan ermöglicht es mir, Venus und Valentine zu vernichten«, entgegne ich. »Ich werde verhindern, dass der Gott des Todes aufersteht, und diesen unnatürlichen Krieg beenden, bevor er richtig angefangen hat. Aber wir müssen schnell handeln. Solange ich noch ich selbst bin. Verstehst du das denn nicht?«

»Du willst unseren Bruder vernichten?«, fragt Cupid.

Cal und ich drehen uns beide überrascht zu ihm um. Er

steht in einer schwarzen Jogginghose und einem zerknitterten grünen T-Shirt im Türrahmen. Seine Haare stehen ab, als hätte er sie sich gerauft. Wir starren einander an wie Fremde. Und doch übt das Feuer in seinen Augen eine vertraute Anziehung auf mich aus.

»Ich lasse euch beide erst mal allein«, sagt Cal, wirft seinem Bruder aber noch einen eindringlichen Blick zu, bevor er geht.

Die Luft scheint bleischwer auf uns zu lasten. Cupid regt sich nicht. Und ich auch nicht.

»Wir müssen reden«, sagt er schließlich.

»Ja«, stimme ich zu.

36. Kapitel

Das prasselnde Kaminfeuer hinter mir erscheint mir auf einmal viel zu heiß – unter meinem weißen Top und meiner zerschlissenen Lederjacke läuft mir der Schweiß den Rücken hinunter. Aus der Küche dringen Crystals, Minos und Cals gedämpfte Stimmen zu uns herüber. Cupid starrt mich unverwandt an und blockiert mit seinem muskulösen Körper den einzigen Ausgang. Sein Kiefer ist verkrampft, und er hat einen harten Zug um den Mund.

Wir blicken einander schweigend an, keiner von uns weiß, was er sagen soll.

Schließlich streiche ich mir die Haare aus dem Gesicht und gehe auf ihn und die Tür zu. »Ich brauche frische Luft.«

Er rührt sich nicht von der Stelle, sieht mir aber nach, als ich mich an ihm vorbeischiebe. Sein warmer Atem streicht über meine Stirn, und mir steigt der moschusartige Geruch seines Duschgels in die Nase. Dadurch fühle ich mich noch schlimmer: unrein. Ich kann mich nicht erinnern, wann ich das letzte Mal geduscht habe, und bestimmt haftet der Gestank des Todes an mir.

»Okay«, sagt er und folgt mir durch den Korridor und die schwarze Wendeltreppe hinauf. Die Stimmen der anderen verklingen hinter uns. Wortlos gehen wir auf den Balkon, wo wir uns zum ersten Mal geküsst haben. Seitdem hat sich so viel verändert. Wir lehnen uns an das schwarze, verschlungene Geländer.

Stille senkt sich über uns.

Der Himmel ist ungewohnt trübe, und es weht ein starker

Wind. Etwas Unnatürliches scheint in der Luft zu liegen – als wüsste das Wetter, was Valentine und ich in die Welt der Lebenden gebracht haben; als wüsste es, was als Nächstes kommen wird. Krieg.

Cupids Arm streift meinen, während er stumm auf das Gelände hinunterblickt, und ich spüre die Anspannung in seinen Muskeln. Genau wie das Wetter ist auch sein Gesicht ungewohnt düster.

»Du … bist also Psyche«, sagt er so leise, dass seine Worte fast vom Wind davongetragen werden.

»In gewisser Hinsicht«, erwidere ich. »Anscheinend haben wir den gleichen Lebensfaden.«

»Hast du auch ihre Erinnerungen?«

»Ein paar. Nicht alle. Ich hatte ein paar Träume, die wohl von ihr stammten, und als ich die Pyxis geöffnet habe, sind einige ihrer Erinnerungen zurückgekommen. Aber ich bin immer noch ich.« Ich halte einen Moment inne. »Zumindest glaube ich das. Fürs Erste.«

»Du verfügst bereits über einen Teil ihrer Macht«, sagt er. »Du hast den Ardor gefangen, den Cal auf Valentine abgeschossen hat. Auf deiner Geburtstagsparty hast du eine der Furien getötet. Nicht viele ausgebildete Liebesagenten wären dazu fähig.« Er fährt sich durch seine ohnehin schon wirren Haare. »Du warst schon immer gut mit Pfeil und Bogen.«

Ich werfe ihm einen erstaunten Blick zu. »Endlich gibst du es zu.«

Ein kleines Lächeln zeigt sich auf seinem Gesicht. Kurz begegnet er meinem Blick, bevor er wieder auf den Pool und die Statuen mythischer Gestalten im Hof hinunterstarrt.

Schließlich seufzt er tief. »Das ist so verrückt.«

»Ich weiß.«

»Ist bei dir alles okay?«, erkundigt er sich.

»Ich glaube schon.«

Eine Weile herrscht Schweigen.

»Scheint, als würde sich die Geschichte tatsächlich wiederholen«, sagt Cupid schließlich. »Mein Bruder hat uns wieder mit einer List zusammengebracht.«

»Mag sein.«

Sein Gesicht verbirgt sich im Schatten. »Was ist noch alles genauso passiert wie damals? Er hat unser Match arrangiert, genau wie letztes Mal.« Er klingt müde, aber ich höre den wütenden Unterton in seiner Stimme. Ich blicke in die Wolken, die sich am Himmel zusammenballen. Die Luft riecht statisch. Ein Sturm zieht auf.

»Ich habe eine Erinnerung an damals. An dich«, sage ich. »Jedenfalls glaube ich, dass es eine Erinnerung ist. Vielleicht war es auch nur ein Traum.«

Sein Schweigen fasse ich als Aufforderung auf, weiterzureden. »Wir waren in einem Haus und haben uns vor deiner Mom versteckt«, sage ich. »Der Boden war mit Mosaiken verziert und der Raum mit Öllampen beleuchtet. In der Mitte des Zimmers stand ein Himmelbett.«

Er sieht mich an, sein Blick von brennender Neugier erfüllt.

»Eines Nachts warst du nicht da«, erzähle ich weiter. »Du wolltest herausfinden, was Venus vorhat. Während du weg warst, kam Valentine zu mir. Er wollte mich fortbringen. Aber ich wollte nicht mit ihm gehen. Ich liebte dich.«

Cupids Schulter an meinem Arm verspannt sich.

»Wir haben uns gestritten, und ich erinnere mich, dass ich ihn mit dem Öl aus der Lampe verbrannt habe«, sage ich. »Da erkannte er, dass es aussichtslos war, und ging. Aber vorher sagte er mir, was passiert war – dass ich mit einem Pfeil getroffen worden war. Dass meine Gefühle für dich nicht echt wären.«

Cupids Augen glänzen, und er starrt mit finsterem Blick in den grauen Himmel hinauf.

»Ich erinnere mich, dass ich wütend war«, sage ich. »So unendlich wütend. Auf Valentine. Auf Venus. Und auf dich. Ich dachte, du hättest von Anfang an gewusst, dass unsere Liebe nicht echt war. Ich dachte, du würdest nur mit mir spielen. Ich dachte, ich wäre verflucht. In jener Nacht bin ich gegangen. Ich beschloss, dass ich mich nie wieder von den Cupids oder den Göttern benutzen lassen würde.« Ich atme langsam aus. »Und doch sind wir jetzt hier.«

»Ich wurde auch von einem Pfeil getroffen«, sagt er. »Ich wusste nicht, dass es nicht real war.«

»Dann war es tatsächlich eine Erinnerung?«

Er nickt grimmig. In seinen Augen flackert tiefe Trauer auf. »Hast du meinem Bruder deswegen geholfen, eine Armee der Toten in die Welt der Lebenden zu bringen?«, fragt er. »Hast du uns deswegen in der Unterwelt zurückgelassen? Um mich zu bestrafen?«

»Es geht nicht immer nur um dich.«

»Dann sag mir, worum es geht.«

»Ich habe beim Wasser des Styx geschworen, dass ich ihn begleite.«

»Darauf hättest du dich nicht einlassen müssen«, erwidert er. »Du hättest uns sagen können, was er vorhat.«

Ich seufze. »Er hat mir gesagt, es könnte Stunden, Tage oder auch Wochen dauern, bis meine Erinnerungen zurückkommen. Aber dass ich wieder die Welt zerstören wollen würde, sobald sie es täten. Ich wollte so schnell wie möglich raus aus der Unterwelt, und ich hatte Angst, du würdest versuchen, mich aufzuhalten. Du wusstest ja nicht einmal mehr, wer ich bin. Und ein Teil von mir …«

Er verzieht das Gesicht. »Psyche«, sagt er. »Psyche wollte mit ihm gehen.«

»Ja, vermutlich«, sage ich leise. »Aber ich weiß es nicht mit Sicherheit. Ich weiß gar nichts mehr.«

»Du hast eine Armee der Toten aus der Unterwelt herausgeführt, Lila. Weißt du, was das bedeutet? Du hast den Krieg begonnen, den wir verhindern wollten, indem wir die Pyxis beschaffen.« Sein Blick brennt sich in mich hinein, und etwas in mir bricht zusammen. »Du hättest dich mir anvertrauen sollen. Oder Crystal.«

Ich starre auf den Pool tief unter uns – das Wasser kräuselt sich im auffrischenden Wind. Ich weiß nicht mehr, was richtig und was falsch ist.

»Du hast Cal gesagt, du würdest Valentine mit Venus in die Unterwelt zurückschicken, wenn du ihr die Schatulle bringst«, sagt Cupid nach langem Schweigen. »Ist das wahr?«

»Ja«, antworte ich, ohne zu zögern.

»Du … hast eine Verbindung zu ihm«, sagt Cupid. Sein Ton ist unbeschwert, aber seine Hände krampfen sich um das Geländer. »Du hattest eine Verbindung zu ihm, als du Psyche warst.« Er schluckt schwer. »Und du hast auch als Lila eine Verbindung zu ihm. Ich glaube nicht, dass du ihn hintergehen wirst, wenn es darauf ankommt.«

»Ich habe ihn schon mal in die Unterwelt geschickt«, erwidere ich.

»Das stimmt. Aber seitdem hat sich viel verändert. Selbst wenn dieser Teil von dir es tun will – der Teil von dir, der Psyche ist, wird dich aufhalten.« Cupid schüttelt den Kopf. »Das gefällt mir nicht. Früher oder später wird Psyche die Kontrolle über dich übernehmen. Ich will dich nicht verlieren.« Seine Stimme stockt.

»Das wirst du nicht«, versichere ich ihm. »Ich habe einen Plan.«

Er wendet sich mir zu und zieht verwundert die Augenbrauen hoch.

»Morpheus' Palast liegt am Fluss Lethe«, sage ich. »Wir mussten darüberfahren, um zur Fähre zu gelangen.«

»Und?«

»Sein Wasser lässt die Leute vergessen.«

Cupid nickt, und ich kann in seinem Gesicht sehen, wie es ihm langsam dämmert. »Du denkst, damit können wir Psyches Erinnerungen unterdrücken?«

»Ich habe einen Cupid-Pfeil in das Wasser getaucht. Wenn ich die Kontrolle verliere, wenn ich nicht gegen sie ankomme … dann musst du damit auf mich schießen.«

»Dann wirst du ein Cupid.«

»Ich weiß.«

»Du wirst womöglich vergessen, wer du bist.«

»Ich weiß. Aber Mino kann helfen, mich zurückzubringen.«

Ich wende mich Cupid zu, und er begegnet meinem Blick. Er hält etwas zurück – das sehe ich an dem harten Zug um seinen Mund. In seinen meergrünen Augen lodert ein Feuer.

Schließlich nickt er. »Okay. Aber wir dürfen nicht zulassen, dass die Armee der Toten die Matchmaking-Agentur angreift.«

Ich verschränke die Arme vor der Brust. »Das ist die perfekte Ablenkung, damit ich unbemerkt zu Venus komme.«

Er schließt einen Moment die Augen und atmet tief durch. Seine Zähne sind fest zusammengebissen. »Zwei übernatürliche Armeen, die gegeneinander kämpfen, werden als Einladung zu einem Familientreffen aufgefasst werden, zu dem weder Cal noch ich kommen wollen. Aber ich schätze, das war von Anfang an Teil von Psyches und Valentines Ende-der-Welt-Plan.«

Ich runzele irritiert die Stirn. »Wie meinst du das?«

»Ein Krieg von solchen Ausmaßen wird einen weiteren Gott auf den Plan rufen. Einen Gott, der genauso mächtig und rachsüchtig ist wie Venus.«

Er schweigt einen Moment, und da wird mir plötzlich klar, wen er meint – entweder habe ich das im Geschichtsunterricht gelernt, oder eine weitere von Psyches Erinnerungen kommt zurück. Mir stockt der Atem.

»Mars«, sage ich. »Der Gott des Krieges.«

Cupid nickt. »Oder, wie ich und Cal ihn nennen –«

»Dad«, erklingt Cals matte Stimme hinter uns.

37. Kapitel

Cal steht mit ernstem Gesicht im Türrahmen. Das trübe Nachmittagslicht betont seine finstere Miene noch. Stille senkt sich über uns.

»Wow. Ihr habt echt einen verkorksten Familienstammbaum«, sage ich schließlich.

Cal nickt steif und fährt sich mit der Hand durch die Haare.

»Alles okay, Bruderherz?«, erkundigt sich Cupid.

Cal schüttelt den Kopf, dann dreht er sich wortlos um und geht wieder hinein.

»Das ist wohl eine Aufforderung, ihm zu folgen«, vermutet Cupid.

Wir wechseln einen amüsierten Blick, und für einen Moment fühlt es sich wieder an wie früher. Doch dann verfinstert sich sein Gesicht, und er wendet sich ab. Zusammen gehen wir hinein und folgen Cal in die Küche.

Crystal und Mino sitzen dicht beieinander an der Theke in der Mitte des Raums. Sie haben sich beide umgezogen – Crystal trägt enge Jeans und einen weiten grauen Rollkragenpullover, Mino ein steifes Jeanshemd, das seine muskulösen Arme betont. Minos Hand liegt auf ihrer, und er lässt sie keine Sekunde aus den Augen, während sie sich leise unterhalten.

Cals Rücken versteift sich bei ihrem Anblick. Als sie ihn bemerken, lösen sie sich hastig voneinander, und Crystals Gesicht nimmt einen verlegenen Ausdruck an. Minos Blick wandert zu mir, und ich funkele ihn wütend an.

»Sieh mich nicht so an«, sagt er und drückt gespielt verletzt eine Hand aufs Herz.

»Du hast mich in Schlaf versetzt! Das war vollkommen unnötig.«

Er zuckt die Achseln. »Ich musste dich von Valentine wegbringen. Wir haben alle das gleiche Ziel, Lila. Aber im Gegensatz zu unserem gemeinsamen Liebesagenten-Freund habe ich kein Interesse daran, im Mittelpunkt eines Krieges zu stehen, der Mars zurückbringen und das Ende der Welt einläuten wird.« Grinsend nimmt er seine Kaffeetasse und trinkt einen Schluck. »Im 19. Jahrhundert wurde schon mal so was Ähnliches versucht«, fährt er fort, »und da ich es verhindert habe, ist mein Interesse daran, den Gott des Krieges persönlich zu treffen, nicht besonders groß. Ich habe das ungute Gefühl, dass er nicht gerade zufrieden mit mir ist.«

Ich verdrehe die Augen und gehe zu Cal, dessen Miene noch finsterer geworden ist.

Cupid lehnt lässig am Küchenschrank. »Also, dem grimmigen Gesicht meines Bruders nach zu schließen, ist entweder etwas Schreckliches passiert«, sagt er, »oder er ist zur Abwechslung mal übertrieben dramatisch. Was ist los?«

»Das Ende der Welt ist los«, entgegnet Cal aufgebracht.

Cupid wendet sich an Crystal und zieht eine Augenbraue hoch. »Wie schon gesagt –«

»Es sieht übel aus«, unterbricht sie ihn. »Valentine hat sich gerade gemeldet. Er denkt, wir halten Lila gegen ihren Willen fest. Er will, dass wir ihm Lila – und die Pyxis – aushändigen.«

»Natürlich will er das«, sagt Cupid. »Aber ich weiß nicht, was daran so schlimm sein soll.«

»Dass er damit droht, diesen Krieg noch zu beschleunigen, wenn Lila sich nicht heute Abend mit ihm trifft«, erklärt Cal.

»Ich habe Charlie gesagt, dass sie in der Schule nach dem

Rechten sehen soll, während wir in der Unterwelt sind. Anscheinend findet heute Abend ein Ball statt«, sagt Crystal. »Dort wird es von Liebesagenten wimmeln. Die Arrows haben das eingefädelt. Sie wollen alle Schüler an einem Ort versammeln und so viele Matches wie möglich arrangieren, um Venus noch mehr Macht zu verleihen.«

»Okay«, sagt Cupid. »Und?«

»Valentine und ein paar seiner neuen toten Freunde werden dort sein.« Mino sieht mich vielsagend an.

»Er wird sie auf die Liebesagenten auf dem Ball hetzen, wenn ich mich nicht mit ihm treffe«, sage ich leise.

Crystal nickt grimmig. »Und wenn sie auf dem Ball angreifen, wird Venus auf die Armee der Toten aufmerksam werden.«

»Daraufhin wird sie mit ihrer Armee von Liebesagenten einen Vergeltungsschlag ausführen«, sagt Mino. »Ein Krieg wird ausbrechen. Mars wird zurückkehren. Und dann ...« Er verstummt, ein träges Grinsen im Gesicht.

Cupids Augen weiten sich, als er Cals stählernem Blick begegnet. »Wow, du warst ausnahmsweise mal nicht übertrieben dramatisch«, sagt er. »Die Welt geht wirklich unter.«

Nachdem ich geduscht und meine schmutzigen Klamotten gegen einen Football-Jersey und eine übergroße Jogginghose von Cupid eingetauscht habe, gehe ich wieder ins Erdgeschoss hinunter. Cupid und Cal haben sich in den Trainingsraum zurückgezogen – ich glaube, sie wollen hauptsächlich Dampf ablassen. Aber sie wirken beide angespannter als sonst, und seit sie von der Sache mit Psyche wissen, sind sie mir gegenüber misstrauisch.

Als ich mich der Küche nähere, höre ich Stimmen. Vorsichtig spähe ich durch die Tür und sehe Crystal und Mino ganz nahe beieinandersitzen.

Crystal blickt zu ihm auf. »Wir sind keine Teenager, Mino. Ich glaube kaum, dass jetzt der richtige Zeitpunkt für eine kindische Verabredung zum Ball ist«, sagt sie. Ihr Ton ist tadelnd, aber ihre strahlend blauen Augen glitzern amüsiert.

Mino lacht leise und streicht ihr eine verirrte Strähne hinters Ohr. »Da bin ich anderer Meinung, Teuerste. Wenn die Welt untergeht, wüsste ich keinen Ort, an dem ich lieber wäre als in deinen Armen.«

Ich trete einen Schritt zurück, um nicht gesehen zu werden.

Crystal verdreht die Augen, doch ein kleines Lächeln umspielt ihre Lippen. »Also gut. Ich werde mit dir zum Ball gehen. Aber nur, weil wir uns unauffällig unter die Schüler mischen müssen.« Sie geht zur Haustür, dreht sich dann aber noch einmal zu ihm um und zeigt mahnend mit dem Finger auf ihn. »Keine Romanze. Es steht zu viel auf dem Spiel. Verstanden?«

Er neigt den Kopf. »Wie du möchtest, Teuerste.«

Er sieht ihr nach – durch die offene Tür weht ein kalter Luftzug herein, den ich noch im Flur spüre. Dann seufzt er, und sein Gesicht nimmt einen ungewohnt kummervollen Ausdruck an. Auf einmal sieht er viel älter aus, als sein jugendlicher Körper vermuten lässt. Bei meinem Anblick breitet sich jedoch sofort wieder ein Lächeln auf seinem Gesicht aus.

»Fühlst du dich besser?«, fragt er, während ich zur Küchentheke gehe und mich auf einen der Barhocker setze. Er lehnt sich an den Küchenschrank, auf dem Cupids Hightech-Kaffeemaschine steht.

»Ja«, sage ich mit einem Seufzen. »Ich fühle mich wieder mehr wie ich selbst.«

»Duschen hilft manchmal«, sagt er. »Auch wenn ich persönlich lieber bade. Möchtest du einen Kaffee?«

»Ja, bitte.«

Er drückt auf einen falschen Knopf und schnalzt frustriert mit der Zunge, bevor die Kaffeemaschine endlich zum Leben erwacht. »Ich weiß nicht, wann es so kompliziert geworden ist, Kaffee zu machen«, sagt er und reicht mir die Tasse.

Ich sehe zu der glänzenden Apparatur. »Das Teil sieht tatsächlich eher aus wie das Kontrollpult eines Raumschiffs«, sage ich und trinke einen kleinen Schluck.

Mino lacht leise und stützt die Ellbogen auf die steinerne Oberfläche der Küchentheke.

»Wohin ist Crystal gegangen?«, frage ich.

Er sieht zu mir auf. Sein Gesichtsausdruck ist so offen, dass ich das Gefühl habe, als könne ich direkt in seine Seele blicken. »Du hast unser Gespräch mit angehört?« Als ich nicke, antwortet er achselzuckend: »Sie wollte vor dem Ball die Schule auskundschaften, um hoffentlich eine genauere Vorstellung davon zu bekommen, was uns bevorsteht.«

Eine Weile starren wir beide gedankenverloren vor uns hin. Normalerweise wäre mir das unangenehm, aber im Moment ist mir die Stille gerade recht.

»Du und Crystal, hm?«, sage ich schließlich.

Er lächelt traurig. »Nein, daraus wird leider nichts. Sie hat ihr Herz an jemand anderen verloren. Aber ein Mann kann träumen.«

»Jemand anderen?«, frage ich verblüfft. »An wen denn?«

Sein Blick schweift zur Tür, durch die Cal gerade hereinkommt, sein Gesicht vom Training gerötet, und sich ein Glas Leitungswasser holt. Mino beobachtet ihn einen Moment, dann wendet er sich mit einem traurigen Lächeln wieder mir zu.

»Oh«, sage ich leise.

»Ich schaue mal, ob sie Hilfe braucht«, sagt er. »Wir sehen uns beim Ball, Lila.« Er geht zur Tür, bleibt aber einen Moment davor stehen. »Oh, hallo«, sagt er überrascht, bevor er ins trübe Licht draußen davonmarschiert.

Ich drehe den Kopf, um zu sehen, wen er begrüßt hat. Charlie steht in einer schwarzen Lederjacke und engen Jeans in der Tür, ihre Haare vom Wind zerzaust. Über der Schulter trägt sie einen Beutel. Unsere Blicke treffen sich, und mein Herz schlägt schneller.

Einen Moment fühle ich mich unbehaglich – als würde ich aus einem tiefen Abgrund zu ihr aufsehen. Als ich zuletzt mit ihr geredet habe, habe ich einfach aufgelegt. Ich nehme an, Crystal hat ihr von der Sache mit Psyche erzählt. Cal, der immer noch an der Spüle steht, versteift sich – offenbar spürt auch er die seltsame Spannung in der Luft.

»Hi, Charlie«, sage ich zaghaft.

Sie mustert mich mit forschendem Blick. Ich frage mich, ob sie versucht herauszufinden, ob ich immer noch ich bin oder irgendein Monster aus der Unterwelt. Das weiß ich selbst nicht genau. Ich schlucke schwer und trete unter ihrem prüfenden Blick nervös von einem Fuß auf den anderen. Sie sieht mich missbilligend an, und ich mache mich auf eine scharfe Zurechtweisung gefasst.

»So kannst du nicht zum Ball gehen«, sagt sie schließlich und hebt ihren Beutel. »Zum Glück bin ich vorbereitet.«

Ein Grinsen breitet sich auf meinem Gesicht aus, während ich fassungslos den Kopf schüttele. Die Welt geht unter, und sie denkt immer noch darüber nach, was sie anziehen soll. Ich springe auf, und sie wirft sich mir so ungestüm in die Arme, dass ich fast das Gleichgewicht verliere. Cal beobachtet uns mit abschätzigem Blick, kann sich aber ein Lächeln nicht verkneifen.

»Ich bin so froh, dass es dir gutgeht«, sagt Charlie, als wir uns voneinander lösen. Sie nimmt meine Hand und zieht mich die Treppe hoch. »Jetzt komm, der Ball ist schon in ein paar Stunden. Suchen wir dir ein schönes Outfit raus, und währenddessen kannst du mir erzählen, was zur Hölle hier los ist.«

38. Kapitel

Charlie und ich sitzen mit überschlagenen Beinen auf dem Bett in Cupids Gästezimmer. Unter dem Regenbogen aus glitzernden Kleidern, die Charlie um uns herum ausgebreitet hat, ist das weiße Laken nicht mehr zu sehen.

»Woher hast du die überhaupt alle?«, frage ich und streiche mit den Fingerspitzen über die Pailletten eines silbernen Abendkleids. »Die sehen echt teuer aus.«

»Ein Cupid zu sein hat seine Vorteile«, sagt Charlie grinsend, dann zeigt sie mit mahnendem Zeigefinger auf mich. »Aber wechsel jetzt nicht das Thema. Erzähl mir alles. Danach reden wir über die Kleider.«

»Wow, du willst nicht als Erstes über Mode reden? Wer bist du, und was hast du mit Charlie gemacht?!«

Sie zieht eine Augenbraue hoch, und ihre Lippen verziehen sich zu einem leichten Schmunzeln. Und da wird mir plötzlich klar, wie seltsam es für sie sein muss, diese Worte aus meinem Mund zu hören, wo sie sich doch bestimmt das Gleiche über mich fragt. Ich habe denselben Lebensfaden wie Psyche, und ich habe gerade eine Armee der Toten aus der Unterwelt zurückgebracht.

Ich atme tief durch. »›Alles‹ ist ganz schön schwer zu erklären.«

»Versuch es.«

»Ich fühle mich in letzter Zeit anders«, beginne ich zögernd. »Seit der Nacht in der Höhle, als Valentine mir meinen Lebensfaden gegeben hat. Und seit ich die Pyxis geöffnet habe, kommen Psyches Erinnerungen nach und nach zurück.

289

Ich hätte mich nicht mit Valentine verbünden sollen – auch wenn es nur kurz war. Aber einen Moment hat er sich wie das einzig Reale in meinem Leben angefühlt. Wie ein Anker – etwas, das mich auf dem Boden der Tatsachen hält. Ich weiß, das klingt seltsam.«

»Er ist dir wichtig? Valentine?«

»Ich spüre … eine Verbindung zu ihm«, sage ich. »Oder jedenfalls ein Teil von mir. Vielleicht ist das mein ursprüngliches Ich; vielleicht ist es Psyche. Und die Sache ist die …« Ich halte einen Moment inne – kann ich ihr das sagen? »Ich bin mir nicht sicher, ob ich ihm wirklich in jeder Hinsicht widersprechen würde. Ich habe immer noch das Gefühl, dass es gar keine schlechte Idee wäre, die Matchmaking-Agentur abzuschaffen.«

»Aber dafür gleich die ganze Welt zu vernichten?!«

Ich seufze. »Das wollte Psyche. Aber ich nicht.«

Charlie starrt aufs Bett hinunter und lässt nachdenklich einen schwarzen Seidenschal zwischen ihren Fingern hindurchgleiten. »Ich weiß, was du durchmachst. Ich meine – nicht genau. Aber ich hab mich auch verändert.«

»Als du mit dem Cupid-Pfeil getroffen wurdest«, sage ich leise.

Sie nickt. »Als das Gift des Pfeils durch meine Adern strömte, wurde ich von Gedanken und Gefühlen überwältigt, die ich vorher noch nie hatte. Ich war eine völlig andere Person. Ich habe dich *gehasst*. So sehr, dass ich versucht habe, dich anzugreifen. Meine Gefühle für James haben sich verändert. Und ich hätte alles getan, um Venus zu dienen.«

»Wie hast du das durchgestanden?«, frage ich.

Sie zuckt die Achseln. »Es war schwer. Das ist es manchmal immer noch. Ich habe nicht darum gebeten.« Sie seufzt. »Das habe ich dir nie erzählt, aber … als ich vor der Gerichtsverhandlung in der Sim gefangen war, habe ich meinen schlimmsten Albtraum durchlebt.«

»Ja, du meintest, du hättest ewigen Geschichtsunterricht ohne Jungs in der Klasse über dich ergehen lassen müssen«, sage ich. »Aber das war gelogen.«

Sie nickt, zupft nervös an einem schwarzen Kleid herum und setzt sich anders hin.

»Was hast du gesehen?«, frage ich behutsam.

Sie schweigt einen Moment und beißt sich auf die Unterlippe. »Ich war in Forever Falls«, sagt sie schließlich. »Und ich war noch ich selbst. Aber alle, die ich kannte, alle, die ich liebe, waren tot – Mom, Dad, Marcus, du, James – alle.« Sie blickt langsam zu mir auf. »Das war kein Albtraum, Lila. Es war meine Zukunft.«

»Unsterblichkeit«, sage ich leise.

Mein Herz zieht sich schmerzhaft zusammen, als sie nickt. Ich wusste immer, dass sie mir nicht die Wahrheit über ihr Erlebnis in der Sim gesagt hat, aber ich wollte sie nicht bedrängen. Und ich hätte nicht gedacht, dass es so *real* war. Ich dachte, sie hätte Angst vor Spinnen oder so.

»Lange nachdem ich in einen Cupid verwandelt worden war, hatte ich das Gefühl, als hätte ich zwei verschiedene Persönlichkeiten, die um die Kontrolle ringen. Eine von ihnen war die alte Charlie, die im Love Shack abhing, für den Schüler-Blog schrieb, Mode liebte und ständig über heiße Typen redete.« Sie grinst mich fast schuldbewusst an. »Als die Arrows Crystal entführt haben, um an die *Geschichte des Finis* zu kommen, hat mich das an die alte Charlie erinnert;

mein wahres Ich – ich wollte nicht für jemanden arbeiten, der meiner Freundin weh tut.« Ihre dunklen Augen blitzen zornig. »Aber dann gab es auch noch die neue Charlie«, sagt sie, »die Matches arrangierte, gegen Sagengestalten kämpfte und verdammt gut mit Pfeil und Bogen umgehen konnte. Und mit Crystals und Cals Hilfe – die mich unter ihre Fittiche genommen haben, als ich bei der Matchmaking-Agentur anfing – habe ich erkannt, dass ein Cupid zu sein auch zu meinem wahren Ich gehört.«

»Ihr seid beide du«, sage ich.

Sie nickt und schenkt mir ein verlegenes Lächeln. »Ich habe beide Seiten akzeptiert. Ich bin die alte Charlie, und ich bin auch ein Cupid. Ich bin nicht dieselbe, die ich vorher war – aber ich bin noch ich selbst.«

Ich sehe sie dankbar an, als mir klarwird, was sie da sagt: dass ich trotz meines früheren Lebens ich selbst bleiben kann.

»Ich liebe beide Seiten von dir, das weißt du, oder?«

»Ja, ich weiß«, erwidert sie ernst. »Und ich liebe dich auch.« Ihre Augen schimmern.

Ich nehme ihre Hand und drücke sie sanft. »Warum hast du mir nie davon erzählt?«, erkundige ich mich.

Sie zuckt die Achseln. »Bei dir geht auch so viel verrücktes Zeug ab – die ganze Sache mit Cupid, dass Venus dich töten will, dass Valentine dir nachstellt. Ich dachte, du hast schon genug um die Ohren.«

Tiefes Bedauern erfasst mich, und plötzlich kommen mir die Tränen. Betroffen starre ich auf die Kleider auf dem Bett hinunter. Die ganze Zeit war ich so mit mir selbst beschäftigt, dass ich nicht für meine beste Freundin da war, die mir mehr bedeutet als alles andere auf der Welt.

»Es tut mir so leid, Charlie«, bringe ich schließlich mit tränenerstickter Stimme heraus und blicke zur ihr auf. »Ich hätte erkennen müssen, was du durchmachst.«

Sie drückt meine Hand, dann zieht sie mich in eine feste Umarmung. Ich lege den Kopf an ihre Schulter und atme ihren vertrauten Geruch nach süßem Parfüm und den zarten Duft des Essens ihrer Mutter, der ihren Klamotten anhaftet, tief ein.

»Keine Entschuldigung nötig«, sagt sie.

So sitzen wir eine Weile beisammen, bis Charlie sich mit einem strahlenden Lächeln im Gesicht von mir löst. »Also – wir haben noch zwei Stunden bis zum Ball. Und ich will *alles* wissen«, sagt sie grinsend. »Schieß los.«

Cupid und Cal warten schon in der Küche auf uns. Cupid sitzt in einem schicken weißen Hemd mit schwarzer Fliege an der Küchentheke, sein Jackett hängt neben der Pyxis über dem Küchenschrank. Cal, der ebenfalls ein Hemd und eine graue Anzughose trägt, steht mit dem Rücken zu uns vor der Glasfront des Hauses und blickt auf das dämmrige Gelände hinaus.

Als wir hereinkommen, drehen sie sich beide zu uns um.

Cupids Augen weiten sich fast unmerklich, als er mich sieht. Sein Blick wandert langsam meinen Körper hinauf. Seine Augen lodern vor Begierde.

»Lila«, sagt er und schluckt schwer. »Du siehst –« Die Worte bleiben ihm im Hals stecken. Ich trage eins der Kleider, die Charlie mitgebracht hat – ein trägerloses, bodenlanges rotes Abendkleid. Charlie hat mir die Haare hochgesteckt, aber ein paar Strähnen hängen herunter und umrahmen mein

Gesicht. Nervös streiche ich mir eine verirrte Strähne hinters Ohr. Cupids ungeteilte Aufmerksamkeit bringt meine Haut zum Glühen.

»Ähm ... danke«, murmele ich. »Du auch.«

Seine Arme, mit denen er sich auf der Theke abstützt, spannen sich an, als müsse er sich davon abhalten, aufzuspringen und zu mir zu laufen. Wir starren einander wie gebannt an.

Da räuspert Charlie sich neben mir. Cupid wendet sich ruckartig ihr zu und grinst. Sie trägt ein luftiges, langärmeliges schwarzes Kleid, das ihr kaum bis zu den Oberschenkeln reicht. Ihre schwarzen Haare sind geglättet und fallen ihr offen über die Schultern.

»Du siehst auch toll aus, Charlie«, sagt er.

»Danke«, erwidert sie mit einem breiten Grinsen und einer spöttischen Verbeugung.

Mein Blick wandert zu Cal, während wir uns setzen. Wie üblich steht er steif da, seine Haltung fast unnatürlich aufrecht, aber alle paar Sekunden tritt er unruhig von einem Fuß auf den anderen, und in seinen silbrigen Augen flackert Besorgnis auf.

Ich ziehe nachdenklich die Stirn kraus. Macht ihm die Situation mit Valentine derart zu schaffen, oder beschäftigt ihn noch etwas anderes?

»Bist du sicher, dass unser Plan okay für dich ist, Lila?«, fragt Cupid und lenkt meine Aufmerksamkeit wieder auf sich. »Du sagst Valentine, dass du ihn zur Pyxis bringen wirst – die aber in Wahrheit in meinem Auto von Mino bewacht wird. Und dann setzt du ihn mit ein paar Schlafpfeilen außer Gefecht, so dass wir ihn gefangen nehmen können.« Sein Ton ist sanft, aber in seinen Augen flackert ein leichtes Misstrauen auf, als er meinem Blick begegnet. Er fragt nicht wirklich, ob der Plan okay für mich ist. Er will wissen, ob ich ihn, Cal und die anderen verraten werde.

»Ja, ist er«, antworte ich und sehe ihm dabei fest in die Augen. Ich muss ihm zeigen, dass ich es wirklich so meine.

Er schenkt mir ein trauriges Lächeln. »Okay. Super.« An Cal gewandt fragt er: »Wo ist Amena, Bruderherz?«

Cal blinzelt – offenbar war er mit den Gedanken ganz woanders. »Was?«

Cupid zieht irritiert die Stirn kraus. »Amena? Wo ist sie?«

»Oh. Sie ist zur Matchmaking-Agentur gefahren«, sagt Cal. »Die Liebesagenten glauben, sie würde immer noch zu den Arrows gehören, daher ist Venus gut auf sie zu sprechen. Ihre Tarnung aufrechtzuerhalten sollte uns helfen, in die Agentur zu gelangen, ohne einen Krieg anzuzetteln, wenn es so weit ist.«

Cupid mustert ihn besorgt. »Ist bei dir alles okay, Bruderherz?«

»Ja!«, braust Cal auf.

Cupid wirft mir einen fragenden Blick zu, aber ich zucke nur die Achseln – obwohl ich zu wissen glaube, was mit Cal los ist.

»Sind Mino und Crystal schon auf dem Ball?«, fragt Charlie, die ihn mit ihrem geübten Blick sofort durchschaut hat.

Cal versteift sich noch mehr, auch wenn das unmöglich scheint. Er senkt betrübt den Kopf.

»Zusammen?«, fragt Cupid.

»Ja«, seufzt Cal.

Cupid sucht erneut meinen Blick, und Verstehen zeigt sich auf seinem Gesicht, als er sich wieder seinem Bruder zuwendet. Sein Mundwinkel zuckt. Dann bricht er in schallendes Gelächter aus.

»Du bist ein Idiot, Bruderherz«, sagt er.

Cal dreht sich so ruckartig zu ihm um, dass ich fast befürchte, er könnte ein Schleudertrauma bekommen. Seine Augen blitzen wütend. »Wie bitte?!«

»Du hast mich gehört.« Cupid mustert seinen Bruder mit einem amüsierten Glitzern in den Augen. »Für jemanden, der schon sein ganzes Leben Leute zusammenbringt, bist du ganz schön schwer von Begriff, was die Liebe angeht.«

»Wovon redest du da?!«, knurrt Cal.

»Sie liebt dich, Bruderherz. Sie liebt dich schon, seit du sie vor all den Jahren in einen Cupid verwandelt und sie so vor dem sicheren Tod gerettet hast. Diese Sache mit Mino – das hat nur deshalb angefangen, weil sie denkt, du würdest nicht dasselbe für sie empfinden. Besonders jetzt, da Amena zurück ist. Du kannst nicht von ihr erwarten, dass sie ewig auf dich wartet. Aber sie ist schon die ganze Zeit in dich verliebt.« Cupid macht ein verwundertes Gesicht. »Ich dachte, das wüsstest du?«

Alle Farbe weicht aus Cals Gesicht. Sein Kiefer verhärtet sich, so dass sein Gesicht noch kantiger wirkt. Er sieht aus, als würde er seinen Bruder jeden Moment wütend anschreien, aber dann schüttelt er den Kopf. Mit geballten Fäusten stürmt er aus der Küche. Ich glaube, ich höre ihn etwas vom Ende der Welt murmeln.

Cupid wechselt einen verdatterten Blick mit Charlie und mir. »Was? Was hab ich Falsches gesagt?!«

Wir haben keine Zeit zu antworten, denn im nächsten Moment kommt Cal auch schon zurück in die Küche, sein graues

Jackett im Arm. Ohne auch nur eine Sekunde innezuhalten, marschiert er zur Tür.

»Bruderherz?«, sagt Cupid. »Wo willst du hin?«

Mit einer Hand an der Klinke dreht sich Cal noch einmal kurz zu seinem Bruder um. »Ich werde Crystal sagen, dass ich sie liebe.«

Ein Grinsen breitet sich auf Cupids Gesicht aus, und er stößt einen kleinen Freudenschrei aus, als Cal in die Nacht hinaus verschwindet. Charlie entfährt ein verblüfftes Keuchen, und ich muss lachen.

»Wir gehen doch mit, oder?«, fragt Charlie und sieht mit erwartungsvoll glänzenden Augen zwischen Cupid und mir hin und her.

»Ähm, natürlich!«, ruft Cupid und springt auf.

39. Kapitel

Cupid greift sich sein Jackett, ich nehme die Pyxis von der Küchentheke, und zu dritt eilen wir Cal nach. In der Dämmerung sind die Lampen auf dem Gelände und am Pool an, und ihr sanfter Schein gesellt sich zu dem grellen Licht, das aus der Glasfront von Cupids Haus strömt.

Cal marschiert in zügigem Tempo die Auffahrt hinunter, die Hände in den Hosentaschen vergraben, den Kopf gesenkt, um das Gesicht vor dem starken Wind zu schützen. Er ist so schnell, dass er schon beinahe das schwarze Tor erreicht hat, das zu Juliet Hill führt. Weil Cupid uns vor einer gefühlten Ewigkeit zum Strand gefahren hat und Cal sein Auto nicht dabeihat, will er offensichtlich zu Fuß zur Schule laufen.

»Cal?!«, ruft Cupid und zieht seinen Autoschlüssel aus der Tasche.

Cal dreht sich nicht um – der aufziehende Sturm verschluckt Cupids Worte.

»Soll ich ihm nachlaufen?«, fragt Charlie.

Cupid dreht sich zu uns um und deutet auf seinen Aston Martin, der ziemlich wild zwischen zwei uralten Steinstatuen geparkt ist.

»Wir lesen ihn unterwegs auf«, antwortet er.

»Gut«, ruft Charlie, dann wirft sie einen Blick auf ihre Füße. »High Heels!«

Zu dritt rennen wir zu Cupids Auto. Die kalte Luft ist wie elektrisch aufgeladen – die Härchen an meinen Armen stehen zu Berge. Irgendetwas kommt auf uns zu. Oder jemand. Ich denke daran, was mir Cupid und Cal über ihren Vater erzählt haben, und blicke herausfordernd in den Himmel.

Dann stelle ich die Pyxis vorsichtig in den Kofferraum, wo Cupid schon ein paar Bogen und Köcher abgeladen hat. Darunter ist auch mein Köcher, in dem sich ausschließlich Cupid-Pfeile befinden; die meisten mit Morpheus' Schlafsand überzogen und einer von ihnen – um ihn erkennen zu können, habe ich ihn umgedreht – mit dem Wasser der Lethe benetzt. Ich setze mich neben Cupid auf den Beifahrersitz, und Charlie steigt hinten ein.

Cupid fährt den Hügel hinauf auf Cals gebeugte Gestalt zu – seine blonden Haare leuchten im Scheinwerferlicht. Als wir ihn erreichen, kurbele ich mein Fenster hinunter, und Cal dreht sich erschrocken zu uns um, seine Wangen gerötet.

»Cal! Willst du mitfahren?«, rufe ich.

Er sieht uns an, wie wir ihn trotz des drohenden Unheils breit angrinsen, und einen Moment hat es den Anschein, als wolle er protestieren. Dann beugt sich Cupid über mich, so dass mir der intensive Geruch seines Eau de Cologne in die Nase strömt.

»Steig ein, Bruderherz«, sagt er in entnervtem, aber auch hörbar amüsiertem Ton.

Widerwillig befolgt Cal seine Anweisung, und wenig später erreichen wir die Schule. Auf dem Parkplatz stehen schon unzählige Autos, und Licht scheint aus der offenen Eingangstür, wo Chloe mit ein paar Leuten aus der Hockeymannschaft steht und einen Flachmann herumreicht.

Eine Weile bleiben wir schweigend sitzen, jeder in seine eigenen Gedanken versunken. Im Auto herrscht eine gedrückte Stimmung. Ich kann Cupids Blick auf mir spüren, wende mich ihm aber nicht zu. Meine Gedanken werden von Valentine beherrscht.

Ich frage mich, ob er schon da ist. Ich frage mich, wie viele Liebesagenten und wie viele Tote sich in der Schule herumtreiben. Ich frage mich, ob wir den Krieg verhindern können.

»Bereit?«, fragt Cupid und begegnet Cals Blick im Rückspiegel. »Keine Sorge, Bruderherz. Das wird schon.«

Er steigt aus, schlägt die Tür hinter sich zu und geht zum Kofferraum, um unsere Waffen zu holen. Charlie folgt ihm. Als ich Cals nervöse Anspannung spüre, drehe ich mich zu ihm um und sehe ihn fragend an.

»Vielleicht ist das keine so gute Idee«, murmelt er.

»Das wirst du nie erfahren, wenn du ihr nicht sagst, was du für sie empfindest.«

»Ich bin nicht gut darin«, sagt er, die Hände im Schoß verschränkt. »Mit Leuten zu reden, meine ich. Ihnen zu sagen, was ich fühle.«

»Das ist mir aufgefallen.«

Der Hauch eines Lächelns huscht über sein Gesicht. Er öffnet den Mund, um etwas zu sagen, schließt ihn aber gleich wieder. Wir sehen einander an – etwas Unausgesprochenes geht zwischen uns vor. Dann atmet er langsam aus und nickt. »Okay«, sagt er. »Ich bin bereit. Ich werde es tun.«

Ich lächele ihm ermutigend zu, und wir steigen aus. Die Leute aus der Oberstufe, die am Eingang der Schule standen, sind mittlerweile hineingegangen, und wir vier sind allein auf dem Parkplatz. Cupid und Charlie sind schon bewaffnet, ihre Bogen hängen über ihren Schultern. Cupid wirft mir ebenfalls einen zu, und ich fange ihn auf, während Cal sich seinen aus dem Kofferraum holt.

»Was ist mit der Pyxis?«, frage ich. »Ich lasse sie nicht unbewacht zurück.«

»Ich hab Mino eine Nachricht geschickt, als wir angekommen sind«, sagt Cupid und lehnt sich lässig an die Motorhaube.

Cal tritt nervös auf der Stelle, den Blick starr auf die Schule gerichtet. Cupid sieht kurz zu ihm und verdreht die Augen, dann greift er sich die Pyxis. Mich überkommt ein ungutes Gefühl.

»Aber da er eine Ewigkeit braucht, um zu antworten, sollten wir sie wohl am besten mitnehmen.«

Er merkt, wie unruhig es mich macht, dass er die Schatulle hat, und wirft mir einen fragenden Blick zu. Ich stoße den Atem aus und nicke – die Anspannung in meinem Innern löst sich allmählich.

»Ja. Okay«, sage ich.

Natürlich kann ich Cupid vertrauen.

Er grinst. »Dann kommt.«

Im Vorbeigehen stößt er seinen Bruder leicht mit der Schulter an, und Cal stolpert einen Schritt, bevor er sein Hemd glattstreicht und entschlossen zur Schule schreitet.

Charlie schließt zu mir auf, als ich ihm folge. »Wie geht's dir?«, fragt sie. »Bist du bereit?«

»Valentine zu hintergehen, meinst du?«, erwidere ich und nehme all meine Entschlusskraft zusammen, während wir durch den schwach beleuchteten Korridor zur Turnhalle gehen. »Ja. Ich bin bereit.«

Die Turnhalle ist brechend voll, als wir ankommen – die ganze Schule hat sich dort zusammengefunden und tanzt zu einem Lied von Daft Punk. Ich bleibe wie angewurzelt in der Tür stehen. Auch Cal, Cupid und Charlie spannen sich an.

Goldene Schimmer blitzen in dem rosafarbenen Discolicht auf; ernst dreinblickende Liebesagenten in schwarzen Smokings schießen Ardor auf die Schüler ab. Jedes Mal, wenn einer sein Ziel trifft, gehen zwei Leute aufeinander los, küssen sich, brechen in Tränen aus, kämpfen oder laufen wie Raubtiere den Korridor auf und ab – jeder von ihnen von einer unstillbaren Besessenheit ergriffen. Und jeder Kuss gibt Venus mehr Macht.

»Das ist nicht gut«, murmelt Cupid. »Auch wenn wir es nicht anders erwartet haben.« Sein Blick huscht durch den Raum. »Seht ihr Crystal und Mino? Valentine? Irgendwelche Toten?«

»Ich schaue mich mal um«, sagt Cal. »Bleibt ihr hier. Lasst euch nicht von den Liebesagenten erwischen.«

Ohne ein weiteres Wort marschiert er los und verschwindet in der liebestollen, aufgebrachten Menge. Ich frage mich, warum die Lehrer nichts gegen das Chaos unternehmen, bis Charlie mich anstupst und in Richtung Basketballkorb zeigt, wo Ms Green und Mr Butler wild miteinander rummachen.

»O mein Gott«, sagt sie. »Das ist *grauenhaft*.«

Ihr entsetzter Gesichtsausdruck bringt mich trotz der brenzligen Situation zum Lachen. Es gibt definitiv Schlimmeres, worüber wir uns Sorgen machen müssen, als zwei rumknutschende Lehrer.

Cupid, Charlie und ich gehen zurück in den Gang und lehnen uns an die Spinde, während wir auf Cal warten. Nach etwa fünf Minuten wende ich mich den anderen zu. »Irgendwas stimmt hier nicht«, sage ich und versuche, meine Sorge in Worte zu fassen. »Warum sollte Mino nicht zurückschreiben? Das gefällt mir nicht. Ich werde Cal suchen.«

»Lila –« Cupid versucht mich aufzuhalten, aber ein wütender Blick genügt, und er hält den Mund.

»Ich kann mich darauf verlassen, dass du auf die Pyxis aufpasst?«, frage ich.

Einen Moment herrscht unbehagliches Schweigen. Dann seufzt er. »Ja.« Er sieht mich eindringlich an. »Sei vorsichtig, Lila.«

Ich berühre ihn am Arm und spüre seine straff gespannten Muskeln. Seine Brust hebt und senkt sich stoßweise. Dann reiße ich meinen Blick von ihm los und gehe in die Turnhalle, halte auf dem Weg aber sorgsam nach Liebesagenten, toten Soldaten und Besessenheitspfeilen Ausschau.

Die Luft ist drückend und riecht nach einer grässlichen Mischung aus Schweiß und Parfüm. Ich bin so damit beschäftigt, mich umzusehen, dass ich gegen eine harte Brust pralle. Ich taumele zurück.

»Hallo, Lila«, erklingt eine schroffe Stimme mit deutlich hörbarem irischem Akzent. »Wie schön, dass du da bist.«

Mein Blick wandert über ein weißes Hemd, ein schwarzes Jackett und eine schwarze Fliege immer weiter hinauf, bis ich seine schockierend blauen Augen sehe. Etwas regt sich in mir, als mir sein vertrauter Geruch entgegenschlägt. Ich kann förmlich spüren, wie sein Blick über mein rotes Kleid und meine nackte Haut gleitet. Überall um uns herum kämpfen und knutschen Leute, aber es kommt mir vor, als gäbe es auf der ganzen Welt nur uns beide. Mein Herz hämmert gegen meine Rippen, und auf seinem Gesicht breitet sich ein Lächeln aus.

Ich schlucke schwer. »Hallo, Valentine.«

Etwas Bedrohliches flackert in seinen Augen auf, als er mir wieder ins Gesicht sieht. »Wo ist die Pyxis?«

»In Sicherheit. Wo ist die Armee der Toten?«

»Sie wartet in der Cafeteria. Sie wird kommen, wenn ich sie rufe.« Er legt sich eine Hand auf die Brust. »*Ich* halte mich an meine Versprechen, Lila.«

Vielleicht bilde ich mir das nur ein, aber ich bin mir sicher, dass in seinen Worten ein unausgesprochener Vorwurf mitschwingt. Ich beäuge ihn misstrauisch, und sein Grinsen wird noch breiter, so dass seine frustrierend süßen Grübchen zum Vorschein kommen.

»Wollen wir tanzen?«, fragt er.

»Nein.«

»Ich dachte, du tanzt gerne mit mir«, neckt er mich.

Ich ignoriere die Bemerkung, aber in mir wallen heftige Schuldgefühle auf, als ich mich erinnere, wie ausgelassen wir in Morpheus' Bar getanzt haben. Aber das war nicht ich, sondern irgendein Überbleibsel von Psyche. So muss es gewesen sein.

»Sag deiner Armee, sie soll sich aus der Schule zurückziehen«, sage ich. »Ich bringe dich zur Schatulle, und dann gehen wir zu Venus. Wir werden das gemeinsam tun, genau wie wir es geplant haben. Aber es ist noch nicht so weit. Wir sind noch nicht bereit.«

Er tritt näher zu mir, so dass wir uns fast berühren. Zärtlich hebt er mein Kinn an, so dass ich ihm in die Augen sehen muss. Sein Blick bohrt sich in mich hinein, als suche er nach meiner Seele, und er seufzt leise – sein warmer Atem streicht über meine Wangen, und mein verräterisches Herz schlägt schneller.

»Nein. Du wirst mich zu meinen Brüdern bringen«, raunt er. »Und das kann ich nicht zulassen.«

»Und ich kann nicht zulassen, dass du einen Krieg anzettelst, der Mars zurückbringen wird«, erwidere ich.

Wir starren einander wortlos an. Und dann, mit einer blitzschnellen Bewegung, greife ich mir einen Schlafpfeil und ramme ihn Valentine in die Brust. Er fällt vor mir auf die Knie – einen überraschten Ausdruck in den Augen, aber ein Lachen auf den Lippen.

Ich packe ihn am Hemd, als seine Lider langsam zufallen. »Was hast du getan?!«, fahre ich ihn an. »Was ist so lustig?!«

Er sackt in sich zusammen, und ich halte nur noch einen abgerissenen Knopf zwischen den Fingern. Doch als er auf dem Boden aufschlägt, fällt ihm ein ramponiertes, grauenerregend vertrautes Handy aus der Hand.

James' Handy.

Ich hebe es auf. Auf dem gesprungenen Display kann ich eine Nachricht erkennen, die an alle Mitarbeiter der Matchmaking-Agentur verschickt wurde.

Als ich sie lese, ergreift mich blankes Entsetzen.

> Die Armee der Toten ist in der Forever
> Falls High. Sie sind hier, um Venus zu
> beseitigen. Kommt sofort her.

Einen Moment kann ich mich nicht regen. Wie gelähmt kauere ich neben Valentine auf dem Boden. Aus dem Augenwinkel nehme ich wahr, wie einer der Liebesagenten am Rand der Turnhalle einen Blick auf sein Handy wirft und durch den Raum eilt, um die anderen zu alarmieren.

»Lila? Gut, du hast ihn erwischt.« Cals barsche Stimme reißt mich aus meiner Schockstarre. »Bringen wir ihn zum Auto.«

»Er hat den Krieg angefangen«, sage ich und blicke erschüttert zu ihm auf. Cal wird blass. »Wir müssen die Pyxis jetzt sofort zur Matchmaking-Agentur bringen, damit ich einen Gefallen vom König der Götter einfordern kann.«

Seine Augen blitzen im rosafarbenen Discolicht, und sein Körper versteift sich, als hinter ihm ein paar Footballspieler aufeinander losgehen. Dann nickt er. »Okay. Gehen wir.«

Er reicht mir die Hand, und ich lasse mir von ihm aufhelfen.

»Wo sind Crystal und Mino?«, frage ich.

Sein Gesicht verfinstert sich. »Jemand hat sie vor einer Viertelstunde in die Cafeteria gehen sehen. Anscheinend komme ich zu spät. Sie wollten offensichtlich etwas Zeit für sich allein.«

Mein Magen krampft sich zusammen. »Nein, deswegen sind sie nicht dort. Sie müssen etwas gehört haben.«

»Wie meinst du das?«, fragt er.

Ich packe ihn am Handgelenk und ziehe ihn so schnell wie möglich über die Tanzfläche – mein Herz pocht wild. »Dort hat Valentine die Armee der Toten hingebracht«, erkläre ich ihm mit einem besorgten Blick über die Schulter.

Er atmet scharf ein, und alle Farbe weicht aus seinem Gesicht. »Crystal«, sagt er, und wir rennen los.

40. Kapitel

Wir stürmen so hastig aus der Turnhalle, dass ich fast mit Cupid zusammenstoße. Auf seinem Gesicht flackert erst Verwirrung, dann Entsetzen auf, als wir an ihm vorbeirennen. Eilige Schritte donnern hinter uns über das Linoleum, als er und Charlie uns folgen.

»Was ist los?!«, ruft Cupid.

»Crystal«, antwortet Cal, ohne innezuhalten, ihr Name kaum mehr als ein panisches Keuchen. »Die Armee der Toten hat sie!«

Charlie gerät auf ihren High Heels ins Stolpern, wirft sie kurzerhand ab und rennt barfuß weiter.

»Das ist nicht alles«, füge ich hinzu. »Valentine hat den Krieg angefangen. Die Liebesagenten aus der Matchmaking-Agentur sind auf dem Weg hierher.«

Cupid flucht leise. Als wir die Cafeteria erreichen, packt er Cal am Arm und hält ihn zurück. »Vorsicht, Bruderherz«, sagt er.

Cal wirbelt zu ihm herum. »Ich gehe da rein!«

»Ich weiß. Aber –«

»Irgendwas stimmt nicht«, sage ich.

Als Cal zur Tür läuft, erfasst mich ein kaltes Grauen. Ich bekomme eine Gänsehaut. Mein Atem bildet Dampfwolken vor meinem Gesicht. Alles ist still. Cal versteift sich und zieht einen Pfeil aus seinem Köcher. Charlie und ich tun es ihm gleich, während Cupid die Pyxis fester umfasst.

Mit einer schnellen Bewegung tritt Cal die Tür auf.

Im ersten Moment höre ich nichts.

Dann rattern die Fenster auf der anderen Seite der Cafeteria, als der aufziehende Sturm sie auffegt. Der Raum ist in Dunkelheit gehüllt, doch in den Schatten kann ich Gestalten am Boden erkennen. Der süßliche, widerwärtige Gestank des Todes mischt sich mit dem typischen Cafeteria-Geruch nach altem Fett und Desinfektionsmittel. Mein Atem beschleunigt sich, als ich Cal über die Schwelle folge, Charlie und Cupid dicht hinter mir.

Langsam gewöhnen sich meine Augen an die Dunkelheit. Überall auf dem Boden liegen umgeworfene Tische und Stühle. Meine Schuhe bleiben am Boden kleben. Ich blicke auf meine Füße hinunter und stelle zu meinem Entsetzen fest, dass ich durch eine Blutlache wate.

Mein Herzschlag dröhnt mir in den Ohren.

Da fällt mir eine Bewegung bei einem der umgekippten Tische auf. Ich zücke meinen Bogen, senke ihn jedoch sofort wieder, als ich einen Mann mit aschfahler Haut am Boden liegen sehe. Sein Kopf wurde abgerissen, aber sein Arm bewegt sich noch.

Einer der untoten Soldaten.

Cal bleibt abrupt stehen, als er auf einen weiteren zerfetzten Körper stößt. Der ganze Boden ist mit unzähligen Leichenteilen übersät – die Wände und Tische sind über und über mit schwarzem Blut bespritzt. Hier hat ein Gemetzel stattgefunden.

Cupid stößt einen Arm, der vor ihm am Boden liegt, mit dem Fuß an – die skelettartigen Finger zucken noch. Mit finsterem Gesicht wendet er sich mir zu. »Mino«, sagt er. »Das passiert, wenn Mino die Kontrolle verliert.«

In diesem Moment höre ich etwas, das mir das Blut in den

Adern gefrieren lässt; ein leises, gedämpftes Schluchzen. Cals gesamter Körper versteift sich. Dann geht er auf das Geräusch zu.

Als er den umgestürzten Tisch erreicht, hinter dem das Schluchzen hervordringt, bleibt er wie angewurzelt stehen. Seiner Kehle entringt sich ein heiserer, kummervoller Schrei, der mir fast das Herz zerreißt. Eine schreckliche Vorahnung erfasst mich, als ich ihm folge.

»Nein«, sage ich, meine Stimme kaum mehr als ein Flüstern.

Mino blickt mit Tränen in den Augen zu uns auf, sein Gesicht blutüberströmt. In den Armen hält er Crystal. Ihre Haare, die er mit zittrigen Fingern streichelt, sind matt, ihre Haut ist totenbleich. Ein dunkler Blutfleck breitet sich über die Rückseite ihres pastellrosafarbenen Kleids aus. Sie atmet kaum noch – jeder röchelnde Atemzug bereitet ihr sichtlich Mühe. Vor den beiden liegt ein Speer von einem der untoten Soldaten.

Cal starrt fassungslos auf die Frau hinunter, der er heute endlich seine Gefühle gestehen wollte. »Nein!«, schluchzt er.

Er sinkt vor Mino auf die Knie und blickt ihn flehend an. »Ist sie …«

»Nein«, antwortet Mino mit rauer, brüchiger Stimme. »Noch nicht.«

»Kannst du irgendetwas tun?«, fragt Cal.

Eine Träne rinnt Mino über die Wange, und er schüttelt den Kopf. »Die Speere stammen aus der Unterwelt«, sagt er leise. »Sie töten sogar Cupids.«

Seine Worte treffen mich wie ein Schlag in die Magengrube. Meine Kehle ist wie zugeschnürt. Charlie stößt einen erstickten Schrei aus.

»Du solltest dich verabschieden, alter Freund«, sagt Mino und sieht Cal mit tränennassen Augen eindringlich an. »Ich habe ihr schon Lebwohl gesagt. Aber sie muss es von dir hören.«

»Nein.« Der schmerzerfüllte, völlig verlorene Ausdruck in Cals Gesicht bricht mir das Herz.

Crystal regt sich in Minos Armen. »Cal?«

Mino und Cal wechseln noch einen kurzen Blick, dann rückt Cal auf den Knien näher an Crystal heran. »Ich bin hier«, sagt er und nimmt ihre Hand in seine. Sie versucht, sich auf sein Gesicht zu fokussieren. »Ich bin hier.«

Mit seiner anderen Hand klopft er fieberhaft seine Taschen ab, dann blickt er panisch zu uns auf. »Obolus«, sagt er. »Ich brauche Obolus. Gebt mir ein paar, bevor –«

»Nein, Cal«, unterbricht ihn Crystal mit schwacher Stimme.

Er dreht sich wieder zu ihr um. Mino zieht sich zurück und lässt ihn Crystal in die Arme nehmen. Cal beugt sich so nahe zu ihr, dass seine Stirn ihre berührt. »Ich werde dich zurückholen«, flüstert er.

Mühsam streckt sie die Hand aus und lässt sie an seiner Wange ruhen. »Du weißt, dass ich nicht daran glaube, Cal.«

»Crystal. Bitte …« Seine Stimme bricht.

»Du weißt, dass … ich dich liebe, Cal.« Die Worte kommen ihr nur mit äußerster Anstrengung über ihre blassen Lippen. »Ich habe dich … immer geliebt.«

Er drückt seine Stirn an ihre, seine Wangen vom Weinen gerötet, sein kantiges Gesicht von der Dunkelheit scharf umrissen. »Crystal, geh nicht. Bitte.«

Ihre Augenlider werden schwer. »Cal …«

Cal zieht sie an sich. »Bitte. Bitte verlass mich nicht«, stößt er mit erstickter Stimme hervor. »Bitte –«

»Ich bin müde«, sagt sie leise.

»Aber ich liebe dich«, schluchzt er.

Sie lächelt matt, und ihre Augenlider fallen langsam zu.

»Crystal …«

»Ich werde mich einfach … eine Weile ausruhen.«

Sie schließt die Augen. Ihre Hand an seiner Wange fällt herunter.

»Crystal?!«

Keine Antwort. Der Raum ist in Stille gehüllt. Dann bricht ein tiefes, unmenschliches Geräusch aus Cal hervor – laut und kummervoll – und wird von den Wänden zurückgeworfen. Er klammert sich an sie, die Arme fest um ihren leblosen Körper geschlungen, das Gesicht in ihren Haaren vergraben. »Nein. Nein. Nein«, wimmert er immer und immer wieder. »Bitte nicht.«

Mino wendet ruckartig den Kopf ab. Charlie sinkt gegen mich und vergräbt das Gesicht in meiner Halsbeuge, und auch mir kommen die Tränen. Cupid taumelt rückwärts gegen einen Tisch, ein raues Stöhnen entringt sich seiner Kehle. Die Zeit scheint stillzustehen, so dass wir der Verzweiflung nicht entkommen können.

Ich weiß nicht, wie lange es dauert, bis Cupid einen Schritt vortritt und neben Cal in die Hocke geht. Er berührt Crystals bleiches Handgelenk, dann legt er Cal sanft eine Hand auf die Schulter. »Sie ist fort, Bruderherz«, sagt er. »Sie ist fort.«

Cal blickt auf, die Augen gerötet und verquollen, das Gesicht tränennass. *»Nein.«*

»Wir müssen hier weg«, sagt Cupid.

Cal schüttelt vehement den Kopf. »*Nein!*«

Mit bebenden Schultern wendet er sich wieder Crystal zu. Cupid umfasst sein Gesicht und zwingt ihn, ihm in die Augen zu sehen.

»Lass mich los!« Cal versucht, sich aus seinem Griff zu befreien, aber Cupid hält ihn fest. »Lass mich los!«

»Bruderherz, wer hat das getan?«, fragt Cupid. Cal blickt ihn hilflos an, sein Gesichtsausdruck völlig verloren. »Wer hat das getan?!« Cupids Stimme nimmt einen härteren, zornigen Ton an.

Da verengen sich Cals Augen. »Valentine«, stößt er mit hasserfüllter Stimme hervor.

Cupid nickt grimmig. In meinem Innern tobt ein Wirbelsturm aus Kummer, Wut und Schuldgefühlen. Ich kann kaum atmen. Valentine und die Armee der Toten sind hier, weil ich ihnen geholfen habe. Und jetzt ist sie tot.

Crystal ist tot.

Ich löse mich von Charlie, wische mir die Tränen von den Wangen und trete vor. Cupid, Cal und Mino blicken zu mir auf.

»Wir müssen es zu Ende bringen«, sage ich. Meine Stimme klingt dumpf und hohl. »Cupid hat recht. Wir müssen die Pyxis zur Matchmaking-Agentur bringen – sofort.«

Cal blickt mich durchdringend an, und jeder Muskel in seinem Körper verhärtet sich. Seine Augen lodern vor Wut.

Schließlich nickt er schroff. »Für Crystal«, sagt er.

41. Kapitel

Cal stürmt den Schulflur hinunter, die Hände an den Seiten zu Fäusten geballt, Cupid und ich folgen ihm dichtauf. Hinter uns höre ich Mino leise telefonieren – er bittet einen seiner Polizistenfreunde, Crystal in die Leichenhalle zu bringen, damit wir sie bestatten können, wenn das alles vorbei ist. Charlie, die neben ihm herläuft, schluchzt leise. Mein Herz ist so schwer, dass ich fast fürchte, es könnte mir aus der Brust fallen. Ich kann nicht glauben, dass das wirklich passiert ist. Ich kann nicht glauben, dass sie tot ist.

Als wir das Ende des Korridors erreichen, wendet Cal sich abrupt vom Ausgang ab und marschiert entschlossen auf das Geschrei und die Musik zu, die aus der Turnhalle dringen.

»Cal«, sagt Cupid nachdrücklich.

Aber er dreht sich nicht um, sondern zieht einen Ardor aus seinem Köcher.

»Valentine ist in der Turnhalle«, sage ich.

Cupid flucht leise. »Er wird ihn wecken. Dafür haben wir keine Zeit. Und wir können es echt nicht gebrauchen, dass Valentine aufwacht.«

Wir eilen Cal nach. »Kann er ihn wecken?«, frage ich.

»Mit genügend Folter, ja.«

Irgendwo hinter uns ist das Stampfen marschierender Soldaten zu hören. Cupid und ich wechseln einen Blick, seine geröteten Augen von einer finsteren Ahnung erfüllt.

»Eine der Armeen«, murmele ich entsetzt.

Wir laufen schneller, als Cal die Tür zur Turnhalle erreicht. Doch Mino kommt uns zuvor. Er packt Cal am Kragen, schmettert ihn gegen die Spinde und hält ihn an den Armen fest.

»Was soll das?!«, faucht Cal in eisigem Ton.

Ihre weißen Hemden sind blutbefleckt, und sie atmen keuchend.

»Du willst mich wirklich daran hindern, ihn zu foltern?!«, stößt Cal zornig hervor.

»Ganz im Gegenteil, alter Freund«, erwidert Mino. »Ich wollte vorschlagen, dass du mich das erledigen lässt.«

Cal erstarrt. »Was?!«

»Was ist schon ein Folterpfeil, wenn ich in seinen Verstand eindringen kann, während er schläft?«, sagt Mino. »Ich werde dafür sorgen, dass er sich wünscht, du wärst zuerst bei ihm gewesen.«

Die donnernden Schritte kommen immer näher, und Mino wirft einen Blick zur Seite. »Außerdem glaube ich, dass deine Freunde und dein Bruder dich jetzt brauchen.«

»Cal, bitte«, sage ich.

»Die Armee ist hier«, flüstert Charlie. »Hörst du das denn nicht?«

»Sie ist nicht gestorben, damit die Welt untergeht, Bruderherz«, sagt Cupid. »Wir müssen hier weg. Wir müssen zur Matchmaking-Agentur. Jetzt.«

Einen Moment rührt sich Cal nicht von der Stelle. Doch dann gibt er mit einem schroffen Nicken sein Einverständnis. Mino lässt ihn los und tritt einen Schritt zurück.

»Lass ihn für seine Tat büßen«, schärft Cal ihm ein.

Ein bedrohliches Lächeln breitet sich auf dem Gesicht des Minotaurus aus. »Keine Sorge, alter Freund. Das werde ich.« Damit dreht er sich um und verschwindet in der Turnhalle.

Wir stehen einen Moment schweigend da, dann ergreift Charlie Cals Hand und zieht ihn den Korridor hinunter. »Wir müssen los«, sagt sie. »Klingt, als wäre Venus' Armee –« Plötzlich drücken sie sich an die Wand, als eine Pfeilsalve um Haaresbreite an ihnen vorbeifliegt. »Hier«, beendet Charlie ihren Satz.

Wenig später schießen lange Speere aus der entgegengesetzten Richtung durch die Luft. Cupid und ich pressen uns an die Wand auf der anderen Seite und spähen um die Ecke.

»Und auch noch mehr Tote«, sagt er grimmig.

Etwa vierzig Krieger aus der Unterwelt blockieren den Gang, der nach rechts zu den Laborräumen führt, wie eine geisterhafte römische Legion, die knöchernen Gesichter unter ihren Helmen verborgen. Im Korridor zu unserer Linken stehen ungefähr genauso viele Liebesagenten, angeführt von dem Typen, den ich in der Turnhalle gesehen habe, mit schussbereit gespannten Bogen. Die beiden Armeen starren einander ein paar Sekunden reglos an. Dann gehen sie aufeinander los.

Ich suche Charlies Blick. »Hinterausgang durch den Hof?«, schreie ich, um den ohrenbetäubenden Lärm zu übertönen.

Sie nickt und ergreift Cals Handgelenk, während ich Cupid am Arm packe. Die Schlachtrufe, Schmerzensschreie und das Klirren von Metall auf Metall werden allmählich leiser, als wir aus dem Kampfgetümmel fliehen. Pfeile surren hinter uns durch die Luft.

Der Boden unter unseren Füßen erbebt und wirft uns gegen die Spinde zu beiden Seiten des Korridors. Ich pralle gegen Cupids Brust. Als er meinem Blick begegnet, sehe ich die Angst in seinen Augen.

»Mars?«, frage ich.

Sein warmer Atem streicht über meine Wangen, und seine Brust hebt und senkt sich stoßweise. »Er erwacht«, sagt er. »Wir müssen uns beeilen.«

Ich umfasse sein Handgelenk fester und spüre seinen beschleunigten Puls. So schnell wie möglich rennen wir Charlie und Cal in den Hof nach und sprinten an den Picknicktischen vorbei. Der heulende Wind wird in der Dunkelheit noch stärker, peitscht mir die Haare ins Gesicht und verursacht mir eine Gänsehaut.

Hastig laufen wir zum Parkplatz, vorbei an den ardorbesessenen Schülern, die am Ausgang leidenschaftlich rumknutschen, und springen in Cupids Auto. Ich nehme Cupid die Pyxis ab und stelle sie zwischen Charlie und mich auf den Rücksitz.

Der Motor heult auf, und wir brettern in halsbrecherischem Tempo los – fast fahren wir ein paar Liebesagenten über den Haufen, die für einen Ball gekleidet, aber zu einer Schlacht unterwegs sind. Im Auto herrscht eine schwermütige Stimmung. Cal blickt starr nach draußen, sein Rücken durchgedrückt, seine Schultern verspannt. Charlie lehnt am Fenster und sieht mit finsterem Gesicht auf die Straßenlaternen und die Gewitterwolken, die sich am Himmel zusammenballen. Cupid ist ungewöhnlich still.

Die freudige, aufgeregte Stimmung von der Hinfahrt hat sich ins Gegenteil verkehrt.

Ich blinzele den Tränenschleier vor meinen Augen weg und drehe mich ebenfalls zum Fenster um, doch dadurch spüre ich die Macht der Pyxis neben mir nur noch deutlicher.

Was Mino Valentine wohl antut? Es gab eine Zeit, in der

ich dagegen protestiert hätte, dass er gefoltert wird. Aber jetzt nicht mehr. Crystal ist seinetwegen tot. Er hat das alles eingefädelt.

Palmen erscheinen am Straßenrand, als wir uns L. A. nähern. Sie biegen sich im Wind, der gegen das Auto peitscht und es erzittern lässt. Der Verkehr um uns herum wird schneller und aggressiver. Ärgerliches Hupen ertönt, Männer und Frauen beugen sich aus ihren Fenstern, um einander anzuschreien.

Als wir auf die sechsspurige Autobahn fahren, die in die Stadt führt, muss Cupid scharf ausweichen, um nicht mit einem weißen Van zusammenzustoßen. Ein Stück vor uns kommt ein Lkw von der Fahrbahn ab und reißt einen Ford Fiesta mit. Charlie erwacht aus ihrer Starre, und ihre Augen weiten sich vor Schreck. »Was zur Hölle ist da los?!«

»Das ist Mars' Einfluss«, sagt Cupid in gedämpftem Ton. »Die Menschen reagieren auf ihn.«

Cupid manövriert das Auto schlitternd und schlingernd durch das Chaos, bis wir endlich in Los Angeles ankommen. Mit quietschenden Reifen halten wir an der Allee, die zur Matchmaking-Agentur führt – Cupid drückt das Bremspedal fast bis zum Anschlag durch und bringt das Auto wenige Zentimeter vor einem Baum zum Stehen.

Das Lenkrad immer noch fest umklammert, beugt er sich vor und atmet ein paarmal tief durch, um sich zu beruhigen. Mein Herz rast, und Charlies Augen sind weit aufgerissen. Einen Moment herrscht angespanntes Schweigen, während wir alle an die Gefahr denken, die uns bevorsteht.

»Kann Amena uns reinbringen, Bruderherz?«, fragt Cupid.

»Sie hat noch nicht auf meine Nachricht geantwortet«, antwortet Cal.

Cupid seufzt. »Na ja, wenigstens hat die Armee der Toten eine Menge Liebesagenten von hier weggelockt«, sagt er.
»Und alle übrigen sind bestimmt abgelenkt.«

Cal nickt, als der Boden erneut erbebt, sein Gesicht fest
entschlossen.

»Gehen wir«, sage ich.

42. Kapitel

Everlasting Love – Matchmaking-Agentur steht in eleganter Schrift an der Ladenfront. An der Tür hängt ein Schild mit der Aufschrift: *Im Moment nehmen wir keine neuen Kunden auf.*

Ein Riss zieht sich über das Fenster. Wir spähen hindurch, doch der Eingangsbereich ist stockdunkel. Der Wind zerrt an meinem roten Kleid und fährt mit eisigen Fingern durch Cupids Haare. Charlie fröstelt. Wir haben im Auto unsere Sneakers angezogen, und mit unseren Abendkleidern, Turnschuhen und Köchern voller Cupid-Pfeile über den Schultern gäben wir mit Sicherheit ein merkwürdiges Bild ab, wenn uns irgendjemand Beachtung schenken würde. Aber die einzigen Leute, die sich in der Nähe herumtreiben – eine Gruppe von Männern, die aussehen, als seien sie auf der Suche nach einem Nachtclub –, fangen auf offener Straße eine Schlägerei an, offensichtlich im Bann von Mars.

Der Boden bebt, doch Cal steht still wie eine Statue neben uns, sein Gesicht wie versteinert, sein weißes Hemd immer noch mit Blut beschmiert.

»Irgendwas stimmt nicht«, sagt er.

»Wer hätte das gedacht?«, erwidert Cupid.

Ich blicke zu ihm auf und nehme ihm die Pyxis ab. Er überlässt sie mir ohne das geringste Zögern. Ein aufgeregtes Summen scheint von der Schatulle auszugehen, als wüsste sie, wie nahe wir dran sind, sie an ihren endgültigen Bestimmungsort zu bringen.

»Warum sollten sie die Rezeption bei diesem Chaos unbewacht lassen?«, fragt Cal.

»Vielleicht haben wir zur Abwechslung mal Glück?«, meint Cupid hoffnungsvoll.

Wir werfen ihm alle einen vernichtenden Blick zu, weil er es wagt, das Schicksal herauszufordern, doch er zuckt nur mit den Achseln. »Bereit, Sonnenschein?«

Im Dunkeln haben seine Augen die Farbe eines sturmgepeitschten Ozeans, und unter der Oberfläche schimmern unendlich viele Fragen. Doch ich sehe auch eine tiefe Traurigkeit – eine wehmütige Sehnsucht, die sicher daher kommt, dass er sich fragt, ob ich noch dasselbe Mädchen bin, als das er mich kennengelernt hat, oder ob mich das alles so sehr verändert hat, dass wir kein Match mehr sind.

Ich frage mich, was er in meinen Augen sieht.

Kummer? Schuldgefühle? Dunkelheit?

Ich frage mich, ob er mich sieht oder Psyche.

Der Boden erzittert erneut, und ich nehme all meinen Mut zusammen. »Ja«, sage ich. »Ich bin bereit. Charlie? Cal?«

Die beiden nicken entschlossen. Das Glöckchen über der Tür bimmelt, als wir die Matchmaking-Agentur betreten. Sofort stößt Cal ein leises Fluchen aus und sieht auf den silbernen Stolperdraht zu seinen Füßen hinunter. Ein unheilvolles Klicken durchbricht die Stille.

Dann ertönt ein Surren, das meinen Adrenalinspiegel in die Höhe schießen lässt und die Zeit scheinbar zum Stillstand bringt. Vier rotgoldene Pfeile schießen aus einer Apparatur am anderen Ende des Raums.

Charlie packt Cal, der wie betäubt auf seine Füße starrt, und wirft sich mit ihm zu Boden. Bevor ich die Schatulle hochheben kann, um den Pfeil abzuwehren, umfasst Cupid meine Taille und lässt sich rückwärts fallen, so dass ich auf ihm lande. Die Pfeile prallen an der Glasfront der Matchmaking-Agentur ab und zerfallen zu Asche.

Cupids Körper drückt sich in voller Länge an mich. Sein heißer Atem kitzelt mich am Ohr. Mein Herz rast, und auch ich atme keuchend. Einen Moment bleiben wir so liegen, seine Arme immer noch um meine Taille geschlungen.

Dann gibt er ein ersticktes Stöhnen von sich. »So gerne ich auch mit dir kuscheln würde, Lila, dein Bogen befindet sich zu nah an einer … empfindlichen Stelle«, sagt er. »Und – du weißt schon – der Krieg …«

Trotz unserer misslichen Lage muss ich grinsen. »Sorry.« Ich rappele mich auf. Charlie und Cal sind schon wieder auf den Beinen.

»Offenbar haben sie die Rezeption doch nicht unbewacht gelassen«, sagt Cupid, sein Mund ganz nah an meinem Ohr. Ein Geräusch am anderen Ende des Raumes lässt uns erschrocken zur Glastür hinter dem Empfangstresen aufblicken.

Die Tür fliegt auf, und eine Flut von Agenten in weißen Anzügen stürmt herein. Grelles Licht erhellt den Eingangsbereich, als jemand die Deckenlampen einschaltet. Pfeile blitzen auf, sie schnellen direkt auf uns zu. Ich ducke mich und hebe die Pyxis hoch, so dass zwei der Pfeile an ihr abprallen; doch die Wucht des Einschlags bringt mich aus dem Gleichgewicht, und ich taumele gegen den Empfangstresen.

Charlie, die neben mir steht, zückt ihren Bogen und schießt ein paar Ardor auf die blonden Agentinnen an der Tür ab. Cupid stürzt vor und stößt einen drahtigen Kerl mit kantigem Gesicht gegen ein Mädchen mit roten Locken, als dieses auf Cal zielt.

»Cal, Vorsicht!«, schreit er.

Cal hechtet zur Seite und prallt mit dem Rücken gegen mich, dann feuert er in rascher Folge einen Pfeil nach dem anderen auf die Agenten ab, die auf uns zurennen. Schreie zerreißen die Luft. Ich drehe mich erschrocken um, als Charlie ein schmerzerfülltes Ächzen ausstößt. Ein kleiner, stämmiger Mann macht sich die Ablenkung zunutze, indem er mich am Arm packt.

Blitzschnell wirble ich herum und ramme ihm meine Faust ins Gesicht. Seine Nase bricht mit einem befriedigenden Krachen, und ich werfe ihn mit einem Tritt zu Boden.

Dann sehe ich mich fieberhaft um. Wir vier stehen Schulter an Schulter, umzingelt von mindestens zwanzig Liebesagenten, die alle mit Pfeilen auf uns zielen.

Von draußen sind das Quietschen von Autoreifen und das Heulen des Windes zu hören. Aber hier drinnen ist alles still.

Dann öffnet sich die Tür hinter der Rezeption erneut. Ein Mädchen mit langen schwarzen Haaren, das ich sofort wiedererkenne, kommt herein. Cal erstarrt, als er sie sieht.

»Amena?«, fragt er fassungslos.

Sie beachtet ihn gar nicht. »Wir haben sie«, sagt sie in ihr Headset, und ihre Lippen verziehen sich zu einem kalten Lächeln. »Zwei ihrer Söhne sind hier. Der Verräter. Und« – ihre Augen richten sich auf mich – »das Match.« Sie grinst. »Sie haben die Pyxis.«

Sie kommt auf uns zu, und die Menge teilt sich, um sie durchzulassen. Cal versteift sich, als sie vor uns stehenbleibt. Ihr Blick schweift vollkommen teilnahmslos über ihn hinweg, ehe er auf mir verharrt.

»Gib mir die Schatulle«, sagt sie.

Mein Herz hämmert. Ich suche nach irgendeinem Hinweis,

dass sie immer noch auf unserer Seite ist, und umklammere die Pyxis fester. In einer fließenden Bewegung zieht sie einen Ardor aus ihrem Köcher und hält ihn Cal an die Kehle. Seine Augen weiten sich vor Schreck, und er taumelt einen Schritt zurück, so dass er mit Cupid zusammenstößt.

»Gib mir die Schatulle«, sagt sie erneut. »Deine Freunde werden extremes Unbehagen erleben, bis du meinem Befehl gehorchst.«

Ich schlucke schwer. Bevor ich ihr die Schatulle aushändigen kann, rammt sie Cal den Pfeil in den Hals. Er schreit auf, sein Gesicht läuft rot an, und seine Muskeln zucken krampfhaft.

»Amena!« Seine Stimme ist rau vor Entsetzen.

Mein Magen zieht sich zusammen. Ich denke an das Lächeln, das sie mit der rothaarigen Agentin ausgetauscht hat, die wir nach dem Angriff auf das Love Shack festgenommen haben. Ich denke daran, dass sie James mit einem schwarzen Pfeil erschossen hat – womit ihm einen Platz auf der Fähre der Toten sicher war. Hat sie etwa die ganze Zeit für Venus gearbeitet?

»Hier!«, rufe ich und drücke ihr die Pyxis in die Hand, als Cal neben mir von Krämpfen geschüttelt wird.

Amena sieht mich nicht einmal an. Ein hämisches Grinsen breitet sich auf ihrem Gesicht aus. »Du hast ja keine Ahnung, wie lange ich davon geträumt habe, ihr diese Schatulle zu bringen. Ihre Gunst zu erlangen.«

Damit wendet sie sich von Cal ab, der stöhnend am Boden kauert, und geht zur Tür.

»Nehmt die Gefangenen mit«, befiehlt sie ihren Männern. »Wir bringen sie direkt zu Venus.«

Ein paar Agenten greifen nach meinen Armen, als der Boden erneut erbebt.

Wir vier prallen gegeneinander. Einige Liebesagenten stürzen zu Boden. Das Beben lässt nicht nach. Der Wind heult, und sintflutartiger Regen prasselt gegen die Glasfront des Hauses wie ein Kugelhagel. Cal flucht leise. Cupid, der mit dem Rücken zu mir steht, packt mein Handgelenk, und auch ich halte mich an ihm fest. Mein Herz pocht wild.

Beim letzten derart heftigen Erdbeben haben wir uns aneinandergeklammert – damals, auf Cupids Balkon, als wir uns im strömenden Regen zum ersten Mal geküsst haben.

Das ist nicht gut ausgegangen.

Amena wirbelt herum und reißt erschrocken die Augen auf, als die Glasfront der Matchmaking-Agentur mit einem gewaltigen Krachen zerschellt. Der Sturm fegt herein, zerrt an unseren Kleidern und krallt sich mit eiskalten Fingern in unsere Haut. Meine Wangen brennen, und ich weiß nicht, ob mir Regentropfen ins Gesicht peitschen oder Glassplitter. Im Boden bilden sich tiefe Risse, und die Agenten gehen hinter dem Empfangstresen in Deckung.

»Wir müssen sie zu Venus bringen!«, schreit Amena, als ein Teil der Decke einstürzt. »SOFORT!«

Dann kehrt plötzlich Stille ein. Der Sturm legt sich.

Alles, was ich noch höre, ist mein eigener keuchender Atem und der von Cupid, Cal und Charlie, die um mich herumstehen.

Amena starrt voller Entsetzen auf irgendetwas hinter uns, und Cupids Finger krampfen sich um mein Handgelenk.

Das Glöckchen über der Tür bimmelt, als jemand hereinkommt.

»Das würde ich euch nicht raten«, sagt eine tiefe Stimme hinter mir.

Cal spannt sich an, den Blick immer noch auf Amena und die Pyxis in ihrer Hand gerichtet. Charlie zieht scharf die Luft ein. Cupid flucht leise.

»Dad ist zu Hause«, sagt er.

43. Kapitel

Ich erstarre vor Schreck, wende den Blick aber nicht von Amena und der Schatulle ab, die sie mir gestohlen hat. Das Herz schlägt mir bis zum Hals. Im Eingangsbereich der Matchmaking-Agentur ist es vollkommen still. Niemand regt sich. Niemand sagt etwas. Die gut zwanzig Liebesagenten an der rückwärtigen Wand und hinter dem Tresen sind starr wie Statuen – sie scheinen kaum zu atmen.

Gemächliche Schritte donnern über die rissigen Bodenfliesen.

Dad ist zu Hause.

»Nun, ist das nicht interessant?«, sagt Mars. »Eine Armee der Toten in einer Highschool. Zwei meiner Söhne, die sich plötzlich blendend verstehen. Meine frühere Geliebte, die getötet wurde, aber aus der Unterwelt zurückgekehrt ist. Und eine Schatulle, mit der man einen Gefallen vom König der Götter einfordern kann. Wie sehr sich die Dinge doch geändert haben, seit ich zum letzten Mal auf der Erde war. Aber der Krieg findet immer einen Weg.«

Er bleibt stehen. Der starke Geruch von Rauch und Eau de Cologne schlägt mir entgegen und löst eine heftige Übelkeit in mir aus.

»Wer immer mir die Schatulle bringt, wird diesen Ort lebend verlassen.« Seine Stimme nimmt einen harten, bedrohlichen Ton an.

Ein paar der Liebesagenten blicken nervös zu Amena. Ihre Augen werden groß, aber ihre Finger schließen sich fester um die Pyxis. Einen Moment herrscht angespanntes Schweigen, während die Liebesagenten entscheiden, welchem Gott sie die Treue schwören.

Dann stürzt der kleine Mann, dem ich ins Gesicht geschlagen habe, plötzlich vor. In Sekundenschnelle hebt Cal seinen Bogen und schießt ihm einen Pfeil in die Brust. Schreiend fällt er vor Amenas Füßen zu Boden.

Mars lacht leise. »Jetzt ist nicht der richtige Zeitpunkt für eine Rebellion, mein Sohn. Aber nun gut. Ich habe euch die Wahl gelassen. Diese Schatulle darf Venus niemals in die Finger bekommen«, sagt er. »Nicht, wenn sie den einzigen Gott beschwören kann, der mich dorthin zurückschicken kann, wo ich herkomme.« Er klatscht in die Hände. »Nein. Lieber töte ich euch alle, hole mir die Schatulle und verstecke sie an einem Ort, an dem sie niemand je finden wird.«

»Aber mich kannst du doch gar nicht töten«, ruft Cupid.

Ich drehe mich immer noch nicht um, mein Blick wie gebannt auf die azurblaue Schatulle gerichtet. Wir müssen sie hier wegbringen.

Mars stößt ein kaltes Lachen aus. »Hallo, mein Sohn. Offenbar hat es deine Mutter versäumt, dich und deine Brüder zu disziplinieren. Aber keine Sorge, jetzt bin ich ja da.« Er legt eine lange Pause ein – in der eisigen Luft liegt eine fast greifbare Spannung. »Du bist nicht so unsterblich, wie du denkst.«

Bei seinen Worten setzt mein Herz einen Schlag aus. Doch ich kann jetzt nicht darüber nachdenken, was er damit meint. Ich muss Psyches Aufgabe erfüllen. Nur so kann ich das Ganze beenden.

Mein Puls rast, als ich mich bereitmache.

»Wo wir gerade von eurer Mutter sprechen, wie ich höre, ist sie nicht gerade zufrieden mit euch«, fährt Mars fort. »Dabei geht es wohl um ein Match und Psyches wiedergeborene Seele.«

Cupids Hände legen sich um meine Taille, und er schiebt mich unauffällig weiter hinter sich, jeder Muskel in seinem Körper fest angespannt. Mein Herz hämmert. Ich muss zu Amena rennen und ihr die zerbrechlich aussehende Schatulle abnehmen.

Cal begegnet meinem Blick und neigt leicht den Kopf. Er weiß, was ich vorhabe.

»Nun, willst du mich deiner Freundin nicht vorstellen?«, redet Mars unbeirrt weiter.

Ich renne los. Den Blick starr auf Amena gerichtet, haste ich auf sie zu. Hinter mir bricht Unruhe aus, und ich höre Cupid schmerzerfüllt stöhnen.

»Halt«, sagt Mars.

Ich bleibe taumelnd stehen. Langsam drehe ich mich um. Mein Herz hämmert gegen meine Rippen, als ich mich Mars, dem Gott des Krieges, gegenübersehe. Cupid liegt vor ihm auf dem Boden, das Gesicht gerötet, Mars' schweren Stiefel im Nacken.

»Mein liebes Mädchen, du kannst nicht weglaufen. Sei vernünftig.«

Ich starre ihn an. Er ist groß, mit glatten schwarzen Haaren, durch die sich ein paar graue Strähnen ziehen. Seine Statur ist schlanker als erwartet, und er trägt einen maßgeschneiderten schwarzen Anzug und blitzblank polierte Schuhe – er sieht eher aus wie ein Politiker als wie ein Krieger. Obwohl die Tatsache, dass Cupid besiegt zu seinen Füßen liegt, eine andere Sprache spricht.

»Bring mir die Schatulle«, sagt er in herrischem Ton.

Seine Augen sind genauso schockierend blau wie die von Valentine, aber viel kälter. Sie bohren sich in mich hinein. Genau wie Venus blinzelt er längst nicht so oft, wie er sollte. Aber ganz anders als Venus und im krassen Kontrast zu dem Gemetzel, das seine Ankunft auf den Straßen draußen angerichtet hat, strahlt er eine seltsame Ruhe aus; sein Gesichtsausdruck verrät nichts, und er steht vollkommen still, obwohl Cupid sich unter ihm windet.

Mein Atem beschleunigt sich noch mehr, als ich sehe, was hinter ihm lauert. Durch die zersplitterte Glasfront der Matchmaking-Agentur sehe ich Hunderte Menschen in Arbeitskleidung oder Ausgeh-Outfits, die Schilder, Metallstangen und andere provisorische Waffen in der Hand halten. Sie starren uns bedrohlich an. Ein wütender Mob, der nur darauf wartet anzugreifen.

Mars' Armee. Sie ist bereit für den Krieg.

»Nein«, sage ich leise.

Seine Lippen verziehen sich zu einem dünnen Lächeln, das seine Augen nicht erreicht. Er neigt den Kopf. »Es freut mich, dich kennenzulernen. Ich sollte dir danken, Psyche«, sagt er, »bevor ich dich töte. Schließlich warst du es, die das alles möglich gemacht hat.« Gelassen begutachtet er seine langen, gepflegten Fingernägel, während Cupid unter ihm erneut ein gequältes Stöhnen ausstößt. Cal lässt seinen Vater nicht aus den Augen und ballt so fest die Fäuste, dass seine Knöchel weiß hervortreten. »Du denkst, du könntest die Götter gegeneinander ausspielen und aus unserer Asche aufsteigen? Du denkst, du könntest den Gott des Krieges manipulieren?« Er macht ein missbilligendes Geräusch. »Du solltest dich davor hüten, Spielchen mit den Göttern zu spielen.«

»Ich bin nicht Psyche«, sage ich. »Nicht mehr.«

»Und doch hast du ihren Lebensfaden und damit die Macht, einen Gefallen vom König der Götter einzufordern«, erwidert er. »Das macht dich zu einem Problem. Identitätskrise hin oder her ...« Er schnalzt mit den Fingern. »Bringt das Mädchen und die Schatulle zu mir.«

Der Mob greift an – ein wütendes Meer aus zornroten Gesichtern und Waffen. Mars' Marionetten klettern durch die kaputte Ladenfront, ohne darauf zu achten, dass ihre Klamotten an dem zerbrochenen Glas hängen bleiben und zerreißen. An der Rezeption bricht das blanke Chaos aus, als Cupids und Menschen aufeinander losgehen. Schlachtrufe und Schmerzensschreie dröhnen mir in den Ohren. Die Cupids mögen zum Kampf ausgebildet sein, aber sie sind eindeutig in der Unterzahl, und der Angriff trifft sie unvorbereitet.

Ich warte nicht darauf, dass sie mich gefangen nehmen. Ich drehe mich um und renne zu Amena. Offenbar hatte sie den gleichen Gedanken, denn sie sprintet mit der Pyxis im Arm zu der Tür hinter dem Empfangstresen. Ich stürze mich auf sie, packe sie an den Haaren und ziehe, so fest ich kann. Mit einem schmerzerfüllten Schrei taumelt sie zurück.

»Bring mich zu Venus«, fauche ich ihr ins Ohr.

Sie wirbelt herum und setzt zu einer Erwiderung an. Ihre Augen lodern vor Wut.

Doch plötzlich nimmt ihr Gesicht einen ängstlichen Ausdruck an. Im selben Moment strömt mir wieder der Geruch von Rauch und Eau de Cologne in die Nase. Blankes Entsetzen packt mich, als sich eine Hand, so kalt wie Stahl, auf meinen Arm legt. Ich will mich losreißen, doch sie hält mich in eisernem Griff und dreht mich um.

Vor mir steht Mars.

Cupid, Cal und Charlie versuchen, zu mir zu kommen, aber die Meute fällt über sie her und reißt an ihren Haaren, ihren Kleidern. Ich bin auf mich allein gestellt.

»Wie traurig, dass es so enden muss«, sagt Mars und packt mich an der Gurgel. »Ich sehe deine Seele – zornig und gewalttätig. Du würdest hervorragend in mein Team in Washington passen, wenn du schon all deine Erinnerungen zurückhättest. Ein großartiges Werkzeug des Krieges.«

Ein ersticktes Keuchen entringt sich meiner Kehle, als er mir den Hals zudrückt und mich hochhebt, so dass meine Füße über dem Boden baumeln. Ich schlage nach seinem Gesicht und reiße seine unnatürlich glatte Haut mit den Fingernägeln auf, aber er reagiert überhaupt nicht. Vor meinen Augen tanzen grelle Lichtpunkte.

Da sackt er plötzlich nach vorn. Verblüffung macht sich auf seinem Gesicht breit – seine kalten Augen weiten sich vor Schreck, und aus seinem Mundwinkel rinnt Blut. Er lässt mich los, und ich taumele zurück, als sich ein muskulöser Arm von hinten um seine Kehle legt. Er wird zu Boden geworfen.

Nach Atem ringend starre ich auf den Gott des Krieges hinunter, während er mit zittrigen Fingern nach dem goldenen Pfeil greift, der aus seinem Rücken ragt.

Der *Finis.*

Der Pfeil, der alle töten kann, in deren Adern Cupids Blut fließt. Wenn er von einem Sterblichen abgeschossen wird.

Ich blicke langsam auf, um zu sehen, wer mich gerettet hat, und ein Sturm der Gefühle überkommt mich.

Sein weißes Hemd, das bis zu den Ellbogen hochgekrempelt ist, klebt an seiner muskulösen Brust. Seine Haut ist gerötet und klamm, und ich kann seinen Schweiß riechen. Seine blauen Augen begegnen meinem Blick.

Hinter ihm stürzt sich die Armee der Toten ins Kampf-getümmel. Ihre Speere töten Cupids und Menschen gleicher-maßen.

»Valentine«, fauche ich.

Er neigt den Kopf, als würde er meinen Dank dafür annehmen, dass er mir das Leben gerettet hat – aber ich werde mich ganz bestimmt nicht bei ihm bedanken. Heftige Schuldge-fühle, getarnt als Wut, durchfluten mich, als ich daran denke, was mit Crystal passiert ist. Das hat er zu verantworten. Und ich ebenfalls. Ich habe ihm geholfen, seine Armee herzubrin-gen.

»Was machst du hier?!«, fahre ich ihn an.

»Mino und ich sind zu einer … Einigung gekommen«, sagt er.

Mich erfasst ein kaltes Grauen. »Nein«, murmele ich kopf-schüttelnd, »das würde er nicht tun.«

»Ich bin hier oder etwa nicht?« Valentine hebt wie zur Ka-pitulation die Hände. »Wir wollen das Gleiche, Lila.«

Er verstummt abrupt, als sich Mars aufrichtet. Der Gott des Krieges klopft sich den Dreck von seinem teuren Anzug und wirft den goldenen Pfeil zu Boden.

Valentine sieht mich eindringlich an. »Hol dir die Schatulle. Und lauf! Ich bin bald bei dir.« Ein schelmisches Grinsen brei-tet sich auf seinem Gesicht aus. »Aber vorher haben mein Va-ter und ich noch einiges nachzuholen.«

Schnell wie der Blitz gehen die beiden aufeinander los.

44. Kapitel

Valentine versetzt Mars einen Stoß und schlägt ihm mit der Faust ins Gesicht. Dann bricht ein derart wilder Kampf aus, dass ich nur noch verschwommene Bewegungen ausmachen kann.

Die Pyxis. Ich muss mir die Pyxis holen.

Mit wild klopfendem Herzen stürze ich vor, packe Amena am Arm und zerre sie durch die Tür ins Großraumbüro. Sie leistet keinen Widerstand – anscheinend ist sie genauso erpicht darauf wie ich, möglichst viel Abstand zwischen uns und den Gott des Krieges zu bringen. Zusammen sprinten wir durch den verlassenen Raum. In meinem langen Kleid gerate ich ein paarmal fast ins Straucheln, als wir zwischen den schwarzen Säulen und unordentlichen Tischen hindurcheilen. Schließlich erreichen wir den Innenhof.

Ich bleibe vor einer neuen Statue der Gründerin stehen, die am Teich aufgestellt wurde; das Mondlicht, das durch die Dachluke über uns hereinfällt, taucht ihr Gesicht in einen schaurigen Schein. Ich atme die muffige, blumig duftende Luft tief ein und unterdrücke die Panik, die bei diesem Anblick in mir aufsteigt.

Ich dachte, meine eigene und Psyches Wut würden meine Angst vor Venus überlagern. Aber sie hat uns beiden zu viel Leid zugefügt. Ihretwegen musste Psyche durch die Hölle gehen. Mich hätte sie beinahe getötet. Und jetzt muss ich mich ihr erneut stellen.

Ich spüre Amenas Blick auf mir. Mein Zorn über ihren Verrat hilft mir, die Furcht, die in mir aufsteigt, niederzukämpfen.

»Du wirst mich zu Venus bringen«, herrsche ich sie an.

Einen Moment ist es vollkommen still. Sie starrt mich wortlos an, einen mürrischen Ausdruck im Gesicht. Wir atmen beide keuchend, und ihre Brust hebt und senkt sich stoßweise unter ihrem weißen Anzug. Dann zieht sie die Stirn kraus. »Natürlich werde ich das«, sagt sie.

»Ich bin nicht deine Gefangene!«

Sie sieht mich mit ihren großen braunen Augen leicht genervt an. »Wenn du dich dadurch besser fühlst ...«

Zu meiner Überraschung reicht sie mir die Schatulle, wendet sich von mir ab und wirft im Vorbeigehen ihr Headset in den Teich. Sie schüttelt ihre dunklen Haare aus und marschiert geradewegs zu dem rankenüberwucherten Torbogen am anderen Ende des Hofes.

»Jetzt komm. Valentine wird Mars nicht ewig in Schach halten können. Du musst Venus die Schatulle bringen, damit wir es beenden können.« Als ich sie nur verblüfft anstarre, wirft sie mir einen ärgerlichen Blick zu. »Was? Dachtest du etwa, ich würde für Venus arbeiten?!«

»Na ja, seit du Cal gefoltert hast, irgendwie schon ...«

»Ich bin eine Doppelagentin, Lila. Die Arrows und Venus vertrauen mir. Ich musste es echt aussehen lassen. Cal hat mich benachrichtigt. Ich sollte die Schatulle an mich nehmen und sie dir geben, sobald wir dich als Gefangene in Venus' Büro gebracht hätten. Aber die Ankunft einer weiteren uralten Gottheit hat die ganze Sache etwas verkompliziert.«

Ich mustere sie argwöhnisch. Mit einem Mal erinnere ich mich, dass Cal mir unauffällig zugenickt hat, als er gesehen hat, dass ich zu Amena rennen wollte. Wollte er mir auf die Art mitteilen, dass ich bei ihr sicher bin?

»Warum hätte ich sonst so viele Agenten zur Rezeption schicken sollen?«, fährt sie fort. »Ich habe den Weg freigemacht, damit wir unbehelligt zu Venus kommen.«

Mit einem tiefen Seufzen zieht sie einen Capax aus ihrem Köcher und sticht sich damit in den Finger. »Ich bin auf deiner Seite«, sagt sie. »Das ist die Wahrheit.«

»Du bist eine ausgebildete Liebesagentin«, erwidere ich. »Du kannst dem Wahrheitspfeil widerstehen.«

Ein kleines Lächeln zeigt sich auf ihrem Gesicht. »Ich weiß«, sagt sie achselzuckend. »Das war nur eine symbolische Geste. Du musst mir einfach vertrauen. Aber vielleicht kannst du das auf dem Weg zu Venus' Büro entscheiden?« Sie blickt zum Torbogen, als ein lautes Krachen durch den Hof schallt. Ihre Augenbrauen ziehen sich zusammen. »Wir haben nicht mehr viel Zeit.«

Die Pyxis fest an mich gedrückt, folge ich ihr durch den kunstvoll dekorierten Korridor. Unsere Schritte hallen von den schwarzweiß karierten Fliesen wider.

»Das mit Crystal tut mir leid«, sagt Amena unvermittelt, ihre Stimme schwermütig. »Ich hatte großen Respekt vor ihr.«

Mein Herz krampft sich zusammen, und ich wende schnell den Blick ab. »Ja. Ich auch.«

»Ist Cal okay?«

Ich seufze. »Nein. Nicht wirklich.«

Wir verfallen in Schweigen und bahnen uns einen Weg zum Aufzug. Als wir einsteigen und Amena auf den Knopf zum obersten Stockwerk drückt, wird mir flau im Magen. Die Türen schließen sich, da schiebt sich plötzlich eine Hand dazwischen und drückt sie wieder auf. Amena zieht blitzschnell einen Pfeil aus ihrem Köcher, und ich trete einen Schritt zurück, um die Pyxis zu beschützen.

Auf der anderen Seite der Tür steht Cupid, den Blick zu Boden gesenkt. Langsam sieht er zu mir auf.

»Gut. Ihr habt die Schatulle«, sagt er. Seine blonden Haare stehen wild ab. »Lasst uns ein paar Götter vernichten!«

Ich atme erleichtert auf. Sein Blick huscht zur Seite, als Cal und Charlie neben ihm auftauchen. »Ah. Ihr habt es geschafft«, sagt er. »Na endlich.«

»Du warst ungefähr eine Sekunde früher hier«, keucht Charlie. Sie hat eine geschwollene Lippe, und der Ärmel ihres Kleids ist zerrissen, aber ansonsten ist sie unversehrt. Eine Woge der Erleichterung durchflutet mich, doch dann sehe ich Cal. Seine Augen blitzen vor eiskalter Wut, und aus seinem Mundwinkel rinnt Blut. Er atmet schwer – seine Brust hebt und senkt sich heftig. In seinem Innern scheint ein Sturm zu toben, den er nur mit Mühe unter Kontrolle halten kann.

Er weiß, dass Valentine hier ist.

Die drei steigen in den Aufzug, und ich drücke auf den Knopf. Die Türen schließen sich erneut, als ein schwerer Stiefel sie aufhält. Wir greifen nach unseren Waffen, doch auf der anderen Seite steht Mino. Die Ärmel seines Hemdes sind zerfetzt, und darunter kommt sein Labyrinth-Tattoo zum Vorschein.

»Habt ihr noch Platz für einen mehr?«, fragt er.

Kaum hat er einen Fuß in den Aufzug gesetzt, da packt Cal ihn an der Kehle und schmettert ihn gegen die Wand. »Was zur Hölle macht Valentine hier?!«, schreit er ihn an. »Du solltest ihn foltern!«

»Und das habe ich, alter Freund«, sagt Mino gelassen, während die Türen sich schließen. »Aber als klar war, dass euer Vater zurückkehrt, und ich in seinem Verstand gesehen habe, dass er den *Finis* aus der Unterwelt mitgebracht hatte, dachte ich, er könnte uns noch von Nutzen sein. Ich habe gesehen, dass er zu allem bereit ist, um zu verhindern, dass jemand Lila die Pyxis wegnimmt.«

»Seinetwegen ist Crystal tot«, knurrt Cal in eisigem Ton, als sich der Aufzug in Bewegung setzt.

Minos Gesicht verdüstert sich. »Das habe ich nicht vergessen, alter Freund«, stößt er zwischen zusammengebissenen Zähnen hervor.

Einen langen angespannten Moment starren die beiden einander schweigend an. Dann tritt Cal einen Schritt zurück und reibt sich mit beiden Händen das Gesicht. Cupid, der an der Wand des Aufzugs lehnt, beobachtet ihn sichtlich besorgt.

»Valentine hilft uns nur, weil er denkt, dass Psyche die Kontrolle übernehmen wird, sobald ich Venus die Pyxis gebe, oder?«, frage ich Mino.

»Ja, ich glaube schon«, antwortet er.

Ich hole den schwarzen Pfeil, den ich ins Wasser der Lethe getaucht habe, aus meinem Köcher. »Nun, das wird nicht passieren«, sage ich und halte ihn Cupid hin. »Du musst damit auf mich schießen, wenn ich … die Kontrolle verliere, okay?«

Ein dunkler Schatten legt sich über Cupids Gesicht, doch er nimmt den Pfeil entgegen. »Bist du sicher, dass du das willst, Lila?«, fragt er. »Du könntest alle deine Erinnerungen verlieren.«

Ich seufze und sehe ihm fest in die Augen. »Ja.«

Das leise *Ping* des Aufzugs holt uns in die Gegenwart zurück. Die Türen öffnen sich. Ich spüre einen kühlen Luft-

337

zug im Gesicht. Blitzschnell hebe ich die Hand und greife mir den Pfeil, der auf uns zufliegt – dabei lasse ich die Pyxis beinahe fallen. Cupid blickt verblüfft zu Venus' Rezeptionsbereich, doch Amena reagiert sofort und feuert einen Ardor über meine Schulter ab. Er trifft den langhaarigen Mann, der uns angegriffen hat, in die Brust und schleudert ihn rückwärts auf einen der neonfarbenen Sessel.

»Venus' neuer Assistent«, ruft Amena laut, um seinen Schmerzensschrei zu übertönen. »Kommt, schnell!«

Sie eilt an uns vorbei, und wir folgen ihr durch den menschenleeren Wartebereich, während Mino Venus' Assistenten am Kragen packt und in den Aufzug schleift. Vor der Rezeption bleiben wir stehen und versammeln uns um Amena.

»Mit wie vielen Agenten müssen wir rechnen?«, frage ich.

»Vor ihrem Büro sind mindestens zehn stationiert.«

Cupid umfasst sanft meinen Arm und dreht mich zu sich herum. Er ist mir ganz nah, als ich zu ihm aufblicke. »Lila ...«, setzt er an.

Ich lege ihm eine Hand auf die Brust und spüre, wie sein Herz hämmert. »Ich schaffe das«, sage ich.

»Ich weiß. Ich habe nur Angst, dass du, selbst wenn alles nach Plan läuft und Psyche nicht die Kontrolle übernimmt, einen ... Preis dafür bezahlen musst, dass der König der Götter dir seine Gunst schenkt«, sagt er. »Was Mars gesagt hat – dass du keine Spielchen mit den Göttern spielen solltest –, damit hatte er recht. Wir spielen nicht mit ihnen, sie spielen mit uns.«

»Haben wir denn nicht bereits einen hohen Preis bezahlt?«, erwidere ich.

»Sei einfach vorsichtig, okay? Und wenn du dort drinnen

338

bist, denk daran …« Sein Blick lodert vor Leidenschaft. Er scheint sich in mich hineinzubrennen.

»Was?«, frage ich leise.

Er drückt seinen Mund auf meinen. Ich atme scharf ein, dann lasse ich mich in seine Umarmung sinken, vergrabe die Finger in seinem Hemd und ziehe ihn näher an mich. Seine Hand gleitet über meinen Arm, sanft, aber bestimmt, und hinterlässt eine Spur prickelnder Hitze.

Als wir uns voneinander lösen, atmen wir beide keuchend, und alle anderen sind plötzlich sehr an dem gerahmten Bild eines pastellrosafarbenen Herzens interessiert, das über der Rezeption hängt.

Cupid lächelt mich verlegen an und fährt sich mit der Hand durch seine verwuschelten Haare, als ich einen Schritt zurücktrete. Ich ziehe die Augenbrauen hoch und spüre, wie ich heftig erröte. »Daran soll ich da drin denken?«, frage ich.

»Jep.«

Ich lächele. Dann wende ich mich an Amena und atme tief durch. »Okay, gehen wir. Ich bin be−«

Plötzlich fliegt die Tür zum Treppenhaus auf, und das Wort bleibt mir im Hals stecken. Valentine stolpert völlig außer Atem auf uns zu. Er läuft direkt in Cals Faust hinein. Mit einem grauenhaften Knacken bricht seine Nase, und er taumelt zurück. Die Hände in die Hüften gestemmt, krümmt er sich zusammen und ringt nach Luft.

Cal geht erneut auf ihn los, sein Gesicht eine Maske unbändiger Wut, aber Valentine hebt beschwichtigend die Hände. »Mars«, keucht er. Cal hält inne, als Valentine, dem das Blut in Strömen aus der Nase läuft, zur Aufzugtür blickt. »Mars … kommt …«

Ich erstarre. Cupid flucht leise. »Kannst du ihn aufhalten?«, fragt er Valentine.

»Ja. Aber nicht lange, Bruderherz.«

Ich schnappe mir die Pyxis. »Wir müssen zu Venus' Büro«, sage ich. »Sofort!«

»Cupid!«, ruft Valentine, als wir durch den Wartebereich hasten. »Es gibt da etwas, das du wissen solltest.«

Cupid bleibt abrupt stehen. »Was?!«

Die Blicke der beiden Brüder treffen sich. »Als ich deinen Lebensfaden an den Webstuhl der Sterblichen gehängt habe, um das Match zu arrangieren, hatte das ... Konsequenzen. Er begann zu ... zerfasern.«

Mir wird flau im Magen, als ich mich plötzlich daran erinnere, was Mars gesagt hat: *Du bist nicht so unsterblich, wie du denkst.*

»Was?!«, ruft Cupid entsetzt.

»Ein schwarzer Pfeil kann dich töten, Bruderherz«, sagt Valentine. »Nimm dich in Acht.«

Cupid schluckt schwer, und die Muskeln in seinen Armen spannen sich an. Doch bevor irgendjemand von uns Zeit hat, diese verstörende Neuigkeit zu verarbeiten, kündigt das Klingeln des Aufzugs einen Neuankömmling an.

»Lauft!«, ruft Valentine.

Als sich die Aufzugtüren öffnen, drehen wir uns um und rennen los.

45. Kapitel

Unsere Schritte donnern über den gefliesten Boden, und die tiefschwarzen Wirbel an den Wänden verschwimmen mir vor den Augen, so schnell laufe ich. Hinter uns zerbricht etwas. Valentines heiserer, schmerzerfüllter Schrei dringt mir in die Ohren, als ich um die Ecke biege. Vor uns, auf beiden Seiten des Gangs, stehen je fünf Liebesagenten – sie bewachen die Tür, über der eine schwarze Plakette mit der Aufschrift *Venus, Geschäftsführerin* hängt. Sie spannen ihre Bogen, doch wir weichen den Pfeilen aus, die im flackernden Fackelschein aufblitzen; rotgoldene Ardor und schwarze Cupid-Pfeile.

Pfeile, die Cupid töten können.

Mein Herz zieht sich vor Sorge zusammen. Doch Cupid ist trotz dieser erschreckenden Erkenntnis so furchtlos wie eh und je. Er erreicht die Agenten zuerst, rammt einem athletisch gebauten, braungebrannten Kerl einen Pfeil in die Brust und wirft ihn gegen ein Mädchen, das mit ihrem Bogen auf ihn zielt.

Dann stürzen auch wir uns ins Chaos. Körperteile, Bogen und die weißen Anzüge der Liebesagenten verschwimmen zu einer untrennbaren Masse. Das Adrenalin, das durch meine Adern rauscht, lässt mich auf Autopilot schalten, oder vielleicht verdanke ich das auch Psyches Kampftraining; jedenfalls bin ich mir kaum bewusst, was ich tue, als ich einem Pfeil ausweiche, unter einer Faust hinwegtauche, jemandem die Pyxis ins Gesicht schmettere und weiter auf die Tür zu Venus' Büro zurenne.

Jemand packt mich an der Schulter, aber wenige Sekunden später löst sich der Griff. Hinter mir höre ich Mino zornig brüllen. Ich reiße die Tür auf und stolpere hindurch. Mir bleibt kaum Zeit, die süße, penetrant nach Myrte riechende Luft einzuatmen, bevor zwei Agentinnen in der Mitte des Raums ihre Bogen spannen. Meine Augen weiten sich vor Schreck. Da werden die Agentinnen beide gleichzeitig von schwarzen Pfeilen in die Brust getroffen und stürzen zu Boden. Cupid und Cal tauchen rechts und links von mir auf, während Amena die Tür hinter uns schließt.

»Alles okay?«, erkundigt Cupid sich.

Mir ist plötzlich eiskalt. Ich muss tief durchatmen, um die Panik, die in mir aufsteigt, zu unterdrücken. *Wo ist sie?* Das andere Ende des Büros, das fast so groß ist wie ein Fußballfeld, ist stockdunkel. An den vergitterten Wänden ranken sich weiße Myrte sowie rote und schwarze Rosen empor.

»Ja«, flüstere ich. »Aber dieser Geruch weckt Erinnerungen.«

»Deine oder Psyches?«

Die Pyxis vibriert in meinen Händen. »Beides, glaube ich. Wo sind Charlie und Mino?«

»Ihnen geht's gut. Sie halten die anderen zurück«, sagt Cupid. »Mino ist der Stärkste von uns. Und Charlie –«

Ich nicke. »Sie kann auf sich aufpassen.«

In der Dunkelheit vor uns ertönt ein leises Rascheln, als würde jemand seinen Rock richten. Mir stockt der Atem. Der widerlich süße Geschmack von Blumen und Verfall dreht mir den Magen um. Mein Herzschlag will sich einfach nicht beruhigen. Ich kneife die Augen zusammen und umfasse die Pyxis fester.

Ich muss auf die andere Seite dieses Raumes.

»Lila. Sei vorsichtig.« Cupid blickt mich eindringlich an.

»Du bist bereit, notfalls auf mich zu schießen?«

»Wenn es sein muss«, sagt er grimmig.

Ich nicke. Die Deckenlampen gehen automatisch an, als ich unter ihnen hindurchlaufe, und offenbaren mehr von den übelkeiterregenden Blumen an den Wänden und den karierten Fliesen unter meinem bodenlangen Rock. Ich spüre Cupids, Cals und Amenas Blicke auf mir. Die Luft fühlt sich an wie elektrisch aufgeladen – als würden wir im Auge eines Sturms stehen.

»Das ist nah genug, kleines Match«, erklingt eine kalte, kindliche Stimme aus der Dunkelheit vor mir.

Ich bekomme eine Gänsehaut. Mein Herz hämmert. Die Pyxis pulsiert immer stärker.

»Hast du nicht schon genug angerichtet, du unartige kleine Göre?« Venus' unnatürlich laute Stimme schallt durch den ganzen Raum. »Bleib, wo du bist.«

Mein Atem beschleunigt sich. Aber ich trete einen weiteren Schritt vor.

»Ich werde euch alle töten lassen! WACHEN!«, kreischt sie.

Einen Moment passiert nichts. Dann fliegt die Tür hinter mir auf. Ich werfe einen Blick über die Schulter. Ein paar Agenten kommen hereingestolpert, werden aber sofort von Cupids und Cals Pfeilen niedergestreckt.

Ich mache noch einen Schritt, und die letzten Lampen gehen an. Blanke Panik ergreift mich.

»Hallo, kleines Match.«

Sie steht hinter einem Glastisch, der über und über mit

dekorativen Herzen und Vasen mit pinkfarbenen Kunstblumen bedeckt ist – sie ist größer als jeder Mensch, und ihre starre Haltung erinnert eher an eine Statue. Die rotgefärbten Haare fallen ihr in dichten Locken über die nackten Schultern, um ihre schmale Taille schmiegt sich ein Kleid aus welkenden Blumen. Ihre puppenhaften blauen Augen begegnen meinem Blick, und ihre Porzellanhaut leuchtet im Licht der Deckenlampen.

In einem plötzlichen Wutanfall wirft sie den Tisch um und schleudert ihn mir entgegen. Ohne nachzudenken, renne ich darauf zu, lasse mich fallen und rutsche liegend weiter über den Boden, so dass der Tisch über meinen Kopf fliegt. Die Pyxis halte ich immer noch fest umklammert, als der Tisch um mich herum in Millionen Stücke zerbirst. Deko-Herzen und Blumen fallen zu Boden.

Ich bleibe einen Moment liegen. Meine Wange brennt – offenbar habe ich einen Kratzer abbekommen. Ich hole tief Luft und schmecke Venus' abscheulich süßen Geruch auf der Zunge.

Steh auf, sagt eine Stimme in meinem Kopf, die womöglich nicht meine ist. Aber ich gehorche ihr. Ich rappele mich auf – winzige Glassplitter knirschen unter meinen Schuhen.

»Nun gut, kleines Match.« Venus' blutrote Lippen verziehen sich zu einem Lächeln, das zu breit für ihr Gesicht ist. »Komm her. Lass mich dich töten.«

Ich marschiere auf sie zu, und als hätte sie nicht damit gerechnet, dass ich einfach weiterlaufe, weicht sie einen Schritt zurück. Meine Muskeln spannen sich an – was wird sie jetzt tun? Sie ist wie ein wildes Tier, das in einen Käfig gedrängt wird – wild und gefährlich.

Mit einer blitzschnellen Bewegung greift sie sich die große Topfpflanze, die neben ihrem Tisch steht, und schleudert sie auf mich. Ich weiche zur Seite aus, so dass der Blumenkübel an der Wand zerbricht und der kleine Baum zu Boden fällt.

»Du hast mir meine Söhne genommen. Du hast mir meine Anhänger genommen. Du hast mir das Leben genommen. Reicht das denn nicht?!«, kreischt sie.

»LILA!« Valentines panischer Schrei geht mir bis ins Mark. Er kracht durch die Tür und landet hart auf dem Rücken.

Hinter ihm schlendert Mars herein. Seine Lippen verziehen sich zu einem kalten Lächeln, als er erst mich, dann Venus ansieht. »Liebling, ich bin zu Hause.«

Venus erstarrt und blickt ihn flehentlich an. »Hilf mir, Liebster. Sonst werden wir alle vernichtet.«

Ohne Vorwarnung stürmt er auf mich zu. Cupid und Cal werfen sich auf ihn und bringen ihn zu Fall, während Valentine sich taumelnd aufrichtet.

»Lila! Jetzt!«, schreit Charlie, die in diesem Moment mit Mino hereinplatzt, wirbelt herum und schießt einen Pfeil auf einen Agenten hinter ihr ab.

Mit pochendem Herzen wende ich mich wieder Venus zu. Die Luft zwischen uns knistert. Die Lampen über uns zerbersten eine nach der anderen und gehen aus. Ich begegne Venus' eisigem Blick – und Dunkelheit steigt in mir auf.

»Psyche, du kleine Schlampe«, sagt sie.

Ich blicke ihr unbeirrt in die Augen, und meine Lippen verziehen sich zu einem kalten Lächeln. »Ich bringe dir die Pyxis«, sage ich. »Meine letzte Aufgabe ist erfüllt.«

Ich stelle die Schatulle auf dem Boden zwischen uns ab. Alles ist vollkommen still. Der Kampf hinter mir endet abrupt. Venus rührt sich nicht. Wir warten alle mit angehaltenem Atem. Doch nichts geschieht.

Ein hämisches Grinsen breitet sich auf Venus' Gesicht aus. Dann bricht sie in schrilles, irres Gelächter aus, das mir einen Schauer über den Rücken jagt.

»Dummes kleines Match«, sagt sie. Plötzlich versetzt sie mir einen Stoß und schleudert mich quer durch den Raum. Der harte Aufprall presst mir die Luft aus den Lungen, und mein Rücken schreit vor Schmerz.

Steh auf.

»LILA!«, ruft Cupid panisch.

Mühsam richte ich mich auf und höre, wie der Kampf hinter mir weitergeht, als alle fünf Cupids und Mino versuchen, Mars zurückzuhalten. Cal schreit auf. Mit einem grauenerregenden Krachen bricht sich irgendjemand etwas.

»Dachtest du ernsthaft, du könntest eine Göttin besiegen?!« Venus nimmt die Pyxis und schleudert sie mir entgegen. Sie trifft mich in den Magen, als ich gerade aufstehe, und wirft mich zurück auf den Boden.

Mit unnatürlicher Geschwindigkeit erscheint Venus direkt vor mir, als ich mich wieder aufrappele – meine Beine zittern, und ich klammere mich an der Pyxis fest, als könnte sie mich retten.

Aber das kann sie nicht.

Wir werden alle sterben.

»Dummes kleines Match. Ich glaube, ich werde dich eine Weile behalten. Dich leiden lassen, während ich entscheide, wie ich dich umbringe. Vielleicht –«

Sie verstummt abrupt. Ihre blauen Kulleraugen werden unmenschlich groß. Auch alle anderen verfallen in Schweigen.

Ich drehe mich um. Cal ist bewusstlos. Cupid steht am anderen Ende des Raums, sein Gesicht blutüberströmt. Mars ist in der Bewegung erstarrt. Amena weicht einen Schritt zurück. Charlie reißt erschrocken die Augen auf.

Valentine lächelt.

Und da sehe ich es. Licht. Es scheint aus meinem Innern. Die Härchen an meinen Armen stehen zu Berge. Die Luft ist wie elektrisiert. Ein kräftiger Wind wirbelt um mich herum, bauscht mein rotes Kleid und löst meine Haare aus meiner Hochsteckfrisur, so dass sie mir ins Gesicht peitschen. Auch um Venus tobt ein Wirbelsturm. Und um Mars. Wir sind alle in einem wachsenden Tornado gefangen.

Elektrizität fließt durch meine Adern. Ich schreie auf und schmecke ein Unwetter auf der Zunge.

»LILA!«, brüllt Cupid.

Ein gewaltiges Krachen erschüttert den Raum. Ich blicke auf und sehe gerade noch, wie ein Blitz aus der Decke schießt. Einen Moment ist alles hell erleuchtet, dann fährt der Blitz in mich hinein. Schmerz durchzuckt meinen Körper. Und alles versinkt in Dunkelheit.

46. Kapitel

Ich bin in einem Tempel. Die Luft riecht nach Zitrusfrüchten. Genau wie der Mann, der neben mir auf den Steinstufen sitzt. Er hat das Gesicht in den Händen vergraben. Ich drehe mich zu ihm um – seine Haare sind schwarz, seine Schultern breit. Sein weißes Leinenhemd flattert im Wind. Langsam sieht er zu mir auf – seine schockierend blauen Augen begegnen meinem Blick.

»Ich kann das nicht mehr«, sagt er mit rauer Stimme.

»Du trennst dich von mir?«

»Ich bin nicht der Mann, für den du mich hältst, Psyche.«

Ich nehme seine Hand – warm und schwielig, wie die Hand eines Kriegers. »Ich weiß genau, wer du bist.«

»Du bist in Gefahr. Meine Mutter –«

»Mit deiner Mutter komme ich schon klar.«

»Du weißt nicht, wer meine Mutter ist.« Er schüttelt den Kopf und wendet den Blick ab. »Wir müssen es beenden, Liebste.«

»Mach die Augen auf, Lila Black.«

Ich bin wieder im selben Tempel. Zeit ist vergangen. Tage. Vielleicht auch Wochen. Der Himmel ist blutrot. Lange Schatten erstrecken sich unter den Steinsäulen. Ich blicke auf die Stadt hinunter und warte, dass er zu mir zurückkommt.

Aber ich fürchte, das wird er nicht.

Hinter mir regt sich etwas.

»Liebster?«, rufe ich.

Etwas pikst mich in den Rücken. Ich lache – seltsamerweise erfasst mich eine überschwängliche Euphorie. Eine Bewegung hinter mir lässt mich erschrocken herumwirbeln.

Zwischen den Säulen steht ein junger Mann – das Licht des Sonnenuntergangs lässt seine bronzefarbenen Haare erstrahlen. Mein Herz schlägt schneller, und die Traurigkeit in meinem Innern weicht einer wohligen Wärme. Irgendeine merkwürdige Macht scheint mich zu ihm hinzuziehen.

Seine meergrünen Augen begegnen meinem Blick, und einen Moment sieht er verwirrt aus. Dann erhellt ein strahlendes Lächeln sein Gesicht.

»Tut mir leid, dass ich störe«, sagt er und fährt sich mit der Hand durch seine zerzausten Haare. »Ich suche nach jemandem. Meinem Bruder. Unsere Mutter ist … aufgebracht, und ich muss ihn finden. Hast du irgendjemanden gesehen?«

»Nein. Ich war allein«, antworte ich lächelnd. »Aber jetzt bist du hier. Vielleicht möchtest du mir ja Gesellschaft leisten?«

Sein Grinsen wird noch breiter, und er nickt. »Wie heißt du?«, fragt er.

»Lila Black.« Eine sanfte Männerstimme durchdringt meinen Traum.

Meine Wange liegt auf dem kalten Boden, und mein Kopf ist wie in Watte gepackt. Ich stöhne leise.

»Mach die Augen auf, Lila.«

Langsam komme ich der Aufforderung nach, und ein verschwommener Raum nimmt um mich herum Gestalt an. Die Handflächen flach auf den Boden gedrückt, setze ich mich auf. Wo bin ich hier? Was geht hier vor?

Plötzlich stürzt eine Flut von Erinnerungen auf mich ein, und ich schnappe nach Luft.

Ich war in Venus' Büro. Ich wurde von einem Blitz getroffen.

Aber jetzt bin ich nicht mehr dort.

Ich bin in einem mit riesigen schwarzen und weißen Kacheln gefliesten Tempel. Steinsäulen ragen hoch über meinen Kopf, und eine kühle Brise weht zwischen ihnen hindurch; sie trägt einen Nebel mit sich, der nach Erde und Regen riecht. Draußen ist es dunkel, und tiefe Schatten flackern um die Fackeln in ihren schwarzen Eisenhaltern. Ihr Licht beleuchtet gigantische gruslige Steinstatuen. Ich glaube, sie stellen Götter dar.

Die Luft ist dünn, und mich überkommt ein schwummriges Gefühl, das, wie ich glaube, nichts mit meiner Verwirrung oder der schwindelerregenden Höhe zu tun hat. Die Pyxis steht neben mir auf dem Boden.

»Lila«, erklingt eine ruhige Stimme hinter mir. Ich spanne mich an. »So möchtest du genannt werden, nicht wahr? Oder doch lieber Psyche? Es ist schwer, den Überblick zu behalten, wenn sich alles so schnell ereignet.«

Meine Haut prickelt, und die Härchen an meinen Armen stellen sich auf, als sich Schritte nähern. Mein Herz hämmert. Ein Mann geht vor mir in die Hocke und reicht mir die Hand. Ich starre verblüfft zu ihm hoch.

»Jupiter?«, frage ich.

Er nickt lächelnd.

Genau wie Venus und Mars ist er größer als jeder Mensch, und seine Augen blinzeln nicht oft genug. Seine unnatürlich glatte Haut ist hellbraun, und seine glatten schwarzen Haare und sein Bart sind ordentlich gepflegt.

Er riecht nach Elektrizität und Regen. Eine unfassbare

Macht geht von ihm aus – sie bringt meine Haut zum Kribbeln, so nahe ist er mir.

»Komm, mein Kind«, sagt er. »Du hast die Prüfung bestanden. Jetzt müssen wir besprechen, was als Nächstes geschieht.«

Er ist wie ein König aus grauer Vorzeit gekleidet – ein mitternachtsblauer Umhang über einem weißen Leinenhemd und schwarzen Kniehosen. In einem Ohr hat er einen Ohrstecker, der wie ein Stern funkelt, als er mit einer Kopfbewegung auf seine ausgestreckte Hand deutet.

Zögerlich ergreife ich sie. Bei der Berührung durchfährt mich ein Blitz, und der dunstige Wind frischt einen Moment auf. Jupiter zieht mich mühelos hoch.

»Komm, begleite mich ein Stück«, sagt er und verschränkt die Hände hinter dem Rücken.

Den Blick starr geradeaus gerichtet, geht er auf den großen, steinernen Thron am anderen Ende des Tempels zu. Er ist zerbrochen, Trümmerteile liegen auf dem Boden verstreut. Ich schließe zu Jupiter auf – selbst im Stehen reiche ich ihm kaum bis an die Brust.

»Wo sind wir?«, frage ich und lasse den Blick über die Statuen schweifen, die rechts und links von uns aufragen – manche weiblich, manche männlich, die meisten in Togen gekleidet. Insgesamt sind es zwölf. Und sie sind fast alle in makellosem Zustand. Doch genau wie der Thron am anderen Ende des Tempels sind zwei von ihnen zertrümmert. Ein Mann gegenüber von uns hat einen tiefen Riss im Gesicht.

»Du liegst auf dem Boden der Matchmaking-Agentur Everlasting Love«, sagt Jupiter. »Und du bist hier. Auf dem Olymp. Dem Sitz der Götter.«

»Dem Sitz der Götter?« Ich werfe einen Blick auf die Statue, die mir am nächsten ist – einen breitschultrigen Mann mit einem Dreizack in der Hand. »Die Statuen …«

Jupiter nickt. »Die Götter. Sie schlafen, in der Gestalt versteinert, die ihnen die Menschen gegeben haben.«

Mein Blick senkt sich auf die beiden zerstörten Statuen, als wir zwischen ihnen hindurchgehen – weißer Schutt knirscht unter meinen Sohlen.

»Venus und Mars«, sage ich leise.

»Ja. Sie sind erwacht, aus ihrem steinernen Gefängnis befreit. Aber nicht für lange.«

»Ihr werdet sie zurückbringen?«, frage ich und benutze ganz automatisch die Höflichkeitsform, mit der man auch einen menschlichen König ansprechen würde. »Und sie wieder versteinern?«

Er nickt, und mich durchströmt eine Woge der Erleichterung.

»Danke«, sage ich.

»Ich tue das nicht für dich, Lila Black. Solange ich wach bin, werden die Götter nicht frei über die Erde wandeln. Das kann ich nicht zulassen. In der modernen Welt gibt es keinen Platz für uns.« Mir fällt auf, dass er das Wort »uns« seltsam betont. Aber nachdem ich zwei der antiken Götter getroffen habe, kann ich keine Einwände gegen seine Entscheidung erheben. Vor dem zerbrochenen Thron bleiben wir stehen, und Jupiter dreht sich zu mir um. In seinen braunen Augen schimmern goldene Sprenkel, wodurch sie lebendiger aussehen als die von Venus.

»Wie bin ich hergekommen?«, frage ich.

»Durch die Erfüllung deiner Aufgabe hast du mich aus

meinem Schlummer geweckt.« Er deutet auf den Schutt zu unseren Füßen.

»Oh, das tut mir leid.«

Er schenkt mir ein kleines Lächeln. »Ich habe dich mit einem Blitz getroffen. Das hat es mir erlaubt, dein Unterbewusstsein hierher, auf den Olymp, zu bringen, um mit dir zu sprechen.«

Mir wird flau im Magen. »Ihr meint, ich bin bewusstlos? Venus und Mars …«

»Ich bin der Himmelsgott. Ich habe Winde geschickt, um sie aufzuhalten.«

»Und die anderen?«

»Sie sind in Sicherheit. Vorerst. Während wir uns unterhalten. Und wir haben viel zu bereden.« Er wendet sich von mir ab und steigt langsam die drei Stufen hoch, die zu dem zerbrochenen weißen Marmorthron hinaufführen. Er setzt sich und blickt auf mich hinunter, die Hände im Schoß verschränkt. »Weißt du, warum du hier bist?«, fragt er.

»Mir … mir wurde gesagt, ich könnte einen Gefallen von Euch einfordern, wenn ich Psyches Aufgabe erfülle«, stammele ich und trete nervös auf der Stelle, als er mich mit stechendem Blick mustert. Sein Gebaren ist streng, wie bei einem Lehrer, der seinen Schüler jeden Moment scharf zurechtweisen wird.

»Als du unter einem anderen Namen – Psyche – die Pyxis geöffnet hast und in einen tiefen Schlaf gefallen bist, hatte ich Erbarmen mit dir«, sagt er. »Ich habe dir die Unsterblichkeit gewährt. Aber das hatte seinen Preis.« Ein stürmischer Wind kommt auf und fegt mit einem schaurigen Heulen zwischen den Steinsäulen hindurch. »Einen Preis, den du nicht bezahlt hast.«

Ich erschaudere. Eine eisige Kälte breitet sich in mir aus.

Du solltest dich davor hüten, Spielchen mit den Göttern zu spielen.

»Psyche sollte mit Euch herkommen«, sage ich leise.

»Psyche war zwar keine Göttin, aber ihr Lebensfaden barg das Potential dazu. Das tut er noch immer. Selbst als Mensch war sie nie ganz sterblich«, sagt Jupiter. »Ihre Zeit auf der Erde – als Göttin oder potentielle Göttin – musste begrenzt sein. Ihre Macht war zu groß, um sie in der Welt der Menschen zu entfesseln.« Er beugt sich vor. »Also ja. Als unsere Zeit kam, hätte sie mit uns kommen sollen. *Du* hättest mit uns kommen sollen.«

Ich weiche einen Schritt zurück, komme aber nicht gegen den immer stärker werdenden Wind in meinem Rücken an. »Darum ging es also bei dieser ganzen Sache mit der Pyxis? Ich sollte Euch aufwecken, damit Ihr mich in irgendeine Art Steingöttin verwandeln könnt?!«

Jupiter lächelt. »Nein, mein Kind. Ich habe dich beobachtet. Ich habe gesehen, dass du zwar Psyches Lebensfaden hast, aber nicht ihr Herz. Der Zerstörungsdrang, der in ihrem Herzen schwelt, ist deinem fremd, obwohl du den Göttern gegenüber eine gewisse ... Frustration empfindest.« Er wirft einen Blick auf die Schatulle zu meinen Füßen, und seine Augen werden schmal. »Wenn du mir Psyches Herz überlässt, erachte ich deine Schuld als beglichen.«

»Ich ...«, setze ich an, aber die Worte bleiben mir im Hals stecken. »Natürlich, ich ...«

Ein Raunen ertönt in meinem Kopf. Mein Körper zittert unkontrolliert. Adrenalin rauscht durch meine Adern. Irgendwo höre ich ein Herz schlagen. In das Rauschen des

Windes mischen sich flüsternde Stimmen. Ich weiß nicht, ob sie in meinem Kopf sind oder wirklich hier. Aber sie sind ohrenbetäubend.

Ich habe einen Weg gefunden, Liebste.

Ich werde Dunkelheit über die Welt bringen.

Sie müssen büßen.

Sie müssen büßen.

Eine knisternde Energie durchzuckt die Luft. Die Fackeln erlöschen und stürzen uns in Dunkelheit. Vor meinem inneren Auge blitzen Gedanken und Träume auf. Bilder von Cupid und Valentine. Sonnenschein. Liebe. Wut. Zerstörung. Tod.

Und ich spüre sie. Ich spüre, wie Psyche sich mit aller Macht wehrt.

Ich kann nichts sehen. Ich fühle mich innerlich leer, als hätte jemand alles Licht aus mir herausgeschabt.

Ich werde Dunkelheit über die Welt bringen.

Mein Herz rast. Der Wind heult um die Steinsäulen, und der Boden erbebt. Aus der Ferne ist ein Donnergrollen zu hören, das immer lauter wird. Blitze zucken über den Himmel und tauchen den Tempel in ein grelles weißes Licht. Es erleuchtet Jupiters schönes, beängstigendes Gesicht – seine Augen strahlen eine Macht aus, wie ich sie noch nie zuvor gesehen habe. Der König der Götter, wie er leibt und lebt.

Aber ich will nicht aufgeben. Ich will ihm das Herz nicht geben. Es gehört mir. Ich könnte eine Göttin sein. Ich könnte gegen Jupiter kämpfen und alle Statuen in Schutt und Asche legen. Ich könnte alles haben, was ich mir je erhofft habe. Wir könnten als Götter leben.

Mein Herz gehört dir, Liebster.

Valentine und ich.

Valentine.

Ich kneife die Augen fest zusammen, presse mir die Hände auf die Ohren und falle vor dem König der Götter auf die Knie – den heißen Schmerz, mit dem meine Beine auf dem Boden aufschlagen, nehme ich kaum wahr. Mit einem Mal wird mir klar, dass Valentine wusste, was geschehen würde, wenn ich gezwungen würde, das Herz aufzugeben.

Und dann sehe ich Crystals leblosen Körper und Cal, der sich mit tränenüberströmtem Gesicht an sie klammert. Ich sehe James tot im Sand liegen. Ich sehe all die Schüler in der Unterwelt, gegen die wir kämpfen mussten. Ich sehe die Zombie-Agenten in der Schlacht am Strand von Malibu. Ich sehe die vielen Gesichter des Todes.

Ich sehe Mom im Labyrinth meines Verstandes, wie sie eine Hand ans Fenster ihres Krankenhauszimmers presst.

Entscheidungen haben große Macht, Lila. Und diese Macht gehört allein dir. Sie gehörte schon immer dir. Vergiss nicht, wer du bist.

Ich sehe Dad und sein schiefes Grinsen. Ich sehe Charlie in der Schule mit mir tratschen und lachen. Ich sehe Cupid.

Und wenn du dort drinnen bist, denk daran ...

Ich spüre seine Lippen auf meinen.

Und ich sehe mich selbst. Ich sehe, wie viel ich durchgemacht habe. Wie ich an meinen Aufgaben gewachsen bin. Ich sehe meine Stärke, mein Durchhaltevermögen. Ich sehe mein Mitgefühl und meine Liebe. Ich sehe meine Wut und meine Fehler. Ich sehe meine Sturheit, meinen Humor und meine Fähigkeit zu verzeihen.

Ich sehe die Dunkelheit in mir.

Und das Licht.

Die Stimmen verstummen. Der Wind legt sich. Und alles ist still. Langsam blicke ich auf und begegne Jupiters starrem Blick.

»In Ordnung. Ihr könnt Psyches Herz haben«, sage ich. »Ich brauche es nicht.«

Er lächelt, als hätte er keine Sekunde daran gezweifelt, dass ich ihm das Herz geben würde. Dann nickt er. Er macht eine unauffällige Handbewegung, und ein Wirbelsturm hüllt mich ein. Während der Wind um mich herumtost, steigen schwarze Rauchschwaden aus meinen Fingerspitzen auf und strömen mir mit jedem Atemzug aus Mund und Nase. Ich sehe zu, wie der Wind die schwarze Masse zur Pyxis trägt, der Deckel sich öffnet, und die Dunkelheit wieder darin eingesperrt wird.

»Ist es vorbei?«, frage ich hoffnungsvoll.

»Ja, mein Kind«, sagt er. »Nun zu dem Gefallen, den ich dir schulde. Äußere einen Wunsch, und wenn es in meiner Macht liegt, ihn dir zu erfüllen, werde ich es tun. Aber du hast nur diesen einen Wunsch. Wähle mit Bedacht.«

»Ihr werdet die Götter hierher zurückholen? Egal, was ich mir wünsche?«

Er nickt.

Mein Herz schlägt schneller. Wenn ich den Gefallen von Jupiter nicht einsetzen muss, um die Welt zu retten, gibt es etwas anderes, das ich mir wünsche. Ich öffne den Mund.

»Denk daran. Nur ein Wunsch«, sagt Jupiter und lehnt sich auf seinem Thron zurück. »Achte darauf, dass du ihn richtig formulierst.«

Ich atme tief durch. »Ihr habt gesagt, Ihr würdet alles tun, was in Eurer Macht steht. Könnt Ihr … Könnt Ihr die Toten zurückbringen?«

»Ich kann jene zurückbringen, die durch mythologische Ereignisse ums Leben gekommen sind«, sagt er. »Aber niemanden, der eines natürlichen Todes gestorben ist. Deine Mutter kann ich leider nicht zurückbringen, Lila – falls du mich darum bitten wolltest.«

Plötzlich ist meine Kehle wie zugeschnürt, aber ich nicke. Damit habe ich gerechnet, und das ist nicht der Wunsch, der mir vorschwebt. Ich beiße mir nervös auf die Lippe. »Valentine hat viele Tode verursacht«, sage ich. »Crystal. James. Schüler aus der Forever Falls High. Liebesagenten.« Ich hole erneut tief Luft, bereit, meinen Wunsch zu äußern. »Ich wünsche mir, dass all diese Tode rückgängig gemacht werden.«

»Das ist deine endgültige Entscheidung?«

»Ja. Könnt Ihr das tun?«

Jupiter beugt sich vor und fährt sich mit seinen langen Fingern durch seinen ordentlich gepflegten Bart. Mein Puls rast. Die Stille dauert an.

Schließlich nickt er. »Ja, das kann ich«, sagt er, und auf meinem Gesicht breitet sich ein überglückliches Grinsen aus. Doch seine Miene bleibt ernst. »Aber genau wie der Gefallen, den ich Psyche vor all den Jahren gewährt habe, hat auch das seinen Preis.«

Meine Freude weicht banger Verwirrung. »Was?«

»Das, worum du mich bittest, ist nicht leicht. Ich bin nicht der Gott des Todes. Den Tod rückgängig zu machen bedeutet, sich ins Schicksal einzumischen. Um Leben zurückzugeben, muss ich Leben nehmen. Es muss ein Opfer geben, das willentlich erbracht wird. Jemand, dessen Lebensfaden mächtiger ist als der eines Menschen. Jemand, der im Sinne des Schicksals nicht mehr Teil dieser Welt sein sollte.« Sein Blick bohrt sich in mich hinein. »Verstehst du mich?«

Mir wird eng ums Herz, als ich daran denke, was er mir gerade erst über Psyche erzählt hat.

»Ich«, sage ich leise. »Um all die Leute zurückzubringen, muss ich sterben.«

»Es tut mir leid, aber es geht nicht anders«, sagt Jupiter. »Brauchst du etwas Zeit, um darüber nachzudenken?«

Ich verfalle in Schweigen. Die Luft im Tempel fühlt sich nicht mehr schwindelerregend an, sondern bleischwer. Sie drückt mich nieder. Der kalte Wind nimmt mir die Luft zum Atmen.

Kann ich mein Leben opfern, um all diese Leben zu retten? Bin ich bereit, meinen Dad, Charlie, Cal und Cupid zu verlassen?

Ich denke an James, der in der Unterwelt gefangen ist.

Ich denke an Crystal, die in Cals Armen gestorben ist.

Das war meine Schuld. Ich habe Valentine geholfen, die Armee der Toten in die Welt der Lebenden zu bringen.

Eine grimmige Entschlossenheit durchströmt mich. Ich stehe auf und hole tief Luft. »Okay«, sage ich. »Ich brauche keine Zeit zum Nachdenken. Ich akzeptiere das Angebot.« Ich blicke Jupiter fest in die Augen. »Aber vorher will ich mich verabschieden.«

Jupiter öffnet den Mund, als wolle er protestieren.

»Bitte«, stoße ich mit tränenerstickter Stimme hervor. Meine Augen brennen.

»Also gut, Lila Black. Verabschiede dich.«

Ein heftiger Donnerschlag erschüttert den Tempel. Der

Himmel ist plötzlich blendend hell. Ein Blitz fährt in meinen Körper. Ich habe das Gefühl, als würde ich aus großer Höhe fallen.

»Lila.« Cupids Stimme erreicht mich wie aus weiter Ferne.

Ich öffne die Augen. Über mir erscheinen drei besorgte Gesichter, von Schatten verhüllt.

»Lila!« Cupids Stimme ist dringlich und voller Sorge. »Lila. . . Alles in Ordnung?«

47. Kapitel

Cupids Gesicht ist in unnatürliches Licht getaucht. Ich spähe an ihm vorbei und sehe zerbrochenes Glas, einen umgekippten Tisch und weiße Blütenblätter, die überall in Venus' Büro verstreut liegen. Sie tanzen im Wind, obwohl es hier keine Fenster gibt. Wie gebannt sehe ich ihnen zu.

»Liebste?«, erklingt eine tiefe, raue Stimme.

»Bleib weg von ihr!«, faucht Cal und wirft einen zornigen Blick über die Schulter.

Glassplitter knirschen, als Valentine nicht weit von mir stehen bleibt. Ich blicke an Cals blassem Gesicht vorbei zu ihm auf – sein Hemd ist zerrissen, sein Gesicht mit Blutergüssen übersät. Zum ersten Mal, seit ich ihn kenne, sieht er unsicher aus.

»Lila?« Charlies Stimme lenkt meinen Blick auf ihre großen braunen Augen. Ihre Lippe ist geschwollen, und die Ärmel ihres schwarzen Kleids sind abgerissen. Ich wische mir über die Augen und versuche, mich auf das Unvermeidliche vorzubereiten.

»Bist du noch du selbst?«, fragt sie zaghaft.

In der Luft liegt eine deutlich spürbare Spannung, und alle beobachten mich. Ich lächele schwach. »Ja. Jupiter hat mir Psyches Herz genommen. Ich bin wieder ganz ich selbst.«

Ein ersticktes, kummervolles Ächzen kommt Valentine über die Lippen. Ich sollte angesichts seiner bitteren Enttäuschung, dass ich nicht als *sie* zurückgekommen bin, dass sein Plan fehlgeschlagen ist, irgendetwas fühlen. Aber das tue ich nicht.

»Wo sind sie?«, frage ich mit heiserer Stimme. »Die Götter. Er hat gesagt, er würde sie zurückholen.«

Cupids Augen verdunkeln sich, als er ein Stück nach hinten rückt und nach links schaut. Als ich seinem Blick folge, sehe ich den Ursprung des seltsamen Lichts.

Venus wird von einem unnatürlichen weißen Wind in der Luft gehalten – ihre roten Haare peitschen wild um ihr wut-verzerrtes Porzellangesicht. Sie schreit, aber ich kann nichts hören. Mars hängt in der gleichen Position am anderen Ende des Raumes, die Wangen zorngerötet, seine blauen Augen selbst im trüben Licht strahlend hell. Mino, der schwer at-mend an der Wand lehnt, beobachtet ihn argwöhnisch.

»Was ist passiert?«, fragt Cupid und legt mir eine Hand auf den Arm.

Ich blicke zu ihm auf, sein Gesicht ganz nah an meinem. »Ich … ich muss dir etwas sagen. Der Gefallen –«

Ein lautes Donnergrollen lässt mich innehalten. Meine Au-gen weiten sich vor Schreck, als zwei Blitze aus der Decke fahren und Venus und Mars treffen.

Ich suche Venus' Blick und sehe die Wut in ihren starren, puppenhaften Augen. Ihre vollen, geschminkten Lippen ver-ziehen sich zu einem zornigen Schrei, und ihr Mund öffnet sich unnatürlich weit. Ihre weiße Haut erstrahlt, und ihr aus roten Rosen gefertigtes Kleid bauscht sich im Wind.

Cupids Hand schließt sich um meinen nackten Arm, als die Luft zu knistern beginnt. Die geballte elektrische Energie lässt mich erschauern. Der Wind heult.

Es ist noch nicht vorbei, kleines Match, lese ich Venus von den Lippen ab.

Doch. Das ist es, erwidere ich mit einem stechenden Blick.

Im nächsten Moment löst sie sich mit einem ohrenbetäubenden Krachen in Tausende Lichtteilchen auf, die in dem Tornado eingeschlossen sind. Auf der anderen Seite des Raums gibt es auch eine Explosion, und ich sehe, dass Mars nur noch ein Schwarm tanzender Lichter inmitten eines Wirbelsturms ist. Die beiden Tornados steigen zur Decke auf – von Jupiter zurück auf den Olymp beordert. Stille senkt sich über den Raum.

Dunkelheit umfängt uns.

Einen Moment sagt niemand etwas. Dann gibt Cupid einen lauten Freudenschrei von sich. Charlie lacht. Cals Schultern entspannen sich. Mino steht auf und betätigt einen Schalter, und die Notfallbeleuchtung taucht den Raum in mattes, schummriges Licht.

Amena wirft ihm einen unmissverständlichen Blick zu. »Jemand sollte unten nachsehen, ob alles in Ordnung ist«, sagt sie und geht zur Tür. »Kommst du?«

Mino nickt und folgt ihr. Valentine bleibt jedoch reglos stehen. Mit zornig funkelnden Augen blickt er auf mich hinunter. »Was hast du getan, Lila?« Seine schroffen Worte bleiben ihm fast im Hals stecken. Niemand außer mir scheint sie zu hören.

Cupid beugt sich näher zu mir, ein Lachen auf den Lippen, und drückt seine Stirn an meine. Dann löst er sich von mir. »Also, was ist passiert? Wurde dir ein Wunsch gewährt? Konntest du so den Krieg beenden?«

»Nein«, antworte ich. »Er hat die Götter einfach zurückgeholt, ohne etwas dafür zu verlangen. Er meinte, sie würden nicht in diese Welt gehören.«

Ich sehe zu Cal. Seine silbrigen Augen begegnen meinem

Blick, und sein gesamter Körper verspannt sich, als würde ihm plötzlich klarwerden, worum ich gebeten haben könnte. Er hält den Atem an.

»Ich habe darum gebeten, dass er Crystal zurückbringt«, sage ich leise.

Tränen schießen ihm in die Augen, und er starrt mich völlig entgeistert an.

Ich wende mich an Charlie. »James ebenfalls«, sage ich. »Und all die anderen Schüler und Liebesagenten, die gestorben sind. Ich habe Jupiter gebeten, jeden Tod rückgängig zu machen, der durch diesen ganzen Albtraum verursacht wurde.«

»Und diesen Wunsch kann er dir erfüllen?«, fragt Cupid in dringlichem, hoffnungsvollem Ton.

Ich lächele ihn an. »Ja.«

Ein breites Grinsen erscheint auf seinem Gesicht. Er klopft seinem Bruder auf den Rücken, und Cal strahlt, seine blassen Wangen von einer zarten Röte überzogen. Charlie schlingt die Arme um seine Schultern und drückt ihn fest. Ausnahmsweise lässt er die Umarmung bereitwillig über sich ergehen.

Valentine tritt einen kleinen Schritt auf uns zu. Die anderen sind so aus dem Häuschen, dass niemand außer mir etwas davon mitbekommt.

»Was hast du getan, Lila?«, fragt er erneut.

Cal löst sich von Charlie. »Du solltest dich freuen, dass sie Jupiter nicht darum gebeten hat, dich endgültig zu vernichten«, knurrt er. »Obwohl das noch gnädig wäre im Vergleich zu dem, was ich mit dir machen werde, wenn du nicht sofort verschwindest.«

Valentine dreht sich zu ihm. Seine Augen funkeln vor kaum

verhohlener Wut. »Man kann das Schicksal nicht überlisten, kleiner Bruder. Man kann nicht einfach jemanden von den Toten zurückbringen. Es gibt immer einen Preis.« Er kommt noch einen Schritt auf mich zu. »Was war der Preis, Lila?«

»Verschwinde!«, fährt Cupid ihn an. Er springt auf und taxiert Valentine mit zornigem Blick, seine Muskeln fest angespannt. »Dein Plan ist fehlgeschlagen. Psyches Herz ist weg. Die Götter sind wieder dort, wo sie hingehören. Und all das Übel, das du angerichtet hast, wird wiedergutgemacht.« Drohend tritt er einen Schritt auf seinen Bruder zu, aber Valentine weicht nicht zurück. »Weil du uns am Ende geholfen hast – wenn auch nur aus eigennützigen Gründen –, werde ich dieses eine Mal Gnade walten lassen.« Er marschiert weiter auf ihn zu, bis sein Gesicht nur noch ein kleines Stück von Valentines entfernt ist. »Verschwinde. Und komm ja nie zurück. Hau ab und leck deine Wunden, bevor ich dir noch mehr zufüge.«

Valentine ignoriert ihn und sieht mich über seine Schulter hinweg eindringlich an. »Was war der Preis?«

»Sie hat uns den Preis schon genannt«, sagt Cupid und versetzt ihm einen harten Stoß. Er taumelt einen Schritt zurück, fängt sich aber sofort wieder und baut sich herausfordernd vor Cupid auf. »Sie hat Venus die Schatulle gebracht!«

Mir fehlen die Worte. Mein Blick senkt sich auf ein verwelktes Rosenblatt aus Venus' Kleid, das in der sanften Brise flattert.

»Cupid«, murmele ich leise.

»Du hast den Preis bezahlt«, sagt Cupid, ohne den Blick von seinem Bruder abzuwenden. »Nicht wahr, Lila?«

Meine Kehle ist wie zugeschnürt. Langsam stehe ich auf

und streiche mein rotes Kleid glatt. Cal und Charlie beobachten verwundert, wie ich zu Cupid gehe und ihm zärtlich eine Hand auf die Schulter lege. Cupid wendet sich zu mir um, und ich blicke langsam zu ihm auf. Als sich unsere Blicke treffen, macht sich Verwirrung auf seinem Gesicht breit.

»Es gab noch … einen anderen Preis«, sage ich.

Die Atmosphäre im Raum verändert sich schlagartig. Valentines blutiges Gesicht verfinstert sich, und er blickt sich suchend um, als könne er es auch spüren. Cupid umfasst meinen Arm und dreht mich zu sich um. »Lila, was ist los?«, fragt er eindringlich. »Was hast du Jupiter im Gegenzug versprochen?«

Ich nehme seine Hände in meine und hole tief Luft. Ein leichter Wind streicht über meine nackten Schultern und verwuschelt seine Haare. »Er hat ein Opfer gefordert«, sage ich. »Ein Opfer, das aus freien Stücken erbracht wird. Es musste jemand sein, der nicht in dieser Welt sein sollte.«

Cupids Hand schließt sich fester um meinen Arm, seine Fingernägel graben sich in meine Haut. »Wer?!« Seine Stimme ist von kaltem Entsetzen erfüllt.

»Du weißt, wer«, sage ich leise.

Er schüttelt den Kopf. »Nein!«

»Ich habe den gleichen Lebensfaden wie Psyche. Einen Lebensfaden, der schon vor langer Zeit zerstört oder von den Göttern in eine andere Welt hätte gebracht werden sollen. Ich gehöre nicht hierher.«

»Doch, das tust du!«, ächzt er. »Bitte nicht, Lila.«

Die Leidenschaft in seinen Augen und der Kummer in seiner Stimme bringen etwas in meinem Innern zum Schmelzen. Ich kämpfe gegen Tränen an, als der unnatürliche Wind im

Büro plötzlich auffrischt. »Das muss ich. Denk doch nur an all die Leute, die umgekommen sind.« Ich hole tief Luft. »Einige … einige von ihnen sind meinetwegen gestorben. Crystal würde noch leben, wenn ich die Armee der Toten nicht hergebracht hätte.«

»Nein!« Cupid schüttelt vehement den Kopf, als könnte er meine Worte so unwahr machen.

Hinter ihm tanzen die Blütenblätter roter Rosen und weißer Myrte im Wind. Cupid wirft einen Blick über die Schulter und erstarrt beim Anblick des Wirbelsturms. Auch Valentine, der ein paar Schritte von ihm entfernt steht, beobachtet das Ganze mit finsterem Gesicht.

»Lila.« Cals heisere Stimme lenkt meine Aufmerksamkeit auf ihn. Sein Gesicht ist gerötet und von Kummer verzerrt. Eine Träne rinnt ihm über die Wange, und er schüttelt heftig den Kopf, als fände er nicht die richtigen Worte.

»Nur so können wir Crystal zurückholen«, sage ich. »Ist es nicht das, was du dir wünschst?«

Ein ersticktes Schluchzen kommt ihm über die Lippen, und er vergräbt das Gesicht in den Händen. Seine Schultern beben. Als er wieder zu mir aufblickt, ist sein Gesicht tränennass. »Nicht so. Nicht so!«

Charlie starrt mich fassungslos an. »Was ist mit uns?«, fragt sie. »Was ist mit deinem Dad? Was ist mit mir?!« Ihre Stimme bricht.

Ich erinnere mich an ihren Albtraum – ihre größte Angst ist es, dass alle, die sie liebt, sterben, dass sie allein zurückbleiben wird. Der Gedanke bricht mir das Herz. Eine Träne läuft mir die Wange hinunter, doch ich wische sie weg. Ich gehe zu ihr. »Ich muss es tun. Ich muss das wieder in Ordnung bringen.«

»Es ist nicht an dir, das alles wieder in Ordnung zu bringen«, schluchzt sie.

Ich ziehe sie an mich, und sie bricht in meinen Armen zusammen. Das Gesicht an meiner Schulter vergraben, lässt sie ihren Tränen freien Lauf.

»Es tut mir so leid«, raune ich ihr ins Ohr. »Sag Dad, dass ich ihn liebhabe.«

Die Luft um uns herum ist wie elektrisch aufgeladen. Ich löse mich von Charlie, und sie sinkt an Cals Brust, der sie behutsam in die Arme schließt.

Cupid streckt die Hand nach mir aus. »Wag es nicht, in das Ding reinzulaufen«, ruft er verzweifelt, als der Tornado hinter ihm weiter anwächst. »Hörst du mich? Lauf nicht da rein!«

»Cupid …« Meine Stimme stockt. Ich blinzele und dränge die heftige Trauer, die in mir aufsteigt, zurück. »Ich wollte mich nur verabschieden. Ich konnte nicht einfach gehen, ohne es dir zu sagen.«

Ich berühre zärtlich seine Wange, und er drückt seine Stirn an meine. Tränen strömen ihm über das Gesicht. »Verlass mich nicht, Sonnenschein«, sagt er, seine Stimme von unvorstellbarem Leid erfüllt. »Bitte verlass mich nicht.«

»Ich liebe dich, Cupid.«

»LILA, NEIN!«

Mit einer blitzschnellen Bewegung schiebe ich mich an ihm vorbei und weiche seinem Arm aus, als er nach mir greift. Ehe mich irgendjemand aufhalten kann, springe ich in den Tornado. Er wirbelt um mich herum – die Blütenblätter zu meinen Füßen sind in einem gewaltsamen Tanz gefangen. Cupid springt mir nach, aber der Wind schleudert ihn zurück. Er versucht es wieder und wieder, doch jedes Mal ist es, als würde er vor eine Wand rennen. Letztlich sinkt er auf die Knie, sein Mund zu einem qualvollen Schrei geöffnet, den ich nicht hören kann.

»Ich liebe dich«, sage ich erneut, obwohl ich weiß, dass meine Stimme nicht zu ihm durchdringt.

Charlie klammert sich an Cal, als die Blütenblätter ansteigen. Ihr schmerzerfüllter Blick richtet sich auf mich. Valentine steht vollkommen reglos da, das Gesicht zu einer steinernen Maske erstarrt. Wie eine Statue. Blutig und gebrochen. Er sieht mich nicht einmal an.

Der Wind wird heftiger, reißt an meinem Kleid und krallt sich mit eisigen Fingern in meine Haut. Ich sehe nichts jenseits der Mauer aus Blütenblättern, die mich umgibt. Das Atmen fällt mir schwer. Mein Puls rast. Ich versuche, keine Angst zu haben. Ich warte darauf, dass Jupiters Blitz mich trifft, genau wie Venus und Mars.

Im Bemühen, mich zu trösten, denke ich an Dad und seine dummen Witze. Ich denke an Mom, ihr wildes Herz und ihr melodisches Lachen.

Ich denke an Cupids meergrüne Augen in dem Moment, in dem sich unsere Blicke zum ersten Mal trafen. Ich denke daran, wie Cal sich in der ersten Sim, in der ich je war, von einem Ardor treffen ließ, um mich zu retten. Ich denke daran, wie ich mit Charlie stundenlang im Love Shack abhing und Schulbälle organisierte. Ich denke an Crystal, an Mino und all die anderen Sagengestalten, die mir geholfen haben.

Ich erinnere mich an Cupids Lippen auf meinen – wie der Boden erzitterte und uns der Regen in Strömen übers Gesicht lief, als wir uns zum ersten Mal küssten. Ich erinnere mich, wie wir auf demselben Balkon verbrannte Pizza aßen und ausgelassen lachten. Ich erinnere mich, wie ich mich in jener Nacht, in der wir fast das Ende der Welt herbeigeführt hätten, zu ihm ins Bett gelegt habe.

Ich wünschte, es wäre anders, Lila.

Eine Träne kullert mir über die Wange.

Ich will nicht gehen. Ich will meine Freunde nicht verlassen.

Ich schließe die Augen und warte.

»Lila.« Eine tiefe, raue Stimme übertönt den tosenden Wind.

Meine Augen öffnen sich schlagartig. Valentine steht vor mir in dem Tornado, den Cupid nicht betreten konnte. Hinter ihm erkenne ich nichts als einen verschwommenen Wirbel aus Blütenblättern.

Ich ziehe irritiert die Stirn kraus. »Was machst du hier?«

Er tritt einen Schritt auf mich zu, und trotz des eisigen Windes kann ich seine Hitze spüren. »Weißt du, ich dachte die ganze Zeit, wenn ich sie zurückbringe, wird alles wieder wie früher«, sagt er, seine Stimme ungewohnt sanft. »Aber die Dinge ändern sich. Leute ändern sich. Die Welt hat sich verändert.« Er schüttelt den Kopf. »*Ich* habe mich verändert. Niemand von uns ist noch dieselbe Person wie damals.« Er lächelt traurig, so dass die Grübchen in seinen Wangen zum Vorschein kommen.

»Wie bist du hier reingekommen?«, frage ich. »Was hast du –«

Er legt eine Hand auf meinen Arm. »Ein Opfer, das aus freien Stücken erbracht wird. Jemand, der nicht in dieser Welt sein sollte«, sagt er mit seinem leichten irischen Akzent. »Ich sollte tot sein, Lila. Du hast mich mit dem *Finis* getötet.«

Ich begegne seinem stechenden Blick. Die Luft knistert.

Wir blicken beide auf. Über uns braut sich eine Gewitterwolke zusammen.

Valentine lächelt. »Es war schön, dich kennenzulernen, Lila Black.«

Meine Augen werden groß. Grelles Licht blitzt auf. Und ehe ich weiß, wie mir geschieht, stößt er mich aus dem Wirbelsturm. Ich lande hart auf dem Boden von Venus' Büro. Blütenblätter regnen auf mich herab. Der blaue Blitz schlägt in Valentines Brust ein. Seine Haut leuchtet auf. Er begegnet meinem Blick und lächelt.

Dann löst er sich mit einem gewaltigen Krachen in eine Million Lichtteilchen auf.

Alles wird ruhig. Die Wirbelstürme sind verschwunden. Mein Gesicht ist tränennass.

Stille.

Einen Moment regt sich niemand. Ich kann nicht glauben, dass er das getan hat. Ich kann nicht glauben, dass er für immer fort ist. Meine Augen brennen, und ich habe einen dicken Kloß im Hals. Ich weiß nicht, ob ich traurig oder glücklich bin – ob ich lachen oder weinen soll.

Dann werde ich von einem schweren Gewicht fast zerdrückt. »Ah«, ächze ich und versuche mich von den beiden Körpern zu befreien, die mich angefallen haben. Charlie weigert sich, mich loszulassen, aber Cal steht abrupt auf und klopft sich den Dreck von der Hose, sichtlich verlegen, dass er mir so offen seine Zuneigung gezeigt hat.

»Sonnenschein?« Cupids belegte Stimme bringt Charlie dazu, mich freizugeben.

Cupid sinkt vor mir auf die Knie, seine Augen gerötet, sein

Gesicht tränenüberströmt, und alle Gedanken an Valentine verfliegen. Wir blicken einander einen langen Moment ungläubig an, dann schließt er mich in die Arme und drückt mich fest an sich, als hätte er Angst, ich könnte seinem Griff entgleiten.

»Ich dachte, ich hätte dich verloren«, sagt er immer und immer wieder.

Ich streiche ihm über den Rücken, lege ihm eine Hand in den Nacken und ziehe ihn noch fester an mich. Sein Körper erzittert unter meiner Berührung, als er sich an meiner Schulter ausweint. Auch ich weine, die Tränen laufen mir in Strömen über die Wangen.

Er drückt seine Lippen auf meine, unsere Gesichter tränennass, und ich öffne begierig den Mund, um den Kuss zu vertiefen. Schließlich löst er sich von mir, umfasst zärtlich mein Gesicht und blickt mir tief in die Augen. »Ich liebe dich«, sagt er.

Ich umarme ihn erneut. Ich klammere mich so fest an ihn, dass ich es kaum spüre, als der Wind erneut auffrischt. Auch die knisternde Energie in der Luft nehme ich kaum wahr.

»Cal?«, erklingt eine vertraute Stimme.

Mir stockt der Atem. Aus dem Augenwinkel sehe ich, wie Cal sich versteift. Cupid und ich lösen uns voneinander und drehen uns um.

Am anderen Ende des Raums steht Crystal. Ihre vom Wind zerzausten Haare fallen ihr offen über die Schultern und bedecken die Träger ihres pastellrosafarbenen Abendkleids, das immer noch blutbefleckt ist. Ihre Haut leuchtet, ihre Wangen glühen vor Leben.

Cal ist mit wenigen Schritten bei ihr, umfasst ihr Gesicht

und küsst sie. Ihre Hände legen sich auf seinen Rücken, als sie an seine Brust sinkt.

Ich wechsele einen amüsierten Blick mit Cupid, dann sehe ich zu Charlie und muss lachen, als ich das breite Grinsen in ihrem Gesicht sehe.

»Okay, besorgt euch ein Zimmer«, sagt Cupid in vergnügtem Ton und zieht mich hoch.

»Das musst du grad sagen!«, erwidert Charlie.

Cal löst sich langsam von Crystal und lächelt sie verlegen an, sein Gesicht knallrot. Sie nimmt seine Hand, bevor sie sich uns zuwendet.

»Will mir vielleicht mal jemand erklären, was passiert ist?«, fragt sie und zieht eine Augenbraue hoch. »Das Letzte, woran ich mich erinnere, ist, dass mir irgend so ein toter Typ ein Messer in den Rücken gerammt hat. Jetzt bin ich hier, alle starren mich an, als hätten sie einen Geist gesehen, und dieser Kerl« – sie stupst Cal leicht mit dem Ellbogen an – »lächelt doch tatsächlich.«

Sie sieht uns erwartungsvoll an.

»Ich weiß, das ist echt verstörend, oder?«, sagt Cupid und wirft Cal einen schelmischen Blick zu.

»Das ist eine lange Geschichte«, sagt Charlie, läuft zu den beiden und umarmt Crystal ungestüm.

»Dann fangt besser an zu reden«, sagt Crystal. Sie stöhnt leise und reibt sich den Kopf. »Gott, ich fühle mich, als wäre ich gerade von den Toten auferstanden.«

Die drei gehen zur Tür.

»Wir sollten Mino holen«, sagt Cal, der immer noch ihre Hand hält. »Er hat sich Sorgen um dich gemacht.«

»Wer bist du, und was hast du mit Cal gemacht?« Crystal sieht mit einem strahlenden Lächeln im Gesicht zu ihm auf. Arm in Arm schlendern die beiden hinter Charlie auf den Gang hinaus und lassen Cupid und mich allein.

Cupid sieht mich an. Etwas Unausgesprochenes verbirgt sich hinter seinen verquollenen Augen und dem Lächeln, das langsam verblasst. Mein Herz pocht schneller.

»Kommt ihr zwei jetzt endlich?«, ruft Charlie. »Wir gehen ins Love Shack.«

Cupid grinst und wendet sich wieder mir zu. »Was denkst du, Sonnenschein?«

»Wir haben gerade einen Krieg gewonnen, die Götter besiegt und eine gute Freundin wieder zum Leben erweckt, und du fragst, ob ich im Love Shack einen Cocktail trinken will?«, sage ich. »Nichts lieber als das!«

Er lacht, legt mir einen Arm um die Schultern und zieht mich an sich. Gemeinsam verlassen wir Venus' Büro und stoßen zu den anderen, die im Gang auf uns warten.

Ich schließe die Tür hinter mir.

Epilog

Das Love Shack ist belebter, als ich es je zuvor gesehen habe. Es ist erfüllt von Geräuschen, Bewegung und Menschen. Pinkfarbene Lichter blitzen über den sichtlich angeschlagenen Schülern der Forever Falls High; manche tanzen, andere sitzen an den hohen Tischen unter den geschmacklosen Sonnenschirmen und unterhalten sich aufgebracht. Auch Liebesagenten in ihren steifen weißen Anzügen sind hier und plaudern locker mit den Sterblichen. Die Luft riecht nach verschütteten Cocktails.

Wir sieben stehen dicht zusammengedrängt an der Tür.

»Wow«, sagt Charlie, als sie einen Blick über meine und Cupids Schultern wirft.

Alle sehen mitgenommen aus. Chloe trägt immer noch das rosa Abendkleid, das sie auf dem Ball anhatte, und drückt ein Glas voller Eiswürfel an ihr blaues Auge. Sie redet wild gestikulierend mit ihrer Freundin aus dem Cheerleader-Team, deren dreckiges weißes Shirt am Ärmel zerrissen ist – ich bin mir ziemlich sicher, dass ich sie in der Unterwelt gesehen habe.

Jason, der Quarterback des Football-Teams, kommt auf dem Weg zur Tanzfläche an uns vorbei. »Alter, du glaubst nicht, was mir passiert ist!«, ruft er, um den One-Direction-Song, der aus den Lautsprechern dröhnt, zu übertönen. »Ich war in so einem gruseligen Palast, und ich war TOT!«

»Du denkst, das wäre komisch?!«, erwidert sein Freund. »Du hättest beim Ball sein sollen. Alle haben sich entweder geprügelt oder rumgeknutscht. Es war das reinste Chaos!«

Cupid drückt meine Hand und beugt sich zu mir. »Sieht

aus, als hätte Jupiter seinen Teil der Abmachung eingehalten.« Sein Atem kitzelt mich am Ohr, und ich lächele.

»Sieht aus, als müssten wir etwas Schadensbegrenzung betreiben«, stellt Crystal mit gequältem Gesicht fest, als sie erkennt, dass die geheime übernatürliche Welt nicht mehr ganz so geheim ist. Cal zuckt die Achseln – sein weißes Hemd ist bis zu den Ellbogen hochgekrempelt, und auf seiner Wange bildet sich ein dunkler Bluterguss. Er hält immer noch ihre Hand. »Es könnte schlimmer sein«, sagt er. »Darum können wir uns morgen kümmern.«

Crystal sieht ihn mit amüsiert glitzernden Augen an. »Im Ernst, wer bist du, und was hast du mit Cal gemacht?!«

Er beugt sich näher zu ihr und lächelt.

»Hätte ich gewusst, dass du nicht mehr so verklemmt bist, wenn du mit Crystal zusammenkommst, hätte ich euch schon vor Jahren verkuppelt«, sagt Cupid grinsend.

Cals Augen blitzen wütend. »Halt die Klappe«, braust er auf.

»Und da ist er wieder!«

Ich lache und ernte damit auch einen bösen Blick von Cal, bevor er sich wieder Crystal zuwendet. Cupid küsst mich auf die Stirn.

»Also«, sagt Mino und klatscht in die Hände. »Ich hole Drinks! Will eins von euch anderen fünften Rädern am Wagen mitkommen?« Er grinst Charlie und Amena an, die rechts und links von ihm stehen.

Amena lacht. »Klar«, sagt sie.

Charlie grinst und drückt meinen Arm. »Ich besorg uns einen Tisch.«

Die drei stürzen sich ins Gedränge, und ich sehe amüsiert zu, wie Charlie über die Tanzfläche marschiert und eine

Gruppe Neuntklässler von unserem üblichen Tisch in der Ecke vertreibt.

Cupid nimmt meine Hand, und wir folgen ihr.

»Lila!« Jason drängt sich durch den Pulk auf der Tanzfläche zu mir durch. »Hey! Lila!«

Verwirrt sehe ich zu ihm auf. Der Typ hat in unserer ganzen Schulzeit höchstens zweimal mit mir geredet; und das eine Mal habe ich ihn gegen einen Spind geschubst, weil er eine blöde Bemerkung über die Krankheit meiner Mutter gemacht hat.

»Ähm … hi?«, sage ich.

Cupid umfasst meine Hand fester und richtet sich zu seiner vollen Größe auf. Jason tritt nervös von einem Fuß auf den anderen und fährt sich mit der Hand durch seine wilden dunklen Haare. »Hör mal, in letzter Zeit ist viel komisches Zeug passiert«, sagt er, seine Stimme seltsam unsicher. »Und in den letzten Tagen ist sogar *verdammt* viel komisches Zeug passiert. Und, na ja … Ich hab das Gefühl, als hättest du uns geholfen … also … ähm … danke.«

»Ja«, sagt sein Kumpel aus dem Football-Team und klopft mir auf die Schulter. »Danke, Lila.«

Mein Gesicht läuft hochrot an, und mir wird etwas unbehaglich zumute, als sich immer mehr Schüler um mich versammeln, um mir ihre Dankbarkeit auszudrücken. Cupid entspannt sich und lächelt mir zu.

»Da habt ihr völlig recht. Sie ist echt großartig«, sagt er, dann zieht er mich sanft über die Tanzfläche zu unserem Tisch. Ich setze mich neben Charlie, und Mino schiebt uns knallrosa Cocktails hin, den Blick immer noch auf Jason gerichtet.

»Viele von ihnen sind Cupids, oder?«, frage ich. »So konnte Venus sie in die Unterwelt schicken.«

»Ja«, antwortet Crystal und nippt gedankenverloren an ihrem Drink. »Wir müssen herausfinden, wer betroffen ist, und sie schnellstmöglich in die Matchmaking-Agentur bringen. Sie brauchen Training. Vor uns liegt eine Menge Arbeit. Alles wird sich ändern. Und –«

»Ein mythologisches Problem nach dem anderen«, sagt Cal schmunzelnd.

Sie seufzt. »Ja. Und heute Abend« – sie sieht mich an – »bin ich einfach nur froh, am Leben zu sein. Cal hat mir gesagt, was du getan hast, Lila. Ich kann dir gar nicht genug danken.«

»Schon … schon in Ordnung.« Ich rutsche verlegen auf meinem Stuhl hin und her und starre auf das Schirmchen in meinem Drink. »Ist doch echt nicht der Rede wert.«

Cupid berührt mich am Arm. »Wollen wir ein bisschen frische Luft schnappen?«, flüstert er mir zu.

Eine Woge der Erleichterung durchströmt mich. Ich bin nicht gut darin, mit so viel Aufmerksamkeit umzugehen. »Ja«, sage ich, »bitte.« Mein Herz setzt einen Schlag aus, als ich James allein an der Bar stehen sehe. Er wirft mir ein verlegenes Lächeln zu. »Gib mir nur eine Minute. Wir treffen uns gleich am Brunnen, okay?«

Cupid folgt meinem Blick und nickt. Bevor er geht, drückt er mir noch einen Kuss auf die Stirn. Ich bahne mir einen Weg zur Bar.

»Lila, es tut mir so leid«, sagt James, sein Gesicht kreidebleich. »Ich kann nicht glauben, dass ich –«

»Ach, halt die Klappe«, unterbreche ich ihn und umarme ihn fest.

Er versteift sich, doch nach einem Moment drückt er mich an sich. Unsere Umarmung ist nicht romantisch wie früher, aber ich kann alles, was wir gemeinsam erlebt und durchgemacht haben, darin spüren. Und die Hoffnung, dass wir vielleicht wieder Freunde werden können. Als wir uns unbeholfen voneinander losmachen, taucht Charlie neben uns auf und legt James einen Arm um die Schultern. »Hallo, Liebesagenten-Partner!«, sagt sie grinsend. Er erwidert ihr Lächeln etwas verwirrt, während sie mir einen vielsagenden Blick zuwirft und ihn beiseitenimmt. »Ich muss dir so viel erzählen! Es gibt da diese Matchmaking-Agentur namens Everlasting Love …«

Ich lächele, als die beiden in der Menge verschwinden. Dann gehe ich zum Ausgang, um mich draußen mit Cupid zu treffen. In der Tür bleibe ich überrascht stehen. Dad und seine Freundin Sarah unterhalten sich mit Eric.

»Lila!«, ruft Dad. Sein Gesicht sieht etwas hager aus, und sein Anzug ist zerknittert. Als ich in die kühle Nachtluft hinaustrete, zieht er mich in eine feste Umarmung. »Wir haben von dem Vorfall in der Schule gehört und sind sofort ins nächste Flugzeug gesprungen. Es kam in den Nachrichten. Anscheinend gab es einen großen Kampf. Wir haben uns solche Sorgen gemacht!«

Er zieht sich ein Stück zurück und streicht mir zärtlich über die Wange. Ich zucke zusammen, als ich mich unwillkürlich an den Kratzer erinnere, den ich mir zugezogen habe, als Venus den Glastisch nach mir geworfen hat. »Wer hat dir das angetan?«, will Dad wissen.

»Ich bin in eine Schlägerei geraten, Dad. Aber mir geht's gut. Wirklich.«

»Wir haben versucht, dich anzurufen«, sagt Sarah. Auch

ihr Anzug ist zerknittert, und ihre blonden Haare sind ganz durcheinander. Schuldgefühle wallen in mir auf, als ich die Sorge in ihrem Gesicht sehe. Mir war nicht klar, dass unser übernatürliches Drama bis zu ihrer Konferenz in New York vorgedrungen ist.

»Es tut mir so leid«, sage ich. »Ich hätte anrufen sollen.«

»Ja, aber zum Glück hat Eric uns gesagt, dass die meisten von euch ins Love Shack gekommen sind«, sagt Dad. »Und da dachte ich mir, wenn du nicht an dein Handy gehst, kommen wir eben vorbei und blamieren dich mit ein paar Daddy-Dance-Moves.« Er drückt mich erneut an sich. »Ach, übrigens hast du Hausarrest – und zwar so was von«, flüstert er mir ins Ohr.

Ich stöhne. »Sind die Dance-Moves nicht Strafe genug?«

Er lacht leise. »Jetzt gehen Sarah und ich erst mal rein und trinken einen Kaffee. Es war ein langer Abend.« Er wirft mir einen strengen Blick zu, aber seine Mundwinkel zucken. »Ich schlage vor, du machst das Beste aus deinem letzten Abend in Freiheit«, sagt er und sieht demonstrativ zum anderen Ende der Gasse. Ich folge seinem Blick. Hinter dem Blumenladen ist eine Gestalt am Rand des Springbrunnens zu erkennen. Ich lächele, als Sarah Dads Hand nimmt.

»Kommst du mit auf einen Drink, Eric?«, fragt Dad.

»Klar, immer gern«, antwortet Eric.

Die drei verschwinden im Love Shack.

Ich gehe die Gasse hinunter und setze mich zu Cupid. Auf dem Marktplatz ist es vollkommen still – das Diner, der Gebrauchtwarenladen und das Lebensmittelgeschäft haben schon vor Stunden geschlossen. Die Steinengel im Brunnen träufeln Wasser in das Becken hinter uns.

Cupid sagt nichts, legt nur seine Hand auf meine. Ich seufze. Nach allem, was passiert ist, bin ich dankbar für die Ruhe. Aber sie ermöglicht es mir auch, über alles nachzudenken, und das macht mir Angst.

Valentine hat sein Leben gegeben, um mich zu retten – und jetzt ist er für immer fort. Das hätte ich nie erwartet. Diese Tatsache lastet schwer auf mir – und noch schlimmer wird es dadurch, dass ich nicht weiß, wie ich mich fühlen soll.

Er hat versucht, jemand anderen aus mir zu machen, und ich *wollte* ihn loswerden. Aber als der Moment kam, hat er nicht gezögert, sich zu opfern, um mein Leben zu retten.

»Ich dachte immer, ich würde ihn eigenhändig töten«, sagt Cupid plötzlich, als hätte er meine Gedanken gelesen. Sein Blick ist starr auf das dunkle Fenster des *Romeo's* gerichtet. »Ich habe mir nichts mehr gewünscht, als dass er stirbt. Und dennoch … Jetzt, wo er tot ist, spüre ich den Verlust deutlicher, als ich dachte.«

Ich wende mich ihm zu. »Wirklich?«

»Ja. Ich meine, er hat versucht, dich mir zu nehmen. Und dann, als ich dachte, ich hätte dich für immer verloren, hat er dich zurückgebracht. Ich weiß nicht, ob das all seine schrecklichen Taten wettmacht. Aber ich bin dankbar dafür.«

»Mir geht es genauso«, stimme ich zu.

Wir verfallen in nachdenkliches Schweigen, als ich mir alles, was geschehen ist, noch einmal durch den Kopf gehen lasse. Meine Gefühle für Valentine sind kompliziert. Das waren sie schon immer. Cupid hatte recht, als er gesagt hat, ich hätte eine Verbindung zu ihm – sowohl als Psyche als auch als Lila.

Er war kein guter Mensch. Aber irgendwie mochte ich ihn trotzdem.

Ich hoffe, er hat auf dem Olymp Frieden gefunden.

»Erinnerst du dich an irgendetwas aus Psyches früherem Leben?«, fragt Cupid nach einer Weile. »Du hast zwar ihr Herz weggegeben, aber du hast immer noch ihren Lebensfaden.«

Ich schüttele den Kopf. »Nein. Ich glaube, es wird wieder so, wie es war, bevor ich die Pyxis geöffnet habe. Allerdings hab ich immer noch das Gefühl, als hätte ich ein paar ihrer göttlichen Kräfte – als könnte ich einen Pfeil aus der Luft fangen. Oder dich im Training plattmachen.«

Ein Grinsen breitet sich auf Cupids Gesicht aus. »Das ist cool! Aber ob du mich im Training plattmachen kannst, muss sich erst noch zeigen.«

Der kühle Wind trägt Musik zu uns herüber. Cupid seufzt tief. »Ich dachte, ich hätte dich verloren«, sagt er, seine Stimme plötzlich belegt, und sieht mich eindringlich an. »Eine Welt ohne dich kann und will ich mir nicht vorstellen.«

Mein Herz krampft sich zusammen, als ich etwas ausspreche, das mir schon lange auf der Seele brennt. »Cupid. Du bist unsterblich. Und ich nicht. Eines Tages wirst du mich verlieren. Eines Tages werde ich … alt sein. Und du wirst immer noch derselbe sein.«

Er seufzt. »Ehrlich gesagt hat ein Teil von mir fast gehofft, dass du in Venus' Büro voll einen auf Apokalypse machst«, sagt er. »Weil ich dann …«

»Mit einem ins Wasser der Lethe getauchten Cupid-Pfeil auf mich hättest schießen müssen? Und ich auch unsterblich geworden wäre?«

Er lächelt. »Aber dann hatte ich einen Moment zum Nachdenken«, sagt er. »Valentine meinte, nachdem er meinen Lebensfaden vom Webstuhl der Unsterblichen entfernt und ihn an den Webstuhl der Sterblichen gehängt hatte, sei er allmählich ausgefranst. Er hat gesagt, ich könne getötet werden.«

Meine Augen werden groß. »Du wirst dich nicht umbringen!«

Mein entsetzter Gesichtsausdruck bringt ihn zum Lachen. »Das meinte ich nicht, Sonnenschein. Aber wenn mein Lebensfaden ausfranst und nicht mehr am Webstuhl der Unsterblichen hängt, dann ist er vielleicht nicht mehr so haltbar. Vielleicht …«

»… wirst du sterblich«, sage ich leise.

»Zumindest gewissermaßen. Da meine Mutter die Göttin der Liebe ist, werde ich wohl immer ein Cupid bleiben. Aber ich glaube, mit meinem Lebensfaden am Webstuhl der Sterblichen werde ich eine menschliche Lebensspanne haben. Ich fühle mich anders. Zum Beispiel brauchen meine Wunden länger, um zu verheilen.« Er deutet auf den Bluterguss an seiner Wange, wo Cal ihm in der Unterwelt einen Schlag verpasst hat. »So einen guten rechten Haken hat mein kleiner Bruder nun wirklich nicht.«

»Und du hättest nichts dagegen, sterblich zu sein?«, frage ich zaghaft.

»Ob ich was dagegen hätte?!« Er nimmt meine Hand und lächelt mich strahlend an. »Wir könnten ein normales Leben haben!«

»Normal?«

Er grinst. »Nun, zumindest unsere Art von normal – mit meinem mürrischen unsterblichen Bruder, unseren Freunden aus der Sagenwelt und deinen neuen Superkräften.«

Ich lache. »Das wäre schön.«

»Aber ganz egal, ob ich unsterblich oder sterblich bin, ich liebe dich.« Sein Gesicht wird ernst. »Ich werde dich immer lieben.«

Seine Augen leuchten vor überschäumenden Gefühlen, und ich drücke meine Lippen auf seine. Er öffnet den Mund und erwidert meinen Kuss zärtlich, während er eine Hand an meine Wange legt und mich noch näher an sich zieht.

Wir tauschen ein vergnügtes Grinsen aus und reden stundenlang nur Unsinn. Die ernsten Gespräche sind wir beide leid. Irgendwann taumeln Dad und Sarah wie Teenager kichernd an uns vorbei und sagen mir, ich solle achtgeben, dass ich sicher nach Hause komme.

In der Morgendämmerung gesellen die anderen sich zu uns an den Brunnen. Cal hat Crystal sein Jackett um die Schultern gelegt und hält ihre Hand. Mino blickt in den Himmel, der sich langsam rosa färbt, und ein strahlendes Lächeln breitet sich auf seinem Gesicht aus. Neben ihm wischt Charlie sich eine Träne aus dem Augenwinkel.

Ich weiß, was in ihnen vorgeht, weil ich das Gleiche denke. Wir hätten nie erwartet, alle diesen neuen Tag zu erleben. Doch hier sind wir.

Zusammen sehen wir zu, wie die Sonne über Forever Falls aufgeht.